KB208453

인형의
주인

조이스 캐럴 오츠 소설
배지은 옮김

H
현대문학

대널 올슨에게

차 례

인형의 주인

The Doll-Master

엘런 대틀로를 위해

"이거 안고 있어도 돼. 근데 떨어뜨리지는 마."

근엄하게, 사촌 동생 에이미가 말했다. 그러고는 근엄하게 자기가 좋아하는 인형을 나에게 내밀었다.

그것은 아기 인형이었다. 아기 옷을 입고, 작은 머리에는 분홍색 아기 오리 장식이 달려 있고 작은 아기 발에는 작은 분홍색 신발이 신겨져 있다. 그리고 은색 옷핀으로 고정시킨 하얀색 기저귀를 차고 있다.

얌전한 아기 얼굴과, 굽혔다 폈다 할 수 있는 아기 손가락과, 어느 정도까지 구부릴 수 있는 토실토실한 팔다리가 달린 부드러운 살결의 아기 인형. 머리카락은 가늘고 곱슬곱슬한 금발에 눈동자는 진회색이 감도는 푸른색 구슬이었는데, 인형을 뒤로 눕히면 눈을 감고 세우면 떴다. 가까이에서 들여다보면 아기를 다치게 할 수도 있겠다는 생각이 들어 몸이 간질간질해지고 으스스한 기분이 들었다. 이게 아기 에밀리를 봤을 때 내가 느꼈던 기분이다. 그냥 인형이었을 뿐인데……

사촌 동생 에이미는 세 살이었고 나보다 11개월 늦게 태어났다. 아무튼 그렇다고 들었다. 생일은 우리 가족에게는 중요한 이벤트라고, 우리 부모님들은 말했다.

에이미는 엄마의 여동생인 질 이모의 딸이다. 그래서 에이미가 내 사촌 동생인 거라고 엄마가 설명해주었다.

가끔은 조금 질투가 났다. 에이미는 나보다 말을 더 잘해서, 어른들은 에이미와 대화를 나누며 "어쩌면 아이가 이렇게 말을 잘할까" 하고 감탄하곤 했다. 그걸 보면 나는 기분이 나빴다. 아무도 내가 말할 때는 감탄하지 않았으니까.

에이미는 작은 아이였다. 나보다 키도 작았고, 모든 게 나보다 작았다.

에이미처럼 작은 아이가 아기 인형을 안고 다니는 걸 보면—엄마와 이모의 친구들은 "사랑스럽다"고 했지만—이상했다. 에이미의 엄마가 에이미에게 호들갑 떨고 야단을 부리는 그대로 에이미도 아기 에밀리에게 호들갑을 떨고 야단을 부렸다.

심지어 우유를 담은 작은 젖병으로 아기 에밀리에게 '맘마'를 먹이는 척하기도 했다. 아기 에밀리의 기저귀도 갈아주었다.

아기 에밀리의 통통한 다리 사이는 보드랍고 매끄러웠다. 아기 에밀리가 기저귀를 적실 일은 없었다.

내가 기저귀를 적셨는지는 기억나지 않았다. 지금도 기억나지 않는다. 난 내가 아기였을 때 기저귀를 찰 필요가 없었다고 생각하는 편이지만, 그건 아마 정확하지도 않고 앞뒤도 안 맞는 생각일 것이다. 왜냐하면 나는 완전히 정상적인 (남자) 아기였기 때문이다. 혹시 어느 날 밤 '사고'가 있었다 해도, 잠옷에다 실수를 했다고 해도, 아무튼 나는 기억이 안 난다.

'맘마'를 먹은 기억도 없다. 분명히 나도 젖병으로 '맘마'를 먹었을 텐데.

모두 다 아주 오래전 일이다. 기억이 안 나는 것은 당연하다.

이거 안고 있어도 돼. 근데 떨어뜨리지는 마. 이것이 내가 기억하는 에이미의 말이다. 어른 엄마들이 흔히 하는 말의 메아리였다.

에이미의 죽음은 가족들에게는 끔찍한 충격이었다.

어른들은 처음에는 에이미가 "검사를 받으러 병원에 간다"고 했다. 그러더니 에이미가 "병원에 며칠 입원해 있을" 거라고 했다. 그러더니 어른들은 에이미가 "집에 오지 못하게 되었다"고 말했다.

그동안 내내 나는 에이미를 보러 병원에 갈 수 없었다. 그저 에이미가 곧 집에 올 거라는 말만 들었다. "그때 만나면 되잖아, 아가. 에이미는 금방 올 거야."

그러더니만. "네 동생이 지금 굉장히 피곤해. 동생은 잠도 푹 자고 푹 쉬고, 다시 건강해져야 해."

한참 후에야 에이미가 희귀한 혈액질환에 걸렸다는 사실을 알게 되었다. 무슨 백혈병의 일종이었고 어린아이에게는 진행이 빠른 병이었다.

에이미가 영영 집에 오지 않을 거라고 들었을 때, 나는 아무 말도 하지 않았다. 아무것도 묻지 않았다. 울지 않았다. 이모가 엄마한테 하는 말을 우연히 듣게 되었을 때 나는 돌처럼 굳은 표정을 지었다. 돌처럼 굳은 표정을 짓는 게 나쁜 것인지 좋은 것인지 잘 모르겠지만, 아무튼 그렇게 하면 사람들이 그냥 내버려둔다.

울면 사람들은 위로해주려고 애를 쓴다. 하지만 돌처럼 굳은 표정을 지으면 사람들은 그냥 내버려둔다.

에이미의 방에서 아기 에밀리를 훔친 게 이 무렵이었다. 이모 집에 자주 놀러 갔었는데, 어느 날 엄마랑 이모가 함께 울고 있을 때 에이미의 방으로 가서 정리를 하지 않아 엉망인 침대 위에 마구 흩어져 있던 재미없는 인형들과 봉제 장난감 사이에서 아기 에밀리를 집어 들었다.

아기 에밀리를 웃옷 속에 몰래 감춰 집에 데려온 걸 엄마 아빠가 알게 될 거라고는 생각지도 못했다. 그러나 나중에 생각해보니 아마 이모가 알았을 것이고, 그래서 부모님도 알게 된 것 같다. 부모님은 나에게 아무 말도 하지 않았다. 부모님은 나를 혼내지 않으셨다.

한동안은 에이미 얘기뿐이었다. 어른들이 낮은 목소리로 대화를 나누는 방에 들어가면, 어른들은 이야기를 뚝 그치고 밝은 얼굴로 돌아보며 "안녕, 로비!" 하고 인사했다.

그때 나는 너무 어려서 그런 희귀 혈액질환이 '유전병'일 수도 있다는 생각은 하지 못했다. 그러니까 그 병이 피를 통해 다음 세대로 전달될지도 모른다는 것이다.

좀 더 큰 뒤에 인터넷에서 '백혈병'을 검색해봤지만, 그래도 여전히 모르겠다.

아기 에밀리와 단둘이 있을 때는 둘이 같이 울었다. 에이미가 그리웠기 때문이다. 내가 운 건 에이미가 **죽었기** 때문이 아니라 **사라졌기** 때문이었다.

그러나 나에게는 에이미의 아기 인형이 있었다. 침대에서 아기 에밀리를 품에 안고 있으면 기분이 아주 조금 좋아졌다.

다섯 살이 되어 유치원에 다니게 되었을 때, 내 방에 있던 아기 에밀리가 사라졌다.

정말 놀랐다! 침대 밑도 찾아보고 옷장도 들여다보고 서랍장도 전부 열어보고, 뒤졌던 곳을 처음부터 다시 다 뒤지고 침대

커버까지 뒤져봤지만, 아기 에밀리는 어디에도 없었다.

나는 울면서 엄마에게 달려갔다. 이미 이때쯤엔 사촌 동생의 아기 인형이 더 이상 비밀이 아니었기 때문에, 엄마에게 아기 에밀리가 어디 있느냐고 곧바로 물었다. 엄마는 아빠가 내 나이의 남자아이가 인형을 가지고 노는 게 "별로 좋은 생각인 것 같지 않다"고 말씀하셨다고 했다. 인형은 여자아이들이나 가지고 노는 것이라고 했다. 남자아이가 아니라. "아빠는 네가 인형에 너무 '집착하기' 전에 치우는 게 낫겠다고 생각하신 거야." 엄마의 부드러운 목소리에는 죄책감이 담겨 있었지만, 엄마의 마음은 바꿀 수가 없었다. 내가 무슨 말을 해도, 아무리 울어도, 아무리 화를 내도, 엄마를 때리고 걷어차고 엄마가 밉다고 소리를 질러도, 엄마는 마음을 바꾸지 않았다. 어차피 아빠가 허락하지 않을 것이기 때문이었다. "아빠가 너를 너무 오랫동안 오냐오냐 키웠다고 말씀하셨어. 그러면서 날 탓했고."

사랑스럽고 얌전하고 달콤한 고무 향기를 풍기던 아기 에밀리 대신에, 아빠는 엄마에게 '액션 장난감'을 사주라고 지시했다. 값비싼 신제품이었다. 완전무장을 한 US 네이비실 군인 로봇이었는데, 건전지를 넣으면 방 안을 사방팔방 돌아다녔다.

나는 엄마도 아빠도 절대 용서하지 않겠다고 마음먹었다. 특히, 그를 절대 용서하지 않을 것이라고.

맨 처음 주운 인형은 마리스카였다.

"저거 얼른 주워. 근데 떨어뜨리지는 마."

내 친구가 조용히, 다급하게 말했다. 혹시 누가 보고 있지는 않은지 주위를 힐끔거리면서. 나는 걸어서 학교에 갔고, 학교에서 집으로 걸어왔다. 스쿨버스를 타면 나이 많은 애들이 괴롭혀서 타지 않았다. 우리 집은 시내 위쪽 프로스펙트 힐 꼭대기에 있어서 물안개 끼는 강이 내려다보였다. 중학교는 언덕 아래로 1.5킬로미터쯤 떨어져 있었다. 다니는 길은 속속들이 외웠다. 골목길 사이사이와 남의 집 뒷마당을 가로지르는 지름길로 잽싸게 다니면서 남몰래 맹수를 피해 다녔다. 인형을 주운 곳은 캐터마운트 스트리트였는데, 나란히 난 좁은 골목들 뒤로 썩어가는 1.8미터짜리 나무 담장이 서 있고 쓰레기통과 쓰레기 더미들이 널브러져 있는 곳이었다.

내 친구는 말했다. **절대 눈 마주치지 마. 그러면 그들도 널 보지 않아.**

아무도 나를 보지 않았다. 내가 동작이 빠르고 남몰래 움직이기 때문이었다. 행여 멀리서 나를 보더라도 그들의 눈에 보이는 것은 그냥 소년일 뿐이었다. 평범한 얼굴을 한 어린 소년.

내 친구는 키가 굉장히 컸다. 아빠보다도 더 컸다. 나는 내 친구를 한 번도 똑바로 쳐다본 적이 없다(내 친구가 못 보게 했다). 그래도 나는 내 친구가 여우처럼 예민하고 영리하며,

여우처럼 민첩하게 움직인다는 걸 느낄 수 있었다. 내 친구는 약간 조급한 편이라 따라잡으려면 반쯤은 뛰어야 했다.

"얼른 주워! 아무도 안 봐."

마리스카는 아름다운 도자기 인형이었고, 아기 에밀리와는 많이 달랐다. 크림색 도자기 피부에 뺨에는 동그란 붉은 패치가 두 개 붙어 있다. 마리스카는 동유럽 농부들이 입는 원피스를 입고 있었다. 몸에 꼭 맞는 흰 블라우스에 풍성한 치마와 앞치마, 흰 면양말에 부츠. 황금색 머리카락은 두 가닥으로 땋았고, 장미 봉오리 같은 입술을 지녔으며 푸른 눈에 숱 많은 금빛 속눈썹이 달려 있었다. 마리스카의 피부를 만지면 이상한 기분이 들었다. 군데군데 깨지고 금이 간 도자기 피부는 딱딱하고 탄력이 없었다.

마리스카의 팔은 놀라서 활짝 펼쳐져 있었다. 이렇게 예쁜 옷을 입고 금발 머리도 곱게 땋고 푸른 눈도 예쁜데 진흙 묻은 포치에 버려져 있다는 게 놀라웠던 모양이다. 마리스카가 입은 치마는 더럽혀져 찢어져 있었고 흰 양말에도 때가 묻었다. 그리고 왼쪽 다리가 고관절에서 비틀어져 두 다리가 서로 기이한 각도를 이루고 있었다.

마리스카는 내 친구와 함께 캐터마운트 스트리트 뒷골목의 썩은 담장 사이로 걸어가다가 발견했다. 내 친구는 뼈가 아플 정도로 내 손을 꽉 쥐었다.

저건 우리에게 주어진 상이야. 우리가 지금까지 기다려왔던 거야. 서둘러! 얼른 주워! 아무도 보지 않을 거야.

천둥이 치는 어두운 오후였다. 냉기 때문인지 아니면 흥분 때문인지 몸이 떨렸다. 내 친구가 아무 경고도 없이 나타나 내 옆에서 함께 걷고 있었기 때문이다. 내 친구를 며칠 또는 몇 주 동안 못 만나는 일도 흔했다. 그러다가 어느 순간, 내 친구는 나타난다. 그러나 내가 그의 얼굴을 보는 것은 금지되어 있었다.

내 친구가 내 삶에 언제 들어왔는지, 잘 모르겠다. 마리스카가 내 삶에 들어온 게 8학년 때였으니 그보다는 전이다.

마리스카의 집은 언덕 아래 아스팔트 도로 옆에 있는 보기 흉한 집들 가운데 하나였다. 그런 집에는 한 가족만 사는 게 아니고 여러 가족이 세 들어 산다고 엄마가 그랬다.

이 사람들은 언덕 아래 사는 사람들이야. 엄마는 그렇게 말했다. 우리처럼 언덕 위에 사는 사람들이 아니야.

그렇지만, 여기에서는 아이들이 놀았다. 이곳 프로스펙트 힐 기슭에서 웃고 소리 지르고 놀았다. 우리 가족이 몇십 년 이나 살던 프로스펙트힐 꼭대기와는 많이 달랐다.

언덕이 가팔라서, 마리스카의 집 뒤쪽 엉성한 포치부터 3, 4미터 아래 바큇자국이 잔뜩 난 공터까지 나무 계단이 이어져 있었다. 그러나 이곳을 걸어 다니는 사람은 별로 없었다. 공터는 쓰레기와 음식물 쓰레기로 뒤덮여 있었다.

아마 마리스카는 누가 조심성 없이 포치 난간 위에 올려놨다가 거기에서 굴러떨어졌을 것이다. 그렇게 되었을 거라고 나는 생각했다.

아니면 마리스카의 붉은 뺨에, 장미 봉오리 같은 입술에, 알록달록한 원피스에 싫증이 난 누군가가 던져버렸거나.

내 친구는 열띤 목소리로 말했다. 저건 우리에게 주어진 상이야. 지금은 아무도 저걸 주울 수 없어.

내 친구는 말했다. 얼른 주워! 그리고 입을 손으로 막아!

내 친구는 말했다. 옷 안에 집어넣어. 빨리 걸어. 뛰지는 말고! 저쪽 뒷길로 가.

마리스카는 생각보다 무거웠다. 도자기 인형은 원래 무겁다.

마리스카의 팔다리가 어색하게 벌어졌다. 나는 억지로 팔다리를 간신히 오므렸다.

마리스카를 내 방에 숨겨놓을 수는 없었다. 거기에 두면 엄마나 가정부가 발견할 것이다. 우리 집은 3층짜리 큰 주택이고 잠가놓은 방들도 많았지만, 집 안 어디에도 마리스카를 숨길 수가 없었다. 그래서 '마구간'에 갖다 놓았다. 부모님 차도 주차해두고 창고로도 쓰는 곳인데, 캔버스 천으로 여러 겹 감싸서 거미줄 처진 구석 마방 안에 넣어두면 나의 아름다운 도자기 인형이 안전하게 있을 수 있겠다고 생각했다.

아버지의 할아버지가 여기서 남쪽으로 10킬로미터쯤 떨어진 도시의 시장이었다는 것은 우리 가족의 자랑스러운 이야깃거리였다. 그 도시는 지금은 인종 문제로 골치를 앓는 범죄율 높은 도시가 되었다. 아버지의 할아버지는 시장직에서 물러난 이후 가족들을 데리고 델라웨어강 옆 백인들이 많이 사는 한적한 교외 마을 프로스펙트힐로 이주했다. 당시에는 마구간의 뒤쪽 마방 네 칸에 말들을 두고 키웠었다. 그래서 지금도 마구간 안에는 동물 냄새와 마른 거름 냄새, 말의 땀 냄새, 건초 냄새가 희미하게 배어 있다. 여기라면 마리스카가 안전하게 머물 수 있을 것이었다. 그리고 원할 때마다 와서 마리스카를 볼 수 있다. 마리스카는 캔버스 천에 안전하게 감싸여서 여기, 내가 놔둔 곳에 언제나, 언제까지나 있을 것이다.

내 친구가 오기 전까지 나는 무척 외로웠다. 증조할아버지가 살았던 때처럼 마구간 안에 말들이 있었다면 그렇게 외롭지는 않았을 것이다.

부모님은 나에게 마구간 안에서 '놀지' 말라고 경고하셨다. 마구간 지붕은 비가 심하게 새고 일부는 썩어 있었다. 2층 바닥에는 널판이 힘이 없어 중간중간 축 늘어진 곳도 있었다. 마구간은 이제는 앞쪽만 부모님의 차를 두는 차고로 사용하고 뒤쪽은 버릴 물건들로 채워놓았다. 가구, 타이어, 어릴 때 내가 타던 낡은 세발자전거, 유모차, 종이 상자들. 이제는 쓸모가 없지만 버리지는 않는 것들.

처마 밑에는 말벌이 지은 벌집이 있었다. 말벌은 훼방만 받지 않으면 평화롭게 윙윙거린다.

아무도 나에게 정확히 말해주지 않았지만, 나는 알았다. 아버지 쪽 가족은 1960년대 초까지는 부유했다. 그러다가 가족 사업이 하향세로 접어들었다. 아버지는 쓸쓸한 말투로 외국과의 경쟁에 대해 말하곤 했다.

그래도 프로스펙트힐의 집은 이 마을에서 오래된 큰 주택 가운데 하나였고 다른 사람들이 부러워하는 집이었다. 아버지는 부동산 투자에서 계속 수익을 냈고, 자기도 잘나가는 회사의 회계사라고 항상 자부심을 가지고 말하곤 했다. 하지만 아버지는 자기 아버지한테 물려받은 프로스펙트힐의 낡고 거대한 주택에 살고 있다는 것 말고는 크게 성공한 것도 없고 특별할 것도 없는 사람이었다. 아버지가 좀 더 성공한 사람이었으면 나를 더 사랑했을지도 모르겠다는 생각이 들었다.

"끔찍해라! 이젠 여기서도 이런 일이 생기네."

이 끔찍한 일이란 강도나 도난이나 방화나 총기 난사 같은 것이 아니고, 어린 소녀가 실종된 사건을 말하는 것이었다. 여기서 10킬로미터 남쪽에 있는 도시가 아니라 우리가 사는 한적한 교외 마을에서. 이 소식은 모든 신문과 TV와 라디오에 나왔다. 그런 흥밋거리는 바짝 마른 건초 더미에 떨어뜨린 성냥개비나 마찬가지였다. 그런 사소한 것으로부터 뭐가 터져 나올지는 아무도 예측할 수 없다.

학교에서는 조회가 열렸고 우리는 교장 선생님과 제복 경찰관으로부터 훈시를 들었다. 실종된 어린 소녀는 캐터마운트 스트리트에 사는 4학년생이라고 했다. 우리는 낯선 사람과 얘기하지 말고, 혹시 낯선 사람이 접근하면 최대한 신속하게 달아나서 부모님, 선생님, 리켓 교장 선생님에게 알려야 한다고 주의를 들었다.

그와 동시에, 실종된 어린 소녀가 뉴브런즈윅에 사는 소녀의 친부에게 유괴된 건 아닐까 하는 의심도 있었다. 친부는 체포되어 심문을 받았지만 딸에 대해서는 아무것도 알지 못한다고 주장했다.

며칠 동안은 실종된 소녀에 대한 뉴스가 계속 나왔다. 그러다가, 사라진 소녀의 뉴스는 점점 드문드문해졌다. 그러더니 뉴스가 끊겼다.

일단 실종되면 아이는 영영 돌아오지 못한다. 그런 진실은 중학교쯤 가면 배우게 된다.

마리스카는 은신처에 안전하게 잘 있었다. 낡은 마구간에서도 뒤쪽 가장 먼 마방, 아무도 들여다보지 않을 그곳에.

사촌 동생 에이미가 나만 두고 가버린 것은 내 잘못이 아니었다.

사람은 평생 동안 과거로 돌아가기를 갈망한다. 잃어버린 것을 다시 찾기를 갈망한다. 그것이 돌아올 수만 있다면 끔찍한 짓도 저지를 수 있다. 어느 누구도 이해할 수 없는 그런 짓도.

두 번째 주운 인형은 9학년이 되어서야 발견했다.

애니는 얼굴이 예쁜 여자아이 인형이었다. 피부를 만져보면 진짜 사람 피부 같았다. 다만 칠이 좀 벗겨져 있어서 그 밑으로 쉽게 바스러지는 흉한 회색 고무가 들여다보였다.

애니는 작은 인형이어서 마리스카처럼 크거나 무겁지 않았다. 애니는 카우걸 복장을 하고 있었다. 스웨이드 스커트에 반짝이는 버클이 달린 벨트, 작은 스웨이드 조끼와 셔츠를 입고 작은 검정 타이를 매고, 발에는 카우보이 부츠를 신었다. 조금 망가진 부분이 있었는데, 비틀린 팔 하나가 어깨 소켓에서 헐겁게 돌아갔고, 진한 주황색 곱슬머리는 일부가 뭉텅 빠져서 그 아래로 고무 두피가 드러나 보였다.

그래도 푸른빛이 감도는 얌전한 보라색 구슬 눈동자와 뺨에 난 주근깨가 예뻐서, 보고 있으면 절로 미소가 떠오르는 인형이었다. 애니의 눈은 아기 에밀리의 눈처럼 뒤로 기울이면 감기고 세우면 떠졌다.

내 친구가 먼저 우리 집 근처 공원에서 애니를 발견했다. 어린아이들이 소리를 지르고 웃으며 그네를 타는 놀이터 위쪽 작은 수풀에 피크닉 테이블이 여러 개 놓여 있었는데, 그중 낙서가 잔뜩 새겨진 테이블 밑 땅바닥에 카우걸 인형이 반듯이 누워 있었다.

여기야! 빨리.

내 친구가 나를 앞으로 떠밀었다. 내 친구의 단단한 손이 등에 느껴졌다.

와, 이게 뭐야? 피크닉 테이블 아래 이런 게 있네? 나는 굉장히 흥분됐다. 나는 자세히 보려고 몸을 굽혔다.

인형! 카우걸 인형! 버려진 인형이다.

피크닉의 잔해들이 바닥에 쌓여 있었다. 음료수 병, 도시락 용기, 담배꽁초들. 주황색 머리카락에 주근깨가 난 카우걸이 이런 데에 버려져 있다는 건 너무 잔인했다.

인형 팔이 펼쳐져 있었다. 두 다리와 몸통이 기이한 각도를 이루고 있었다. 애니는 등을 바닥에 대고 떨어져 있었기 때문에 눈이 반쯤 감겨 있었지만, 눈꺼풀 아래로 유리처럼 반짝이는 눈동자에 서린 놀람과 공포가 보였다.

도와줘! 날 두고 가지 마.

우리는, 내 친구와 나는, 애니의 애원을 또렷이 들었다. 애니의 목소리는 속삭이는 것처럼 나지막했고, 갈라진 붉은 입술은 거의 움직이지 않았다.

나는 애니를 후드 재킷 안에 품고 안전하게 안아주었다.

내 친구는 공원을 나와서 사람들이 잘 모르는 길로 나를 이끌었다.

내 친구가 내 앞에서 길을 잘 아는 사람처럼 나를 이끌었다.

마구간까지, 그 뒤쪽의 그늘진 마방까지는 500미터 정도 되었다.

이렇게 해서 경이로움의 감정과 함께 두 번째로 주운 인형 카우걸 애니가 집에 왔다.

이 무렵에는 캐터마운트 스트리트에 살던 4학년짜리 꼬마 소녀 이야기는 거의 나오지 않았다. 그 아이는 사라졌고 다시는 돌아오지 않았기 때문이다.

그리고 새로 실종된 소녀는, 프로스펙트 하이츠 공원에서 사라졌다. 소녀가 그네를 타는 동안 언니와 오빠가 지켜보기로 했는데, 친구들한테 잠깐 정신을 판 사이 소녀는 사라졌고, 돌아오지 않았다.

또다시 학교는 바짝 긴장했다. 사라진 소녀는 다른 학교 3학년생이었는데도. 지금껏 낯선 사람에 대한 경고를 9학년들까지 숱하게 들었는데도. 강당 연단에서 훈시를 하던 제복 경찰관은 "아이를 데려간 사람은 반드시 잡힐 것"이라고 안심시켰지만, 그런 말들도 결국은 만날 하는 소리여서 어떤 아이들은 씩 웃기도 했다.

소녀가 사라진 날 오후 공원에는 군인들이 있었다. 공원 근처 놀이터에는 항상 군인들이 있고, 그들 중 일부는 범죄 전과가 있었다. 이 군인들은 경찰에 체포되어 심문을 받았다. 그러나 우리는 알았다. 어린 소녀는 다시는 발견되지 못하리라는 걸.

이제는 스쿨버스에서 나이 많은 애들이 나를 괴롭히지 않았다. 내가 더 이상 어리지 않기 때문이었다. 내 눈에는 그런 아이들을 향한 증오가 이글이글 타올랐고, 그들은 나를 슬슬 피했다.

나는 존경을 받으려면 강철처럼 차갑고 묵묵해야 한다는 것을 배웠다. 아니면 거칠어져야 한다. 약점을 보이면 안 된다. '착하게' 굴어서도 안 된다. 그랬다간 딱정벌레처럼 강한 놈의 부츠 아래 밟히게 될 것이다.

그러나 이제 내 삶에 두 번째 주운 인형이 들어왔다. 나는 그런 애들이 나를 어떻게 생각하는지 신경 쓰지 않았다. 내 친구 외에 다른 누가 나를 어떻게 생각하건 전혀 신경 쓰지 않았다.

두 번째 주운 인형. 내가 열네 살 때였다.

그렇게 금방은 아니었다. 내 친구가 신중해야 한다고 경고했으니까.

그렇게 금방은 아니지만 2년 만에, 세 번째 주운 인형이 내 삶에 들어왔다.

그러고 나서 11개월 후에 네 번째 인형도.

우리 동네에서 주운 건 아니었다. 이 인형들은 프로스펙트 힐에서 몇 킬로미터 떨어진 다른 마을에서 찾았다.

이제 나는 운전면허를 땄고, 엄마 차를 쓰고 있었으니까.

학교에서 나는 조용한 아이였지만, 선생님들은 나를 좋아하는 것 같았고 내 성적은 대체로 상위권이었다. 집에서도 나는 조용한 아이였고 아버지는 나만 보면 돌아버렸다. 아버지의 눈에 나는 시무룩하고 반항적인 아이였기 때문이다.

나는 말을 하는 대신 툴툴거리거나 속으로 중얼거리는 버릇이 있었다. 부모님을 포함해서 어른들이라면 아예 쳐다보지 않는 버릇도 있었다. 그렇게 하는 게 더 편했기 때문이다. 내 친구는 내가 그를 쳐다보는 걸 원하지 않았다. 내 친구는 그렇게 쳐다보는 데 노력이 필요하다는 걸 이해하고 있었다. 인형은 나에게 적개심을 가지고 내 영혼을 들여다보지 않으니까 아무 두려움 없이 인형의 눈을 바라볼 수 있다. 하지만 다른 사람을 쳐다보는 경솔한 실수를 저질러서는 안 된다. 아버지는 내가 아버지와 절대 시선을 마주치지 않는 것에도 미친 듯이 화를 냈다. 내가 아버지를 경멸한다는 것이다.

아버지는 말했다. 저 자식은 대학이 아니라 군대에 보내야 돼. 군대에 가면 사람이 되겠지.

엄마는 애원했다. 로비는 심리 치료를 받아야 해. 내가 말했잖아. 제발 로비를 심리 치료사한테 데려가게 해줘.

그렇게 해서, 열여덟 번째 생일날 G 박사와 진료 예약이 잡혔다. G 박사는 (사이코) 치료사이고 문제 청소년 전문이었다. 나는 G 박사와 마주 보는 의자에 앉았다. 그 여자를 바라보는 내 눈에 공포와 혐오가 드러나지 않도록 조심하면서,

단호한 태도로 마룻바닥과 여자의 발만 노려보았다.

　G 박사의 진료실에는 가구가 듬성듬성 채워져 있었다. G 박사는 책상 뒤에 앉지 않고 편안한 의자에 앉았다. 그래서 다리가 고스란히 보였다. 통통한 중년 여자의 다리였다. 학교 교실에서는 선생님들이 책상 뒤에 앉아서 다리는 가려지고 상체만 볼 수 있는데, 그편이 훨씬 바람직한 것 같았다. 교실에서는 선생님들이 턱관절을 쉴 새 없이 움직이는 우스꽝스럽고 커다란 인형이라고 쉽게 생각할 수 있었다.

　G 박사는 자기 자리에서 1.5미터쯤 앞에 놓인 의자에 앉으라고 했다. 편안한 의자였지만 나는 그 의자에 앉아서도 전혀 편안하지 않았다. 바짝 경계해야 한다는 것쯤은 잘 알고 있었다.

　"자, 로비? 나한테 말해보렴. 어머니는 네 성적이 굉장히 좋다고 말씀하시던데. 학교생활에는 분명히 문제가 없는 거지. 하지만 집에서는……" 여자가 친절하게 굴수록 더 믿음이 안 갔다. 나는 눈을 들어 여자를 쳐다보았다. 내 친구가 경고했다. **믿지 마! 한순간이라도, 그러면 끝장이야.**

　그때 방 저쪽 의자에 놓인 인형이 보였다. 인형의 머리는 몸에 비해 컸고 얼굴은 상기된 것처럼 눈부시게 빛났고, 도도하고 아름다웠다. 인형의 짙은 속눈썹 달린 눈이 나에게 고정되어 있었다.

　G 박사의 환자들 중에는 어린아이들도 있다고 들었다. 10대들, 어린아이들. 문제 있는 아이들.

진료실에 가구는 드문드문 놓여 있었지만 인형들은 크기와 종류가 다양하게 꽤 많이 있었다. 하나하나가 다 독특하고 특이한, 수집가가 모으는 아이템이었다. 선반 위, 창턱 위, 그리고 이 어린이 사이즈의 흰색 고리버들 안락의자에 앉혀놓은 인형까지. 치료사의 따뜻하고 친근하고 친절한 목소리가 거의 들리지 않았다. 그만큼 인형이 나를 붙드는 힘은 강력했다.

"내 앤티크 드레스덴 인형이 마음에 드나 보네? 저건 1841년에 만든 건데 상태가 꽤 좋아. 나무로 만들었고 얼굴은 색을 칠한 건데 색도 거의 바래지 않았지……." G 박사는 이런 말에 분명히 내가 반응을 보이리라 기대했겠지만, 나는 그저 찌푸린 얼굴로 말없이 앉아 있었다. 다른 사람이었다면 미소를 지었겠지만 나는 미소도 짓지 않았고, 공손하지만 바보 같은 질문도 던지지 않았다. 나는 남자아이니까 인형에 관심을 보여서는 안 되는 것이다.

나를 노려보는 인형의 구슬 눈을 보고 있으려니 아기 에밀리의 눈이 생각났다. 그리고 그 눈은 희미하게 나를 알아보는 것 같았다.

흥미로운 일이었다. 드레스덴 인형이 나를 '아는' 것처럼 보이다니. 그러나 치료사와 같이 있어서 드레스덴 인형이 조금도 무섭지 않았다.

드레스덴 인형은 나무로 만들었어도 아름다웠고, 내 주운 인형들과는 닮은 구석이 전혀 없었다. 처음에는 짙은 색 곱슬머리인 줄 알았는데 자세히 보니 머리카락도 그냥 나무에 짙은 갈색을 칠해놓은 것뿐이었다.

"아주 어린 친구들은 나보다 인형한테 말하는 걸 더 좋아하기도 하는데." G 박사가 말했다. "하지만 너는 거기에 해당될 것 같진 않네, 로비?"

나는 아니라는 의미로 고개를 저었다. 그건 로비한테 해당되는 사항이 아니다.

진료실 다른 곳에는 더 작은 인형들이 있었다. 선반 위에는 경쾌한 색으로 칠한 러시아 인형이 있었는데, 그 안에는 더 작은 인형이, 또 더 작은 인형들이 들어 있을 것이다. (나는 이런 러시아 인형이 약간 구역질이 나서 싫었다. 여자가 배 속에 아기를 품고 있는데 그 아기가 또 배 속에 아기를 가지고 있으면 얼마나 끔찍할까 하는 생각이 들어서다.) 선반 위에는 꼭두각시 인형 같은 봉제 인형들이랑 조개껍질과 자개로 덮인 작은 뮤직박스가 있었고, 일본 부채와 나무를 깎아 만든 동물 조각상들이 있었다.

듬성듬성 놓인 가구 색깔과 바닥의 카펫 색깔도 둔탁한 회갈색이고, G 박사도 둔탁한 회갈색에 밋밋한 옷을 입고 있어 감정을 불러일으킬 만한 여지가 전혀 없었지만, 이 수집가의 아이템들은 G 박사에게 뭔가 복잡하고 비밀스러운 측면이 있음을 암시하고 있었다.

"왜 부모님에게 얘기하는 게 그렇게 어려운지 나한테 말해

주렴, 로비. 어머니 말로는……." 조용하고 고집스럽고 여성
스러운 목소리로 G 박사가 말했다.

할 말이 없으니까요. 내 진짜 인생은 다른 곳에, 누구도 따
라올 수 없는 곳에 있으니까요.

나는 사람들을 싫어했다. 특히 날 '도와주고' 싶어 하는 어
른들을 싫어했다. 하지만 이 G 박사는 좀 마음에 들었다. 그
래서 내 진단명을 찾아내서 내 문제가 뭔지를 알아내도록 도
와주고 싶다는 생각이 들었다. 그러면 부모님도 만족하고 날
가만 내버려둘 테니까. 하지만 도와줄 방법을 생각해낼 수가
없었다. 내 마음속 가장 깊숙이 있는 비밀을 말해줄 수는 없
기 때문이었다.

저 색칠한 얼굴의 드레스덴 인형을 자세히 들여다보고 싶
어서 미치겠다. 저 드레스덴 인형을 집에 가져가고 싶어서
미치겠다.

G 박사는 5개월인가 6개월에 걸쳐 전부 다 해서 스무 번
정도 만났다. 나는 좋은 환자는 아니었다고 생각한다. 영화
나 TV에 나오는 '문제 있는' 사람들이 치료사들에게 마음의
문을 여는 것과는 달리 나는 G 박사에게 절대로 마음의 문을
'열지' 않았다.

G 박사를 만나는 동안 의미가 있을 만한 건 아무것도 드러
내지 않았다. 그 대신 50분의 상담 시간 내내 대담하게 나를
노려보던 드레스덴 인형에 붙들려 있었다.

드레스덴 인형은 나를 무서워하지 않았다. G 박사의 보호를 받고 있기 때문이었다. 박사는 절대로 우리 둘만 남겨놓고 진료실을 나가는 법이 없었다.

넌 날 만질 수 없어. 난 못 만져! 난 저 여자 거니까.

넌 날 '줍지' 못했어. 난 언제나 여기 있었어. 그리고 네가 여기 없을 때에도 난 계속 여기 있을 거야.

그 갈망이, 분노가, 내 얼굴에 드러났는지 G 박사는 하던 말을 멈추고 갑자기 외쳤다. "로비! 지금 무슨 생각 하는 거야? 뭔가 마음속에 떠올랐니? 지금?"

미친 말벌 같은 뭔가가 내 마음속에 들어왔을까? 종이비행기가 날아든 것처럼? 옆구리를 쿡 찌르는 것처럼?

조용히, 나는 아니라고 고개를 저었다.

시선을 낮추고, 카펫 위의 한 점을 노려본다.

내 친구의 경고대로. 절대 눈 마주치지 마. 너도 그 정도는 알잖아.

그랬다. 나는 실수를 했다. 하지만 드레스덴 인형 말고 다른 사람들까지 알 정도로 치명적인 실수는 아니었다.

저건 그냥 인형일 뿐이야. 나무로 만든 거잖아.

저건 나의 주운 인형이 될 수 없어. 나는 저걸 절대 만질 수 없을 테니까.

저 인형은 절대 마구간에 데려가면 안 돼. 그곳의 다른 언니 인형들 사이에 보관해서는 안 돼.

"뭔가 신경 쓰이는 게 있니, 로비? 이 방 안에?"

고개를 저었다. 아니요.

"다른 방으로 옮기면 좀 더 편안할까?"

고개를 저었다. 아니요.

그리고 그다음 상담에서―(그것이 마지막 상담이 되었다)―흰색 고리버들 안락의자에 앉아 있던 드레스덴 인형이 사라진 것을 보고 충격을 받았다. 인형이 있던 자리에는 자수를 놓은 쿠션이 놓여 있었다.

물론 나는 아무 말도 하지 않았다. 내 얼굴은 얼어붙은 채 굳어서 아무 감정도 드러내지 않았다.

"이젠 좀 더 편안하겠지, 로비?"

G 박사는 부드럽게, 재촉하듯 말했다. 이제는 이 매력 없고 볼품없는 여자가 싫다. 드레스덴 인형이 나를 장악해버린 걸 이 여자가 알아챈 게 싫다. 주운 인형들에게 내가 마음을 빼앗겼다는 걸 어림짐작이나마 할 수 있는 사람은 이 넓은 세상에 오직 이 여자뿐이다.

나는 이 여자가 미웠고 이 여자가 무서웠다. 그래서 갑자기 통제력을 잃고 이 여자에게 마구 고함을 지르며 드레스덴 인형을 다시 보게 해달라고 애걸할 것 같았다. 아니면 눈물을 터뜨리며, 내가 인형들을 주웠다고, 그래서 마구간에 숨겨놨다고 다 털어놓을 것만 같았다.

순간 무너져버릴지도 모르겠다는, 다시 주워 담을 수 없는 고백을 입 밖에 낼지도 모른다는 기분이 들면 정말이지 끔찍하다. 그래서, 나는 아예 입을 다물어버렸다. 내 목을 꽉 닫아버렸다. G 박사는 평소처럼 신중하게 고른 가볍고 친밀한 질문들을 던졌지만 나는 일절 대답하지 않았다. 몇 분간의 어색한 침묵이 흐른 후, G 박사는 나에게 공책과 펜을 내밀고는 직접 말을 할 수 없다면 공책에 내 생각을 적어보라고 제안했다. 나는 공책을 받아 들고 수줍지만 단호한 소년의 미소를 지어 보였다. 그러고는 '안녕히 계세요'라고 큼직하게 써서 공책을 돌려주었다.

나는 이미 일어서 있었다. 나는 이미 사라지고 없었다.

고등학교를 졸업하고 대학 입학을 '연기하기로' 결심했다. 내 성적은 좋은 편이었고 특히 물리학과 수학 성적이 좋았다. 졸업식 날 안내장에 인쇄된 내 이름 옆에는 최우등 졸업생을 의미하는 별표가 새겨져 있었다. 그러나 나는 대학에 지원하지 않았다. 선생님들과 학교 생활지도 선생님들은 내 결정에 당혹스러워했지만, 엄마는 어느 정도 이해해주었다. 아버지가 집을 나갔으니, 그런 시기에 그런 큰 집에 엄마만 혼자 남겨두는 것이 염려되어 그렇게 결정했나 보다고 생각했을 수도 있겠다.

나만 알고 있었다. 주운 인형들을 놔두고 갈 수 없기 때문이라는 건.

내 인형들이 낯선 사람들의 눈에 띄게 될 위험을 도저히 감수할 수가 없었다. 주운 인형이 발각된다면, 생각만으로도 끔찍했다.

종종 잠이 오지 않으면, 손전등을 들고 마구간으로 나갔다. 달빛에 잠긴 마구간 건물은 어두운 바다 위에 떠 있는 유령선 같았다. 야행성 새들이 지저귀는 소리와 여름이면 야행성 벌레들이 잉잉대는 소리가 머릿속 음흉한 생각처럼 사방으로 번져갔지만, 그 밖에는 모든 게 고요했다.

주운 인형들은 합판과 건초로 만든 임시 요람 안에 고요히 누워 있었다. 인형들은 자매처럼 나란히 누워 있었지만 각자 개성이 뚜렷했다. 어쩌면 서로 자기가 제일 예쁘다고 주장하고 있었는지도 모르겠다.

마리스카. 애니. 밸러리. 이밴절린. 바비.

바비는 그 악명 높은 바비 인형 중 하나였다.

내가 주운 건 신부 바비다. 천사 같은 금발의 소녀 인형이 아련히 빛나는 흰색 실크 드레스를 입고 있다. 들어 올리면 드레스 자락이 살포시 흔들린다. 흠 하나 없는 머리에는 레이스 베일을 쓰고 있었다. 아이의 몸매는 아니고 성숙한 여인의 미니어처다. 드레스 상체 부분 쪽으로 가슴이 도드라지고, 우스꽝스럽도록 가느다란 허리와 균형 잡힌 엉덩이를 가지고 있었다.

내 친구는 말했었다. 하나쯤은 괜찮을 거야. 바비한테도 기회를 주자.

바비는 사실 줍기가 제일 힘든 인형이었다. 이렇게 작고 가벼운 인형이 그렇게 큰 소리를 지르리라고는 상상도 못 했다. 그렇게 예쁘게 다듬은 날카로운 손톱으로 내 맨팔에 그런 상처를 입히리라고는 생각도 못 했다.

말을 안 들으면 산산조각 내버려. 그런 식으로 굴면 목숨이 위태로울 거라고 말해.

합판과 건초로 만든 임시 요람 안에 바비는 어마어마한 놀라움과 증오로 트랜스 상태에 빠져 있기라도 한 것처럼 미동도 없이 누워 있다. 옆에 누운 언니 인형을 곁눈질하는 일도 없다. 바비의 옆에는 뼈대 없이 부드러운 헝겊 인형이 누워 있었다. 창백하고 예쁜 얼굴에 백금색 곱슬머리 위로 모조 다이아몬드가 반짝이는 작은 왕관을 쓴 인형이다.

이밴절린은 우리 마을 외곽에 있는 캠핑카 촌인 주니퍼코트에서 왔다. 이밴절린은 내 친구의 제안에 따라 거의 반항도 하지 않고 나와 함께 이곳에 왔다. 이밴절린은 몸이 많이 부실한 인형이었다. 머리는 플라스틱인지 플라스틱과 도자기의 합성인지 모를 재질로 만들어졌지만, 몸은 양말 인형처럼 뼈대가 없었다. 그래서 몸부림을 많이 치지 못하고 낙담해서 기절한 것처럼 내 앞에 그대로 쓰러졌다. 마치 누군가의 익살스러운 손이 빠져나오면 양말 인형의 생명은 끝나버리는 것처럼.

누구도 이밴절린을 찾지 않았다. 이밴절린은 그녀의 언니 오빠나 주니퍼코트의 다른 아이들처럼 가출한 아이였던 것 같다.

인형들을 두고 마구간을 나올 때는 인형들 위에 카키색 캔버스를 말끔하게 덮어놓았다.

이 카키색 캔버스는 마구간에서 내가 찾아낸 것 중 가장 깨끗한 덮개였다.

마구간 안의 수많은 가구와 버려지고 잊힌 물건들은 더럽고 색 바랜 캔버스 천 조각으로 덮여 있었지만, 주운 인형들을 덮어준 덮개는 꽤 깨끗했다.

인형들이 따뜻하게 지내도록 그 위에 담요를 덮어줄 수도 있었지만, 누군가 눈치채고 의심을 하게 될까 싶어 그러지 않았다.

마구간의 이쪽까지는 아무도 들어오지 않았다. 지난 몇 년 동안이나. 그러나 나는 누가 마구간에 들어와 내 주운 인형들을 볼 수도 있다는 비이성적인 두려움을 늘 가지고 있었다.

내 친구는 말했다. 얘들은 여기에 있으면 행복해. 얘들은 여기에 있으면 평화로워. 얘들의 짧고 비극적인 인생에서 이게 얘들한테는 가장 최선으로 대해주는 거야.

G 박사와의 진료를 중단하고 얼마 되지 않은 어느 밤, 마구간 입구에서 발소리 같은 소리가 들렸다. 나는 경악하며 그곳으로 불빛을 겨눴다. 엄마다! 엄마를 죽여야 해.

그러나 그곳엔 아무도 없었다. 집에 돌아왔을 때도 집 안은 아까처럼 어두웠다.

마음이 놓였던 것 같다. 엄마를 제압하고 입을 막고 질식시키는 건 쉬운 일도 유쾌한 일도 아니니까. 엄마는 주운 인형들보다 훨씬 크니까.

밤이면 엄마는 대체로 깊이 잠들었다. 내 생각에 엄마는 심한 약물중독이었던 것 같다. 가끔 나는 달빛에 잠긴 엄마 방 앞에 서서 거대한 캐노피가 달린 침대 위에 움직임 없는 마네킹처럼 담요를 덮고 누운 엄마를 지켜보았다. 가끔 엄마의 리드미컬한 호흡이 부드럽게 코 고는 소리로 잦아들 때가 있는데 그것이 나에겐 위안이 되었다. 잠에서 깨어 문 앞에 서 있는 나를 보면 엄마는 나를 알아보고 바라보았다. 엄마는 항상 나에게 말을 걸었고, 물어보는 말에 대답하지 않아도 날 기다려주었다.

내가 그저 웅얼거리거나 툴툴거리는 반응만 보여도, 그리고 엄마의 시선을 피해도, 엄마는 절대 기 죽지 않고 계속해서 내 앞에서 재잘거렸다. 엄마의 말들은 혼잣말 같으면서도 꼭 내게 말을 거는 것처럼 들렸다.

내 친구는 나를 동정하며 내 어깨에 손을 얹었다. 내 친구가 우리 집 안에 나타난 건 처음이었다.

너도 알잖아, 로비. 저 여자를 입 다물게 하는 편이 더 좋다는 거. 하지만 너 같은 겁쟁이가 해낼 수 있는 일이 아니지.

(참 이상한 일이다. 내 친구는 전에는 **겁쟁이**라는 말을 한 적이 없다. 하지만 아버지는 가끔 나를 비웃으며 **겁쟁이**라고 부르곤 했다.)

여섯 번째 인형을 주웠다. 알고 보니 꽤 실망스러운 녀석이었다. 하지만 줍기 전에는 알 수 없는 일이었다.

그럼에도 나는 트릭시를 다른 인형들과 함께 보관했다. 가끔은 덩어리진 시큼한 우유 같은 퍼그를 닮은 얼굴과 원망하는 기색의 초록색 구슬 눈 때문에 불쾌한 기분이 들었지만, 그래도 트릭시의 요람에서 캔버스 천을 걷어버리지는 않았다. 아, 그 지저분하고 바보 같은 싸구려 옷이라니. 금속 장식이 달리고 목이 깊게 파인 상의는 가슴골을 고스란히 드러내 보였고, 프릴 장식이 붙은 터키석 색깔의 북슬북슬한 발레리나 스커트와 뾰족한 굽의 작은 구두는 정말이지 당혹스러웠다.

트릭시는 이제 그만!

트릭시 위에는 카키색 캔버스 덮개를 덮을 것이다. 짜잔! 내 친구의 말처럼.

그리고 일곱 번째로 주운 인형은, 남자아이 인형이었다.

이름도 되게 이국적이다. 바라타.

바라타의 피부는 사람을 꼭 닮은 연갈색의 섬세한 고무로 되어 있어서, 얼굴을 손가락 끝으로 어루만지면 몸에 전율이 일면서 따뜻한 기분이 들었다. 피부 바로 아래 모세혈관이 투명하게 들여다보이고, 눈동자는 멀건 갈색이 아니라 따뜻한 초콜릿빛 갈색이다.

그리고 짙은 속눈썹도. 소녀의 눈처럼 아름답다.

바라타는 치노 바지에 하늘색 티셔츠를 입고, 파란 스니커즈를 신었고 양말은 신지 않았다. 다리에는 작은 근육이 잡혀 탄탄하고 늘씬해서 누나 인형들의 다리보다 훨씬 보기 좋았다.

손바닥은 몸의 다른 부분보다 색이 엷었다. 나는 여기에 매료되었다. 일반적으로 '유색인종'들은 몸의 다른 부분보다 손바닥 색이 더 엷은가? 내가 아는 사람들 중에는 '유색인종'이 없었다. 가족 중에도 유색인종을 아는 사람은 없었다.

내 친구는 말했다. 봤지, 로비? 너는 소년들에 대해 선입견을 갖고 있었던 거야. 하지만 봐. 놀라운 아이템을 갖게 됐잖아.

바라타는 인형 중에서도 덩치가 큰 편이었고, 사랑스럽고 예쁜 소년의 얼굴과 아주 까만 곱슬머리를 가지고 있었다. 인형의 검은색 속눈썹이 가볍게 붉은 기를 띤 뺨에 스쳤다. 바라타의 입만 보면 소년의 입인지 소녀의 입인지 모를 정도였다.

바라타는 부드럽게 끽 소리를 내는 게 아니라 진짜 말을 하려고 기를 쓰던 유일한 인형이었다. 바라타의 입이 움직였고, 나는 아이의 말을 들으려고 몸을 굽혔지만, **여기…… 여기가 어디……. 누구세요……? 나는…… 여기 있고 싶지 않아……** 같은 소리만 들렸다.

다른 주운 인형들이 이 주운 소년 인형에게 질투를 느끼거나 동경하는 마음을 품을 것 같았다. 그러나 인형들은 자기 감정을 잘 숨겼다. 인형들은 자기가 처한 입장을 잘 알고 인형의 주인인 나의 심기를 거스르고 싶지 않기 때문이었다.

그런 말을 한 사람은 내 친구였다. 로비, 넌 인형의 주인이야. 네 권위를 절대 내려놓아선 안 돼.

엄마가 말했다. "정말이야. 우리에겐 선택의 여지가 없어. 이집은 너무 커. 방들도 대부분 잠가놨고 난방도 안 하잖니. 이정도 집이면 대가족이 살아야 하는데 이제 우리 둘뿐이잖아."

우리 둘뿐이라는 말을 듣는 게 상처가 되었다. 우리 둘뿐이라는 말은 수치스러운 굴복을 인정하는 말인 것 같았고, 들리지 않게 작은 소리로 중얼거려야 할 것 같았다.

"그래서 어쩌자고요, 엄마? 이 집을 팔고 싶으신 거예요?"

내 귀에서 화재 경보처럼 요란하게 쨍그랑대는 소리가 울리기 시작했다. 엄마는 차분하게 부동산 업체에 연락을 하고 집을 파는 과정을 감독해달라고 나에게 부탁했지만, 엄마의 말소리가 거의 들리지 않았다.

"중요한 결정이야. 우리 인생에서 중요한 단계이기도 하고. 하지만 우리한테 선택의 여지가 없는 것 같아. 재산세는 둘째 치고……."

그랬다. 재산세가 오르고 있었다. 뉴저지에서는 모든 종류의 세금이 다 오르고 있었다.

"이제 가족 중에 공립학교에 다니는 사람도 없는데 교육세를 내야 하다니 말도 안 되지. 이모가 강가에 있는 콘도 광고지를 보여줬어. 침실이 두 개나 세 개 있는 콘도인데, 아주 현대적이고 최신 유행에 맞게……."

엄마는 신경질적으로 흥분한 듯 재잘거렸다. 어차피 내가 무슨 대꾸를 하리라고 기대하고 떠드는 것은 아니었다. 로비는 원래 그런 애니까.

아버지는 프로스펙트힐 위의 이 휑하고 거대하고 낡은 빅토리아시대 저택을 떠나면서 앞으로 이 집과 자신은 아무 관계도 없다는 점을 분명히 명시하고 나갔다. 이혼 합의를 하면서 그는 엄마에게 집을 넘겨주었고, 대신 이혼 수당은 지불하지 않았다. 엄마가 물려받은 재산에서 작게나마 투자 수익이 들어오기 때문이었다. 엄마는 가끔 울었지만 자주 안도감을 표현했다. **네 아빠가 떠났어.**

부모님이 이혼하기 몇 년 전부터 아버지와 나는 서로 거의 마주치지 않았다. 아버지는 우리가 사는 교외 마을로 돌아오고 싶어 하지 않았고, 내 고등학교 졸업식에 참석하는 것도, 엄마와 엄마 친척들을 피해야 하는 것도, 자신에게는 꽤나 힘든 일이라고 분명히 말할 정도였다. 나는 우리 마을을 떠나는 걸 원치 않아서, 우리는 간간이 이메일을 주고받았고, 아주 가끔씩 전화 통화를 하는 정도로 연락을 했다. **깨지기**

쉬운 관계야. 내 친구는 나를 위로해주었다. **애초부터 너덜너덜한 관계였잖아.**

엄마와 나는 '가까웠다'고 말할 수도 있을 것이다. TV 드라마의 두 배우가 여러 시즌 동안 함께 출연하면서, 이야기가 어떻게 흘러갈지도 모르고 '등장인물'의 운명도 모르면서, 아직은 조바심을 내지 않은 채 준비된 대본을 읊으며 연기를 하는 것과 비슷했다.

나는 스무 살이었다. 그러더니 금방 스물두 살이 된 것 같았다. 주운 인형은 1년에 한 개 이상은 필요 없었고, 많이 주워 오는 게 신중한 짓도 아니었을 것이다. 엄마가 나한테 우리 집을 팔자고 말했을 때는 스물세 살이었다. 나는 결국 대학에 진학하지 않았다. 다른 삶에서 대학에 진학했다면, 좋은 대학에 가서, 어쩌면 프린스턴에서, 과학이나 수학을 전공했을 것 같다. 그 다른 삶에서였다면 지금쯤 캘리포니아공과대학이나 MIT 같은 곳의 대학원생이 되었겠지. 약혼을 했을 수도 있고, 어쩌면 결혼을 했을지도 모른다.

아니, 아마 아닐 거다. 약혼도 결혼도 하지 않았을 거다.

같이 고등학교를 졸업한 동창생들과 보조를 맞추지 않으니 시간은 빠르게 흘러간다. 엄마의 시간은 멈춰 있는 것 같았다. 엄마는 몇 년 동안이나 몇 명 되지 않는 친구들만 만났는데, 대개는 과부이거나 나이 많은 친척 아줌마들이었다. 그에 비해 내 시간은 훨씬 더 빠르게 흘러갔다. 사람들은 나를 은둔자라고 부르겠지만, 나는 불행하지 않았다. 아버지는 스스로를 실패자라 여겼고 그것이 그의 인생에서 독이 되었지만, 나는 내가 사회의 낙오자나 실패자라고 생각하지 않았다. 나와 세상과의 관계는 주로 인터넷을 통해 이어져 있었다. 나는 **인형의 주인**이라는 이름으로 웹사이트를 열었고, 그곳에서 수많은 사람들을 만났다. 이 웹사이트에다 어둑하고, 모호하고, '시적인' 주운 인형들의 사진을 올렸다. 이미지들은 어둡고 흐릿해서 알아보기 어려웠지만, 사이트 방문자들은 사진을 보고 '으스스해요', '기괴해요', '좀 더 보고 싶어요!' 같은 반응을 보였다. 나는 내 웹사이트의 방문자들과 마음을 터놓고 이메일을 주고받았고, 그런 이메일들은 내 인생에서 큰 부분을 차지한다. 사람들과 주고받는 이메일은 나에게는 아주 흥미진진한 것이고, 아마 그들에게도, 그리고 이 여자들 중 일부에게도 (나는 그들이 대부분 여자일 것이라 생각한다) 그럴 것이라 믿는다. 우리는 근본적인 주제를 에두르면서 우리의 (금지된) 욕망을 표현하기 위해 은유나 시적인 표현들을 함께 찾아왔다. 우리의 삶에서 나이, 신분, 학력, 직장, 거주지, 가족 관계, 일상생활 따위의 바보 같은 성질들을 제거하고 나면 흥미진진한 핵심이 드러나게 마련이라는 사실을 알게 된 것이다.

엄마는 내가 마을의 부동산 업체에 연락해서 사장과 만났다고 믿고 있다. 엄마는 우리 집이 잔디밭 끄트머리에 흉측

한 간판이 세워지지 않은 우아한 모습으로 매물 목록에 올라 있으며, '이 매물을 살 여력이 있는 진지한 구매자들'만이 고민 중인 거라고 믿는다. 그러나 엄마는 매매가 잘 진행되고 있느냐고 나를 재촉하지는 않는다. 이 집이 정말로 팔리면 어디에서 살게 될지, 앞으로 우리는 어떻게 살게 될지 제대로 생각을 안 하기 때문이다. 그래서 나는 엄마에게 미소를 지으며 이런 말로 안심을 시킨다. "한 번에 하나씩 해요, 엄마. 지금 부동산 시장은 정체기예요. 봄까지는 관심을 갖는 사람이 없을 수도 있어요."

그러나, 이런 소박한 평온은 갑작스럽게 끝나버렸다.

아무래도 내 친구가 나를 버린 것 같다. 내 친구는 이제는 나에게 아무 조언도 해주지 않는다.

새로 주운 인형의 경우도 그렇다. 나는 지난 13개월 동안 인형을 하나도 주워 오지 않았고, 그것이 꿋꿋한 인내심과 기개를 보여주는 것이라 믿었다. 내가 절대 충동적이라거나 부주의한 사람이라고는 할 수 없었다. 그보다는 오히려 지나치게 꼼꼼한 편이라고 생각한다. 그래서였겠지만, 새로 주운 인형을 마구간에 가져와서 여러 요람들 옆 작은 요람에 눕히고는, 완전히 홀려버려서 그곳에 너무 오래 머물러 있었다. 시간개념도 다 놓친 채로 완전히 밤이 될 때까지 꼬마 농부 소녀를 손전등 불빛으로 비춰 보면서 그 독특함에 경탄하고 있었다. 몸통 없는 헝겊 인형인 이밴절린을 제외하고는 이 인형이 내가 가진 인형들 중에 제일 부드럽고 힘이 없는 인형이었다. 단단한 머리 말고는 그냥 헝겊 뭉치라 해도 이상할 것이 없었지만, 그럼에도 강렬한 매력을 풍기고 있었다. 아름답지도, 심지어 예쁘지도 않았지만, 마음을 끄는 구석이 있었다. 꼬마 농부 소녀의 얼굴에서 더께를 닦아내니 귀엽고 친근한 사촌 동생 같은 소녀의 모습이 드러났다. 뻣뻣한 땋은 머리와 우스운 입술에, 깜빡이지 않는 큰 구슬 눈은 호박색을 띠고 있었다. 몸통은 천으로 만들었는데 속을 채운 솜이 조금 비어져 나와 있다. 소녀는 가슴받이가 달린 데님 오버롤과 그 아래 빨간색 체크무늬 셔츠를 입었다. 막대기 같은 다리에는 빨간색 긴 양말을, 작은 발 위에는 부츠를 신었다. 옷은 더러웠지만 여전히 알록달록했다. 아마도 버려져 있던 기간이 길지 않아서였을 것이다.

꼬마 농부 소녀는 우리 마을 기차역 뒤 쓰레기 더미에서 끄집어낸 것이었다. 기차역 뒤에는 사용하지 않는 낡은 철로들이 있고, 그 주위의 울타리는 오래전부터 파손된 상태였다. 이곳에서 500미터도 떨어져 있지 않은 플랫폼에는 기차를 기다리는 승객들이 모여 있지만, 여기에는 아이들이나 가끔 가출한 아이들이 들락거리는 것 말고는 아무도 오지 않았다. 이 꼬마 농부 소녀도 '가출한 아이'였을 것이다. 고된 삶에 쫓겨 소녀는 이곳에 왔고, 열차가 떠나고 다음 열차가 올 때까지의 평화롭고 쓸쓸한 휴지기에 내 눈에 띄었다고 생각하는 게 합당할 것이다. 꼬마 농부 소녀를 데려오는 것은 이른바 유괴 게임이었다. 이 꼬마 농부 소녀의 몸이 너무 부드러워서 들어 올리고 접어서 내 후드 재킷 아래에 넣어 가지고 오는 데 조금도 힘이 들지 않았기 때문이다. 소녀가 몸부림치면 손목과 발목을 묶고 입에 헝겊 조각을 쑤셔 넣어서 비명 소리가 멀리 퍼지지 못하도록 했다.

꼬마 농부 소녀를 스테이션왜건 트렁크에 집어넣고 천천히 프로스펙트힐 꼭대기의 집으로 데려오는 데 조금도 힘이 들지 않았다.

왜 내가 이 꼬마 농부 소녀의 주문에 걸렸는지는 미스터리지만, 아마 내 친구는 웃으며 이렇게 말했을 것이다. **로비, 너 참 웃긴다! 네 인형들 모두 다 처음엔 네 마음을 사로잡았었잖아.**

나도 그렇게 생각해서, 바로 그날 밤 꼬마 농부 소녀의 사진을 찍기 시작했다. 다른 인형들보다 좀 더 공들여 기록을 남길 생각이었다. 어쩔 수 없는 시간에 의한 잠식과 부패가 일어나기 전에 기록을 남겨야지. 경험상 이런 환경에서는 그늘져서 어둑한 낮에 사진을 찍는 것보다 플래시를 터뜨려서 찍는 편이 더 '시적'이고 '예술적'인 인상을 자아낼 수 있었다.

"로비? 너니? 왜 여기 있어, 로비……? 지금 뭐 하는 거야?"

꼬마 농부 소녀 위에 쪼그리고 앉아 너무 몰입한 나머지,

엄마가 마구간 뒤쪽으로 다가오는 소리를 듣지 못했다. 바닥을 더듬거리는 엄마의 손전등 불빛을 너무 늦게 발견했다. 그 불빛은 나를 더듬었고, 그리고 마구간 바닥 대부분을 차지한 채 나란히 누워 있는 주운 인형들 위를 더듬었다.

"로비! 이게 다……."

엄마의 칙칙한 손전등 불빛에 비친 주운 인형들은 헝겊 조각을 걸친 해골과 머리카락 몇 가닥이 달린 바스러진 두개골의 모습으로 드러났다. 해골 얼굴에는 하나도 즐겁지 않은 웃음이 번져 있고 안와에는 눈알이 없었으며, 뼈만 앙상한 팔은 안아달라는 듯 펼쳐져 있었다.

이건 엄마의 칙칙한 불빛에 비친 모습이었다. **인형의 주인의 불빛이 아니라.**

나는 재빨리 떨리는 엄마의 손에서 손전등을 낚아챘다. 나는 재빨리 엄마를 안심시켰다. 이건 내가 만든 조각들이라고, 하지만 다른 누구에게도 보여주고 싶지 않았을 뿐이라고.

"조……조각들? 이게……?"

다 설명하겠다고, 나는 엄마에게 말했다. 하지만 먼저 바깥쪽 문부터 닫아야겠다.

군 인
Soldier

그들이 충고했다. 우편물은 열어보지 마세요.

그들이 충고했다. 우편물을 열어보는 건 치명적인 실수가 될 수도 있습니다.

그렇지만 나는 겁쟁이가 아니다. 누구든 내가 겁쟁이라서 **브랜던 슈랭크** 앞으로 오는 우편물을 건드리지도 못한다고 생각할 수 있다는 게, 나로서는 모욕적이다.

그래서, 우편물은 쌓여간다. 내 '법률 지원팀'은 (아무튼 그런 식으로 불렀다) 내 앞으로 오는 이 우편물 더미를 어떻게 처리할지 아직 결정하지 못했다. 편지 중 일부는 뜯어보고 싶다. 나는 친구가 간절하니까. 적들은 두렵지 않다.

T 삼촌이 말했다. 너는 우리 백인들에게는 영웅이야. 네가 순교자가 되기를 원하는 사람도 있겠지만 그런 놈들은 엿이나

처먹으라고 해.

편지들 대부분은 글래스보로 카운티 법원 청사 내 브렌단 슈랭크 앞으로 온다. 물론 슈랭크의 철자는 온갖 방법으로 다 틀려 있고 브렌단은 가끔은 브랜든이나 브레넌일 때도 있다.

물론 이메일이 훨씬 더 많이 오지만(그렇게 들었다) 나는 이메일에 접근할 수가 없다. 이제 나에겐 이메일 계정이 없기 때문이다. 페이스북 계정도 없다. 경찰서에 구류되면 컴퓨터 사용이 허락되지 않고 심지어 자기 소유의 랩톱도 쓸 수 없다. 내 계정에 대한 검열은 내가 처음 체포되었을 때인 4월 초에 시작되었다. 보석으로 석방되었을 때 국선변호인은 한동안 '소셜 미디어'는 건드리지도 말라고 충고했다.

"영원하지는 않을 거예요, 브랜던. 하지만 지금으로서는 그러는 편이 현명합니다."

그리고 또 이렇게 덧붙였다. "저 밖에는 아픈 사람들이 많아요. 우리는 그들과 거리를 유지해야 해요."

처음에 재판이 시작되기 전에는 브랜던 슈랭크 앞으로 오는 편지는 몇 통 되지 않았고, 변호사는 그 편지들을 보여주지 않았다. 그러다 재판이 진행되던 몇 주 동안 우편물이 좀 더 쌓여갔고, 범죄 전과 없는 성인이 스스로를 방어하기 위해 총으로 사람을 쏴 죽여 기소되었다는 소식이 TV와 온라인 뉴스를 통해 알려지면서 전국적인 관심이 쏠리게 되자, 재판이 마무리될 무렵에는 변호사 앞으로 1,000통 이상의 편지가 쌓이게 되었다. 이 편지는 판지 상자에 담겨 법원에서 '안전 가옥'으로 옮겨졌고, 국선변호인 사무실에서 파견 나온 직원들에 의해 분류되었다.

1심 재판은 '미결정 심리'로 결론이 났다. 22일간의 진술과 3일간의 배심원 숙의를 마친 후 배심원 대표는 판사에게 그들이 '희망 없는 교착상태'에 빠졌다고 보고했다. 그렇게 해서 브렌던 슈랭크는 천만다행으로 풀려나 자유의 몸이 되었지만, 곧이어 검사가 항소하겠다고 선언했다. 나는 또다시 재판 기간 동안 글래스보로 카운티 남자 구치소에 구류될 것이고, **과격한 인종 살인범**이라는 죄명을 뒤집어쓰는 모욕을 견뎌야 하는 신세가 될 것이다.

나를 대상으로 인종 혐오가 들끓어 오르는 징조가 있었다. 재판 전 남자 구치소에서 나는 나 같은 (백인) 남자들과 함께 분리 구역에 수감되었다. 나에게는 감방 동료가 없었다. 내가 부상을 입거나 학대당할 것을 우려해 흑인과 히스패닉 교도관도 배당되지 않았다.

그렇게 해달라고 요구한 사람은 내 국선변호인이었다. 나를 죽이겠다는 협박이 많았기 때문이다. (내 변호사도 날 변호한다는 이유로 협박을 받았다.) 변호사는 브렌던 슈랭크에게 자살 방지 감시를 시행해야 한다고 주장하기도 했는데, 이건 썩 달갑지 않았다. 그렇게 되면 감방의 조명이 24시간 절대 꺼지는 법 없이 밤에도 어둑한 밝기로 유지되고 교도관이 10분에 한 번씩 문에 난 구멍으로 날 관찰할 뿐 아니라, 내가 감방 안에 있는 모든 순간을 감시 카메라로 지켜본다.

나는 항의하려고 했다. 방사선 때문에 내 뼈가 약해지는 건 싫다! 피할 수조차 없는, 24시간 꺼지지 않는 TV 모니터 때문에 내 핏속에서 암세포가 활발하게 돌아다니는 걸 나는 원치 않았다.

브랜든 슈왱크 씨에게,

당신은 비열한 사람입니다. 당신이 법원에서 '기도'하는 것처럼 손을 모으고 앉아 있는 걸 보는데 정말 역겨웠습니다. 배심원들은 당신이 무기도 없는 흑인 소년을 죽인 비열한 사람이 아니라 신실한 기독교 신자라고 생각했겠죠.

신께서 당신의 사악한 영혼에 자비를 베푸시길. 당신은 제 명에 못 죽을 겁니다.

나는 재빨리 이 편지를 구겨 던져버렸다. 화가 난 아이가 볼펜으로 쓴 것 같은 편지였다. 뜨거운 것이 내 머리 위까지 치밀었고 귓속에서 쟁쟁대는 소리가 계속 울렸다.

이 편지는 재판 전, '법률 지원팀'이 우편물을 나에게 전달하지 못하도록 하는 결정을 내리기 전인 5월 초에 배달된 것이었다.

다섯 명을 상대로 한 정당방위였습니다. 나는 생명의 위협을 느꼈습니다.

이 단순한 사실을 내가 몇 번이나 맹세했는지. 이 진술을 몇 번이나 했는지. 신고를 받고 현장에 출동한 경찰관 앞에서도, 경찰서에 끌려가서도, 그리고 국선변호인과 법원의 집행관에게도 말해야 했고, 그 이후로도 수없이, 밤에 자면서조차 애원을 하고 있다. 다섯 명을 상대로 한 정당방위였습니다. 나는 생명의 위협을 느꼈습니다.

그들은 소년도 아니고 성인도 아닌 애매한 나이였지만 나보다 키가 컸다. 말투는 거칠었고 표정은 나에 대한 혐오로 일그러져 있었다. 나의 하얀 살갗에 대한 혐오.

어이, 하얀 게이. 하얀 게이 새끼.

우리가 너한테 무슨 짓을 할 건지 볼래, 이 흰둥이 게이 새끼야? 아주 끽 소리가 나게 해줄 건데.

내가 첫 발을 쐈을 때 물론 그들은 모두 달아났다. 한 명만 빼고. 그 한 명은 내 위에 올라타 나를 공격하고 있었다. 그에게는 모든 것이 돌이킬 수 없게 되었다.

내가 일으킨 일은 아니지만 나에게 일어난 일입니다.

글래스보로 우체국 뒤 공터를 지나가고 있었습니다. 거기는 과거 시어스 백화점이 있던 자리인데 지금은 대부분 돌무더기와 녹슨 쇳조각, 깨진 유리 조각만 쌓여 있습니다. 그 무더기 뒤에서 그들이 나타났습니다. 다섯 명이었는데 그들은 나에게 지갑을 내놓지 않으면 몹쓸 짓을 하겠다며 나를 조롱했습니다. 그중 하나는 쇠막대기를 들고 내 머리 주위로 휘두르고 있었습니다. 그래서 나는 머리를 보호하려고 자세를 취했는데 그들은 술이나 약에 취해 있었는지 그걸 보고 더 심하게 웃어댔습니다.

그때 그런 생각이 떠올랐습니다. 저놈들이 날 죽일 거야. 내 지갑엔 겨우 11달러밖에 없어. 왜냐하면 간혹 강도한테 줄 돈이 충분히 없어서 죽음을 당하는 경우도 있기 때문이었습니다. 나는 그들의 피부색은 생각도 하지 못했습니다. 너무 겁에 질려 있어서 제대로 볼 수도 없었습니다. 나는 그들이 '소년'이라는 것도 생각하지 못했습니다. 그들은 나이가 많아 보였고 나이 많은 사람처럼 행동하기도 했고, 나보다 키도 컸고 그들은 다섯 명인데 나는 혼자였기 때문입니다.

나는 생명의 위협을 느꼈습니다. 그들 중에 목소리가 제일 크고 화도 제일 많이 내는 놈 하나가 나를 '흰둥이'라고 불렀습니다. 그리고 내 머리에 점점 더 가까워지도록 쇠막대기를 휘둘렀는데, 내 머리를 때려 맞혀서 몸에서 떨어뜨리려는 것 같았습니다. 나는 신께 도와달라고 기도를 드렸고, 그러다가 그 일이 일어났습니다. 나는 재킷 안에 손을 넣었습니다. 그들은 내가 지갑을 꺼내려는 줄 알았겠지만 그것은 총이었습니다. 트레버 삼촌의 45구경 경찰용 권총이었습니다.

내가 몇 발이나 쐈는지는 모르겠습니다. 그가 쇠막대기를 떨어뜨릴 때까지 그냥 계속 방아쇠를 당겼습니다. 그리고…… 그 이후에 무슨 일이 일어났든, 그것은 신의 뜻이었습니다.

그런 순간에는 우리는 우리 자신을 신의 뜻에 맡기게 됩니다. 신께는 반항할 수 없으며, 오로지 순종할 뿐입니다.

판사는 보석금으로 11만 달러를 정했다. 물론 11만 달러는 우리 가족이 감당하기에는 너무 큰 금액이었다. 우리는 부자가 아니다.

검사는 보석 불허를 주장했었다. 브렌던 슈랭크는 무장도 하지 않고 아무 도발도 하지 않은 미성년자를 오로지 인종 혐오 때문에 총으로 쏜 범죄자이며 도주의 우려가 있다고 했다. 브렌던 슈랭크가 보여준 '인간에 관한 비열한 냉소'는 그가 우리 사회에 위험한 존재일 수 있음을 의미하는 것이라고 했다. 이에 대해 내 변호사는 브렌던 슈랭크는 29년 평생을 뉴저지 글래스보로에서 살면서 어머니와 삼촌(트레버 슈랭크 전 글래스보로 경찰서 부서장, 현재 은퇴)과 끈끈한 관계를 유지하고 있으며, 서던저지 지역의 친척들과도 가깝게 지내고 있다고 설명했다. 현재는 경기가 좋지 않아 직업이 없지만 전에는 톰스 리버 콘트랙팅에서 7년간 일했으며, 그의 고용주는 그와 그의 어머니가 다니는 그리스도의 글래스보로 교회 목사로서 그를 '믿을 만하고 책임감 있는' 시민으로 신뢰하고 있다고 했다. 변호사는 또 브렌던 슈랭크가 어머니께 '헌신하는' 아들이고 현재 글래스보로에 거주하며 오션 카운티 메모리얼 병원에서 항암 치료를 받고 있는 어머니를 보살피느라 도주의 위험이 전혀 없다고, 절대 어머니를 두고 글래스보로 카운티를 벗어나지 않을 거라고 주장했다.

판사가 무슨 생각을 하는지는 알 길이 없다. 그러나 변호사의 주장에 따라 판사는 검사의 요청을 기각하고 보석금 11만 달러로 보석을 허락했다. 그리고 이 사실이 알려지자, 변호사와 국선변호인 사무실을 통해 내 앞으로 변호비와 보석금 명목의 기부금이 쌓이기 시작했다. 나로서는 무척이나 놀라운 일이었다.

기부금 대부분은 편지와 함께 소액 지폐로 도착했다. 그리고 (익명을 원하는) 지역 유지들을 포함해 글래스보로의 시민들이 돈을 기부하겠다고 나섰다. 우리 교회 신자들도 기부금을 모았다. 그렇게 해서 마침내 11만 달러가 다 모였고, 나는 평범한 범죄자 취급을 받던 구치소에서 풀려날 수 있었다.

사람들은 내가 무장도 하지 않은 흑인 소년을 인종 혐오 말고는 아무 이유도 없이 총으로 쏘아 죽였다고 말하고 있다. 신께서는 진실을 아신다. 나는 그가 소년이었는지 흑인이었는지 전혀 몰랐다. 그와 함께 있던 일행은 고함을 지르며 나를 위협했고 나는 생명의 위협을 느꼈다.

나를 죽이겠다는 협박이 매일매일 늘고 있다고 들었다. 글래스보로 법원과 내 친척들, 그리고 사우스저지에 사는 나와 이름이 같은 사람들에게 수없이 전화가 걸려온다고 한다. 어머니와 T 삼촌은 유선전화를 끊고 이제는 휴대전화만 사용하신다.

국선변호인 사무실의 변호사들도 살해 협박 전화를 받고 있다. 내 사건과는 아무 관계 없는 사람들인데도!

구치소에서 풀려난 후 나는 '법률 지원팀'이 마련해준 몇 군데 거처를 옮겨 다니며 지내고 있다. 내 소재는 언론에는 극비지만 글래스보로 카운티 검찰청에는 항상 알려야 한다.

당연히, 나는 더 이상 어머니와 함께 글래스보로 이글 스트리트에 있는 우리 집에서 살지 않는다. 친척 집에도 묵지 않는다. 이 내용은 나의 가족을 보호하기 위해 언론에서 반복해서 발표하고 있다.

친척들과 항상 잘 지냈던 것은 아니다. 아버지가 돌아가신 이후로 아버지 쪽 친척들과는 소원해졌다. 그러나 슈랭크 집안은 지금 나를 지원해주고 있다. 그들은 모두 나를 지지하고, 몇몇은 (T 삼촌처럼) 다른 사람들에게 내가 '진짜로' 자랑스럽다고 말하고 있다.

나의 죄명 가운데 하나가 불법 총기 소지인 것은 사실이다. 나는 총기 소지 허가를 받지 않았고 뉴저지주에서는 무기 은닉이 불법이기 때문이다. 그리고 그 총이 내 것이 아니라 T 삼촌 명의로 등록되어 있다는 것도 사실이다. T 삼촌은 내가 삼촌의 집에서 총을 가지고 나왔다는 걸 전혀 몰랐고, 글래스보로 경찰로부터 조카가 체포되었고 그의 명의로 등록된 총기가 사용되었으니 즉시 경찰서로 출두해달라는 요청을 받고서야 그 사실을 알게 되었다.

가엾은 T 삼촌! 경찰로서 37년을 일해온 경찰서에, 그를 잘 아는 수많은 동료 경찰관들이 있는 곳에 그런 식으로 출두했어야 하다니!

T 삼촌은 59세에 건강상의 이유로 경찰에서 은퇴할 때 45구경 경찰용 권총을 구역 책임자에게 반납하라는 요청을 받았고, 반납을 했다. 그러나 T 삼촌은 다른 무기를 더 가지고 있었다. 그중에는 개인적으로 구입한 45구경 경찰용 권총이 있었는데, 그 총은 가정 방어용으로 등록했다. 삼촌의 집에는 그것 말고도 사슴 사냥용 단사정 소총과 2연발 소총이 있었다. 나와 사촌들을 데리고 사냥을 다니던 때부터 갖고 있었던 것이었다.

셔터쿼강을 따라 강 이쪽 편은 T 삼촌이 좋아하는 사냥터였다. 형인 T 삼촌과는 달리 아버지는 낚시나 사냥에 관심이 없었다. 그래서 아이가 없던 T 삼촌은 우리를 데리고 사냥과 낚시를 다녔다. 우리는 자라면서 단 한 번도 삼촌이 언젠가 경찰에서 은퇴하실 거라는 생각을 머릿속에 떠올려본 적이 없었다. 삼촌이 사냥과 낚시에 흥미를 잃을 것이라는 생각도 해본 적 없었다.

T 삼촌의 45구경 권총은 지난 몇 년간 아무도 건드리지 않았다. 나는 그렇게 확신한다. 심지어 T 삼촌이 권총 소제도 안 했을 것 같다는 생각이 든다. 이건 진짜 놀라운 일이다. 왜냐하면 총기 소제는 총에 대한 의무이자 책임이기 때문이다(T 삼촌은 항상 그렇게 말씀하셨다). 토요일 아침마다 부엌 식탁에 앉아 총을 소제하는 것은 T 삼촌에게는 특별한 의식이었다. 삼촌은 어린 우리들에게 삼촌을 돕도록 했고, 우리는 삼촌을 돕는 걸 좋아했다. T 삼촌은 나에게 이렇게 말하곤 했다. 이거 잡아봐도 좋아, 브랜던. 하지만 지금처럼 이렇게 장전되어 있지 않더라도 사람한테 겨눠서는 안 돼.

그래서 윤활유 냄새와 손에 쥔 묵직한 총의 느낌을 나는 항상 기억하고 있고, 그 기억을 떠올릴 때면 몸에 전율이 인다. 그리고 그 총의 감촉…… 손안에서 느껴지는 부드러운 니켈 표면…….

땀이 나면 손바닥에서 총 냄새가 난다. 설명하기는 어렵지만 분명히 그 냄새다.

(그 냄새는 지금도 내 손에서 난다. 손을 씻고 또 씻었지만 냄

새는 영원히 가시지 않는다. 잘 때도 나는 그 냄새를 맡는다.)

모드 숙모가 세상을 떠나고 혼자 살던 T 삼촌은, 혼자 사는 집 부엌 서랍 안에 이 45구경 권총을 보관해놓았었다. 자주 사용하는 서랍은 아니라서 그 안에는 헐거워져 빠진 못, 압정, 낡은 테이프, 기한이 지난 식료품 쿠폰, 시저의 인식표(시저는 T 삼촌의 개였다. 삼촌이 끔찍이도 사랑했던 개인데 10년 전에 죽었다), 갖가지 잡동사니들이 들어 있었다. T 삼촌은 총을 서랍 깊숙이 아무렇게나 넣어두고 잊어버리고는 서랍을 절대 열지 않을 셈이었던 것 같다. 총은 경찰로 지냈던 그 오랜 세월을 떠올리게 하니까. 삼촌은 어떤 문제에 휘말려 갑작스럽게 경력을 접어야 했다. 삼촌의 상사도 삼촌에게 등을 돌렸고, 경찰 조직 내에는 친구라고 생각할 만한 동료도 없었다. 거기에 건강 문제까지 겹쳤는데, 삼촌의 건강은 해가 갈수록 더 나빠졌다. 삼촌을 지켜보는 우리는 영 마음이 언짢았다. T 삼촌이 깜빡깜빡하는 때가 자주 있었기 때문이었다. 한번은 차를 정비소에 맡겨놓은 걸 잊어버리고는 누가 차를 훔쳐 갔다며 911에 차량 도난 신고를 하기도 했고, 바로 얼마 전에는 행주를 가스스토브 위에 올려놨다가 불이 날 뻔해서 속옷 바람으로 눈 내리는 거리로 뛰쳐나오기도 했다. 가장 무서웠던 건 삼촌이 나를 12년 전 세상을 떠난 아버지와 착각했을 때였다.

T 삼촌은 자신에게 허락도 안 받고 부엌 서랍에서 총을 꺼

내 간 일로 나에게 화를 냈고, 수시로 고약한 욕설을 퍼부어댔다. 그러나, 그 이후로는 '100퍼센트' 내 편이라고 말해왔다.

총에 대한 내용은 모두 사실이고, 나는 그 혐의들을 모두 인정했다. 휴대용 무기 은닉, 불법 무기 소지, 무기를 미국 연방 자산(우체국)에 반입한 죄. 이런 죄명에 대해 나는 변호사의 조언에 따라 순순히 혐의를 인정했다.

변호사는 내가 2급 살인죄에 대해 무죄를 선고받을 것이라고 단언한다. 그렇게 되면 총기 관련 혐의에 대해서는 판사가 집행유예를 줄 거라고 했다.

변호사는 우리가 정말로 운이 좋은 거라고 강조한다. 검찰은 재판 장소 변경을 요구할 수가 없다. 그렇지 않았으면 트렌턴이나 뉴브런즈윅이나 뉴어크처럼 흑인과 히스패닉 인구가 많은 도시에서 재판이 열릴 수도 있었다. "글래스보로에서 당신은 영웅이에요. 배심원들도 그런 감정을 반영할 겁니다. 우리 편 딱 한 명만 있으면 돼요."

당신 이름을 인터넷에서 검색하지 말아요. 온라인 대화에도 절대 끼지 마세요. 이건 굉장히 위험할 수 있어요, 브랜던. 당신을 싫어하는 사람들이 많다고요.

구치소에서는 수감자들의 컴퓨터 사용은 허용되지 않았고 개인적으로 사용할 수 있는 휴대전화나 아이패드도 반입이 안 됐다. 그러나 지금 나는 '안전 가옥'에서 생활하고 있다.

(내 변호사의 친척이 파인배런에 소유하고 있는 농장 주택인데, 글래스보로 남쪽으로 30킬로미터 정도 떨어진 곳에 있다.) 변호사가 여기 없을 때는 이곳 컴퓨터를 켜고 구글에 '브랜던 슈랭크'를 입력해볼 수 있다. 그러면 결과가 1만 7,433개 뜬다!

아주 꼬마였을 적에 빙글빙글 계속 돌다 보면 굉장히 어지러워지곤 했는데, 그때의 느낌과 비슷하다. 도는 것을 멈추고 눈을 크게 뜨면, 온 세상이 내 주위로 계속해서 돌고 있는 것처럼 보인다. 무섭지만 크게 웃고 싶어진다. **맙소사! 내가 유명해졌네.**

그러나 '브랜던 슈랭크'에 관해 올라온 내용을 보는 기분은 그렇게 좋지 않다.

이전에 한 번도 보지 못한 내 사진을 보면 무력한 기분이 든다. 누군가 카메라로 또는 아이폰으로 나도 모르는 순간에, 내 허락도 받지 않고 찍은 내 얼굴 사진.

인종차별주의자. 살인자.

꼭 유죄판결을 받을 거다. 그래야 마땅하지.

뉴저지에 사형이 없는 게 안타깝다. 텍사스나 플로리다였으면 이 인종차별주의자 살인마는 곧장 사형당했을 텐데.

심장이 거세게 뛰고, 귀에서 윙윙거리는 소리가 계속 울려서 현기증이 난다. 그런 것들을 봐서는 안 된다는 건 알고 있다. 변호사가 경고했던 게 이런 것이었다.

"그런 게 아니야. 난 누구도 '살해'하지 않았어. 난 죽을까 봐 겁이 났고 달리 선택의 여지가 없었어." 이런 항변이 입술 끝까지 치밀었다. 지금까지 몇 번이고 말해왔던 것이었다.

2층 방에서 나는 외치고 또 외쳤다. 외치느라 목이 쉬었고, 눈에는 마음의 상처와 분노로 솟아오른 눈물이 가득 고였다.

"진실을 아는 사람은 오직…… 그놈뿐이야. 날 공격하고 날 죽이고 싶어 했던 그놈. 그 대신…… 총이 발사되었고, 내가 그를 죽였어."

가끔 불안한 마음이 들면 현기증과 구역질이 나서 바닥에 주저앉아야 한다. 너무 힘이 없어서 바닥에 등을 대고 누우면, 방이 빙빙 돈다.

변호사의 매부가(파인배런 카운티의 사회복지사다) 집에 돌아와서 내가 있는 방을 들여다본다. 나는 방구석에 뻗어서 헝겊 인형처럼 흐느적거리는 다리로 일어나려 애쓴다. 그는 컴퓨터 화면을 힐긋 보고는 무슨 일이 있었는지 파악하고 짧게 휘파람을 분다.

"그런 똥물 구덩이에서 낚시질을 하려고 하면 손에 똥을 묻히는 거예요, 브랜딘. 저런 건 우리한테 맡겨둬요. 알겠어요? 우린 프로예요."

악몽 같다. 눈이 멀도록 밝은 빛에 포위된 방 안에 앉아 있는 것 같다. 방문을 열 때마다 똑같은 말들이 꾸역꾸역 밀려들어온다.

총을 쏠 때 소년의 얼굴을 봤나요, 브랜-던?

그 아이가 소년이 아니라 성인이었다고 주장하는데요, 브랜-던. 넬슨 헤라라가 열여섯 살이었다는 걸 알고 있었나요?

현장에 출동한 경찰관에게 당신을 공격한 사람이 다섯 명이었다고 말했죠. 그런데 왜 그 나머지 넷을 본 사람이 아무도 없을까요?

넬슨 헤라라가 흑인이었음을 인지하지 못했다고 주장하셨죠, 브랜-던? 우리가 그 말을 믿을 거라고 기대했습니까?

당신은 '피부고 피부색이고' 아무것도 못 봤다고 주장하는데요, 브랜-던? 우리가 그런 헛소리를 믿을 걸로 예상했습니까?

발포된 여섯 발 중 두 발은 소년의 몸 아래쪽을 향해 예리한 각도로 입사되었습니다. 그런데도 당신은 넬슨 헤라라가 당신보다 키가 컸으며 당신 '머리 위로' 쇠막대기를 휘둘렀다고 주장하시죠. 어떻게 그게 가능합니까, 브랜-던?

이 쇠막대기에는…… 왜 지문이 없을까요, 브랜-던? 왜 당신은 생명의 위협을 느꼈다면서 그 쇠막대기에 단 한 번도 맞지 않았을까요?

글래스보로 고등학교에서 당신을 알던 사람들은 몇몇 흑인 학생들이 당신을 괴롭히고, 놀리고, 위협했다고 말하던데요. 기억하십니까, 브랜-던? 기억 안 나요?

흠, 어쩌면 오래전 일이라 그럴 수 있겠군요. 12년 전인가요. 그렇습니까, 브랜–던? 그냥 잊어버리신 모양이군요.

　내가 할 수 있는 말은 이미 다 했습니다. 그리고 앞으로 내 남은 인생 동안 할 말도 다 했습니다.

　신께서 내 손을 이끄셨습니다. 그분이 아니었다면 나는 지금쯤 죽어 있었을 것입니다.

　내 머리는 깨지고, 뇌 조각과 피가 옛 시어스 백화점 터 콘크리트 더미 위에 뿌려졌을 겁니다. 그들은 달아났을 것이고, 내가 누구에게 살해당했는지 아무도 알지 못했을 겁니다. 그리고 그들을 아는 이웃들은 죽음이 두려워 누구도 입을 열지 못할 겁니다. 글래스보로 동쪽은 그들의 영역이니까요. 그리고 오래 지나지 않아, 내 어머니와 나를 아는 몇 명을 제외하고는 내 죽음을 잊게 되었을 겁니다.

　신께서 내 손을 이끌지 않으셨다면, 내 손이 주머니 안으로 들어가지 않았다면, 주머니 안에 T삼촌의 총이 있지 않았다면 그렇게 되었을 겁니다. T삼촌은 신께서 나를 구하기 위해 미리 마련해두신 도구였을지도 모릅니다. 그렇게 해서 나는 목숨을 건졌습니다.

　그렇습니다. 이것이 저의 선서 진술입니다. 신이여, 저를 도와주소서.

　바로 이것이 불의다. 살해당한 사람만이 '무죄'다. 그리고 온 힘을 다해 자신의 목숨을 구한 사람은 '유죄'다.

친애하는 브랜던,

우리 중 많은 이들이 당신이 부당하게 기소당한 것에 마음 아파하고 있습니다. 이 말은 믿으셔도 좋아요. 당신은 살인자가 아니라 자기 목숨을 지키기 위해 정당방위를 한 것뿐입니다. 당신의 얼굴을 TV에서 봤어요. 당신의 얼굴은 살인자의 얼굴이 아닙니다. 당신은 이라크에 파병 나간 내 아들처럼 그냥 보통의 젊은이입니다. 우리는 당신을 위해 기도하고 있어요. 당신은 그저 스스로의 목숨을 지키려 했던 무고한 사람이기 때문입니다. 신께서 당신을 축복하시고, 당신을 자유롭게 풀어주시기를 빕니다. 당신은 자유로워야 할 사람입니다.

원래 이 편지는 내가 보면 안 되는 것이었지만, 변호사의 스테이션왜건에서 찾은 것이다. 봉투 안에는 20달러 지폐 세 장이 들어 있었다!

그리고 뉴저지 바네갓의 소인이 찍힌 봉투는 더 놀라웠다. 100달러 지폐가 들어 있었던 것이다!

벤저민 프랭클린의 얼굴이 새겨진 100달러짜리 지폐를 실제로 만져본 건 처음이다. 이 사람은 아주 옛날에 미국 대통령을 지낸 사람 중 하나였던 것 같다.

매일매일 변호비 성금은 쌓여간다. 재판 뉴스가 전국에 방송되면서 1만 4,000달러 이상이 모였다. 소액 지폐와 고액 지폐와 수표가 섞여 있다.

큰 액수의 기부금은 대개는 수표로 온다.

밤에 아무도 보는 사람이 없으면 검색 엔진에 '브랜던 슈 랭크'라고 입력한다. 이제는 검색 결과가 4만 2,676건 뜬다!

T 삼촌은 나에게 말했다. **이 나라는 전쟁 중이야. 하지만 공식적으로 선포된 전쟁이 아니라서, 적들로부터 우리를 보 호할 수 없어.**

일요일 아침에 어머니를 모시고 교회에 간다. 그리스도의 글래스보로 교회는 마을 외곽 배런파이크 로드에 있다. 내가 어머니를 부축하고 어머니가 내 팔에 기대어 같이 걸어가니 우리에게 날아드는 사람들의 뾰족한 시선이 느껴진다. 어머 니는 헐떡이는 작은 짐승처럼 조용조용 가쁜 숨을 내쉬며 걷 는다. 4월 이후로 어머니의 인생은 악몽이 되었지만, 그럼에 도 많은 이들에게 영웅이 된 브랜던 슈랭크의 어머니라는 사 실이 너무나도 황홀하다고 어머니는 말씀하신다. 하지만 어 머니는 오션 카운티 병원에서 유방암 수술을 받아서 2주에 한 번씩 항암 치료를 받아야 하는데, 나는 더 이상 어머니를 병원에 모시고 갈 수가 없다.

교회 안에 들어가면 더 많은 시선들이 우리에게 꽂힌다. 우호적인 시선이라고…… 나는 믿는다. 이 사람들은 우리 교 회 신자들이고, 어머니를 좋아한다. 이곳에는 흑인도 없고,

군인

매섭고 불공정하게 우리를 재단하는 사람도 없다.

'법률 지원팀'은 내가 여기 일요 예배에 나오는 걸 허락하지 않을 것이다. 그래서 그들에게 말하지 않았다.

가운데 통로 근처 다섯 번째 줄에 어머니와 자리를 잡고 앉는다. 나는 교회에 한동안 나오지 못했지만, 어머니는 차를 태워줄 사람만 있으면 교회에 나오셨다. 내가 구속되어 있던 동안에는 여러 신자들이 어머니를 찾아와 손을 잡아주며 위로해주었다고 어머니가 말씀하셨다. 슈랭크 부인, 세상이 어쩌면 이렇게 불공평할까요. 자기 목숨을 지키려 정당방위를 한 사람을 체포하다니요!

그리고 이런 말도. 우리는 아드님을 위해서 기도하고 있답니다. 하느님께서 아드님을 풀어주시리라 믿어요.

강대상에서 바우만 목사가 성경 구절을 읽어주고, 이 세상을 물려받을 온화한 사람들에 대해, 평화가 아니라 칼을 가져다준 우리의 구세주에 대해 말한다. 인류가 수많은 '시련과 고난'을 겪고 있지만, 그것은 신의 뜻이므로 우리는 불평 없이 견뎌야 한다고 말한다. 그리고 만일 '지구온난화'가 존재한다면 그것은 신이 우리 인류에게 만족하지 못한다는 증거라고도 말한다. 이 세상에는 무신론이 범람하고 그리스도에 대한 혐오가 점점 늘고 있으며, 정치 지도자들은 우리를 사탄의 길로 몰아넣고 있기 때문이라는 것이다.

바우만 목사가 신자들 틈에 앉아 있는 나에게 사람들의 관심이 쏠리게 하지 않았으면 좋겠다. 가끔씩 부상을 입은 참전 용사가 예배에 나오면 목사가 늘 일으켜 세우곤 했다. 목사가 '영웅'이나 '영웅주의'에 대해 이야기하지 않았으면 좋겠다. 그런 얘기가 나오면 나는 당황할 것이다. 어머니는 황홀해하시겠지만.

이상한 기분이 든다. 피부에 소름이 돋는다. 안 돼요, 제발. 안 돼요.

강대상을 막 내려오려던 바우만 목사가 내 쪽을 힐긋 보고, 알겠다는 표정이 번쩍 스치더니, 엷게 환영과 지지의 미소를 짓는다. 아주 빠르게, 순식간에 일어난 일이었다. 나도 약간 미소를 지으며 고개를 끄덕여 그에게 답례를 보낸다. 너무 미묘해서 신자들 대부분은 알아채지 못했을 것이다. 그러나 어머니는 알아챘고, 우리 자리 근처에 앉은 신자들도 눈치를 챘다.

우린 자네가 자랑스러워, 젊은이!

그러다가 갑자기 폭발음이 들렸다. 오르간 음악이 터져 나온 것이었다. 나는 순간적으로 누군가 브랜던 슈랭크를 노리고 교회를 공격한 줄 알고 신자석에서 몸을 웅크렸다. 그러나 그냥 (여자) 오르간 반주자가 성가를 연주한 것이었다. 평생 동안 가사를 제대로 생각해본 적 없이 그냥 새기지 않고 흘려듣던 노래다. 나를 위해 열린 만세반석, 내가 주 안에 숨게 하소서.

신자들이 노래를 한다. 신자들이 큰 소리로, 행복하게 노래를 한다. 찬송가를 부르는 행복한 시간이다. 힘없는 목소리로 어머니도 노래를 한다. 내 심장은 힘차게 뛴다. **주님이 나를 숨겨주시네. 만세반석은 나를 위해 열릴 것이니.**

신이 내 손을 주머니 안에 넣도록 이끄셨을 때와 비슷했다. **막대기와 지팡이로 인도하시니 걱정할 것 없어라.**

예배가 끝난 후 희망과 흥분의 기운이 느껴진다. 오르간 반주자는 신자들이 교회를 나가는 동안 계속해서 〈믿는 사람들은 주의 군사이니〉를 크게 연주하고 있다.

어머니는 그녀처럼 남편을 먼저 떠나보낸 늙은 여성 신도들과 조금 더 시간을 보내고 싶어 한다. 그런 아주머니들 중 몇몇은 (미혼인) 아들을 데리고 왔다.

이제는 아까처럼 그런 편안한 기분이 들지 않는다. 차에서 어머니를 기다리고 싶지만 어머니와 서먹하거나 어머니께 무례한 아들처럼 보이고 싶지는 않다.

"브랜던 슈랭크인가요? 와우."

그도 나처럼 어머니를 모시고 온 아들이지만, 나보다 열다섯 살이나 스무 살 정도는 더 나이가 많아 보인다. 그는 교사이고 대머리이고 투실투실한 얼굴에 안경을 쓰고 있어 눈이 엄청 기름져 보인다. 그 기름진 시선을 계속 받아내려니 힘이 쭉 빠지면서 구역질이 난다.

목소리도 임파선이 부은 것처럼 걸걸하다. "엄마? 이 친구

누군지 알지? 브랜던 슈랭크잖아."

그러나 작은 체구에 백발인 그의 어머니는 귀가 잘 안 들린다. 그녀는 그저 당황스러운 미소를 지으며 나를 향해 눈을 깜박인다.

나는 투실투실한 아들의 머릿기름 냄새를 애써 외면한다. 그의 기름진 시선과 마주치지 않으려고 고개를 돌린다. 동맥이 터질 듯이 분노가 솟구쳤다. 나는 배를 세게 얻어맞은 것처럼 움찔거리며 돌아섰다.

이 흰둥이 돼지 새끼. 아주 끽 소리가 나게 해줄 거야.

B. 슈왱크에게,

아무 죄 없는 흑인 소년을 죽여놓고 네가 영웅이라고 생각하는 모양인데 넌 그냥 쓰레기야. 네 이름 첫 글자인 'B.S'*도 너한테 딱 맞지. 넌 그냥 쓰레기라고. 너는 살아 있을 자격도 없어. 언젠가 길 가다가 날 만나도 놀라지 마라. 뒤에서 누가 부르는 소리를 듣고 돌아보면 그걸로 넌 끝이야. 왜냐하면 내가 엽총을 들고 거기 서 있을 거거든. 넬슨은 내년이 오는 것도 못 보고 개처럼 총에 맞아 죽었어. 너도 꼭 그렇게 될 거야. 그게 내 약속이다.

---

* 쓰레기나 거짓말, 헛소리 등을 가리키는 'Bullshit'의 약자이기도 하다.

백지 한 장에 타자기로 친 편지였다. 나는 편지를 구겨서 쓰레기통에 던진다. 지금 내 표정을 보는 사람이 아무도 없다는 데 감사한다. **죽을 놈은 너희야. 아무튼 기다려봐.** 엽총을 가진 게 누군지 알게 될 테니까.

국선변호인 사무실에도 폭파 위협이 있었던 것으로 밝혀졌다. 사무실은 글래스보로 카운티 법원 건물 안에 있어서 건물 전체가 소개疏開되었고 다음 날 아침까지도 열리지 않았다. 나는 이런 위협들이 별로 두렵지 않았다. 그런 협박을 하는 사람들은 (아마도) 폭탄을 공공장소에 가져오기는커녕 실제로 제작할 배짱조차 없는 겁쟁이들이다.

이 소식이 나에게 전해졌을 즈음에, 국내 TV 뉴스에서 중무장을 한 폭발물 처리 요원들이 국선변호인 사무실 입구 돌계단 아래 놓인 꾸러미를 들고 나오는 장면을 봤다. 꾸러미는 주소가 쓰여 있지 않은 갈색 종이로 포장되어 있었고, 무게는 3.5킬로그램 정도였다. 아주 조심스럽게 취급하며 포장을 풀었는데, 안에 든 것은 1킬로그램들이 밀가루 봉지 몇 개가 전부였다. 그래도 혹시나 탄저균일 가능성도 있어 정밀분석까지 했다.

'폭발 위협'이 별것 아닌 것으로 판명되면 TV에는 살짝 유머러스한 분위기가 감돈다. 폭탄이 없어서, 진짜로 폭발하지 않아서 실망스럽다는 듯이. 그리고 뉴스 진행자들은 자기들이 바보같이 속아서 시청자들을 실망시킨 것처럼 머쓱해한다.

내가 구속되어 있을 때 경찰이 나를 어떤 식으로 바라보는지 눈치챘었다. 당연히 그들은 모두 다 나를 알았고, 그들 중 일부는 마치 말썽을 피운 친척 아이를 보듯이 나를 바라보았다. 묵인할 수는 없지만 그렇다고 가혹하게 나무라지도 않겠다는 식이다. 그러나 경찰관들은 모두 전문가다. 그들은 나에게 절대로 미소를 보이지 않고, 말 한마디 걸지 않았다.

벌써 8월이다. 그리고 곧 9월이다. 4월부터 나는 이사를 네 번 다녔다.

이제는 이런 생활이 매우 혼란스럽다. 지금까지 내가 머물렀던 집들은, 이제는 먼 옛날처럼 느껴지는 어린 시절에 부모님과 살았던 집 말고는 그 어디도 제대로 묘사할 수가 없다.

이사를 그렇게 많이 다니다 보면 일종의 불면증 같은 것이 시작된다. 마치 직업군인의 아이로 사는 것과 비슷하다. 이곳에서 저곳으로 이사를 다니고 이 학교에서 저 학교로 전학을 다니고. 수많은 사람을 만나지만 그중 누구의 얼굴도 떠올리지 못하고, 누구에게도 감정을 느끼지 못한다. 한번은 밤에 배가 너무 아파서 자다 깼는데, 지금 여기가 어디인지, 지금이 언제인지, 내가 누구인지, 내가 누구여야 하는지 아무 생각도 떠오르지 않아 절망했던 적도 있다.

그곳에 그 소년이, 넬슨 헤라라가 있었다. 달빛 안에서 그의 살갗은 보이지 않았고, 그도 나처럼 그림자 안에 잠겨 있었다. 나는 그에게 어떤 복잡한 것을 설명하려 하고 있었다. 우리 말고는 누구도 이해하지 못하는 그 일…… 우리에게 일어났던 일을 설명하려 애쓰고 있었다.

그러나 말이 나오지 않았다. 내가 달변가가 아니기도 하고, 질문을 받으면 종종 목이 건조해져서 목소리가 거칠게 갈라지기도 한다.

젊은 검사보들에게 질문을 받을 때면, 그들의 얼굴에 스쳐 가는 표정이 보인다. 이거 좀 돈 놈 아냐? 덜떨어진 데다 미친 놈이지. 딱하다 딱해.

사실, 가끔 나는 무척 진이 빠진다. 어깨에 시멘트 자루를 짊어지고 다니는 것 같다. 나는 행진을 하기 위해 태어난 사람이다. 나는 주님의 군인이니까.

그들이 나를 노골적으로 조롱하는 것은 아니다. 그저 야릇한 표정이 그들 사이에 탁구공처럼 오갈 뿐이다. 나이 든 검사들이 나를 보는 눈은 좀 다르다. 아마도 그들에게는 내가 일거리이기 때문인 것 같다. 그들의 일은 내 재판(들)을 준비하는 것이고, 그 대가로 월급을 받는다. 하루 일과가 끝나면 그들은 감사한 마음으로 집에 돌아가 나를 잊는다.

안전을 위해 국선변호인실 직원이 밤에 나를 새 은신처로 옮겨준다. 차 뒷좌석에서 몸을 웅크리고 앉아 창밖을 바라보며 바깥 풍경에 놀란다. 저 밖에는 아무도 없다.

물론 글래스보로 카운티 관계자들은 내 거처를 항상 파악하고 있고, 어머니와 T 삼촌은 모른다. 그리고 나를 차로 데려다줄 만큼 신뢰를 받는 두 젊은 국선변호인들이 나누는 대화를 엿듣고 나는 충격을 받았다.

저런 인종차별주의자 펑크족 같으니. 맙소사! 쟤 때문에 쓰는 돈이 다 얼마야.

우리 예산의 절반을 잡아먹잖아. 저 자식을 트렌턴에 던져놔야 하는데.

지금까지 국선변호인들을 내 친구라고 생각했었는데! 흑인 변호사들만 빼고 말이다. 국선변호인들은 대부분 여자들이었는데, 좋지 않은 냄새를 맡은 것 같은 표정을 짓긴 해도 내 앞에서는 예의 바르게 대했었다.

보석이 결정되었을 때 법원에서 일종의 농담 같은 순간이 있었다. 판사가 나에게 여권을 '제출'하라고 지시하자 변호사가 미소를 지으며 말한 것이다. "재판장님, 제 의뢰인은 여권이 없습니다. 제 의뢰인이 글래스보로 카운티 밖으로 나가본 적이 있는지도 의문입니다."

물론 이 말은 사실이 아니다. 나는 뉴저지 오션 카운티에 있는 애틀랜틱시티*로 꽤 자주 여행을 갔었다.

지금 나는 퓰런버그 베어태번 로드에 있는 카셀 부부의 집에 묵고 있다. 카셀 부부는 사람 좋은 노부부다. 카셀 씨는

---

* 애틀랜틱시티는 도박으로 유명한 관광지이다.

거친 회색 머리카락을 대충 뒤로 묶고 다녔고, 카셀 부인은 미소를 너무 자주, 너무 활짝 지어서 눈 밑에 깊은 잔주름이 팼다.

카셀 부부가 내 변호사 같은 변호사인지 아니면 그와 비슷한 법률 관계자인지는 모르겠지만, 변호사와 경찰관처럼 이미 수없이 답변했던 질문을 새삼스럽게 퍼부어댔다. 그들은 내 진술과 지금까지 살아온 이야기를 녹음하면서 "아무것도 감추는 것이 없어야" 한다고, 그래야 내 이야기가 방송국에 비싼 가격에 팔릴 거라고 한다. 어느 케이블 채널에 팔 건지는 아직 결정하지 못했다고 했다. 그리고 인터뷰 비용을 지급할 인터뷰 프로그램과 신문사들도 있다고 했다.

나의 이야기는 무죄판결로 재판을 끝맺지 않으면 상품 가치가 없다고 들었다. 카셀 부부는 아마 가을쯤에는 그렇게 될 것으로 내다보았다. 그때까지는 내 이야기를 팔아 돈을 벌 수 없다. 그러나 카셀 부부는 매일 밤 저녁 식사를 함께하며 그때를 대비해 나를 준비시키고 있다. 식사 준비는 카셀 부인이 하고, 카셀 씨는 집 안의 여러 잡일을 한다. 삼나무로 지은 '목장 주택'은 창을 비닐로 덮어놔서 집 안에 빛은 들어오지만 밖에서 들여다보이지는 않는다. 그래서 아무도 우리를 엿보지 못한다. 마당 바깥쪽에는 도베르만핀셔* 세

---

* 맹견의 일종으로 주로 군견이나 경찰견으로 쓰인다.

마리가 묶여 있어 낯선 사람이 진입로에 가까이 오면 무섭게 짖어댄다.

여기 합의서에 서명하겠어요, 브랜던?

이게 뭐냐고 묻자, 그들은 대답한다. 이건 권리 제한에 대한 합의서예요. 우리가 당신의 전속 대리인이 되는 것이고요. 당신이 지금까지 살아온 이야기를 1회 또는 시리즈로 TV 프로그램으로 제작하거나, 책, 신문, 잡지에 수록할 경우 그 권리를 독점적으로 제한한다는 거예요. (제목은 '자유로운 삶 아니면 죽음을―브랜던 슈랭크의 실화' 정도면 좋겠죠.) 그리고 당신은 다른 에이전트와는 그 어떤 합의서에도 서명해서는 안 되고요.

나는 여기에 대해 내가 받을 돈은 얼마냐고 묻는다. 이런 독점 권한에 대해서 최소 15만 달러를 요구할 생각이에요. 하지만 어디까지나 최소 금액이고요. 두어 곳에서 경합이 붙으면, 한계는 하늘 높은 줄 모르겠죠!

매주 목요일마다 바우만 목사의 사모님과 함께 톰스 리버 노인 요양원에 가는 것으로 얘기가 되었다. 이곳은 그리스도의 글래스보로 교회의 부속 요양원이다. 여기 노인들은 (대부분 휠체어를 타고 돌아다닌다) 내가 누구인지 알고 싶은 듯 나에게 미소를 짓지만 아무도 나를 알아보지 못한다. 바우만 부인은 톰스 리버 요양원의 입주자들은 절대 신문이나 TV

뉴스를 보지 않고, 자기 가족이나 요양원과 관련된 일이 아니면 '새로운 소식'에 관심을 갖지 않으니 걱정하지 않아도 된다고 했다.

바우만 부인은 항상 기쁨에 겨워 들뜬 목소리로 말한다. "안녕! 안녕-하세요! 여기 브랜던이 우리를 만나러 왔답니다! 저는 누군지 아시죠? 메그예요!"

여기 오는 길에 세이프웨이 마트에서 귤을 봉지 가득 사서 가지고 왔다. 노인들에게는 단것이 좋지 않아서 과일을 가져온 것이다. 노인들이 귤껍질을 잘 못 벗기면 우리가 껍질 벗기는 것을 도와준다.

아픈 사람들에게는 성경을 읽어준다. 처음엔 톰스 리버의 노인들은 자기와 관련된 소식을, 어쩌면 잔인할 수도 있는 뉴스를 가져온 것처럼 간절한 마음으로 듣는다. 그리고 노인들 중에는 시력이 아주 안 좋아서 성경을 직접 읽을 수 없는 사람들도 있다. 바우만 부인은 노인들을 향해서 행복한 목소리로 예수에 대해 말한다. "예수님은 여러분의 오랜 친구예요. 어르신들이 저보다 예수님을 훨씬 더 오랫동안 알아왔겠죠!" 그녀는 들뜬 목소리로 웃는다. 그럴 때면 행복한 고통에 겨운 것처럼 습관적으로 내 팔을 꽉 잡는다.

노인들은 금세 졸린 기색을 보인다. 특히 휠체어에 앉은 사람들은 바우만 부인과 내가 번갈아 복음서, 에스테르서, 시편을 읽는 동안 꾸벅꾸벅 졸기 시작한다.

"새 노래로 여호와께 찬송하라. 그는 기이한 일을 행하사 그의 오른손과 거룩한 팔로 자기를 위하여 구원을 베푸셨음 이로다. 여호와께서 그의 구원을 알게 하시며 그의 공의를 뭇 나라의 목전에서 명백히 나타내셨도다……"

내 목소리는 떨리지만 강하다. 메그 바우만은 따뜻하고 메 마른 손으로 내 손을 잡으며 힘을 실어준다.

그 후로도 톰스 리버 요양원에 종종 들른다. 요양원의 노인 과 환자들이 나를 알아보지 못하는 게 나에게는 위안이 된다.

어쩜 이렇게 착한 젊은이가 있을까. 착하고 예의 바른 젊은 이야.

할머니 하나가 내 손을 잡고 속삭인다. "날 우리 집에 데려 가려고 온 거지? 네가 하비 맞지? 맞니? 응?"

요양원 직원은 물론 나를 안다. "안녕하세요, 브랜던!"

내가 이곳 직원이라면 인생이 행복할 것 같다는 생각이 든 다. 낯선 사람들에게 행복을 가져다주는 건 좋은 일이다. 가 끔은 노인들과 같이 식탁에 앉아 점심을 먹는다. 음악 시간 도 있는데, 노인들 중 하나가 피아노로 오르간 치듯이 묵직 한 코드를 연주하면서 함께 찬송가를 부른다. 얼마 전 바우 만 목사에게 2심 재판이 끝나고 무죄판결이 나면 학교로 돌 아가라는 조언을 들었었다. 나는 글래스보로 커뮤니티 칼리 지에 진학해서 톰스 리버 요양원 같은 요양 시설의 직원이 되는 데 필요한 공부를 할 생각이라고 대답했다. 그냥 조수나 간호조무사가 아니라 보건관리자나 관리 보조사가 되고 싶다.

직원들은 나에게 친절하다. 직원들 대부분이 친절하다.

간호사들 중 몇 명과 친해지게 되었는데, 그중 한 명이 어마다. 나이는 내 또래이거나 약간 많고, 체격이 좋고 짧고 곱슬거리는 금발 머리에 고운 미소를 짓는 여자다. 어느 날 주위에 아무도 없이 둘만 있는 자리에서 어마는 나에게 말한다. "그냥 이 말을 꼭 하고 싶었어요, 브랜던. 당신이 한 일이 얼마나 용기 있는 행동이었는지! 당신은 그 펑크족들 앞에서 당당히 맞섰잖아요. 다섯 명을 상대로 혼자 맞섰죠. 이제 놈들은 우리를 괴롭히면 안 된다는 걸 제대로 배웠을 거예요. 전에 흑인들이 뒤따라오면서 내게 욕을 해댄 적이 있었어요. 그때 나한테 총이 있었다면 훨씬 더 당당하게 대응했을 거예요."

어마는 나에게 사인을 해달라며 노트를 내밀었다.

Brandon Schrank

T 삼촌은 말했다. 인종 전쟁은 이 나라에서 결코 끝나지 않을 전쟁이야. 이런 전쟁이 벌어지고 있는 건 정부도 몰라. 이건 다 사회복지제도에 투표하는 이민자들과 흑인들이 결탁해서 벌어진 일이라고.

어느 날 저녁, 카셀 부부가 나에게 아메리칸 에이스 무기 주식회사의 부사장인 요르겐슨 씨를 소개해준다. 이 회사는 델라웨어주 윌밍턴에 본사가 있다. 요르겐슨 씨와 악수를 하는데, 친절한 사람인 것 같다. 그는 곧바로 자기 회사에서 내 2심 재판 비용을 일부 또는 전액 도와줄 용의가 있다고 말해 나를 놀라게 했다. 내가 그들이 붙여주는 사설 변호사의 변호에 동의하는 조건이었다. "'정당방위' 법에 아주 정통한 변호사예요."

　나는 이 제안에 들떴지만 국선변호인을 해고해야 한다고 생각하니 죄책감이 들었다. 현재 상황에 대해 요르겐슨 씨와 카셀 부부와 토론을 하면서, 국선변호인은 개인 변호사처럼 방어 변론을 준비할 시간도 자원도 없다는 점과, 아메리칸 에이스 무기 주식회사가 고용하는 변호사는 미국 내에서 다섯 손가락 안에 꼽히는 변호사라는 점이 지적되었다. 나는 그들의 제안을 수락하고 새 개인 변호사로 교체하겠다고 합의했다. 카셀 부부는 나에게 현명한 선택을 한 것이라고 말한다.

　요르겐슨은 나를 '젊은이'라고 불렀다. 그러면서 내 어깨를 툭툭 치고 내 손을 꽉 잡고 악수를 하며 내가 영웅이라고 했다.

　"이제 배심원들과 미국 시민들이 이 비극적인 사건을 우리가 제시하는 관점에서 다시 보도록 할 겁니다. 이전에 국선변호인이 했던 것보다 훨씬 더 강력한 방법으로 제시하는 거예요. 당신은 스스로의 목숨을 지키려 했다는 이유로 비난을 받고 있는 겁니다. 진보 성향 언론들이 정치적인 이유로 소란을 피우긴 하지만, 그들 말고 당신을 비난할 사람은 없습니다. 당신과 같은 입장에 처했을 때 다르게 행동했을 사람도 없고요."

사진 찍는 걸 싫어한다고 그렇게 말렸는데도, 그 주 주말에 아메리칸 에이스 무기 주식회사에서 고용한 사진사가 내 사진을 찍으러 카셀 부부의 집을 방문했다. (사진 찍기를 싫어하는 건 고등학교 때까지 거슬러 올라간다. 졸업 앨범 사진이 열라 못생기게 나와서, 손에 닿는 졸업 앨범들은 전부 다 찢어버리고 싶었다.)

아메리칸 에이스는—당연히!—아무 무기도 들지 않은 '소년 같고', '섬세한' 내 얼굴 사진을 원한다. 4월부터 계속 돌아다니는 브랜던 슈랭크의 추한 이미지를 상쇄할 수 있는, '완벽한' 태도를 갖추는 건 대단히 중요하다(고 그들은 말한다). 고개를 높이 들고 '자랑스러운' 표정을 짓고 있어야 한다.

사진사는 오후 내내 사진을 찍는다. 촬영 횟수도 엄청 많고, 조명 하나하나에도 놀랄 만큼 까다롭게 군다. 누군가의 사진을 보면 '이게 그 사람'이라고 생각하기 마련이므로 사진은 잘 찍어야 하는 것이다.

'브랜던 슈랭크'를 위한 웹사이트가 열렸고, 새로 찍은 내 사진이 게시되었다. 사진에 포토샵 처리를 해서 이마의 잡티들도 제거하고 눈 아래 음영 처리도 해놓아서, 처음에는 내 사진인지 거의 알아보지 못했다. 그러나 점점 사진이 자연스럽게 보였고, 그렇게 미소를 짓고 시무룩한 표정만 짓지 않으면 나도 나름 잘생긴 사람이라는 걸 알게 되었다.

25달러 이하로 기부를 하면 구매할 수 있는 티셔츠도 있다. 사이즈가 XL, L, S, XS인 흰색 티셔츠인데, 앞뒤에 각각 내 사진과 '자유로운 삶 아니면 죽음을—브랜던 슈랭크'라는 문구가 새겨져 있다.

웹사이트에 대한 반응은 놀라웠다. 편지와 기부금이 매일 쏟아져 들어왔다. 티셔츠 주문도 많았다. 카셀 부부를 돕는 사람들이 이런 것들을 나에게 전달해주었고, 카셀 부부도 이제는 내가 보는 것을 막지 않는다.

브랜던 슈링크, 당신은 우리의 영웅이에요. 우리는 당신을 위해 기도하고 있어요.

당신을 위한 정의가 바로 서는 걸 돕기 위해 기부금을 보냅니다. 브랜던, 우리는 당신을 위해 기도하고 있어요.

변호사 비용으로 5만 달러 이상의 성금이 금세 모금되었다. 그리고 매일매일 기부금은 계속 쌓이고 있다.

이건 인종 전쟁입니다. 기독교인을 상대로 무신론자들이 걸어온 전쟁이에요. 우리 나라는 전시 상황이고, 정부는 적입니다. 대통령은 반역죄를 짓고 있어요. 브랜던 슈랭크 당신은 이 전쟁에서 싸우고 있는 군인입니다. 희망을 포기해선 안 됩니다. 2심은 '무죄'로 끝날 겁니다. 이건 내 예언이에요!!!!!

나의 새 변호사 페린 씨가 전화로 좋은 소식을 알려왔다. 2심이 연기되었다는 것이다!

새 재판 날짜는 10월 6일 목요일로 정해졌다.

재판이 연기되면 언제나 피고 측에 유리하다고 페린 씨는 말한다. 시간이 흐르면서 목격자들이 마음을 바꿀 수도 있고, 경우에 따라서는 목격자가 아예 사라질 수도 있다. 또 두 번째 변호사는 첫 번째 변호사의 실수를 되짚으며 배워나간다. 페린 씨는 검찰이 그런 수를 둔 것에 놀라지 않는다.

"저쪽에 폭탄을 하나 던져봅시다, 젊은이. 당신을 증인석에 세워 스스로를 위해 진술하도록 할 겁니다."

이건 놀랍다! 국선변호인은 내가 증인석에 서는 것에 대해, 아뇨, 아뇨, 아뇨, 절대 안 돼요. 당신을 절대 증인석에 세우지 않을 거예요, 브랜던. 그랬다간 검사한테 완전히 말려들 거예요, 라고 말했었다. 나로서는 그녀의 결정이 의아할 수밖에 없었다. 내가 무죄라면—내가 죄를 짓지 않았다면—배심원들은 내가 진술을 안 하려 드는 게 이상하다고 생각할 것 아닌가.

"걱정 말아요. 당신이 할 말은 한 마디 한 마디 전부 철저하게 연습시킬 거니까. 당신은 날갯짓을 연습하는 아기 새가 되는 거예요. 당신 얼굴에서 진실의 빛이 반짝일 겁니다, 젊은이. 그리고 사람들은 그 광채에 눈이 멀 거고요."

페린 씨는 그런 식으로 말했다. 바우만 목사가 흥분했을 때 말하는 것처럼. 페린 씨에게는 불꽃같은 감정이 느껴졌는데, 나한테도 그 불이 옮겨붙을 것 같은, 두렵지만 흥분되는 기분을 덩달아 느끼게 된다. 그의 큰 입은 반짝이는 침방울로 번들거렸다.

'미국이여 연합하라!'라는 단체도 아메리칸 에이스 무기 주식회사와 함께 재판 비용을 부담하기로 했다. 카셀 부부는 나에게 '미국이여 연합하라!'는 소속 회원 수가 수백만 명인 단체로, 영어와 수정 헌법 제2조*, 사형 집행을 시행하는 주州의 권한을 보존하고 수호하는 데 헌신하는 기관이라고 설명했다. 이 '미국이여 연합하라!' 홈페이지에 올린 브랜던 슈랭크의 사진은 온라인상에서 수없이 복제되어 퍼지고 있다.

굉장히 흥미진진하다. 굉장히 흥미진진해서, 카셀 부부가 주는 수면제 없이는 잠을 잘 수도 없다. 그렇게 잠이 들면 꿈을 꾸지 않는다. 마치 TV의 스위치를 끄는 것 같다. 그냥 텅 빈, 까만 화면처럼.

그들을 대할 때 우리는 결코 흔들려서는 안 됩니다. 절대 물러나서도 안 됩니다. 단 몇 미터, 몇 센티미터도요! 절대 약한 모습을 보여서도 안 되고, 굴복해서도 안 됩니다.

나는 두 손으로 권총을 잡고 있다. 손가락이 방아쇠 위에

---

* 무기 소지의 권리를 규정하고 있다.

걸려 있다. 저 멀리 어느 별에서 생각 하나가 나에게로 날아와 내 머릿속을 하얗게 만든다. **이건 새로운 인생의 시작이야.**

어마가 나에게 묻는다. 그거, 어땠어? 언제 알게 되었어?

(어마가 뭘 묻는 건지 알 것 같다. 내가 그를 총으로 쏴서 죽일 거라는 걸 언제 알았느냐는 거겠지.)

하지만 어마의 침실 안 어둠 속에 우리 둘만 있는 그런 순간에도, 내 얼굴을 보는 사람이 없어도, 내 말을 기록할 사람이 아무도 없어도, 그 총격에 대해서는 절대로 말하지 않을 것이다.

총격에 대해 말하지 말라는 경고 때문이 아니다. 내 인생의 그날에 대해 절대 말하지 말라고, 삼촌의 부엌에 들어가 삼촌 모르게 45구경 경찰용 리볼버를 꺼내서 폴리에스터 방수 재킷 안에 감췄을 때 내가 내렸던 결정, 아니면 내렸을 결정에 대해서 말하지 말라고, 아무도 모르는 시간에 폭파되도록 설정된 폭탄 벨트를 허리에 차고 다니는 것처럼, 총을 가슴께에 품고 몇 분이고, 몇 시간이고 점점 고조되어가는 흥분을 느꼈던 것에 대해 절대 말하면 안 된다고, 그 시간 동안, 귀가 먹먹해지는 폭포수 속으로 빨려 드는 물처럼, 수많은 지류들이 거세게 흐르는 단 하나의 강줄기로 흘러들어가는 것처럼, 내 안의 수많은 것들이 어디론가 사라져버렸다는 걸 말해서는 안 된다고 경고를 받았기 때문이 아니다. 그래서가 아니라, 무슨 일이 있었는지를, 내가 무슨 일을 했는지가 아니라 나에게 무슨 일이 일어났는지를, 어떻게 말해야 할지 모르기 때문이다.

어마가 그렇게 말없이 있을 때는 무슨 생각을 하는 거냐고, 무슨 기분을 느끼는 거냐고 묻는다. 꼭 딱지를 떼면 피가 배어날지 궁금해서 잡아떼보고, 그래서 피가 나면 화들짝 놀라 호들갑을 떠는 여자들 같다. 어마의 질문에 나는 화난 것처럼 보이지 않으려고 단단한 침묵을 지킨다. 이 여자는 내 삶을 꼬치꼬치 캐려고 든다. 내 살갗 아래로 파고들려고 한다. 나에게는 살갗밖에 남지 않았는데. 나를 보호해줄 것은 이 살갗뿐인데.

톰스 리버 요양원에 있으면 나는 안전하다. 교회도 안전하고, 이곳도 안전하다(카셀 부부의 집에서 내가 쓰는 뒷방은 카셀 부부의 아들이 썼던 방이다. 그는 아프가니스탄으로 파견 나갔다가 시체 운반용 부대에 실려 돌아와 뮬런버그 공동묘지에 묻혀 있다). 그러나 어머니의 집과 T 삼촌 집과 친척 집과 다른 여러 곳에서는 안전하지 않다. 나는 대중들 사이에서는 안전하지 않다. 나는 살해 협박을 많이 받았지만(수백 번? 수천 번?), 인터넷이나 트위터처럼, 브랜던 슈랭크라는 이름이 돌아다니는 모든 공간에서 일어나는 협박 가운데 대부분은 거의 알지 못한다.

카셀 부부의 아들이 쓰던 방 천장에는 물 얼룩이 있는데,

침대에 누워 눈을 깜박이지 않고 한참 동안 바라보고 있으면, 물 얼룩이 점점 커지면서 눈꺼풀 없는 눈이 되어 나를 다시 쏘아본다.

내가 무장한 건 다른 사람을 해치고 싶어서가 아니라 보호하고 싶어서였습니다.

예를 들어 버스에 '10대' 불량배들이 타고 있으면…… 그래서 여자나 노인들을 위협하면 — (불량배들이 유색인종일 수도 있고, 백인일 수도 있을 겁니다) — 그럴 땐 내가 나설 수 있을 거라 생각했습니다. 영웅처럼 보이려는 게 아니라 인생을 변화시키고 싶어서였습니다.

그날 내가 한 행동이 뭐가 잘못인지 나는 잘 모르겠습니다. 삼촌의 총을 삼촌에게 말하지도 않고 가져간 것…… 그게 시작이었을 겁니다. 그렇지만, 내가 만일 무장을 하지 않았다면 지금 나는 살아 있지 못했을 것입니다. 그래서 그때는 '잘못'이었더라도, 그 결정은 지금은 '옳은' 것 같아 보입니다.

네. 나는 이 문제를 놓고 목사님과 이야기를 많이 나누었습니다.

네. 나는 이 문제를 놓고 나의 심리 치료사와 이야기를 많이 나누었습니다.

나는 이 문제에 대해 생각을 많이 했습니다. 이것은 원격 조종으로 작고 알록달록한 상자들을 밀어 패턴을 만드는 그런 게임과 비슷합니다. 시도하고 또 시도하고, 그렇게 그 퍼즐을 풀 수 있는 패턴을 만들어보지만 만들지 못합니다. 그렇지만 할 수 있다는 것을 알고 계속 시도하면, 우연히, 적어도 한 번은, 해내게 됩니다.

네. 나는 신께서 나를 용서하셨다고 믿습니다. 이 단순한 사실을 말함으로써 많은 사람들이 나에게 화를 낼 것임을 알고 있지만 나는 신께서 '용서'해주셔야 할 일을 가지고 나에게 분노하셨을 거라고는 절대 믿지 않습니다. 30년 전 나에게 생명을 주신 신께서 올해 11월 2일에 내 생명을 부정하고 싶어 하셨을 거라고는 절대 믿지 않습니다.

중심가에 있는 빨간 벽돌 우체국 건물을 나섰다. 돌계단이 높고 많이 낡은 건물이었다. 우체국에서 일하는 사촌 앤디와 얘기를 하러 간 것이었는데, 카운터가 아니라 분류소 뒤쪽에서 만나기로 해서 불러내기가 좀 귀찮았었다. 나는 잔뜩 화가 났고, 앤디도 썩 좋은 기분은 아니었다. 무슨 얘기를 했는지는 당신들이 알 바 아니다. (실은 차를 수리하기 위해 앤디에게 돈을 좀 빌려야 했다.) 우체국 뒤쪽 언덕 아래에 옛 시어스 백화점 부지가 있다. 여기는 이제 돌무더기와 쓰레기 더미만 쌓여 있지만, 주차 요금을 내지 않고 차를 세워둘 수 있게 치워놓은 공간이 있었다. 그리고 그곳에는 아이들이 모여 있곤 한다. 항상은 아니고 가끔인데, 사람들을 괴롭히거나,

아니면 그냥 (백인) 여자나 아니면 (백인) 남자들을 위협적인 눈으로 노려보는 것이다. 이 공터에 모이는 아이들이 흑인만 있는 것은 아니고, 가끔은 백인 아이도 있고, 나이 많은 청년도 있고, 다른 유색인종들도 있다. 마약 밀매상일 수도 있고, 대개는 그냥 폭력배—'갱스터'—들이다. 사람들은 그들과 눈을 마주치지 않고 잽싸게 옆으로 지나간다. 그러면 그들은 어이, 돼지! 돼지 새끼야! 하고 말하며 웃는다. 항상은 아니고 가끔, 가끔씩 이런 일이 일어난다. 그래서 어떻게 대비해야 할지를 생각하고 있다. 고등학교 때는 대비하지 못했지만, 지금은 다르다. 나는 총을 재킷에서 꺼내고, 들어 올려 겨냥하고, T 삼촌이 어릴 때 가르쳐준 대로 방아쇠를 당길 것이다. 잘 들어. 방아쇠는 뒤로 젖히는 것도 아니고 당기는 것도 아니야. 이렇게 눌러야 되는 거야. 그러면 히죽거리던 얼굴에 경악과 공포의 표정이 떠오르고, 그 빌어먹을 깡패들은 비굴하게 애원한다. 안 돼요! 어이, 아저씨…… 쏘지 말아요…….

내가 무릎 꿇고 기도할 때 그리스도의 글래스보로 교회 신자들이 나와 함께 기도한다. 바우만 목사는 말했다. 가장 작은 이에게 한 일이 나에게 한 일이다. 항상 기억하십시오. 예수님은 착한 도둑에게 말씀하셨습니다. 너는 오늘 나와 함께 천국에 있을 것이다.

성경이 뭘 말하려고 하는 건지, 목사님들이 성경 구절을 통해 우리에게 무슨 얘기를 전달하고 싶은 건지 전혀 모르겠다. 누가 외국어로 말하는 것을 듣다가 가끔씩―(아마도 실수로)―한두 마디 알아들을 수 있는 말이 들리는 것과 비슷한 것 같다.

예수님은 여러분의 마음속에 계십니다. 그분의 사랑으로 말미암아 여러분은 사망의 골짜기를 굳건히 버티며 지나갈 수 있는 것입니다. 아멘.

4월 마지막 날은 썩 좋은 날은 아니다. 이번 주도 일이 없고 빌어먹을 차는 정비를 받아야 한다. T 삼촌 집에 들러 몇 달러를 빌려보려 했지만 한 마디도 꺼낼 수가 없다. T 삼촌은 (아마도) 돈을 꿔주시겠지만 나는 이미 삼촌에게 빚이 있다. 얼마인지는 기억나지 않는다. 아, 씨발, 빌어먹을. 진짜 쪽팔린다. 내 나이에 내 능력에. T 삼촌이 복도를 걸어가 화장실로 들어간다. (그리고 나는 노인네의 불안정한 걸음걸이를 지켜본다. 손으로 벽을 짚으며 균형을 잡으려 하는 모습을 보기가 괴롭다.) 나는 그 자리에서 서랍을 열고 총을 꺼내서, 재킷 주머니에 넣는다. 45구경 경찰용 리볼버가 허접쓰레기와 함께 서랍에 처박혀 있어야 하다니. 게다가 문 뒤쪽에는 T 삼촌의 총이 버려진 장난감처럼 걸려 있다. 나는 아무것도 생각하지 않는다. 아마 아무도 믿지 않겠지만 미리 계획을 하거나 의도하거나 한 게 아니다. 다만, 갑자기 총이 내 손에 들어왔고, 그게 옳다는 기분이 들 뿐이다.

퍼즐 조각을 맞추듯 알록달록한 네모 모양의 정확한 조각을 올바른 위치에 밀어 넣는다. 그러면 그냥 알게 된다. **딱 맞네.**

나는 그곳을 나온다. T 삼촌은 놀라서 나를 바라보며 눈을 껌벅거린다. 삼촌은 방금 맥주 한 캔을 마셨고, 이제부터 제대로 마셔보리라 기대하고 있었던 것이다.

정처 없이 이리저리 차를 몰고 마을을 돌아다닌다. 철길 위 육교에 키 크고 호리호리한 흑인 아이 하나가 난간에 기대서 있다. 그래서 반 블록쯤 떨어진 곳에 차를 주차하고 돌아온다. 아이의 주머니가 확실히 불룩해 보인다. (칼? 아니면 총?) 그러나 다른 아이들이 있다. 학생들이 막 밖으로 뛰쳐나와 소리를 지르며 돌멩이를 강으로 던지고 논다. 흑인 아이는 마음이 바뀌었는지 빠른 걸음으로 그곳을 떠난다. 잠시 후, 내가 다니던 고등학교 옆쪽에, 뒤쪽 드라이브스루 주차장에 내가 학생 때 보던 놈들보다 훨씬 더 나이 들고 야비해 보이는 흑인 아이들이 눈에 띈다. 또 잠시 후, 마켓배스킷 슈퍼마켓 뒤에 서 있는데, 그곳에 한 열아홉 살쯤으로 보이는 흑인 아이가 나를 좀 우습게 보는 얼굴로 바라보고 있다. 혼잣말이라도 하는지 입술이 움직거린다. 무슨 생각을 하기도 전에 내 심장은 이미 빠르게 뛰기 시작했다. **여긴 우리 둘뿐이고 보는 사람도 없어. 내가 등을 돌리면, 저놈은 나에게 달려**

들 거야. 그러나 곧 (백인) 남자가 뒷문을 열고 흑인 소년을 불렀고, 소년은 고개를 번쩍 들더니 안으로 들어갔다가 묵직해 보이는 상자를 들고 다시 나와 픽업트럭에 실었다. 식료품이나 그런 걸 배달하는 아이인가 보다. 나는 스스로를 비웃는다. 이런 등신 새끼. 집에나 가자, 이 병신아.

그러나 우체국에서 앤디를 만나고 나와서는 나도 기분이 썩 좋은 편이 아니었다. 사실은 아주 거지 같은 기분이었다. 골목에 아이들이 있었다. 입이 래퍼처럼 거칠고, 바지는 갱스터처럼 엉덩이에 반쯤 걸쳐 입은 아이들. 겨울이면 이 꼬마들은 여기 주차장에 나와 눈 뭉치를 던지며 우체국에서 나오는 사람들을 괴롭힌다. 작년 겨울에 놈들이 내 차에도 눈 뭉치를 던졌었다. 흑인 꼬마들이다. 다는 아니지만 대다수가 흑인이다. 놈들은 다 똑같아 보이지만 무슨 탈바꿈을 하는 동물처럼 어슬렁거리거나 사람들을 노려보는 태도만 조금씩 다를 뿐이다. 녀석들은 마치 하이에나처럼 사람의 목을 이빨로 갈기갈기 찢어놓고 싶어 하는 것 같다. 놈들의 이빨은 아마 면도날처럼, 아프리카 야만인들의 이빨처럼 뾰족하게 갈아났을 것이다.

처음엔 주차장 가장자리에 흑인 아이들이 좀 있었다. 대여섯 명 정도가 학교에서 집에 가는 길이었는데, 하이에나처럼 소리 지르고 웃고 있었다. 그들 중 좀 나이 들어 보이는 놈 하나는 무리와 함께 있지 않고 주차장을 가로질러 어디 갈 데가 있는 것처럼 걸어왔다. 내가 녀석의 길을 막고 서 있어서 녀석은 흠칫 놀라며 나를 올려다본다. 그는 내 옆을 돌아가려고 결심하고 이제는 나를 외면한다. 나를 못 본 척, 놈을 바라보는 내 시선도 못 본 척하며 고개를 숙이고 있다. 나는 다시 그의 앞을 가로막고, 그는 젠장 이놈은 뭐야, 하고 속으로 생각한다. 그의 눈이 순간 번쩍하는 게 보인다. 지금 이 순간 주위에는 아무도 없다. 이것이 나에게 주어진 기회다.

신께서 너에게 살면서 한 번 있을까 말까 한 기회를 주셨어. 지금 달아나면 넌 부끄러운 겁쟁이인 거야.

그래서 나는 이 얼간이 흑인 꼬마에게 말한다. 나한테 원하는 게 뭐야? 왜 날 따라오는 거야? 그러자 녀석은 나를 따라온 게 아니라고 곧장 대답한다. 그런 말은 강도 짓을 하거나 짱돌로 대가리를 후려칠 의도를 가진 놈들이 하는 말이다. 나는 흥분하지 않는다. 내 목소리도 들뜨지 않았다. TV에 나오는 사람처럼 차분하게 내 앞길에서 썩 꺼지라고, 썩 꺼지는 편이 좋을 거라고 꼬마에게 말한다. 녀석이 죽도록 겁에 질려 있는 게 눈에 보인다. 그리고 주위에 혹시 지켜보는 사람이 있는지 두리번거리며 토낄 준비를 하기에 그 자리에서 꼼짝 말라고 말한다. 나는 손에 총을 쥐고 있지만 아래로 내린 상태이고, 혹시라도 우체국 옆 골목길에서 누군가 우리를 지켜보고 있다 해도 내 손에 있는 건 다리에 가려서 안 보일 것이었다. 나는 그에게 무릎을 꿇으라고 말한다. 여전히 차분한 목소리로 이 펑크족에게 무릎을 꿇고 애걸하라고, 지금 여기에서 목숨을 애걸한다면 신께서 네놈의 목소리를 들으시고 다치게 하지 않으실 거라고 말한다.

꼬마가 이토록 무서워하는 걸 보고 있으니 놀랍다. 좋은 놀라움이었다. 놈은 나보다 더 컸지만, 생각했던 것보다는 훨씬 어려 보였다(아마 그럴 것이다). 아까 육교 위의 그놈처럼 삐삐 말라서, 꼭 덜 자란 물고기를 낚거나 덜 자란 새끼 사슴을 쏴 사냥한 것처럼 난처한 기분이 든다. 그러나, 신께서 이놈을 나에게 보내셨다. 나는 그에게 똑바로 기도하지 않는다고 말한다. "그 따위로 기도해서 하느님한테 들리겠냐, 인마."

(흑인들 말투로 헛소리를 지껄이는 게 재밌다. 다만 이 꼬마는 너무 겁에 질려서 농담을 제대로 알아듣지 못한다.)

무섭지는 않지만 흥분된다. 총을 든 손이 떨린다. 그래서 다른 손으로 총을 든 손을 잡아준다. 목 안이 건조해서 침을 크게 꿀꺽 삼킨다. 이런 건 그냥 다 장난이다. (안 그래?) 나는 이 꼬마도 다른 색 피부를 가진 다른 꼬마도 쏠 생각이 없다. 그냥 겁만 좀 주고, 이 망할 놈에게 사람을 존경하는 법을 가르쳐주려는 것뿐이다.

그는 돌무더기 위에 무릎을 꿇고 있다. 그는 신에게 기도를 하는 게 아니라 나에게 애걸하고 있다.

쏘지 마세요, 제발 쏘지 마세요. 그는 나에게 애걸하고 있다.

그러나 어쩐 일인지, 총이 발사된다. 나는 방아쇠를 누르지 않았는데, 어쩐 일인지 방아쇠가 눌렸고, 총이 발사된다. 총성이 크게 울리며 귀가 먹먹해지지만 아주 현실적이지는 않다. 이건 현실이 아니야. 한 번, 그리고 또 한 번, 방아쇠가 당겨질 때 이런 생각이 저 머나먼 별에서부터 나에게로 온 것처럼 불현듯 떠올랐다. 일단 총이 발사되자 그다음부터는 저 혼자 발사되는 것 같았다.

소년의 얼굴부터 먼저 땅에 닿는다. 영화에서 봤던 것처럼 피가 빠르게 번지며 퍼져나갔다. 하지만 이젠 뭘 하면 좋을지 몰라 우두커니 총을 들고 서 있는 건 영화 같지 않다. 이제 총은 조용해졌다. 총알은 다 떨어졌다. 나는 외롭고, 이곳에는 나 혼자뿐이다. 이제는 아무도 없고 오직 나 혼자뿐이다.

변호비 모금 액수가 12만 달러를 넘어섰다. 이제 겨우 9월 1일밖에 안 됐는데!

그러나, 그 많은 사람들이 내 친구이고 날 위해 돈을 보내주고 기도해주어도, 여전히 나는 혼자다. 그리고 내가 이야기를 나눌 수 있는 사람, 이게 다 뭔지 조금이라도 이해해줄 사람은 '넬슨 헤라라'뿐이라고 생각한다. 살아 있을 때는 내가 전혀 몰랐던 그 소년.

어마를 만나러 가기 위해 집을 나선다. 어마는 마을 건너편 듀플렉스 주택에서 어린 두 딸과 함께 산다. 어마가 식탁을 차리면 우리는 마치 4인 가족처럼 부엌 식탁에서 함께 저녁을 먹는다. 두 소녀는 쉬지 않고 재잘거리고 대화거리가 떨어지는 법도 없어서 이야기가 내 중심으로 돌아가지 않는다.

어마는 나를 만나는 것에 무척이나 스릴을 느낀다. 가끔 나를 바라보는 그녀의 눈은 빛이 반사되어 고양이 눈처럼 보인다. 그녀에겐 너무나 스릴 넘치는 일이라서, 친구와 친척들 몇 명에게 나와 만나는 사이라고 말했다. 그녀의 집으로 차를 몰고 갈 때는 도로 쪽에서는 보이지 않도록 집 뒤쪽에 차를 세운다. 아무 사고도 없었고, 그녀에게는 무슨 특별한 협박 같은 것도 없었지만, 어마는 창문마다 새로 단 블라인드를 아래층 위층 모두 내린다.

카셀 부부의 집을 나서는 길에 집 앞 포치에 상자가 놓여 있는 게 보인다. 개들이 짖지도 않았는데 누가 어떻게 여기에 상자를 갖다 놓았는지 모르겠다.

우체국에서 가져온 것도 아닌 것 같다. '브랜던 슈랭크'에게 오는 우편물은 카셀 부부의 집 대신 하루에도 엄청난 양의 우편물이 쏟아지는 우체국 사서함으로 간다.

이건 선물일까? 아니면 폭탄일까?

불시에 찾아오는 이런 순간에, 나는 굉장히 흥분한다. 그러니까, 스스로는 차분하다고 생각하지만 심장박동이 빨라지고 손바닥은 차가워져서 흥분되어 있다는 것을 알게 되는 것이다. 하지만 만일 지금 내 뇌 엑스레이를 찍으면, 내 '뇌

파'는 마치 잔잔한 파도처럼 느리게 흘러가는 것을 볼 수 있을 것이다. 다른 한편으로 나는 마치 일어날 일은 이미 오래전에 일어났고 전부 다 끝났다는 듯 차분하다. 넬슨 헤라라와 브랜던 슈랭크는 이미 화강암 묘비가 되어, 사람들이 모르는 어느 조용한 곳에 나란히 서 있는 것처럼.

잠깐 동안 궁금한 마음이 들었다. 만일 그렇다면? 만일 2심이 시작되고 1심처럼 '미결정 심리'로 끝난다면. 그럴 경우 3심 재판이 열릴까? 페린 씨는 그런 말을 했었다. 언제나 우리 편 배심원이 한 명은 있기 마련이에요. 그건 이론의 여지가 없는 사실이죠.

그러니, 재판은 언젠가 열릴 것이다. 그리고 유무죄도 언젠가 결정이 날 것이다.

이 문제와 관련해서는 이미 4월에 분명히 전해 들었었다. 이런 상자는 절대로 만져서는 안 된다. 줍는 건 둘째 치고 흔들거나 뜯어보려고 해서도 안 된다. 물론 나도 이건 안다! 카셀 부부, 요르겐슨 씨, 페린 씨, 그 외에 내 편인 모든 사람들을 생각하면 웃음이 난다. 그들은 내가 이기기를 기대하고 있지만, 이제는 나에게 눈살을 찌푸리고 있다. 마치 자기들이 나를 야단칠 수 있는 사람인 것처럼.

그리고 어마는 날 기다리고 있다. 어마는 나에게 묻는다. 우리 약혼한 거야? 내가 당신 약혼자인 거야, 브랜던?

여기에서 나는 신의 기분을 가늠해보려고 한다. 어떨 땐

신의 기분이 굉장히 분명하게 느껴지고, 어떨 때는 잘 모르겠다. 한 가지는 확실하다. 내 마음속에서 나는 살인자가 아니다. 신은 모든 이의 마음속을 들여다보시니 이해하실 거다. 그래서, 갈색 종이로 꼼꼼하게 포장된 이 소포 상자는 아마도 누군가 나에게 보낸 '선물'일 것이다. 집에서 구운 쿠키나 웹사이트에서 내려받은 내 사진으로 만든 알록달록한 플라스틱 퍼즐 같은, 그런 것일 거다.

내가 나 스스로를 바라보는 느낌이 이상하다. 가끔 나는 내가 〈심슨 가족〉 같은 만화 속 인물처럼 느껴진다. 만화에서는 재미있는 일이 끊임없이 일어나고 사람들은 가끔 다치기도 하지만 금방 회복된다. 마치 호머 심슨이 매번 수모를 당할 때마다 곧바로 회복되는 것처럼. 나는 내 자신이 이상한 행동을 하는 것을 바라본다. 나는 내가 몸을 굽혀 상자를 집는 것을 바라본다. 그리고 그 상자를 집 안으로, 카셀 부부의 부엌으로 가지고 들어간다. 나를 보는 사람이 아무도 없어서 다행이다. 누구든 봤다면 절대 허락하지 않았을 것이다. 카셀 씨는 외출했고, 카셀 부인은 큰방에서 자원봉사자와 함께 내 앞으로 온 우편물을 고르고 있다. 봉투는 뜯고 기부금으로 온 돈을 따로 수집한다. 나는 부엌에 있다. 상자를 부엌 테이블 위에 올려놓는다. 플래시백처럼, T 삼촌의 집 부엌에 들어가서 서랍을 열고 리볼버를 찾는 장면이 떠오른다. (나는 그 총이 거기 있는 걸 확실히 알았다.) 지금은 가위를 찾기 위해 서랍을 연다. 그러고는 생각한다. 버넌 카셀이 쓰던 침대에 반듯이 누워 나를 내려다보던 천장의 눈을 바라보며 천천히 생각했던 때처럼. 만일 여기로 내가 보내진 거라면, 여기 있는 것이 옳아. 나에겐 달리 있을 곳이 없어. 지금은. 상자는 평범한 판지 상자고 가로세로가 각각 45센티미터, 30센티미터 정도이며 제법 무겁다. 아마 4.5킬로그램쯤 될 것 같다. 나는 안에서 째깍거리는 소리가 들리는지 귀를 가까이 댔다. (이건 물론 장난이다. 상자는 째깍거리지 않는다.) 서랍을 뒤져서 가위를 찾아냈다. 나는 끈을 자를 것이고, 날카로운 가윗날을 칼처럼 써서 커다란 검은 잉크로 수신자의 이름이 쓰여 있는 상자를 열 것이다.

　브랜턴 슈윙크 씨에게.

총기 사고
Gun Accident

조사 기록

1

사건의 순서를 기억할 수 있겠니? 그들은 나에게 물었다.

그러나 나는 일관성 있게 대답하지 못했다. 일관성 있게 기억하지 못했기 때문이다. 총이 내 머리 뒤쪽 가까이에서 발사되었어요. 폭발음이 너무 커서 아무 소리도 안 들렸고 아무것도 안 보였어요. 정신이 들었을 땐, 내 머리 오른쪽이 카펫 바로 바깥쪽 단단한 나무 마룻바닥에 부딪쳐 있었어요. 난 그 자리에 누워 있었지만 움직일 수가 없었어요. 바닥에 누워서 내가 총에 맞았구나, 내가 죽었구나 하는 생각을 했어요.

(아마) 아무것도 느껴지지도 않고 들리지도 않아서 그랬던 것 같아요.

(아마) 내가 죽었기 때문에 그러고서도 한참 동안 안 움직이고 있었어요. 만일 내가 움직이려고 하지 않으면, 그리고 움직이려고 했다가 실패하지 않으면, (아마) 내가 죽었는지 살아 있는지 알 수 없을 거라는 생각이 들었어요. 영리한 아이라면 떠올릴 법한 생각이었어요.

2

나는 그에게 애걸하고 있다. 안 돼! 저리 가.

그가 아직 살아 있을 때다. 총알이 그의 가슴을 뚫고 들어가기 전에. 그의 심장이 터지기 전에.

트래비스는 살아 있고 두 발로 서 있지만 내 말은 듣지 않는다. 그는 살아 있지만 나를 비웃느라 내 말을 듣지 않는다. 내 목구멍은 꽉 닫히고 해야 할 말들은 머릿속에 갇혀버렸다. **저리 가, 저리 가! 제발 저리 가!** 나는 그에게 애걸한다.

지금 그는 깨닫지 못하고 있다. 아직 살아 있으니까. 환하게 웃는 얼굴은 행복감으로 빛나고 있다. 왜냐하면 그는 지금 살아 있고 언제든 '살아 있지 않은' 때가 오리라고는 상상할 수 없기 때문이다. 마치 동물들이 자신의 죽음을 이해하지 못하는 것처럼.

트래비스가 있고, 트래비스보다 나이가 조금 많은 사람이 있다. 나는 본능적으로 그 사람의 얼굴을 보면 안 된다고 느낀다. 얼굴을 보려고 고개를 들어선 안 된다. 내가 그를 알아볼 수 있다고 그 사람이 생각하게 해선 절대 안 된다.

그런 잔꾀는 날 때부터 타고나는 것이다. 팔로 얼굴을 가리고, 배와 내장을 보호하기 위해 몸을 숙이는 것처럼 자연스러운 것이다. 이런 절박한 행동은 내 몸을 지키기 위한 순수한 본능에서 나오는 것이다.

그래서, 다른 사람을 쳐다보지 않는다. 나는 절대 '다른 사람'을 쳐다보지 않는다. 내가 꼼짝도 못 한 채 뚫어지게 바라보는 사람은 사촌 오빠 트래비스다. 나를 움켜잡고 총을 들고 있는 사람은 사촌 오빠 트래비스이기 때문이다.

3

가끔은 꿈을 꾸다가 이렇게 된다. 꼼짝 않고 누워 있는 상태에서 팔과 다리가 아무 감각 없이 마비되어 있다. 이걸 설명하는 의학 용어가 있다. 말초신경증. 손가락과 발가락의 톡톡 쏘는 감각이 위쪽으로 올라오면서 감각이 없어지고, 그렇게 무감각이 퍼지면서 몸은 일종의 기억상실에 빠지게 된다.

아니, 나는 꿈을 '믿지 않는다'. 그리고 바보 같은 꿈 얘기로 다른 사람을 지루하게 하거나 짜증을 돋우지 않는다. 게

다가 엄밀히 말해서 이것은 꿈이 아니다. 자는 것처럼 마비되어 있어도 잠이 든 것은 아니니까.

잠을 자면서 '마비되는' 현상은 설명이 가능하다. 뇌의 기능 일부가 휴식에 접어들면 설령 달리는 꿈을 꾸더라도 실제로는 달리지 않는다. 뇌가 근육을 움직이지 못하게 해서 자다가 깨지 않도록 보호해주는 것이다.

물론 예외는 있다. 몽유병 환자들은 잠든 상태에서 실제로 '걷는다'.

그럴 때 나는 굉장히 무섭지만 겉으로는 차분해 보인다. 나를 보고 비웃을, 또는 나를 해칠 수 있는 목격자가 있다면, 내가 느끼는 두려움을 절대 보여주지 않는 것이 중요하다. 사촌 오빠 트래비스 리들과 소년인지 청년인지는 모르겠지만 오빠와 함께 있던 사람이—(얼굴은 전혀 못 봤지만 목소리는 들었다. 내가 모르는 목소리였다)—나를 보고 비웃고, 나를 해치리라는 것을 나는 알았다. 그래서 그렇게 생각했다. **꼼짝도 하지 않으면 내가 살아 있는지 살아 있지 않은지 알 필요가 없잖아. 그러니까 안 움직이는 게 좋겠어.**

달콤한 마비였다. 얼음장 같은 차가운 물 위에 떠 있는 것처럼, 아무런 느낌이 없다.

아이가 내 어깨를 잡아당겨 깨우기 전까지는.

"엄마! 엄-마!" 아이들은 엄마가 담요 아래에서 꼭 쥔 주먹처럼 뻣뻣하게 누워 있는 걸 싫어한다.

"엄마, 일어나요." 엘런이 외치는 소리는 깊은 잠을 자는 사람도 대번에 깨울 만큼 날카롭고 맹렬하다.

그래서 몇 초 만에 나는 잠을 깨고, 일어나 앉고, 다시 엄마가 된다. 그리고 무서워하는 듯한 아이들을 향해 웃음을 지어 보인다. 그럼, 물론이지, 엄만 괜찮아, 라고 아이들을 안심시키기 위해.

1년에 한 번 있는, 할아버지 할머니 집에 가는 날 아침이다. 할아버지 할머니 집은 뉴욕 북부에서 550킬로미터쯤 떨어진 애디론댁산맥 기슭의 마을 스파타에 있다.

4

총을 기억할 수 있겠니? 그렇게 질문을 받았다.

나는 "아니요"라고 대답했다. 총은 아니고 대신 엄청난 총성이 기억나요. 귀가 먹먹해졌었어요.

총은 아니고 (총은 제대로 못 봤어요. 눈물 때문에 앞을 볼 수가 없었어요) 총성 이후의 일들이 기억나요.

《스파타 저널》 기사에서 그 권총은 더블액션 38구경 콜트 리볼버라고 했다. 스파타 드럼린 애비뉴 46번지에 거주하는 고든 매클러랜드 씨 소유물이며, 몇 년 전인 1958년에 가정 방어용으로 소지 허가를 받았다고 했다.

가정 방어용 허가를 받으면 총기 소유자는 총을 집 안에만 보관해야 한다. 집에서 가지고 나가는 것은 불법이며, 주머니나 차에 넣어 가지고 나가면 '무기 은닉죄'가 된다.

매클러랜드 씨는 사냥용 총도 가지고 있었다. 사슴 사냥용 라이플 두 자루에 엽총 한 자루. 이 총들은 서재 캐비닛에 넣고 잠가두어서 사촌 오빠와 공범 친구가 꺼낼 수 없었다.

총이 내 머리 바로 뒤에서 발사되었을 때 난 아무 생각도 안 났어요.

무슨 일이 일어났는지 몰랐어요. 내가 총에 맞은 건지 안 맞은 건지도 몰랐어요. 사촌 오빠가 나를 때려서 바닥에 넘어뜨린 것도 몰랐어요. 떠밀렸거나, 아니면 총에 맞았나 보다고 생각했어요.

누가 총에 맞았는지도 몰랐어요. 누가 총을 일부러 쐈는지 아니면 저절로 발사된 건지도 몰랐어요.

26년이 지났다! 이젠 아무도 나에게 묻지 않지만, 사실은 나도 여전히 모른다.

5

놀라운 일이다. 매클러랜드 씨 집이 아직도 드럼린 애비뉴 46번지에 있다. 그냥 평범한 집인 것처럼, 그 안에서 아무도 안 죽은 것처럼.

썩 기분 좋은 놀라움은 아니다. 스파타에 돌아갈 때마다

이 놀라움이 집게발처럼 나를 붙잡고 늘어진다.

다른 사람과 함께 있을 때면, 예를 들어 아이들과 차 안에 함께 있으면, 감정이 흔들리거나 아니면 일부러 주의를 딴 데로 돌리는 것을 절대 들키지 않는다. 대개는 그냥 똑바로 앞만 보며 드럼린 46번지를 그대로 지나친다.

굳이 올 필요도 없는데 여긴 왜 왔어? 왜? 열네 살 때의 내가 지금의 나에게 소리를 지를 것 같다.

"저 집 말이야. 엄마 옛날 선생님이 저기 살았었는데……."

내 더듬거리는 말은 옆 조수석에 앉아 있는 딸이나 뒷좌석에 앉아 있는 아들보다는 나 자신을 향한 것이었다.

참 어색하고 엉뚱한 말이다. 매클러랜드 선생님이 옛날 선생님이라니. 사실, 나는 글래디스 매클러랜드 선생님을 옛날에 살던 사람으로 기억하지 않는다.

그래도 예전이란 말은 너무 진중하고 형식적인 것 같다. 아이들과 얘기할 때는 엄마답게 솔직 담백하게 말한다. 나는 아이들에게 억지로 이해시키고 싶지 않다. 심지어 아이들한테 단어를 가르치고 싶지도 않다. 나는 아이들이 나를 믿어주기를 바란다.

그래서 아이들이 자기 엄마가 자기와 같은 사람이라고 생각하면 좋겠다. 엄마는 어른이지만 근본적으로는 친구이고, 다른 어른을 믿을 수 없을 때에도 언제나 믿을 수 있는 사람으로 생각해주면 좋겠다.

지금도 생생히 기억하는데, 나는 어릴 때 어른들이 다른 어른들에게만 신의를 지키고 아이들에게는 지키지 않는다고 이해했었다. 그래서 부모님에게는 속마음을 털어놓아서도, **비밀**을 드러내서도 안 된다고 생각했었다.

엘런이 매클러랜드 선생님은 어떤 선생님이었냐고 묻는다.

순간적으로 엘런이 과거형으로 물어본 것에 충격을 받는다. 매클러랜드 부부가 오래전에 스파타를 떠났다고 알고 있었지만, 그분들이 아직 살아 계신지는 모른다. 아마 살아 계실 것이다. 1961년에 겨우 중년이었으니까.

"어떤 선생님이냐고? 아주 좋은 선생님이지. 훌륭한 선생님이야. 모두들 매클러랜드 선생님을 좋아했어."

"무슨 과목을 가르치셨는데요?"

"매클러랜드 선생님은 사회 과목을 가르치셨어. 그리고 엄마 9학년 때 담임선생님이기도 했단다."

과거형을 쓰지 않고 말하는 게 불가능하다.

엘런이 뭔가를 더 물어볼 거라고 기대했다. 왜 내가 9학년 때 담임선생님을 좋아했는지, 매클러랜드 선생님의 무엇이 그렇게 특별했는지, 그리고 매클러랜드 선생님은 어떻게 되었는지……. 그러나 엘런은 흥미를 잃었다. 아무리 예의 바른 열한 살짜리 아이라도 엄마의 옛 선생님에 대한 추억에 관심을 갖는 건 노력이 필요한 일이다. 뒷좌석에 앉은 여덟 살짜리 래니는 뭔가 흥미로운 것이 있는지 창밖을 바라보고 있다. 엄마의 말소리는 그냥 라디오에서 흘러나오는 소음이나 마찬가지다.

"그분은…… 매클러랜드 선생님은…… 특별한 분이셨어. 엄마의 인생에서는……."

나는 운전대를 두 손으로 잡고, 오래전에 지은 고상한 식민 시대풍 건물을 바라본다. 연한 빨간색 벽돌은 색이 조금 바랬고, 짙은 초록색 덧문은 새로 페인트를 칠해야 할 것 같다. 뾰족한 박공지붕 꼭대기에는 뛰어오르는 사슴 모양의 앤티크 풍향계가 달려 있다. 변한 게 있나? 이게 정말로 그 집인가? 스파타에 올 때마다, 이 집 앞을 지나칠 때마다, 등의 맨살에 채찍을 맞은 것처럼 온몸의 감각이 곤두선다.

너뿐이야, 해나. 달리 할 사람이 없어.

이런 말은 굳이 안 해도 될 것 같지만, 다른 사람은 이 집에 데려오지 말거라. 다른 사람을 집 안에 들이면 안 돼.

물론 지금 드럼린 애비뉴 46번지에는 다른 사람들이 산다. 거기 누가 사느냐고 어머니에게 물어본다면, 물론 나는 절대 묻지 않겠지만, 어머니는 마음 아파하는 눈빛으로 나를 바라보면서, 방어적인 자세로 가볍게 웃음 지으며 대답할 것이다. "누가 거기 사냐고? 나도 모르겠는데."

충격 사건이 있고 몇 달 후 매클러랜드 씨 부부는 이사를 갔다. 학교에는 글래디스 매클러랜드 선생님이 '젊은이'가 죽은 그 집에서 더 이상은 살 수 없다고 말했다고 했다.

약속할 수 있니, 해나?

네, 약속할게요.

부모님이 사는 퀴리 스트리트는 집들도 더 작고 주차장이 더 좁아서 분위기가 완전히 다르다. 부모님 집의 낯익은 진입로에 차를 주차하자 안도감이 밀려왔다. 그러나 그 안도감이 꾸역꾸역 계속 밀려들면서 머리가 터져버릴 것 같다.

장거리 여행이 지루했던 아이들은 얼른 할아버지 할머니 집에 들어가려고 차에서 뛰어나간다. 그러나 나는 너무 힘이 없어 움직이지 못한다. 현기증이 나서, 힘없는 팔을 운전대에 기대고 있다. 무섭게 머릿속을 짓누르는 압력이 가라앉기를 기다리면서.

그 일은, 일어났어야만 했던 거야. 어쩔 수 없었어.

"해나? 왜 그래? 어디 아프니?"

누군가 차 문을 열고 나를 흔들고 있다. 어머니가 내 위로 몸을 숙여 나를 들여다본다. 불안하게 떠 있는 태양처럼, 근심 어린 어머니의 얼굴이 너무 가까이 다가와 있다. 어머니 뒤에 서 있는 아버지의 머리카락은 내 기억보다 더 회색빛으로 변해 있다.

부모님은 차가 진입로에 들어오고 브레이크까지 걸렸는데—아이들이 집 안으로 뛰어 들어왔는데도—내가 차에서 나오지 않자 걱정이 되었던 것이다.

두 분은 서둘러 밖으로 나와 나를 찾다가 운전석에서 나를 발견했다. "눈은 뜨고 있지만, 좀 졸려 보이는데."

하지만 이제는 괜찮아요. 나는 부모님에게 말한다. 차에서 내려 엄마 아빠와 포옹을 한다. 거짓말은 아니다. 그 잠깐 사이에 나를 끔찍하게 장악했던 것이 무엇이었는지는 몰라도, 지금은 완전히 회복되었다.

"해나, 다시 보니 좋구나! 집에 잘 왔다."

6

선생님을 좀 도와줘. 매클러랜드 선생님이 남편이 시러큐스의 병원에 입원해 있는 동안 도와달라고 나에게 부탁하셨다. 엄마와 나는 그게 무척이나 자랑스러웠다.

내가 할 일은 학교 끝나고 하루에 한 번 매클러랜드 선생님 집에 들러 우편물과 신문을 안으로 들여놓고 고양이에게 밥을 주고, 필요하면 화분에 물을 주는 것이었다. "물론 수고비는 줄 거야."

선생님 집을 봐주는 일에 수고비로 얼마를 주실지 말씀하셨을 때, 나는 놀라서 몸이 굳었다. 아이 보는 일을 하고 받는 돈의 거의 두 배에 달하는 액수였다.

비상 상황이었다. 매클러랜드 씨가 그렇게 급하게 수술을 받아야 하는 걸 선생님 부부는 전혀 모르고 계셨다. 매클러랜드 선생님은 스파타에서 80킬로미터 정도 떨어진 시러큐스의 대학 병원 근처 호텔에서 적어도 며칠은 묵어야 했다. 선생님이 안 계시는 동안 수업은 보조 교사가 와서 해줄 예정이었다. 그리고 매클러랜드 선생님은 내가 선생님을 도와주기를 바라고 계셨다.

1961년 4월이었다. 나는 열네 살이었고 9학년이었고 사회 선생님이자 담임선생님인 매클러랜드 선생님을 무척이나 좋아했다. 선생님도 나를 좋아하시는 것 같았다. 적어도, 매클러랜드 선생님이 특별히 좋아하시는 것 같은 학생들 중에는 나도 포함되어 있었다.

글래디스 매클러랜드는 놀랄 만큼 매력적인 중년 여성이었다. 아마 40대 초반이었을 텐데 우리 눈에는 그보다 훨씬 더 젊어 보였고, 옷차림이나 헤어스타일이나 지적이고 열정적인 성격으로 인해 우리 엄마들이나 학교의 다른 선생님들과 확연히 구분되는 분이었다. 선생님은 어깨까지 내려오는 금발 머리를 '페이지보이' 스타일로 하고 다니셨다. 구불구불하고 매끄러운 머리카락을 끝에서 크게 안으로 감은 스타일이었다. 얼굴에는 항상 화사하게 화장을 해서 패션 잡지의 표지 모델처럼 보였다. 굽 높은 구두에, 짙은 색의 얇은 스타킹을 자주 신으셨다. 선생님이 가르친 여학생들은 선생님이 입던 옷을 대부분 기억했다. 캐시미어 스웨터, 플리츠스커트, 허리에 단단히 맨 벨트. 반지와 보석도 기억했다. 거의 발목까지 내려오는 우아한 짙은 색 모직 코트도 기억했다. 외투의 칼라는 아마 밍크였을 것이다. 몸매는 날씬하다고는 할 수 없어도 '맵시'가 있었다. 엉덩이도 가슴도 균형 잡힌 몸매였다. 선생님을 보면 할리우드 여배우 진 크레인이 떠올랐다. 아름답고 게다가 멋지기까지 한 여인.

매클러랜드 선생님은 남편과 함께 스파타에서 부자들만 사는 동네의 넓고 멋진 주택에 산다고 했다. 사람들은 매클러랜드 선생님의 남편이 중요한 사람이라고 했다. 제2차 세계대전의 참전 용사이며, 장교로 퇴역했고, 사업가 혹은 변호사나 은행가 같은 전문적인 일을 했다고 했다. 글래디스 매클러랜드가 진 크레인을 닮았다면, 매클러랜드 씨는 우수 어린 분위기의 잘생긴 로버트 테일러를 닮았다.

우리는 왜 매클러랜드 선생님을 좋아했을까? 선생님은 점수를 후하게 주는 편은 아니었고, 공부를 시키는 편이었다. 하지만 우리에게 공감하고 참아줄 줄도 아셨다. 선생님은 재미있는 분이었다. 가르칠 때는 위트와 유머, 진지한 태도가 적절히 뒤섞여 있었다. 우리는 매클러랜드 선생님의 수업 시간에 한참 웃었지만, 우리가 왜 웃었는지를 다른 사람에게 설명하거나 그 내용을 그대로 전하기는 어려웠다. 발표를 주저하는 학생들을 부를 때면 매클러랜드 선생님만의 고유한 방식이 있었다. 애교가 있다고 할 수도 있고, 확실히 다정한 말투였다. 그러면 지독히 수줍음을 타거나 어색해하는 학생과도 대화를 틀 수 있었다. 나중에 선생님의 그런 방식이 소크라테스식 문답법이라는 걸 알게 되었다. 질문이 질문으로 이어지면서 대화를 계속 이어나가는 것이었다.

매클러랜드 선생님의 철학은 그랬다. 우리 모두는 스스로 생각하는 것보다 훨씬 더 많은 것을 알고 있다는 것이다. 교사의 임무는 그런 지식을 우리 안에서 끌어내는 것이었다. "커다란 갈퀴로 땅을 헤집으면서, 그 아래에 뭐가 있는지 찾아 꺼내는 것 같은 거야." (이것도 매클러랜드 선생님의 위트 있는 말이었을까? 우리는 이 말을 듣고 웃었다.)

남자아이들도 몇몇은 매클러랜드 선생님에게 완전히 홀려 있었다는 걸 우린 알고 있었다.

다른 남자아이들, 학교를 싫어하고 성적도 대수롭지 않게 여기는 뚱한 고학년 남자애들은 자퇴할 수 있는 열여섯 살이 될 때까지 기회만 노리다가, 매클러랜드 선생님에 대해 썩 좋지 않은 말을 하는 걸 우리는 알고 있었다.

9학년쯤 되면 여자아이들은 (대부분의) 남자아이들의 눈에 그녀의 몸으로만 보인다는 사실을 깨닫게 된다. 가슴, 엉덩이. 그리고 절대 듣고 싶지 않아 외면해버리는 더 고약한 단어들.

(가끔 이런 단어들을 누가 매클러랜드 선생님의 차에 흰색 도료나 스프레이 페인트로 휘갈겨 쓴다는 소문이 있었다. 그래서 매클러랜드 선생님은 교무실 창문에서 보이는 교장, 교감 선생님의 주차 자리에 노란색 최신형 뷰익을 세울 수 있도록 허락

을 받았다고 했다.)

매클러랜드 선생님의 노랫소리 같은 따뜻한 목소리로 호명되면, 우리의 이름은 특별해진다. 어느 아침 교실에서 매클러랜드 선생님이 내 어깨를 가볍게 건드리면서 부르시던 순간을 기억한다. "해나, 잠깐 얘기 좀 할 수 있을까?" 그 말은 선생님을 따라 복도로 나와달라는 의미였다.

뜻밖의 요청에 얼굴에 피가 쏠리면서 뜨거워지는 것이 느껴졌다. 나를 바라보는 친구들의 시선이 매섭게 느껴져서, 매클러랜드 선생님이 신은, 빨간 실로 테두리를 두른 검정 가죽 하이힐만 바라보며 선생님을 따라 서둘러 복도로 나갔다.

친구들이 듣지 못하게 복도로 나가 선생님과 이야기를 한다는 것은 무척이나 불길한 일이었다. 교실 스피커에서 이름이 불리고, **지금 즉시 교무실로 오세요,** 라는 으스스한 말을 듣는 것도 마찬가지였다.

그런 식으로 학생들은 가족의 응급 상황, 갑작스러운 죽음 같은 불운한 소식을 전해 들었다. 그렇게 특별히 호명을 당하고서 좋은 소식을 듣게 되는 경우는 극히 드물었다.

매클러랜드 선생님이 불편함이나 초조함을 드러내지 않았던 것은 아니었다. 복도에서도 분명히 불안해하는 기색이 역력했지만, 선생님은 나에게 미소를 보이며 차분하게 말씀하셨다. 선생님도 갑자기 복도에 불려 나와 친구들의 시선을 받아야 하는 나의 불편함을 잘 아셨던 것이다. 선생님은 갑작스러운 '가족의 응급 상황'에 대해 말씀하셨다. 선생님의 남편이 시러큐스에서 다음 날 아침 수술을 받아야 한다는 것이었다.

"큰 수술은 아니야." 매클러랜드 선생님은 조심스럽게 말씀하셨다. "고든은 괜찮아질 거야. 다만 우리가 미리 대비를 못 해서……. 이렇게 갑자기…… 내일 아침 7시라고 하니……."

선생님을 좀 도와줄 수 있겠니? 매클러랜드 선생님이 물었다.

물론, 그러겠다고 대답했다. 나는 글래디스 매클러랜드가 그런 중책을 나에게 맡겼다는 데 감동했다. 교실에서도 종종 선생님을 도와 여러 가지 자질구레한 일을 하곤 했다. 인쇄물을 친구들에게 돌리기도 하고, 창턱에서 풍성하게 자라는 자주달개비, 필로덴드론, 선인장 같은 식물에 물을 주고 잎을 다듬어주기도 했다. 매클러랜드 선생님이 스키를 타다 발목을 접질러서 목발을 짚고 나오셨을 때는 선생님을 부축하거나 짐을 대신 들어주는 학생들 가운데 하나였다. **얘들아! 정말 고마워. 너희가 없었으면 내가 어떻게 했을지**…….

매클러랜드 선생님은 감동해서 눈가를 훔치셨다. 선생님의 책상에 꽃을 갖다 놓은 아이도 있었다. 장미, 카네이션에 복슬복슬한 흰 고양이 모양의 '쾌유를 빕니다' 카드까지 꽂아서.

난처한 상황에 처한 선생님을 도와드려야 한다고 하면 엄마는 당연히 허락할 터였다. 엄마는 남의 집 딸이 당신 딸보다 잘난 것처럼 보일 때면 질투를 했고, 학교에서 선생님들이 나에게 관심을 보인 이야기를 하면 그런 관심이 당신 자신을 향한 것인 양 열중해서 들었다. 엄마는 시골 변두리 마을인 비첨 카운티의 다 쓰러져가는 농장 주택에서 태어났고, 9학년 때 학교를 그만두었다.

매클러랜드 선생님 댁은 우리 집에서 몇 블록 떨어진 드럼린 애비뉴 아래쪽 거리에 있었다. 드럼린 애비뉴는 이름 그대로 빙하가 만든 야트막한 언덕을 휘감으며 구불구불하게 뻗은 길이다.* 종종 그 동네 이웃들의 아이를 봐주곤 했는데, 매클러랜드 선생님 부부에게는 아이가 없는 것 같았다.

나는 또래보다 조용하고 몸집이 아주 작은 아이였다. 왼쪽 뺨에 점이 하나 있어서 모래색 머리카락으로 늘 가리고 다녔다. 점은 작은 딸기만 한 크기에 불그스름한 색을 띠었고, 살짝 부풀어 올라서 만져보면 딸기 같은 느낌이 났다. 나에게 이 점보다 더 부끄럽고 흉한 것은 없었다. 어릴 때는 이 점 때문에 끔찍이도 놀림을 받았고, 친한 친구들마저도 가끔씩 점에 대해 들먹였다. 열네 살 때까지도 상스러운 소년들이 따라다니며 놀리곤 했다. 거울을 볼 때면 나도 모르게 시선이 그쪽으로 향했다. 딸기 점이 아직도 그 자리에 있나, 혹시 기적적으로 사라지진 않았을까 확인하려고.

이건 신에게서 받은 징조일까? 하지만…… 왜?

---

* 드럼린drumlin은 빙하가 이동하며 형성된 작은 언덕을 말한다.

지금도, 수십 년이 지난 지금도, 점을 제거하고 나서도 인생에 아무런 변화가 일어나지 않은 지금도, 여전히 나는 꿈속에서 전전긍긍하며 거울에 비친 내 얼굴을 확인한다. 내 인생이 통째로 위험에 처한 것처럼 절박한 심정으로 뿌연 유리를 들여다본다. 그런 꿈에서도 나는 괴롭힘을 당한다. 누군가 나에게 조롱을 퍼붓고 웃어댄다. 그러나 그 꿈속의 거울에는 작은 점은 고사하고 내 얼굴조차 보이지 않는다. 무기력하게 나는 생각한다. **허영심이란 참 어리석은 거야. 부질없어.**

내가 기억하는 그 시절의 나는 그 점 말고는 특별할 것이 아무것도 없는 평범한 소녀였다. 그러나 이때 찍은 사진들을 보면 나는 적당히 매력적인 소녀였다. 미소를 지으면 예쁘다고도 할 수 있을 것 같다. 인기도 없고 친구도 없다고 생각했지만 사실 학교에는 친구들이 많았고, 그중 몇몇은 우리 반에서 제일 인기 많은 소녀들이었다. 나는 8학년 때 부반장으로 선출되었고, 고등학교 1학년 때도 부반장으로 뽑혔다. 나는 수많은 '활동'에 참여했고 항상 우등생이었다. 그러나 나에게는 그런 좋은 성적이 다소 당황스러운 것이었다. 좋은 성적을 거두려면 열심히 공부를 해야 하고, 열심히 공부를 하는 것은 절박한 심정의 사람들이나 하는 것 같아 보였기 때문이다.

내가 성취한 것 가운데 특별히 중요해 보이는 건 없었다. 그건 내가 성취한 것이었으니까.

그래서, 안 계시는 동안 집을 맡길 정도로 매클러랜드 선생님이 나를 좋아하고 신뢰한다는 건 정말이지 황홀한 일이었다. 나로서는 굉장히 흥미진진했고, 기쁨을 떨칠 수가 없었다.

교실의 내 자리로 돌아오자 여자애들 몇몇이 나에게 매클러랜드 선생님이 무슨 부탁을 하신 거냐고 물었다. 하지만 나는 말할 수 없었다. 아직은. 내 심장은 달콤한 비밀로 가득 채워진 채 뛰고 있었고, 이 비밀을 곧장 말해버리면 그 경이로움이 희석될 것만 같았다.

그날 학교가 끝나고 그동안 거리에서 바라보기만 했던 드럼린 애비뉴의 거대한 식민지풍 저택의 방들을 매클러랜드 선생님이 직접 보여주셨다.

매클러랜드 선생님 집은 드럼린 애비뉴의 멋진 고택들 중 하나로 스파타 주민이라면 다들 잘 아는 집이었다. 자전거를 타고 그런 귀한 분들이 사는 집 앞을 지나다니면 꿈결처럼 느껴지곤 했다. 1만 2,000명이 사는 작은 도시에서, 다른 동네 사람들은 진입로나 집 앞 도로나 잔디밭에 나와서 잔디를 깎는 모습을 종종 보이곤 했다. 그러나 드럼린 애비뉴의 주민들은 정원 관리 같은 일은 절대 직접 하지 않고 다른 사람을 고용해서 했다. 설령 밖에 나오더라도 집 뒤쪽으로 나와 사람들 눈에 잘 띄지 않았다.

이제는 꼭 그런 집에 살아야만 행복한 것은 아니고, 그런 집에 산다고 해서 보장받는 것은 아무것도 없다는 걸 잘 아는 어른이 되었지만, 차를 몰고 그런 기품 있는 고택 앞을 지나갈 때면 여전히 그런 집 안에서 벌어지는 비밀스러운 삶에 대해 궁금한 마음이 들곤 한다.

열네 살의 나에게는, 그렇게 갑작스럽게—그리고 그렇게 쉽게—드럼린 애비뉴의 집 안으로 걸어 들어간다는 게 무척이나 이상했다. 그리고 이 사적인 공간에 담임선생님인 매클러랜드 선생님과 단둘이 있다는 것도 정말 이상하게 느껴졌다.

부모님이나 가까운 친척 말고 어른과 단둘이 있는 것은 드문 일이었다.

그리고 매클러랜드 선생님도 내가 학교에서 알던 선생님이 아니었다. 남편의 수술을 하루 앞둔 선생님은 눈에 띄게 불안해했다. 위트 있고 침착하고 자신감 넘치던 선생님은 사라지고 그 자리엔 엄마 또래의, 나보다 별로 키가 크지 않은 산만한 여자가 있었다. 낮에 학교에서 입고 있던 것과 똑같은 옷차림이었지만—황동 단추가 달린 빨간색 모직 재킷과 격자무늬 빨간색 플리츠스커트, 짙은 색 스타킹에 검정 가죽 구두—화려한 분위기가 풍기지 않았다. 머리카락은 귀 뒤로 넘겼고 립스틱은 희미하게 지워져 있었다. 평소의 반짝이고 생동감 넘치는 눈은 근심이 깃들어 불그스름해져 있었다. 매클러랜드 선생님은 용감한 목소리로 남편이 그날 오후 임원 전용 차량으로 시러큐스 의대 부속병원으로 가 검사를 받고 있다고 말했다. 선생님은 다음 날 아침 남편의 수술 시간 전에 도착할 수 있도록 직접 차를 몰고 갈 거라고 했다. 선생님은 남편이 "간단한 수술"을 받는 것뿐이니 "걱정할 건 없다"고 설명했다. 그러면서 숨 가쁜 짧은 웃음과 함께 "물론 마취를 해야 하는 수술은 어떤 수술이든 간단하지는 않지"라고 덧붙였다.

그리고 몇 번이고 강조했다. "중요한 얘기니 잘 들어, 해나. 네가 여기 있는 동안 절대 다른 사람을 집 안에 들이면 안 돼. 네 어머니가 너와 함께 오고 싶어 하시면 어머니는 괜찮아. 하지만…… 다른 사람은 안 된다. 약속할 수 있겠니?"

엄숙하게, 나는 그러겠다고 약속했다.

학교 복도에서 얘기를 마친 직후에 매클러랜드 선생님은 엄마에게 전화를 거셨다. 선생님이 엄마에게 전화를 했을 거라고는 전혀 생각도 못 했다. 선생님을 '도와드리는' 일을 나에게 맡기면서 엄마의 허락을 구할 거라는 생각은 전혀 하지 못했었다. 그러나 물론 매클러랜드 선생님은 적절하게, 그리고 우아하게 처신하셨다.

매클러랜드 선생님은 나에게 위층 방들은 모두 잠글 거라고 말씀하셨다. "위층엔 올라갈 필요 없어. 그리고 남편 서재는 여기, 복도 끝에 있는데…… 그 방도 잠가둘 거야. '고든 매클러랜드 씨' 앞으로 온 우편물은 갖고 들어와서 그냥 다른 우편물과 함께 식당의 식탁 위에 두렴."

매클러랜드 선생님은 빠르고 산만하게 설명하면서 아름

답게 꾸며진 아래층 방들로 나를 이끌고 다니셨다. 나는 그런 흥미로운 가구를 한 번도 본 적이 없었다. 물결 모양의 커다란 커피 테이블은 적갈색 나무를 한 토막 크게 잘라 광을 내고 다듬어서 만든 것처럼 보였다. 자그마한 피아노는 흰색 나무 같은 걸로 만든 것인데, 이게 하프시코드인가? 바보 같은 질문을 하면 선생님이 화를 내실까 봐 나는 감히 물어볼 엄두를 내지 못했다. 선생님이 요구하는 도움은 생각했던 것보다 훨씬 더 까다로웠다. 고양이도 돌봐줘야 했고, 화분도 관리해야 했다. 우편물, 신문, 그 밖에 집 앞 계단에 떨어뜨려놓는 건 전부 다 안으로 들여놔야 했고, 몇몇 방은 전등도 켜야 했고, 블라인드도 매일 저녁 다양한 방식으로 올리고 내려야 했고, TV도 켜야 했다. 누군가 집에 있다는 티를 내기 위해서였다. "가능하면 여기에서 적어도 한 시간 정도는 있으렴. 그래야 사샤가 자기가 버려졌다고 느끼지 않겠지. 여기 소파에서 숙제를 해도 돼. TV를 봐도 되고. 냉장고에 든 건 뭐든 먹어도 된다. 하지만─당연히─너만 해당되는 거야. 다른 사람은 안 돼."

매클러랜드 선생님은 마치 긴급사태를 처리하듯 내 이름도 부르지 않고 속사포처럼 말씀하셨다. 시선은 쏜살같이 이리저리 움직이고, 손가락으로는 신경질적으로 손목에 찬 금시계를 돌렸다. 선생님은 내가 누구인지도 잊어버린 것 같았다.

우아한 식당의 저쪽 벽에는 천장에서 바닥까지 유리 한 장으로 된 문이 있었고, 그 문 너머에는 천창이 있는 온실이 이어져 있었다. 온실 안에는 다양한 크기와 모양의 화초 화분들이 있었다. 어떤 것은 굉장히 아름다웠다. 커다란 보스턴고사리가 바구니에 담겨 벽에 걸려 있고, 토분에는 아프리칸바이올렛이 줄지어 심어져 있었다. 1.5미터짜리 녹죽도 있었다. 여기 식물들은 매클러랜드 선생님이 교실에서 키우는 단순한 식물들보다 돌보기가 훨씬 더 까다로웠다. 교실의 식물들은 주로 선인장과 다육식물이었고, 한동안 물을 주지 않아도 괜찮았다. 다행히 나는 공책을 가져왔고, 착한 여학생답게 꼼꼼히 기록을 할 수 있었다.

매클러랜드 선생님은 고사리에는 물을 적당히 주라고 지시하셨다. "그냥 흙이 촉촉해질 정도면 충분해. 흙이 얼마나 말랐는지는 만져보면 알 수 있어. 물을 너무 많이 주면 안돼." 길쭉한 창 모양의 잎이 달려 험상궂게 생긴 금줄범꼬리도, 수많은 꼬인 가지들이 달려 있어 살아 있는 생명체처럼 생긴 크라슐라도, 이국적이고 향이 짙은 난도 물을 주면 안되는 식물들이었다. 온실 안에는 서양담쟁이덩굴과 그레이프아이비도 있었고, 잎이 많이 달린 필로덴드론, 자주달개비 그리고 페페로미아도 있었다. 이것들은 모두 2, 3일에 한 번 물을 주거나 분무기로 물을 뿌려줘야 했다. 작고 섬세한 꽃잎이 달린 아프리칸바이올렛은 특히나 까다로운 관리가 필요했다.

"잎사귀가 노란색으로 변하면 떼어내버려. 그리고 당연한 얘기지만, 화분은 절대 옮기지 말거라. 여기 화분들은 다 햇빛을 골고루 받을 수 있도록 고심해서 자리를 잡아놓은 거야. 손가락으로 흙이 말랐는지 확인하는 거 잊지 말고. 그리고 꼭 기억하렴. 물을 너무 많이 주면 안 돼. 너도 물에 빠져 죽고 싶진 않겠지. 식물도 그래."

매클러랜드 선생님이 학교에서 그런 식의 농담을 할 때는 늘 미소를 지으셨고, 그래서 우리도 같이 웃을 수 있었다. 그러나 여기 선생님 집에서 선생님은 미소를 짓지 않으셨다. 그래서 나는 지금 이 말이 농담이 아니고, 나도 웃으면 안 된다는 걸 알았다.

선생님은 분무기와 초록색 에나멜 물뿌리개를 바닥에 놓아두겠다고 말했다. 둘 다 적당한 온도의 물이 담겨 있을 거라고 하셨다. 나중에 물을 다시 채울 때에도 너무 차갑거나 뜨겁지 않게 주의해야 했다.

그동안 내내, 매끄러운 은푸른색 털이 아름다운 샴고양이가 멀찍이서 지켜보며 일정한 거리를 유지한 채 이 방에서 저 방으로 우리를 따라다녔다. 고양이의 눈은 놀랍도록 선명한 파란색이었다. 귀는 여느 고양이보다 훨씬 더 크고 뾰족했고, 끝이 초콜릿색인 꼬리는 불편하고 성가신 기색을 역력히 보여주듯 바짝 서 있었다. 나는 지금껏 이렇게 매력적인 동물을 이렇게 가까이에서 본 적이 없었다. 매클러랜드 선생님은 내가 사샤의 "친구가 되어주기를" 바란다고 하셨지만, 그럴 가능성은 없어 보였다. 선생님이 시리얼처럼 보이는 고양이 간식 한 줌으로 계속 유인해도 녀석은 우리와의 거리를 좁히지 않았다.

"사샤! 사샤, 이리 와. 옳지, 이리 오렴, 아가."

나는 매일 사샤를 위해 신선한 고양이용 통조림을 따줘야 했고, 건사료와 깨끗한 물도 주어야 했다. 사샤는 처음엔 혼자 남겨지면 긴장해서 밥을 먹지 않을 수도 있었다. 그러나 전날 고양이가 밥을 남기더라도, 밥그릇을 씻고 종이 타월로 물기를 잘 닦고 새 캔을 따줘야 했다. 캔 종류는 매일 바꿔줘야 한다. 참치, 연어, 닭고기, 쇠고기…… 이 순서로. 물그릇도 매일 바꿔줘야 했다. 매클러랜드 선생님이 부엌 밖 넓은 다용도실 한쪽 구석에 있는 사샤의 변기를 보여주셨다. 이 변기는 적어도 이틀에 한 번은 갈아줘야 했다. "심각하게 더러워지기 전에 비워야 해. 아니면 사샤가 변기를 거부할 거야."

거부! 나는 우리 가족이 키우는 고양이를 떠올리며 미소를 지었다. 우리 고양이들은 조금이라도 머뭇거렸다간 추운 집 밖으로 쫓겨날 것이고 뭔가를 거부할 특권은 아예 가져보지도 못했다.

"사샤, 이리 와서 새 친구를 만나봐! 아무도 널 해치지 않아."

은푸른색 샴고양이는 여전히 거리를 두고 있었다. 얼음처럼 차가운 고양이의 시선은 다정한 목소리로 부르는 헌신적인 여주인과 '새 친구'를 딱히 구분하는 것 같지 않았다.

"사샤가 밖에 나가게 하면 안 돼. 문이 열리면 밖으로 나가려고 할 거야. 영악한 아이거든! 하지만 샴고양이는 집고양이라 밖에서는 오래 살아남지 못해."

오래 살아남지 못한다. 나는 이 기이한 말이 정말인지 궁금했다. 순종 샴고양이가 다른 고양이들처럼 새 환경에 적응하지 못하고 집을 나가 길고양이가 된다면 어떻게 될까.

나는 사샤를 밖으로 내보내지 않겠다고 매클러랜드 선생님을 안심시켜드렸다.

그 순간 전화벨이 울렸다. 매클러랜드 선생님은 화들짝 놀라서 짧게 비명을 터뜨렸고, 잠깐 겁에 질린 표정을 지었다. 나는 선생님이 더듬더듬 수화기를 찾아 중얼거리며 통화하는 모습에 당황해서 고개를 돌렸다. "아, 고마워요! 난 괜찮아요. 내일 아침 일찍 내 차로 병원에 갈 거예요. 그동안 집은 9학년 여학생한테 봐달라고 부탁해놨어요. 그럼요, 물론 믿을 만한 아이죠!" 매클러랜드 선생님은 나를 안심시키려는 듯 미소를 지어 보였다.

선생님은 지금 당장은 이 사람과 통화하고 싶지 않은 것 같았다. 나는 통화 내용을 엿듣지 않기 위해 다른 방으로 갔다. 무릎을 꿇고 속삭이며 고양이를 불러보았다. "사샤! 야옹아!" 그러나 매끄럽고 아름다운 샴고양이는 나에게 다가오지 않았다.

우리가 존경하는 선생님이 이렇게 흐트러진 모습을 보이다니 당황스러웠다. 진짜 글래디스 매클러랜드가 남자에게, 남편에게 이렇게 감정적으로 의지하는 사람이었다는 걸, 우리 엄마나 친척 아주머니들과 크게 다를 것 없는 여자라는 걸 깨닫게 된 것도 충격이었다. 이 여자와는 다른, 스파타 중학교의 화려하고 당당한 선생님은 그냥 우리의 관심을 사로잡는 배우였고 **진짜**가 아니었다.

몇 년 후 결혼하고 가정을 꾸리면서 그때 왜 매클러랜드 선생님이 그렇게 겁에 질렸었는지를 이해하게 되었다. 나는 그 묵직하고 두려운 진실을 이해한다. **직업이 인생이 아니다. 오직 가족만이 인생이다.**

집을 나서기 전에 매클러랜드 선생님은 열쇠로 문 여는 법을 연습하라고 하셨다. 정문이 아니라 부엌문이었다. 선생님은 나에게 부엌문으로 드나들라고 하셨다. 그리고 타이프로 친 여러 가지 지시 사항들과 전화번호를 주셨다. 20달러 지폐도 몇 장 주셨다. "비상금이 필요할 수도 있으니까."

60달러? 나는 말문이 막혔다. 매클러랜드 선생님 집을 몇 주 동안 봐드린다 해도 상상을 뛰어넘는 돈이었다.

선생님에게 집이 멀지 않으니 충분히 걸어갈 수 있다고 했지만, 선생님은 굳이 차로 바래다주겠다고 고집을 부리셨다. 나는 일단 선생님이 결심을 하시면 절대 생각을 바꾸지 않으신다는 것을 잘 알고 있었다. (학교에서 매클러랜드 선생님의 모습을 보면 분명한 사실이었다.) 선생님은 당신이 뭘 해야 하는지를 잘 아셨고, 반드시 실행에 옮기셨다.

"날도 어두워졌고 추워졌어, 해나. 당연히 널 혼자 집에 걸어가게 둘 수 없지."

해나. 매클러랜드 선생님의 목소리로 듣는 내 이름이 따뜻하게 내 안으로 스며들었다.

11월에는 땅거미가 일찍 내리고 6시면 캄캄해진다. 나는 좁은 쿼리 스트리트의 아스팔트 길 옆에 있는 작은 우리 집이 잘 보이지 않는 것에 감사했고, 글래디스 매클러랜드 선생님이 노란색 뷰익을 몰고 집 앞까지 올 것을 엄마가 전혀 몰랐다는 데에 감사했다. 엄마가 밖으로 뛰어나와 선생님을 집 안으로 초대했다면 그야말로 악몽 같았을 것이다.

그날 저녁 엄마는 선생님 집을 방문한 것에 대해 꼬치꼬치 물으셨다. 매클러랜드 부부가 사는 집은 어떤지, 거기에서 내가 할 일은 무엇인지 등등. 엄마는 엄청 신이 나고 들떠 있었다. (이미 엄마는 내가 선생님을 도와주기로 했다는 것을 친척들에게 자랑하기 시작하셨다.) 그러나 한편으로는, 혹시 매클러랜드 부부 집에 무슨 일이 생기면 내 딸이 혼나지 않을까 하는 불안한 마음도 있었을 것이다.

매클러랜드 선생님은 집을 봐주는 대가로 내게 수고비를 줄 거라고 엄마에게 말씀하셨지만, 선생님이 이미 나에게 돈을 주셨다는 걸, 그것도 약속한 금액보다 몇 배나 많은 돈을 주셨다는 걸 엄마는 절대 알 수 없었다. 나는 60달러에 대해 엄마에게 말을 할까 말까, 해야 한다면 언제 말할까 고민했다. 하지만 아직은 아니었다.

갑자기 반발심과 분노가 강하게 밀려왔다. 엄마가 이 사실을 알면 돈 대부분을 가져갈 것이다. 그러나 내가 얼마를 받았는지 엄마는 알 필요가 없다.

이건 내 돈이야. 내가 번 거야.

내가 아는 대부분의 어른들처럼, 엄마도 칭찬을 많이 듣지 못하고 자라셨다. 엄마와 아빠는 대공황 시기에 시골의 변변치 않은 작은 농장에서 성장했고, 그런 환경에서 너그러움의 정신은 찾아보기 어려운 것이었다. 엄마와 친척 아주머니들이 이야기를 나누다 누군가에 대한 좋은 얘기가 나오면, 그 사람이 아무리 좋은 말을 들을 자격이 충분하더라도, 대화는 여지없이 중단되었고 냉정한 평가가 끼어들었다. "물론, 그 여자가 어디 출신인지를 봐야지. 집안이 어떤지도 보고."

그래서 엄마가 매클러랜드 선생님에 대해 긍정적으로 말할 때―"참 우아하서", "친절하시기도 하지", "진짜 숙녀야"―나는 엄마가 뭐라고 덧붙이실지 기다렸다. 그러나 엄마가 신중하게 생각한 끝에 한 말이라고는 "그분들은 아이가 없지. 선생님 부부 말이야. 어느 쪽이 문제가 있는 건지 모르겠네"가 전부였다.

7

"저기요, 계세요……?"

다음 날 오후, 매클러랜드 선생님 집에 처음 들어갈 때 너무 긴장되고 흥분해서 이렇게 밖에서 물어보고야 말았다. 어쩌면 집 안에 누가 있을지도 모른다는 생각이 들었던 것 같다.

그러나 물론 집은 비어 있었다. 사각거리는 소리, 숨죽인 고양이의 울음소리, 고양이 발이 단단한 나무 바닥 위를 재빠르게 종종종 딛는 소리……. 은푸른색 샴고양이는 낯선 사람이 왔다는 것을 깨닫자마자 보이지 않는 곳으로 달아났다.

"사샤! 야옹아."

몇 가지가 내 예상과 달랐다. 매클러랜드 선생님이 식당 바닥에 두겠다고 하셨던 분무기와 물뿌리개가 부엌에 있었다. 서둘러 떠나신 듯 개수대 안에는 아침 식사를 하고 난 그릇들이 담겨 있었다. 부엌 조리대 위에는 전날 날짜의《스파타 저널》신문지가 흩어져 있었다. 복도 수납장 문이 열려 있고, 그 안에는 알전구가 켜져 있었다.

나는 매클러랜드 선생님이 그 전날 오후에 얼마나 정신이 없었는지를 기억했다. 전화벨이 울렸을 때 얼마나 두려워하셨는지……. 어쩌면 선생님은 최악의 소식을 두려워하셨던 것 같았다.

나쁜 소식을 전하게 돼 유감입니다. 부군께서 사망하셨습

니다.

위층에 올라갔다가 매클러랜드 선생님의 말과는 달리 방문이 몇 개 열려 있는 것을 발견했다. 잠시 동안 깊이 고민한 끝에 열린 문들을 닫았다. 만일 매클러랜드 선생님이 이문들을 닫고 갔다고 생각하셨다면, 집에 돌아와서 문이 열려 있는 것을 보고 놀라실 거란 생각을 했다. 그러면 자연스럽게 내가 허락되지 않은 방들을 돌아다녔을 거라고 생각하실 것이다.

그렇게 생각했다. **이건 테스트야. 내가 얼마나 정직한 아이인지 보시려는 거야.**

그러나 그럴 가능성은 없어 보였다. 매클러랜드 선생님은 이미 나를 신뢰하고 계셨다. 매클러랜드 선생님은 나를 좋아하셨다. 매클러랜드 선생님은 내 친구였다.

나는 우편물과 신문을 갖고 들어와 매클러랜드 선생님이 지시한 대로 식탁 위에 올려놓았다. 고든 C. 매클러랜드 씨 앞으로 온 편지가 몇 통 있었는데 사업용 편지이거나 청구서 같아 보였다. 고든 C. 매클러랜드 부인 앞으로는 편지가 딱 한 통 왔는데 특별히 흥미로워 보이지는 않았다.

그러는 내내 가볍고 비현실적인 목소리로 사샤를 불렀다. 실망스럽게도 사샤는 계속 날 무시했다.

나는 솜씨 좋게 플라스틱 밥그릇에 어제 담아놓은 (고양이가 조금 먹고 남긴) 고양이 밥을 비우고, 새 캔을 땄다. 참치였다. 자극적인 참치 냄새가 부엌 안에 진동했다. 신선한 건조 사료, 그리고 깨끗한 물. 고양이는 외로이 식사를 했던 것 같았고, 다용도실의 변기를 보니 그것도 사용한 흔적이 조금 있었다.

그런데 사샤는 어디 있을까? 나와는 계속 거리를 두고 있었다.

부엌으로 돌아와서, 개수대의 접시들을 설거지하고 물기를 닦았다. 이때도 매클러랜드 선생님이 돌아왔을 때 학생 도우미가 접시를 그대로 담가놓았다고, 게다가 자기가 쓴 접시까지 담가놓았다고 생각하시지 않을까 염려가 되었다.

나는 생각했다. 선생님이 돌아오시면 집이 엄청 깨끗해져 있는 걸 보시게 될 거야! 그럼 감동하시겠지.

마찬가지로 화초들도 꼼꼼히 다루었다. 나는 조금의 실수도 저지르지 않아서 나를 믿는 선생님을 실망시키지 말자고 마음먹었다.

난초를 아주 가까이에서 들여다보았다. 어쩌면 이렇게도 연약하고 아름다울까! 이 난들은 멕시코와 남미가 원산지라고 매클러랜드 선생님이 말씀하셨다. 꽃들은 뭐라 설명할 수 없는 미묘한 색을 띠고 있었다. 은빛 도는 분홍, 진줏빛 라벤더. 그리고 꽃잎에는 섬세한 무늬가 있었는데, 전에 책에서 봤던 일본이나 중국의 서예 글씨 같았다.

나는 생각했다. 언젠가 나도 이런 난들을 키워야지. 이런 집에 살면서.

이 집의 책장에 꽂힌 수많은 책들 중 몇 권을 살펴볼 생각이었다. 책장은 거실 옆 도서관 같은 방에 바닥에서 천장까지 닿도록 세워져 있었다. 그러나 이 방에서는 마음이 편하지 않았다. TV를 켜도 마음이 편하지 않았다. 선생님 집 TV는 우리 집의 작은 흑백 TV보다 훨씬 더 크고 훨씬 더 아름다웠다. 만일 내가 TV를 켰는데 세트에 무슨 일이라도 생기면 어쩌지? 그랬다가 혼이 날까 봐 무서웠다.

TV 방 옆에는 매클러랜드 씨의 '서재'가 있었다. 매클러랜드 선생님이 잠가두시겠다고 말씀하셨던 방이다. 이 문은 건드리지 않았다. 매클러랜드 선생님이 나를 지켜보며 눈살을 찌푸리는 모습이 머릿속에 그려져서였다.

뒤쪽 어디에선가―아니면 위층에서―소리가 났다. 거친 숨소리 같은 소리가. 가슴 안에서 내 심장이 놀란 작은 두꺼비처럼 쿵쾅대며 뛰었다.

"누구세요? 누구세요⋯⋯."

아무도 없었다. 당연히. (그랬나? 아무도 없었나?)

이 집은 우리 집보다 훨씬 더 컸다. 방이 몇 개나 되는지도 전혀 감이 잡히지 않았다.

갑자기, 가야 했다. 이 집에서 나가야 했다.

여기 온 지 20분도 되지 않았고 매클러랜드 선생님이 지시하신 일도 다 하지 않았지만. 외로운 사샤가 내가 다가오기를, 그래서 밥을 먹으라고 애원하기를 기다리겠지만.

허둥지둥 불을 다 끄고, 쿼리 스트리트의 우리 집으로 한 달음에 달려갔다. 아무 일도 없었다. 그런데도 몸이 떨렸고, 완전히 기진맥진했다.

제정신이 아닌 것 같은 날 보고 엄마는 선생님 집에서 무슨 일이 있었냐고 물으셨다. 뭐 문제라도 있었니?

아뇨! 하나도 잘못된 건 없어요.

"근데 집은 괜찮아? 매클러랜드 선생님이 놔두고 가신 그대로야?"

이상한 질문이었다. 나는 더듬거리며 간신히 대답할 수 있었다. "그런 것…… 같아요. 전부 다 괜찮아요."

"선생님이 오늘 전화하셨어. 시러큐스에서."

"엄마한테요? 매클러랜드 선생님이?" 혼란스러웠다. 내가 제대로 들은 건지 확신이 안 섰다. "선생님이 뭐……뭐라고 하세요?"

"집이랑 너에 대해 물어보셨어. 남편한테 무슨 문제가 있는지는 몰라도, 거기에 대해서는 별로 말하고 싶지 않은 것 같더라. 글래디스는 사생활이 철저한 사람이니까 이해는 가. 나도 그렇거든. 아무리 사소한 수술이라고 해도 어떻게 될지는 모르는 거야." 엄마는 무심히 말했지만 여전히 자랑스러운 기색이 엿보였다. "꼭 우리가 오랜 친구 같아. 글래디스 매클러랜드와 내가……. 이런 비상 상황에 이렇게 연락을 하고 말이지. 선생님이 너에게 도와달라고 한 것도 말이야. 글래디스는 네가 아주 사려 깊고 아주 믿을 만한 아이라고 말하더구나. 아마 글래디스는 기억 못 할 텐데, 마을에서 우리가 한 번인가 두 번 정도 만난 적이 있거든. 그래도 혹시 날 기억 못 하면 글래디스가 당황할 수도 있을 것 같아서 그 얘기는 굳이 꺼내지 않았지."

엄마의 말에 나는 완전히 놀랐다. 매클러랜드 선생님과 우리 엄마가 전화 통화를 하다니! 게다가 대화 중에 나에 대한 얘기까지 하다니.

매클러랜드 선생님이 엄마와 친구가 된다고 생각하면 불안한 마음이 들었다. 이 관계는 대단히 일방적인 관계가 될 것이기 때문이었다. 나는 엄마가 순진하게 드럼린 애비뉴에 사는 여자랑 친구가 되었다고 자랑할 것이 두려웠고, 친척 아주머니들이 그 얘기를 듣고 등 뒤에서 맹렬히 엄마를 헐뜯을 것이 두려웠다.

자기가 뭐라도 되는 줄 아나 봐! 혼자 꼴만 우습게.

엄마는 다음번에 매클러랜드 선생님 집에 갈 때 나와 함께 가겠다고 나섰다. 나는 재빨리 안 된다고, 매클러랜드 선생님이 다른 사람은 절대 데려오지 말라고 분명하게 말씀하셨다고 했다.

"매클러랜드 선생님이 엄마가 가는 걸 꺼리실 것 같지는 않은데." 엄마는 상처 입은 목소리로 말했다. 그래서 내가 말했다. "하지만 약속한걸요. 난 약속을 깰 수 없어요."

선생님 집에 두 번째로 간 저녁, 매클러랜드 선생님이 말씀하신 일들을 모두 해내리라고 마음먹었다. 우편물, 신문. 새 고양이 사료, 깨끗한 물과 변기. 화분들.

이번에는 외로운 샴고양이가 부엌문에서 차가운 파란색 눈으로 나를 노려보고 있었다.

나는 매클러랜드 선생님처럼 부드럽고 애교 섞인 목소리로 사샤에게 말을 걸었지만, 사샤는 내가 투명인간인 것처럼 아무 반응이 없었다. 내 상상이 아니라면, 고양이는 이미 살이 좀 빠진 것 같았다. 나는 그토록 냉정한 눈빛을 한, 늘씬한 근육질의 야윈 동물을 한 번도 본 적이 없었다.

고양이에게 다가가려고 발뒤꿈치로 가만가만 걸어가자, 사샤는 금방이라도 달아날 것처럼 바닥에서 잔뜩 웅크렸다. 끝이 초콜릿색인 꼬리가 난폭하게 바짝 섰다. 목을 졸린 듯한 낮은 신음 소리가 고양이 목에서 흘러나왔다. 고양이는 식식대다가, 구슬프게 야옹거렸다. 고양이 입장에서는 쓰다듬어달라고 앞으로 나설 수도 없고, 그렇다고 달아나서 숨을 수도 없는 난처한 상황이었다.

고양이를 유인하는 데 실패했지만, 나는 계속 시도했다.

"사샤! 난 네 친구야. 난 믿어도 돼."

그러나 사샤는 날 믿지 않았다. 일부만 길이 들고 야생성이 살아 있는 고양이는, 길고양이의 영악한 본능에 따라 나와의 거리를 유지했다.

밖은 조금씩 어두워졌고, 그러다 완전히 캄캄해졌다. 이번에도 나는 안락한 우리 집으로 달아나고픈 마음이 간절해졌다.

아래층 방들의 블라인드를 내렸다가, 다시 블라인드를 올리면서 바보 같은 기분이 들었다. (아니면 밤새 블라인드를 내린 채로 뒀다가 다음 날 밤에 다시 올리는 거였던가? 기억이 잘 나지 않았다.) 방마다 전부 다 전등을 켜야 했나? 전등이 그렇게 많은데? 매클러랜드 선생님의 가죽 소파에 앉아 수학 숙제를 하려고 했는데, 소파도 썩 편하지 않고 머리 뒤에 놓인 거실용 스탠드가 드리우는 그림자 때문에 책을 읽기가 어려웠다.

그렇지만 매클러랜드 선생님은 숙제를 할 때 가죽 소파에 앉아서 하라고 하셨으니까, 거기에 앉아야만 할 것 같았다. 거실의 다른 의자에 앉아도 되고, 아니면 훨씬 더 환한 부엌으로 가서 식탁에 앉아 책을 볼 수도 있었는데도, 어쩐 일인지 그럴 수가 없었다.

게다가 책이 눈에 잘 들어오지 않았다. 자꾸 주위에 정신이 팔렸다. 그렇게 아름답게 꾸며진 집이 마치 값비싼 상점의 인테리어인 것처럼 나에게 적대적이고 냉랭하게 구는 것 같았다. 거실은 굉장히 넓어서 저쪽 벽들은 그림자 안에 녹아들어 있는 듯 보였다. 이 집은 드럼린 애비뉴에서 꽤 멀찍이 물러나 있는데도, 도로를 지나는 차들이 벽과 천장에 헤드라이트 불빛을 쏘아댔다. 집 안 어딘가에서 간간이 외로운 샴고양이가 째지는 소리로 애처롭게 울부짖고 있는데, 그 황량하고 비참한 울부짖음에 오싹 소름이 끼쳤다. 마치 고양이를 괴롭히는 게 나이고, 고양이의 고통에 대해 내가 비난을 받고 있는 것 같았다.

마침내, 나는 하나도 무섭지 않고 이런 환경에서도 평범한 10대처럼 행동할 수 있다는 걸 스스로에게 보여주기 위해, TV를 켰다. 화면이 부드럽고 밝은색으로 빛났다. TV 속 사람들이 나에게 세제를 사라고 고래고래 외쳐댔다. 가까이에서 보니 화면은 초점을 못 맞출 정도로 너무 컸고, 채널을 돌리려 하자 똑같은 광고인지 아니면 거의 같은 광고인지가 나왔다.

전화벨이 울린 것은 7시 15분이었다. 공포가 엄습하고, 순간적으로 숨도 쉴 수 없었다. 나는 비틀거리며 수화기를 들었다. 여자 목소리로 여보세요? 여보세요? 여보세요? 하는 소리가 들렸다. 매클러랜드 선생님이었다. 완전히 다른 사람 목소리 같았다.

"네? 여보세요? 여기는…….."

"해나! 잘 지내니? 집은 어때?"

"집은…… 괜찮아요. 선생님이 말씀하신 건 다 했고…….."

"사샤는?"

"밥을 먹었어요. 여전히 저를 좀 무서워하지만…… 그래도 곧 친해질 것 같아요."

매클러랜드 선생님은 다시 집에 대해 물으셨다. 우편물은 뭐가 왔는지, 내가 여기 있는 동안 전화가 왔는지도 궁금해하셨다. (이때는 음성 사서함이 나오기 전이었다. 그 시절에는 텅 빈 집 안에서 전화벨이 끝없이 울렸고, 놓친 전화를 확인할 방법이 전혀 없었다.) 선생님은 학교에 오신 '대리 교사'에 대해서도 물으셨다. 대리 교사가 예리한 위트가 있거나 아주 재밌는 사람은 아니고, 교실에서도 썩 편안해 보이지는 않는다고 말씀드리자 만족스러워하시는 것 같았다. "다들 선생님을 보고 싶어 해요. 아이들이 전부 선생님이 언제 돌아오시냐고 저한테 물어봐요."

"곧 갈 거야! 다음 주엔 확실히 돌아갈 거고."

나는 매클러랜드 씨의 안부를 물었다. 매클러랜드 선생님은 밝고 씩씩한 목소리로 그가 잘 해내고 있다고 말했다. 수술이 끝나고 '열'이나 '감염' 같은 '합병증'이 좀 있긴 하지만.

이 말에 뭐라 대꾸해야 좋을지 몰랐다. 나는 그저 어색하게 학생들이 모두 선생님을 그리워하고 있고 선생님이 얼른 돌아오시기를 바란다는 말만 되풀이했다.

"고마워!" 매클러랜드 선생님은 뭔가 위트 있고 안심이 되는 말을 덧붙이고 싶으셨을 것 같지만, 그냥 스위치가 내려간 것처럼 목소리가 뚝 끊겼다.

이 힘겨운 전화 통화를 마치자마자 바로 전등을 모두 끄고

집을 빠져나왔다.

8

"해나. 해-나!"

그 목소리는 단조로웠고, 그냥 가볍게 놀리는 말투처럼 들렸다. 가까이에서 들었다면 누가 장난을 거는 거라고 착각할 수도 있을 정도였다.

그게 처음에 든 생각이었다. 장난기 어린 목소리. 내 친구하나가 내가 매클러랜드 선생님 집을 보는 걸 어떻게든 알게 돼서 날 보러 왔나 보다고.

6시 20분이었다. 선생님 집에 세 번째—그리고 마지막으로—들른 저녁이었다.

이번에는 매클러랜드 선생님이 말씀하신 대로 이 집에서 적어도 한 시간은 있자고 결심했다. 이번에는 외로운 고양이가 부엌에서 나를 기다리는 것 같았다. 고양이는 내가 매클러랜드 선생님이 아니라는 것을 확인한 후에야 달아났다.

고양이 밥그릇을 닦고 새 사료를 채워주고 있는데, 사샤가 망설이면서 돌아와 있는 것이 보였다.

사샤는 여전히 나를 믿지 않았지만, 그리고 내가 녀석을 향해 조금이라도 움직이면 곧바로 달아나버리겠지만, 야위고 탄탄한 은푸른색 몸을 문틀에 천천히 비비기 시작했다.

그러고는 야옹거렸다. 평범한 고양이처럼 야옹대는 것이 아니라, 거칠고 걸걸한, 샴고양이 특유의 뭔가 묻는 듯한 목소리로, 거의 사람 같은 소리로 울었다. 아름다운 고양이가 이런 식으로, 간절히 애정을 표현하고 싶지만 감히 가까이 다가오지 못하고, 내가 접근하는 것도 허락하지 않는 것을 보니 마음이 움직였다.

이건 고무적인데! 매클러랜드 선생님에게 보고할 일이 생겼다.

그러나 불행하게도, 그 순간 초인종이 울렸다. 조용한 집 안에 크고 요란하게 울리는 초인종 소리가 너무 어색하다.

정문 앞에 누가 있나? 처음에 나는 너무 놀라서 그 소리가 무슨 의미인지 이해하지 못했다.

사샤는 화들짝 놀라 쏜살같이 달아났다.

본능적으로 숨어야겠다는 생각이 들었다. 이 집에 아무도 없는 척해야지. 지금 여기 내가 있는 것은 부모님만 아시는데.

매클러랜드 부부를 아는 사람일 거야. 날 아는 사람일 리가 없어.

저녁 이 시간에 배달부도 아닐 것이다. 누구든 매클러랜드 선생님이 미리 예상하셨던 사람일 리는 없다.

만일 매클러랜드 부부의 친구가 방문할 예정이었다면 미리 전화를 했을 것이다. 드럼린 애비뉴의 집들은 그냥 근처를 지나가다가 무심코 들르는 그런 집이 아니었다.

초인종을 누른 사람이 누구인지는 몰라도 집에 아무도 없다는 걸 알면 금방 포기할 거라고 생각했다.

그런데, 아래층 방 몇 개에 불이 켜져 있었다. 매클러랜드 선생님이 지시한 대로 켜둔 것이었다.

그제야 집 안에 불을 켜놓는 게 얼마나 나쁜 아이디어였는지를 깨달았다! 집에 불이 켜진 것을 보면 누구든 자연스럽게 집 안에 사람이 있다고 생각할 것이다.

거실 창문은 거리 쪽으로 나란히 나 있었는데, 블라인드를 내려서 아무도 안을 들여다볼 수 없었다. 그건 적어도 다행이었다.

그렇지만 정문 앞에 있는 사람은 다시 초인종을 눌렀다. 그리고 또. 그래서 나는 알게 됐다. 이건 자연스럽지 않아. 뭔가 다른 일이야.

이제 나는 복도에 서서 정문을 바라보고 있었다. 복도는 캄캄했지만 바로 옆 거실 상들리에에는 불이 켜져 있었다. 내가 집에 들어왔을 때 켰던 것이었다.

초인종이 땡동, 땡동, 땡동, 몇 번이나 급하고 거칠게 연속적으로 울리는 걸 보고, 이 사람이 매클러랜드 부부의 친구는 아니겠다는 생각이 들었다.

"해나. 해-나!" 남자 목소리였다. 노래하듯 단조로운.

처음엔 그냥 장난기 어린 목소리라고 생각하고 싶었다. 내 옛날 어린 시절에서 튀어나온 목소리. 해나! 나와서 놀자.

재빨리 이 사람이 누구일지 따져보았다. 누구여야 하는지.

사촌 오빠인 트래비스 리들. 다른 사람일 수는 없었다.

하지만 어떻게 트래비스가 내가 여기 있는 걸 알았을까? 부모님 말고는 아무에게도 얘기하지 않았는데.

그러다 곧 한 가지 생각이 떠올랐다. 엄마가 어느 친척과 대화하면서, 내가 이번 주에 선생님을 도와드리기로 했다고 자랑하셨을 것이다. 그리고 이 친척이 이모인 루이스 리들에게 말했을 것이다. 루이스 이모는 엄마의 이복 언니고 요즘은 엄마와 사이가 멀어졌는데, 스파타에서 북쪽으로 15킬로미터쯤 떨어져 있는 시골 마을인 비첨 카운티에 산다. 그리고 사촌 오빠 트래비스는 루이스 이모의 아들이었다.

충격적인 일이었다. 너무 놀라웠고, 충격적이었다. 트래비스 리들을 못 만난 지 거의 1년이 넘었다. 그런데 매클러랜드 선생님 집에서, 그 하고 많은 장소 중에 하필 여기에서.

어떻게 트래비스가 여기에 왔을까? 그를 달가워하지 않는 이곳에. 그와 아무 상관 없는 이곳에. 손가락으로 건방지게 초인종을 눌러대고, 작은 유리창으로 현관을 들여다보고. 그의 눈에 이 집 현관은 고급 호텔의 로비처럼 터무니없이 우아하게 보였을 것이다. 그는 계속 놀리듯 장난스러운 목소리로 불러대고 있다. "해-나! 너 거기 있는 거 다 알아, 꼬마야. 얼른 문 열어! 밖은 엄청 추워."

트래비스가 심하게 간지럼을 태우는 것처럼, 나는 웃기 시작했다. 그러다가 몸이 떨려왔다. 정말이지 끔찍한 일이다! 나는 순수한 당혹감과 수치심을 느꼈다. 만일 매클러랜드 선생님이 이 일을 아시면……

"해-나! 사탕 안 주면 장난칠 거야!"

트래비스는 노커로 문을 부술 듯 두들겨대기 시작했다.

"이씨, 빌어먹을. 빨리 문 열어, 해나. 안 그러면 우리가 부수고 들어갈 거야."

우리. 나는 좀 더 명확히 볼 수 있었다. 정문 앞 계단에 트래비스와 함께 다른 사람도 서 있었다. 둘 다 후드를 푹 눌러써서 얼굴을 감추고 있었다.

트래비스는 '말썽꾸러기' 사촌이었다. 나는 오빠에 대해 그렇게 생각했다. 물론 오빠에게는 그렇게 말한 적 없지만. 트래비스는 처음에는 막 비위를 맞춰주다가 금세 기분 상할 짓을 하곤 했다. 리들 집안사람들은 다들 누가 자기한테 거들먹거리거나 못마땅해하는 것 같으면 곧장 성을 내곤 했다.

트래비스가 이제 열일곱 살이 되었을 거라는 데 생각이 미치자 정신이 번쩍 들었다. 어렸을 적에는 열일곱 살이면 어른이라고 생각했을 나이였다. 어릴 적에 트래비스는 그야말로 어린 화가 아니면 만화가였다. 연재만화나 만화책에서 본 그림을 본떠서 서툴지만 재미있고 다채로운 그림들을 그렸다. 트래비스는 뮤지션이 되고 싶어 했다. 열두 살 때 어디서 중고 기타를 구했는데, 그걸로 독학을 해서 엄청난 연주를 들려주었다. (결국 그 기타는 부서졌는지 도둑맞았는지 그랬다. 트래비스는 굉장히 슬퍼했다.) 트래비스는 고등학교를 중퇴했고, 공공 기물 파손, 가택침입, 절도, 기타 등등의 혐의로 체포되었다(엄마가 그렇게 말해주었다). 같은 카운티에 사는, 트래비스보다 조금 더 나이가 많은 위첼이라는 소년과 함께 저지른 짓이었다. 두 사람은 징역형이 아닌 집행유예와 보호관찰처분을 받았다. (엄마는 징역형을 받았어야 했다고 말했다.)

부모님은 리들 집안에 대해 못마땅하게 말씀하셨다. 대가족인 리들 집안사람들 가운데 엄마와 관련이 있는 친척은 엄마의 이복 언니인 루이스 이모뿐이었다. 리들 집안은 가지고 있던 시골 농장을 지난 수십 년에 걸쳐 야금야금 팔았고, 지금은 팔고 남은 낡은 농장 주택과 트레일러에서 살고 있다. 비첨 카운티는 애디론댁산맥의 가파른 빙하 언덕 안에 자리 잡고 있는 아름다운 마을이었지만, 나는 그런 곳에서는 살고 싶을 것 같지 않았다. 사람들은 모두 가난해 보였고, 가난 때문에 그들의 마음은 딱딱하게 굳어 있었다.

루이스 이모는 적어도 두 번—세 번인가?—결혼했다가 이혼했고, 이모에게 '골칫거리만 안겨준' 아이들을 적어도 다섯 명은 낳았다. 그중에 막내가 트래비스였다. 한때는 가장 미래가 밝은 아이였었다.

나는 트래비스의 '특별한' 사촌 동생이었다. 오빠가 나를 그렇게 특별히 여겼던 걸 잘 알고 있다. 나도 오빠를 그렇게 생각했으니까.

내가 꼬마였고 엄마가 루이스 이모와 친하게 지내던 시절에, 엄마는 종종 나를 데리고 블랙스네이크강 옆 무너져가는 낡은 농장 주택에 살던 이모에게 놀러 가곤 했다. 트래비스 오빠와 나는 세 살 차이가 났지만, 엄마는 오빠랑 같이 놀라고 하셨다. 나는 오빠랑 같이 크레용으로 그림 그리는 걸 제일 좋아했다. 내가 닭과 고양이를 그리는 동안에 트래비스는 창을 들고 말을 탄 바이킹 전사와 참수된 적들을 주로 그렸다. 열한 살 때는 자신만의 만화책을 만들기도 했다. 입가에 피를 묻힌 흰 피부의 생명체들이 등장하는 뱀파이어 연대기 같은 내용이었는데, 짙은 검은색 속눈썹 달린 눈이 트래비스와 묘하게 닮아 있었다. 조금 더 나이가 들고서는 '블랙스네이크 어벤저' 같은 유형이 낭자한 종말론적 모험을 다룬 만화 시리즈를 만들었다. 미국 어느 가상 도시에 사는 백인 사무라이 전사가 마법의 칼을 들고 펼치는 모험담이었다.

트래비스는 뭘 하다가도 금세 집중력이 흐트러졌고, 나에게로 관심을 돌려 그의 형들이 그를 놀리고 괴롭히던 그대로 나를 놀리고 괴롭히기 일쑤였다. 그는 쉽게 흥분했고, 감정기복이 심했고 성을 잘 냈다. 내가 울음을 터뜨리면 그제야 수그러들었다. "해나! 야! 울지 마. 일부러 그런 건 아니야."

트래비스 오빠는 그렇게 불쑥불쑥, 울지 말라고 나를 달래고 다정하게 말을 걸었다. 한번은 밖에서 같이 뛰다가 내가 발을 헛디뎌 넘어졌다. (사실은 트래비스가 발을 걸었을 수도 있다.) 무릎이 까져서 피가 나기 시작하자 트래비스는 상처를 닦아주고 반창고를 찾아 붙여주었다. 트래비스는 엄마에게 말하지 말라고 했다. "이모한테 말하면 같이 못 놀게 할 거야." 물론 나는 엄마에게 말하지 않았다.

나이를 먹을수록 트래비스는 점점 더 침울해졌다. 그의 형들은 그를 못살게 굴었고, 이모의 남자 친구들도 트래비스를 고약하게 대했다. 정확히 언제부터 엄마가 이모 집에 놀러 가지 않게 되었는지, 나는 모른다. 어느 날 갑자기 멈춘 것일 수도 있지만, 서서히 사이가 식어갔을 수도 있다. 트래비스의 내면에서 변화가 서서히 일어났던 것처럼.

여전히 트래비스를 생각하면 복잡하고 고통스러운 감정을 느꼈다. 일종의 애정이지만, 염려스러운 마음도 포함되어 있다.

나는 사촌 오빠가 나를 해칠 거라고는 진심으로 믿지 않았다. 그러나 오빠가 다른 사람을 해치지 않을 거라고, 기물을 파괴하거나 위법행위를 하지 않으리라고도 믿지 않는다.

지난 몇 년간 오빠와는 몇 번 정도밖에 못 만났는데, 마을이나 쇼핑몰에서 우연히 마주친 게 전부였다. 나를 보면 트래비스는 나에게 손을 흔들었고, 심지어 손 키스를 날리기도 했다. 재미있으라고 하는 짓이었다. "어이, 해나! 내 꼬마 동생!" 그러나 친구들과 함께 있어서 어린 사촌 여동생과 어울릴 시간은 없었다. 그는 미성년자 음주와 약물 남용으로 문제에 휘말렸다. 스파타 고등학교에서 받은 성적은 대부분 B 와 C였지만, 주차장에서 패싸움에 말려들어 학교에서 정학 을 맞고는 열여섯 살 때 바로 학교를 그만두었다. (트래비스 로서는 나이 많은 소년들을 상대로 한 정당방위였지만, 이 싸움 에 연루된 사람들은 모두 동등한 처벌을 받았다.)

나는 오빠가 학교로부터 부당한 대우를 받았다고 생각했 다. 트래비스의 키가 자란 이후 어른들은 그를 두려워하는 것 같았고, 그를 믿지 않았다. 트래비스는 자주 땡땡이를 쳤 고, 수업 시간에는 늘 '방해꾼'이었다. 남자 선생님들이 특히 그에게 위협을 많이 받았다.

한번은 오빠가 꿈꾸는 '대학살'을 나에게 아주 상세하게 들려주어 기겁했던 적이 있었다. 학교 친구들과 선생님들, 쇼 핑몰의 낯선 사람들, 그리고 자기 가족까지 몰살하겠다는 것 이었다.

범행을 할 땐 마스크를 쓸 거라고 했다. "그럼 그게 나라는 걸 아무도 모르겠지."

가족들이 자고 있을 때 죽이면 완전범죄가 될 거라고 트래 비스는 말했다. 일단 가족을 하나씩, 칼로 죽이는 거다. 그러 고 나서 칼을 꼼꼼히 씻고 원래 있던 자리에 돌려놓는다. 집 안에서 찾을 수 있는 돈을 전부 찾아서 낡은 건초 창고 안 자 신만의 특별한 은닉 장소에 숨겨놓는다. 그런 다음, 집 아래 층 유리창을 유리 조각이 안으로 떨어지도록 밖에서 깬다.

경찰은 항상 외부 침입 여부를 확인하니까. 트래비스는 경찰에게 범인이 살인을 시작할 때 자기는 숲으로 달아났고, 그래서 살인자의 얼굴을 보지 못했다고 말할 거라고 했다. 내가 그의 환상을 들으며 불편한 기색을 내비치자 그는 어린아이처럼 기뻐했다.

"왜 가족을 죽이고 싶은 건데? 이모도 죽일 거야?"

트래비스는 씩 웃으며 어깨를 으쓱했다. 안 될 건 뭔데?

열일곱 살이 될 무렵 트래비스의 키는 거의 180센티미터가 다 되었다. 그는 사냥개처럼 늘씬했다. 짙은 색 눈썹은 숱이 많았고, 음흉한 눈동자는 옅은 색이었다. 종종 그는 경련이나 틱이 온 것처럼 눈을 깜박였다. 그걸 보면 심해에서 변덕스럽게 움직이는 물고기가 생각났다. 턱은 까칠한 수염으로 덮이는 경우가 자주 있었고, 구불구불한 짙은 색 머리카락은 가운데에서 가르마를 타서 어깨까지 길렀다. 그는 헤드밴드와 야구 모자를 쓰고 후드티를 입거나, 검정 가죽 재킷과 청바지에 부츠를 신고 다녔다. 팔 앞쪽에는 독수리와 비명을 지르는 해골 문신을 새기고, 열 손가락 전부에 작은 단검 문신을 새겼다. 그는 최저임금을 받는 일자리를 전전했다. 패스트푸드 레스토랑, 월마트 화물적재장, 시에서 고용하는 도로 보수 작업과 제설 작업, 가로수 관리 일. 그는 이런 일을 하다 말다 했고, 자기가 그만두지 않으면 해고를 당했다. 트래비스는 마리화나를 피웠다. 약물도 했다. 가택침입을 했다는 의심도 받았다. 그는 더 이상 가족과 함께 집에서 살지 않았고 친척들은 그가 어디에서 누구와 사는지 아무도 몰랐다. 루이스 이모가 엄마에게 전화해서 왜 자기를 피하냐고 따지고 물었던 것이 둘의 마지막 통화가 되었는데, 그때 이모는 트래비스가 "완전히 제멋대로"이며 "그 아이가 지옥처럼 무서울 때"가 있고, 법원에서 접근 금지 명령이라도 받아서 트래비스가 집에 얼씬도 못 하게 하는 것도 고민 중이라고 했다. "하지만 그랬다간 그 애가 어떻게 나올지가 무서워. 트래비스는 완전히 폭력적이 될 거야."

루이스 이모는 웃었고, 이모의 웃음은 기침 발작이 되었다. 엄마는 충격을 받아서 뭐라 대답해줘야 할지 알 수가 없었다.

트래비스 오빠의 평판이 그렇게 안 좋은데도 불구하고 그에게 매력을 느끼는 여자애들이 있다는 걸 알게 되었고, 날카로운 질투심을 느꼈다. 그리고 그런 생각을 했다. **트래비스가 그 여자애들에게 고약하게 굴겠지. 그럼 걔들은 안타까워할 거야.**

"해나? 이봐, 해나? 얼른, 착하지. 말 좀 들어. 우리 좀 들여보내줘."

트래비스는 계속해서 쇠 노커로 문을 두드리면서 징징대며 애원했다. 아무래도 술에 취했거나 아니면 약을 한 것 같았다. 암페타민은 아니기를. 그 약물은 위험하다고 들었는데.

나는 문으로 가서 그냥 가라고 외칠 엄두도 낼 수 없었다. 그
랬다간 그를 더 자극하기만 할 테니까.

나는 집 안에 내가 있다는 걸 트래비스가 알 수 없을 거라
고 판단했다. 그는 사실상 집 안에 누가 있다는 걸 알 수 없
었다. 나는 스스로에게 말했다. 몇 분만 있으면 갈 거야. 오빠
는 아무 해도 끼치지 않을 거야. 내가 자극하지만 않으면.

9

시간이 한참 흐른 것 같았지만 실제로는 5, 6분 정도밖에
안 되었을 것이다. 갑자기 정문을 두드리던 크고 거친 소리
가 멈췄다. 초인종 소리도 멈췄다. 그리고 오빠가 놀리는 듯
단조롭게 부르던 "해-나!"도 멈췄다.

포기하고 갔구나. 나는 생각했다.

조심스럽게 정문으로 다가갔다. 정문 앞 계단에도, 옆쪽의
인도에도 아무도 없는 것 같았다. 나는 거실로 가서 살며시 창
밖을 내다보았다. 아무도 없었다. 매클러랜드 씨 집 앞 정원에
도, 드럼린 애비뉴의 가로등 불빛에 희미하게 보이는 1.5미터
짜리 철제 담장에도 없었다.

나는 안도감에 쓰러질 뻔했다. 트래비스가 나를 괴롭히거
나 해칠 거라고 진심으로 생각하진 않았다. 오빠가 매클러랜
드 씨 집에서 도둑질을 할 거라고도 생각하지 않았다. 그랬

다간 어차피 금방 잡힐 테니까. 오빠는 나를 좋아하고, 내가
곤란해지는 걸 원치 않는다. 다만 나에게 화가 나 있을 뿐이
다. 리들 가족이 우리 가족에게 화가 나 있는 것처럼.

그렇지만, 나는 트래비스 오빠를 좋아했다. 그를 보고 싶
지는 않았다. 특히 오늘 밤, 매클러랜드 씨 집에서는. 하지만
어느 정도 거리를 둔다면 나는 오빠를 좋아했다.

폭풍이 지나가고 나면, 길에 전깃줄이 떨어져 있다. 그걸
만지거나 밟으면 치명적이다. 가끔 전선에서 스파크가 튀며
불똥을 날리기도 한다.

활선. 트래비스 리들이 그렇다. 너무 가까이 다가가면 치
명적인.

트래비스와 친구가 간 것을 보고 나니, 나도 집에 가고 싶
은 마음이 간절했다.

이제 이 집에는 아무 설렘도 없었다. 집의 화려함은 그 빛
을 잃었고, 이제는 너무 쉽게 망가져버릴 것처럼 느껴졌다.
나는 불을 *끄고* 블라인드를 올렸다. 재빨리 화분에 물을 주
고 분무기로 물을 뿌렸다. 아프리칸바이올렛의 잎사귀 몇 장
이 노래진 게 마음에 걸린다. 가엾은 사샤가 초인종 소리에
겁을 먹고 어딘가로 달려가 숨어버린 것도 무척 아쉬웠다.
아마 고양이의 논리로는 나를 원망하고 있을 것이다.

환하게 불이 켜진 부엌으로 돌아왔다. 집에 갈 준비를 하

고 있는데 부엌문 쪽에서 숨죽인 웃음소리가 들렸다.

"해나! 딱 걸렸어, 이 꼬마 녀석."

문손잡이가 거칠게 돌아가는 것을 보고 공포가 밀려왔다. 그러나 내가 들어온 뒤 문을 닫을 때 저절로 잠겨서 문은 열리지 않았다. 트래비스의 얼굴이 창문 너머로 보였다. 극도로 화가 난 얼굴로 더러운 말을 뱉어내고 있었다. "문 열어! 씨발…… 문 열라고!" 그만하라고 소리를 질러 말리기도 전에, 트래비스는 주먹으로 창문을 쳤다. 유리가 깨지면서 파편이 부엌 바닥에 진눈깨비처럼 흩어졌다.

트래비스는 손을 안으로 넣어서 문손잡이를 돌려 문을 열었다. 삐죽삐죽한 유리에 베였는지 문과 리놀륨 바닥에 핏방울이 점점이 떨어졌다. 그러나 트래비스는 자기가 다친 걸 거의 모르는 것 같았다.

트래비스의 친구는 선뜻 들어오지 않고 머뭇거렸다. 그는 트래비스가 그렇게 무모한 행동을 하리라고는 예상하지 못했던 것 같았다. "에이씨, 왜 그래? 무슨 짓을 하는 거야?" 그는 트래비스에게 욕을 했고, 트래비스도 맞받아 욕설을 퍼부었다. 그가 위첼인지는 모르겠지만, 다부진 체격에 억센 턱을 가진 스무 살쯤 된 젊은이였다. 퉁퉁한 얼굴은 머리 위로 타이트하게 눌러쓴 회색 저지 후드로 가려져 있었다.

그와 트래비스는 맹렬히 싸웠다. 그러다가, 그는 가버렸다. 트래비스는 길길이 날뛰며 그의 뒤에다 대고 외쳤다. "지옥으로 꺼져버려, 이 개새끼야! 확 뒈져라!"

두 남자가 부엌문 밖에서 싸우는 동안 나는 집 안을 가로질러 정문으로 뛰어나가 도움을 청할 수도 있었다. 거리로 뛰쳐나가서 지나가는 차를 세우거나, 아니면 길 건너 이웃집으로 달아날 수도 있었다. 하지만 나는 그러지 않았다. (나중에 나는 수치심을 느끼면서 더듬거리며 이때를 설명했다.) 그 대신 다리가 납으로 변해버린 것처럼 눈을 깜박이며 그 자리에 서 있었다. 깨진 유리 파편 사이에 우두커니 서서, 트래비스 오빠는 그냥 장난을 좀 치려는 것뿐이라고, 진짜로 창문을 깨고 매클러랜드 씨 집으로 강제로 들어올 생각은 아니었을 거라고, 간절히 생각했다. **트래비스는 나한테 나쁜 짓을 하지 않아! 트래비스는 내 친구야.**

창문이 깨졌는데도 트래비스는 부엌으로 들어와서 문을 굳게 잠갔다.

트래비스는 나를 잡고 헝겊 인형처럼 흔들어댔다.

"왜 문을 안 열었어? 젠장, 이건 다 네 잘못이야, 해나."

트래비스를 밀어내려고 했지만 그의 손이 내 팔을 아프도록 단단히 잡고 있었다. 그의 숨결에서 가솔린처럼 강렬한 냄새가 풍겼다. 그의 눈동자는 검게 팽창되어 있었다. 트래비스는 '취해' 있었다. 그래서 발광하고 있었다. 트래비스는 지금껏 본 중에 가장 들떠 있었고, 위험해 보였다. 그럼에도 여전히 나는 사촌 오빠가 나를 해치지 않을 거라고 믿고 싶었다.

나는 트래비스에게 나가달라고 빌었다. 이 집은 담임선생님 집이고 나는 선생님 남편이 입원해 있는 동안 선생님을 도와드리려고 여기 온 거라고 설명하려 했다. 다만 선생님 부부가 시러큐스에 있다는 얘기는 하지 않았다. 혹시나 트래비스가 그걸 모르고 있다면, 어쩌면 매클러랜드 씨가 여기에서 그리 멀지 않은 스파타의 작은 병원에 입원해 있다고 믿을 수도 있었다.

"걱정 마, 해-나. 이 빌어먹을 백만장자 집을 부술 사람은 없어. 널 다치게 할 사람도 없고. 그래도…… 경찰에 신고하거나 도망가지는 마. 그런 짓을 하려고 했다간, 꼬마야, 후회하게 될 테니까."

오빠가 농담을 하는 건가? 어린 시절 같이 놀 때는 가끔 이런 식으로 말한 적이 있었다. 위협조로, 야비한 말투로. 만일 내가 바로 굴복하면, 그는 대개는 중단했다. 날 떠밀지도 않고 때리지도 않았다. 내가 울면 곧바로 수그러들어서 그냥 장난이었다고 말하곤 했다. 그러나 지금은, 내 눈에 고인 눈물이 반짝거려도, 트래비스도 내가 겁에 질리고 놀란 것을 알아볼 수 있었는데도, 그는 날 달래주지 않았다.

그는 웃고 있었지만 화가 나 있었다. 그는 화가 나 있었지만 웃고 있었다. 그는 자기 친구가 자기를 버리고 가리라고는 예상하지 못했고, 지금도 친구가 밖에 있는 것처럼 몇 번이고 창밖을 내다보았다. "빌어먹을 개자식. 겁쟁이."

내가 용기를 내어 트래비스의 팔을 잡아당기며 나가라고 애원하자, 그는 손바닥으로 내 가슴을 밀어냈다. "개수작 부리지 마, 해나. 여기서 볼일 다 보면 갈 거야."

"이웃 사람들이 오빠가 들어오는 소리를 들었을 수도 있잖아. 누가 경찰에 신고를 했을 수도 있고……."

"씨발, 아무도 못 들었어! 이 동네 백만장자 집들은 멀찍멀찍하게 떨어져 있어서 아무 소리도 안 들려. 그러니까 상관없어."

트래비스는 부엌 안을 쏘다녔다. 그가 지금껏 본 중에 제일 넓은 부엌이었다. 조롱기 가득한 탄성을 질러가며 그는 찬장 문을 열어젖히고, 서랍을 홱 잡아 열고, 은색 국자를 낚아채 머리 위 기둥에 걸려 있는 빛나는 구리 냄비들을 미친 드러머가 드럼을 치듯이 두들겨댔다. "이걸 뭐라고 하더라. 냄비 드럼이었나?" 나는 트래비스가 심술이 나서 크리스털 잔과 값비싼 도자기들을 깨뜨릴까 봐 무서웠다. 냉장고에서 우유, 과일 주스, 잼, 플라스틱 용기에 담긴 남은 음식 같은 것들을 끄집어낼까 봐, 그래서 아무렇게나 던져버릴까 봐 겁이 났다. 그러나 그의 관심은 둥글게 휘어진 유리문이 달린 장식장에 향해 있었다. 장식장 안에는 와인 병과 술병이 가득 들어 있었다. 트래비스는 장식장 문을 열고 승리감에 도취되어 크게 웃으며 스카치위스키 병을 집어 들었다. 그는 열에 들떠 있었고, 잔뜩 흥분해 있었다. 웃으며 혼잣말을 중얼거리고, 입속으로 욕설을 웅얼거렸다. 갑자기 더워졌는지

싸구려 재킷의 후드를 홱 벗어젖히고, 몸부림을 치며 재킷을 벗은 후 바닥에 던져버렸다. 그는 어깨에서 소매를 잘라낸 검은색 티셔츠와 때 묻은 청바지를 벨트 없이 입고 있었다. 한때는 그토록 아름답게 곱슬거리던 트래비스의 머리카락이 몇 주는 안 감은 것처럼 기름이 돌아 떡 지고 먼지가 엉겨 뻣뻣해진 것을 보는 것은 충격적이었다. 피부도 누렇게 뜨고 잡티가 많아진 것도 충격이었다. 변해버린 그의 모습은 독수리 같은 인상을 풍겼다. 폭이 좁은 얼굴, 깡마르고 약간은 오목한 상체, 갑자기 홱홱 움직이는 동작들—나중에 나는 사촌 오빠가 약물중독자, 즉 '정키'라는 것을 알게 되었다—이런 것들은 마약중독자들의 전형적인 모습이다.

"한잔할 시간이야! 축배를 들자! 다시 함께 모여서. 나 보고 싶지 않았어, 해-나? 난 네가 '좋아하는' 사촌 오빠잖아?"

트래비스는 잔 두 개에 위스키를 따르고, 내가 같이 마셔야 한다고 고집을 부렸다. 나는 아니, 난 못 마셔, 라고 말했다. 그러나 트래비스는 강제로 술잔을 내 입에 대고 내 이를 벌렸다. 술은 대부분 턱 아래로 흘렀지만 일부가 입안에 남아서 삼켜야 했다. 목 안이 화끈거리고 약 냄새가 진하게 나서 기침이 터져 나왔다. 트래비스는 날 보고 낄낄 웃으면서 나를 잡아끌고 복도 끝 TV 방으로 갔다. 트래비스는 콘솔형 TV를 보고 휘파람을 불었는데, 그가 지금껏 본 중에 가장 크고 가장 비싼 TV였을 것이다. 그는 TV를 켜고 채널을 이리

저리 거칠게 돌렸다. 저러다가 채널 손잡이가 빠질 것 같다는 생각이 들었다.

TV 화면이 밝은색으로 빛났다. 트래비스는 너무 산만해서 어느 채널이든 몇 초 이상 집중해 보지 못했다. 소리도 컸다. 그래서 (진지하게 생각한 건 아니지만) 어쩌면 이웃들이 매클러랜드 씨 집에서 평소와는 다른 소리가 나는 걸 이상하게 여기고 둘러보러 올 수도 있겠다고, 그러면 도와달라고 할 수도 있겠다고 생각했다. 그러나 이것은 절박한 바람이었지 정상적인 판단은 아니었다.

트래비스는 나중에 이 TV를 가지러 다시 와야겠다고 혼잣말로 중얼거렸다. 이걸 나르려면 트럭이 있어야 한다는 것이다. TV에서 음악이 흘러나왔다. 정신없이 신이 나서 떠들어대는 광고 음악이었다. 트래비스는 나를 붙들고 음악에 맞춰 춤추는 시늉을 했다. 어설프게, 숨을 헐떡이며, 내 표정을 보고 깔깔대면서. 내 얼굴에는 분명히 공포, 두려움, 당혹감, 수치심이 뒤섞인 표정이 떠올라 있었을 것이다. "왜 그래, 해-나. 네가 나한테 너무 과분하다고 생각하는 거야? 블랙스네이크강 가에 사는 네 사촌 오빠한테 네가 너무 과분하다고?" 그는 약에 취해 흐리멍덩했고, 그러면서도 적대적이었다.

트래비스는 나에게 위스키를 한 모금 더 삼키라고 고집을 부렸다. 이번에는 술이 내 옷을 더 많이 적셨고, 그중 일부가 목구멍으로 넘어갔다. 트래비스는 내 손목을 세게 잡으면서,

이런 '참새 다리 같은 팔'은 언제든 마음만 먹으면 똑 부러뜨릴 수 있겠다고 농담을 했다.

토할 것 같았고, 어지러웠다.

"너희 가족 다, 너희 가족 전부 다 네가 우리 집 사람들한테 과분하다고 생각하지. 하지만 너한테 새로운 걸 맛보게 해주겠어."

트래비스는 위스키를 더 마셨다. 그러고는 나에게 강제로 먹이려고 팔을 내 목덜미에 감고 꽉 붙잡은 후 유리잔을 내 입에 대고 눌렀다. 나는 몸부림을 쳤지만, 그가 더 힘이 셌다.

절망적으로 생각했다. 금방 그만둘 거야. 그는 갈 거야. 그는 내가 다치는 걸 원하지 않아…….

트래비스가 나를 붙잡고 있는 게 불편했다. 방금 전까지만 해도 날 거의 쳐다보지도 않았는데―그의 눈동자가 이리저리 돌아가며 껌벅거리고 있었다―지금은 나를, 아주 가까이에서 들여다보고 있었다. 그의 잡티 많은 얼굴과 가늘게 핏발 선 눈이 보였다. 그의 숨결 냄새와 체취를 맡을 수 있었다.

"뭐가 무서워, 꼬마야? 모르는 사람 보듯이 쳐다보고 있네."

나는 긴장을 풀고 웃어보려고 했다. 나를 꽉 붙잡은 그의 손아귀에서 긴장을 풀어보려 했지만 그에게서 달아날 수는 없었다. 내가 달아나면 그는 그것을 모욕으로 받아들이리란 걸 알았기 때문이다.

그는 생각에 잠긴 듯, 뭔가 재미난 일이 떠오른 듯 말했다.

"너 알지. 너도 '골칫덩이'인 거. 나처럼 말이야."

"아니야."

"맞아! 엄마가 그랬어. 네 엄마가 우리 엄마한테 그렇게 말했어. '해나는 우리 집 골칫덩이야'라고. 그래서 우리 엄마가 그랬대. '트래비스는 내 골칫덩이야. 그래도 네 쪽이 그나마 좀 나은 것 같은데, 에스터.'"

나는 이 말에 몸이 굳었다. 이렇게 생뚱맞은 말이라니. 하지만 그게 사실일 리 없다는 걸 알았다. 엄마가 그런 말을 할 리가 없기 때문이다. 특히 이복 언니인 루이스 이모에게는 더더욱.

날 놀리는 거야. 트래비스는 놀리는 걸 좋아하잖아.

갑자기 트래비스가 미웠다. 트래비스가 어디 다른 곳으로 가버렸으면 좋겠다고 생각했다. 카시지의 소년 형무소나, 아니면 그보다 더 먼 어딘가로. 미군에 입대한 그의 형들처럼.

그래도 트래비스가 죽는 것은 원치 않았다. 트래비스가 죽기를 바란 적은 한 번도 없었다. 그러면 그가 그리워질 테니까.

제발 좀 나가달라고 계속 애원했지만, 트래비스는 나를 질질 끌고 식당으로 갔다. 식당에서 그는 '기똥찬 유리 샹들리에'와 '식물 정글'을 바라보며 비웃음 섞인 탄성을 날렸다. 그는 수많은 화초와 벽에 걸린 식물을 경멸 어린 시선으로 바라보았다. "이건 또 뭐야? 뭔 난초?" 아름다운 꽃들을 보며 기분이 불쾌해지는 동시에 매료된 것 같았다. 그는 허리를 굽혀 향 없는 난과 아프리칸바이올렛의 향기를 맡았다. 겁에 질려 바라보는 내 앞에서, 그는 보라색 줄무늬가 있는 난꽃을 꺾었고, 귀 뒤에 꽂으려 했지만 꽃은 바닥으로 떨어졌다.

"트래비스! 제발 그만해. 제발 좀 가."

"어디로 가라는 거야? 여기가 내가 있을 곳인데."

그다음엔 화분 하나에다 소변을 보겠다며 나를 놀렸다. 그러고는, 정말로 그렇게 했다. 나는 공포에 떨었다. 그는 바지 지퍼를 내리고, 크라슐라 화분에 소변을 보았다.

그런 그를 보면서 나는 뒤로 물러나 눈을 가렸다.

내 웃음소리가 들렸다. 높고 째지는, 비명 같은 웃음. 누가 심하게 간질이는 것처럼. 누군가에게 살해당하고 있는 것처럼.

"블랙리버에서는 다들 이렇게 해. 널 놀라게 하려는 게 아냐."

트래비스는 즐기고 있었다. 착한 사촌 동생을 괴롭히는 걸 즐기는 것이다. 내가 그를 보며 웃기를 바라는 것이다. 나는 오빠와 함께 잡지 화보에 나올 것 같은 아름다운 이 집에서 고약한 장난을 치고 싶은 갈망 비슷한 것을 느꼈다. 하지만 이 집은 매클러랜드 선생님 집이다. 나는 선생님이 마음 상하거나 화날 일은 절대 하지 않을 것이다.

위스키 때문에 어지럽고 몽롱했다. 아주 약간만 삼킨 것 같은데, 그게 내 머리로 올라갔나 보다.

물뿌리개가 있었다. 나는 그것을 집어 들고, 독한 소변이 희석될 거라는 생각에 크라슐라에 물을 부었다. 뒤늦게 기억이 났다. 매클러랜드 선생님이 크라슐라에는 **절대 물을 주지 말라**고 하셨는데.

왜인지는 몰라도 갑자기 이 상황이 엄청 우스웠다. 나는 웃기 시작했고, 목에 뭐가 걸려 캑캑거리다가 토했다. 내가 뜨거운 액체를 뱉어내는 걸 보고 트래비스는 웃었다.

부엌이나 욕실로 가서 입을 헹구고 싶었다. 담즙 맛처럼 역겨운 것도 또 없었다. 그러나 트래비스는 자기 옆을 떠나지 못하게 했다. 그는 내가 달아나지 않을 거라고 믿지 않았다.

그는 장식장 캐비닛에서 은 식기를 한 아름 꺼냈다. 내 표정을 보고 그는 비웃었다. "여기 인간들은 이렇게 기똥찬 것들을 갖다 놓고는 거들떠도 안 보잖아. 누구는 너무 많이 갖고 있고 누구는 너무 가진 게 없어."

은 식기 중 몇 개가 바닥에 떨어졌다. 트래비스는 그것을 발로 찼다.

"트래비스, 제발 집에 가. 아무한테도 말 안 할게. 지금……지금 집에 가면……."

"빌어먹을, 그 말은 맞아. 너는 아무한테도 말 안 할 거야, 꼬마야. 만일 누구한테 말했다간, 네 얼굴 전체를 그 '점'처럼 만들어버릴 거니까. 진짜 시뻘겋고, 진짜 흉하게."

이 말은 상처가 되었다. 악의적인 말이었다. 트래비스가 나에게 그런 잔인한 말을 했다는 사실이 믿기지 않았다. 내가 그 점을 어떻게 생각하는지 알면서.

나는 매클러랜드 씨 부부가 돌아와서 물건이 없어진 걸 알면, 그걸 누가 가져갔는지 내가 말해야 하지 않느냐고 더듬거리며 말했다. 트래비스는 웃음기 없는 말투로 냉랭하게 대꾸했다. "네가 그러진 않겠지, 해나. 그랬다간 후회하게 될 테니까."

그 말이 맞았다. 나는 여기에서 일어난 일을 아무에게도 말하지 않을 것이었다. 내가 너무 힘이 없어서 막을 수 없었던 일…… 트래비스가 했던 짓, 했던 말을, 누구에게도 털어놓지 않을 것이었다. 이야기를 꾸며내야 한다. 겁에 질리고 죄책감에 사로잡힌 아이가 더듬거리며 어른들에게 꾸며낸 얘기를 하면, 어른들은 아이를 믿고 싶어 할 것이다. 그 얘기가 아무리 터무니없더라도.

어릴 때 살던 곳에서 수백 킬로미터 떨어진 이곳으로 이사를 온 후 몇 년이 지난 지금도 생생히 기억하는데, 나는 엄마에게 속내를 털어놓는 일이 거의 없었다. 여자아이로서 아빠와는 더 서먹했다. 나는 수치스럽다고 생각했지만 대개는 사소하고 흔한 그 수많은 비밀들…… 10대 초기의 비밀들. 그런 비밀들은 울프스헤드 호수에서 가끔씩 보게 되면 호들갑스러운 비명을 질러대곤 했던 물뱀처럼 내 머릿속을 헤집으며 떠다녔다.

많이 울었던 것도, 부모님께 위로를 받았던 것도 기억하지만, 누구에게도 말해서는 안 되는 것들을 부모님께, 나 스스로에게도 감췄던 것 또한 기억한다.

10

그 사람 얼굴은 보지 못했어요. 트래비스처럼 후드티를 입었지만 후드를 벗지 않았거든요. 그래도 트래비스보다 나이가 많다는 건 알 수 있었어요. 내가 아는 사람은 아니었어요. 목소리도 모르는 목소리였어요.

그렇게 오래 걸리지 않았거든요. 그들이 집에 침입해 물건들을 챙기고 그러다 매클러랜드 씨의 서재에 들어가 총을 발견하고 총이 발사될 때까지…… 모든 게 너무 빨리 일어났어요.

그가 트래비스보다 나이가 많았기 때문이라고, 나는 생각해요. 둘 다 '취해 있어서' 그랬던 거라고. 트래비스가 그에게 잘 보이고 싶어 했기 때문이라고. 트래비스는 언제나 그런 약점을 가지고 있었어요. 항상 자기보다 어린 아이들을 괴롭혔는데, 자기도 나이 많은 형들한테 괴롭힘을 당했었거든요. 그래서 나이 많은 형들한테 잘 보이고 싶어 했어요.

그래서 트래비스는 총으로 나를 다치게 했던 거예요. 자기 친구를 웃게 만들려고. 근데 그의 친구는 웃음을 그쳤어요. 그의 친구는 트래비스에게 그만하라고 했어요. 트래비스는 멈추지 않았어요. 그래서 그의 친구가 트래비스를 떠밀었고,

총을 뺏으려 했고, 그래서 총이 내 머리 뒤에서 발사되었어요. 그래서 트래비스가 넘어졌어요. 나는 바닥에 쓰러져 있었고, 내가 죽었구나 하고 무서워서 움직일 수가 없었어요. 그리고 귀에서 울리는 소리 때문에 생각도 할 수 없었어요. 그리고 검은 구덩이가 열렸고, 나는 그 안으로 떨어졌어요.

11

트래비스 오빠에게 제발 매클러랜드 선생님 집에서 나가 달라고 애걸하지만 그는 나가지 않는다. 그의 얼굴이 전구처럼, 발광하는 태양/혜성처럼 빛난다. 검을 휘두르며 소름 끼치는 일격으로 적의 목을 잘라버리는 사무라이 전사의 하얀 얼굴처럼.

트래비스는 이 방 저 방으로 나를 질질 끌고 다닌다. 비참한 내 모습을 보고 웃는다. 매클러랜드 씨의 '서재' 문을 연다. 문은 잠겨 있지 않다. 매클러랜드 선생님이 잠가놓을 거라고 말씀하셨었는데.

이마저도 배신이었다. **매클러랜드 선생님은 분명히 이 문을 잠가놓을 거라고 말씀하셨었는데.**

트래비스 리들은 대담하게 방 안으로 들어선다. 그를 막는 것은 아무것도 없다.

트래비스는 벽난로와 거대한 앤티크 책상, 바닥에서 천장까지 닿는 마호가니 책장에 가득 꽂힌 책을 보고 놀라 이 사이로 휘파람을 분다. "와, 씨발, 이 책 좀 봐! 누가 이렇게 책을 많이 처보냐." 한때는 그토록 책을 읽고 싶어 했지만 이제는 영영 그럴 수 없다는 걸 아는 소년의 분개심이다.

트래비스는 계속 빈정거리며 매클러랜드 씨의 책상에 놓인 물건들을 뒤진다. 장부책 크기만 한 다이어리, 검은색 만년필, 은색 색연필. 은색! 트래비스는 그것을 주머니에 쑤셔 넣는다. 가죽 프레임을 씌운 달력도 있다. "야, 뭐 이딴 것도 있어!" 그게 특히 그를 격분하게 만든 것 같다.

툴툴대면서, 트래비스는 커다란 마호가니 책상의 서랍을 연다. 대부분은 서류로 가득 차 있다. 나는 그가 책상 서랍을 홱 잡아 빼 내용물을 바닥에 쏟지 않는 게 너무 고맙다. 제일 밑의 서랍에서, 뭔가를 찾았다. 그가 이 사이로 휘파람을 분다. 총이다. 그는 총을 꺼내 손에 쥐고 잔뜩 들떠서 가늘게 뜬 눈으로 바라본다.

"이야! 이거 나한테 딱 필요한 건데."

나는 몹시 놀란다. 집 안에 총이 있다는 건 전혀 몰랐다. 알 방법이 없었다. 매클러랜드 선생님은 도대체 왜 방문 잠그는 걸 잊으신 걸까!

달아나고 싶다. 거리로 뛰쳐나가서 도움을 요청하고 싶다. 하지만 그랬다간 사촌 오빠 트래비스가 호되게 벌을 줄 것이다. 오빠는 날 쏠 것이다. 내 다리 하나를 쏴서 넘어뜨릴 것이다. 그러고는 바닥에서 괴로워하며 비명을 지르는 나를 보고 웃을 것이다. 내가 경고했잖아, 해나! 왜 내 말을 안 들어.

트래비스는 음침한 눈빛으로 총을 살펴보며 회전식 탄창을 돌린다. 저 총이 장전되어 있나? 트래비스는 나에게 러시안룰렛이 뭔지 아느냐고 묻는다.

아니. 나는 트래비스에게 모른다고 말한다.

나는 러시안룰렛이 뭔지 몰라. (물론 나는 러시안룰렛이 뭔지 안다.)

나는 울지 않으려고 기를 쓴다. 그러면서 계속 생각한다. 트래비스는 날 좋아해! 오빠는 날 해치지 않을 거야.

그건 마치 교회에서 하는 기도 같다. 하늘에 계신 아버지. 우리를 축복하소서. 모든 은총은 주님에게서 옵니다. 신에게 친절히 대해달라고 애걸하는 것은 신이 친절하게 대하지 않을 거라는 공포 때문이다. 그래서 소리를 내지는 않아도 나는 사촌 오빠 트래비스에게 애걸하고 있다.

예전에 트래비스가 꿈꾸는 듯한 목소리로 학교에 총을 가져가고 싶다고 말했던 것이 기억난다. '대학살' 만화가 기억난다. 이모 집에는 총이 없었다. 트래비스가 어렸을 때 그의 형이 트래비스의 등을 향해 공기총을 쏜 적이 있어서, 이모가 총을 빼앗아 블랙스네이크강에 던져버렸었다. 그리고 트래비스는 총을 갖는 걸 허락받지 못했다. 트래비스 오빠는 말했었다. 나이를 먹으면 내 총을 살 수 있어. 난 여기서 살지 않을 거야. 나한테 이래라저래라 하는 사람은 필요 없어.

이제 그에겐 매클러랜드 씨의 총이 있다. 그에게는 선물과도 같은 총이다. 운명을 믿는다면, 트래비스의 손에 총이 들어간 것은 '우연'이 아니다. 그래서 그는 진지하게 총을 들여다보고 있다. 탄창을 돌리고 그 안을 들여다본다. 순간 그의 몸이 얼어붙는다. 그의 얼굴에는 기묘한 미소가 번진다. 누리끼리한 피부와 더럽고 떡 진 머리카락에도 불구하고, 나의 사촌 오빠는 아름다운 소년이다. 멍들고 핏발 선 눈을 가진, 아름답게 망가진 소년. 어리고 늙은 소년. 나는 트래비스가 무섭지만, 그럼에도 트래비스에게 끌린다. 그의 시선이 총에서 나에게로 향한다. 총의 자태가 너무나 눈부신 듯, 그는 반쯤 눈이 먼 것처럼 빠르게 눈을 깜빡거린다.

"동반 자살이라고 들어봤어? 난 그게 사랑을 테스트하는 방법인 거 같아."

트래비스의 걸걸한 목소리로 '사랑'이라는 말을 들으니 굉장히 이상한 느낌이다.

나는 재빨리 고개를 젓는다. 아니.

하지만 소년의 품 안에서, 죽은 채로 발견되는 걸 생각해보면……. 떨쳐지지 않는 생각이다.

함께 죽은 고등학생 커플이 있었다. 그런데 그건 소년이 여자 친구를 먼저 죽이고, 차를 몰고 얼음이 언 호수로 돌진해서 익사한 것이라고 알려져 있었다.

트래비스는 영화배우처럼 벽난로 장식 선반 위 거울을 보며 자세를 잡는다. 그러다가 총구 끝을 머리에 대고 눌러서 나는 겁에 질린다. 그는 거울 속 자신에게 미소를 짓고 윙크를 한다. 눈 위로 흘러내린 엉킨 머리칼 한 가닥을 쓸어 올린다. 그러더니 그냥 생각만 해본 것인 듯 권총을 내리고, 총알을 조심스럽게 실린더에서 꺼내 주머니에 넣는다. 그는 교활한 눈빛으로 나를 바라본다. 그동안 나는 몇 미터 뒤에서 꼼짝도 못 하고 서 있었다.

"봤지? 총이 완전히 다 장전된 게 아니야. 기회가 있어."

"트래비스, 안 돼. 제발…… 그 총 좀 치워."

"'러시안룰렛'이야. 딱 한 발만 남겨놨어. 멋지지."

트래비스는 자신의 모습에 매료되어서 거울만 계속 바라보고 있다. 그의 자세는 군인처럼 반듯하다. 내 존재는 잊어버린 것 같다. 그는 꿈꾸는 듯한 눈빛으로 총구를 이마에 대고 있다. 막 방아쇠를 당길 것 같더니, 서부의 총잡이처럼 총을 빙그르르 돌리고, 무릎을 꿇고, 총구를 나에게 겨누고는 방아쇠를 당긴다. 딸깍! 소리가 빈 탄창에서 울린다.

나는 정말로 겁에 질려서 속옷을 적셨다. 심장이 뛴다. 겨드랑이에 땀이 흥건하다. 그러나 트래비스는 날 보며 웃는다.

"한 번 더 해볼래? 응?" 그가 총구를 나에게 겨눈다. 나는 머리를 감싸고 몸을 웅크린다. 그렇게 하면 총알을 막을 수 있을 것처럼.

애걸한다. "안 돼, 제발. 안 돼……. 제발. 트래비스……."

트래비스가 웃는다. 그는 잔뜩 흥분해서 우쭐대고 있다. 그는 힘없는 나를 포획했다. 나는 그의 포로다. 그의 노예다. 그는 블랙스네이크 어벤저이고, 불운한 포로를 막 처형하려 하고 있다.

"말했잖아. 탄창에 총알이 하나뿐이라니까. 기회가 있어."

나는 너무 겁에 질려서 사촌 오빠의 놀림에 제대로 대꾸조차 못 한다.

트래비스가 말한다. "무릎 꿇어."

"안 돼, 트래비스. 안 돼, 제발."

트래비스는 총구 끝으로 내 얼굴 옆을 문지른다. 내가 숨기려고 애쓰는…… 왼쪽 눈 아래 흉한 빨간 점을. 그는 잔인하게 놀린다. "어때, 이거 총으로 쏴서 없애줄까?" 그는 총열을 내 입안에 밀어 넣는다. 숨이 막히고 두렵다. 오빠가 방아쇠를 당겨 날 죽이지는 않을 것이다. 과연 그럴까? 총구 끝이 이에 부딪치고, 너무 아파서 오히려 감각이 없어진다. 나는 무너져서 울지 않으려고 애를 쓴다. 우리가 어려서 같이 놀았을 때처럼 오빠가 날 가엾이 여기고 나에게 자비를 베풀도록 트래비스에게 복종하려고 애쓴다. 오빠가 날 죽이지 않을 거라고, 날 좋아하니까 죽이지 않을 거라고, 나 자신에게 거듭 말한다. 그럼에도, 트래비스는 비열한 웃음을 머금고 있다. 괴롭힐 수 있는 상대, 앙갚음조차 할 수 없는 약한 상대를 발견한 소년들이 히죽거리는 그 웃음.

그리고 이제, 트래비스는 차마 그가 할 거라고는 믿지 않았던 짓을 한다. 그는 내 스웨터 자락을 열고 총구 끝을 내 가슴에 대고 누른다. 작은 흰색 32-A 사이즈의 면 브라 속에 있던 잔주름 잡힌, 겁에 질린 내 살에 대고. 내 침으로 젖은 총구 끝이 차가워서 저절로 떨리고 몸서리가 쳐졌고, 너무 무서워서, 또 속옷을 적셨다. 트래비스는 총구 끝을 내 코듀로이 바지의 허리 밴드 안으로 밀어 넣는다. 내 배를 '간지럼' 태우고 싶어 하는 것처럼……. 그러다 좀 더 아래, 내 다리 사이로……. 나는 고통스러워서 비명을 지르고 몸을 뒤튼다. 트래비스는 끙끙 앓는 소리를 내고 짧게 웃는다. 달리기를 해서 숨이 찬 것처럼……. 붉어진 그의 얼굴은 나에게 속옷을 적신 벌을 받아야 한다고 말하고 있었다. 나는 더럽고 역겨운 여자아이라고.

나는 이제 더 이상 참지 못하고 울고 있다. 트래비스는 나에게 자비를 베풀지만, 역겨운 자비다. 부츠를 신은 발로 그는 나를 밀어낸다. 총을 가죽 의자 위에 떨어뜨린다. 내 축축한 속옷 때문에 총이 더러워졌다는 듯.

"뚝 그쳐! 아무도 널 해치지 않아, 아직은. 걸어. 무릎으로 걸어. 걸으라고, 그래서 너 자신을 구원해봐."

나는 의자 옆에 무릎을 꿇는다. 절망적으로, 서투르게 총으로 손을 뻗는다. 트래비스가 떨어뜨려놓은 총……. 내가 그

총을 손에 잡은 것은 기적이다. 두 손으로. 총이 무겁다. 내가 생각한 것보다 무겁다. 총열이 길어서 똑바로 들고 있기가 힘들다. 총구가 자꾸 아래로 기울어지려고 한다. 수맥 찾는 막대처럼. 손에 총을 든 나를 보고 트래비스가 외친다. "야! 이런 씨발, 너…….." 내가 방아쇠를 당긴다. 방아쇠를 당기려 한다. 쉽지 않다. 게다가 처음에는 방아쇠가 아예 움직이지 않는다. 그러다가 그것이 움직이고, 빈 탄창에서 **딸깍!** 소리가 난다. 트래비스는 이제는 화가 치밀어서 총을 낚아채려고 나를 덮친다. 나는 다시 방아쇠를 당긴다. 이번에는 **딸깍!** 소리가 아니라 귀가 먹먹해지는 폭발음이 난다. 트래비스가 뒤로 넘어간다. 트래비스가 가슴에 총을 맞았다. 바닥으로 쓰러지면서 잔뜩 화난 표정이 점점 그의 얼굴에서 희미해진다.

겁에 질린 짐승처럼 나는 손과 무릎으로 멀리 기어간다. 기어가려고 노력한다. 트래비스에게서 달아나려고 발버둥을 친다. 그가 벌떡 일어나 나를 붙잡고, 오빠 말을 듣지 않은 나에게 아주 심한 벌을 줄 거라 믿으며.

총이 내 손에서 떨어졌다. 너무 무거워서 들고 있을 수가 없다. 총은 바닥에, 벽난로 앞에 누워서 신음하고 몸부림치는 트래비스 옆에 놓여 있다. 트래비스의 가슴에서 피가 뿜어져 나오지만 이 모든 게 나에게는 현실로 보이지 않는다. 트래비스가 진짜로 총에 맞았다는 걸 믿을 수가 없다. 트래비스가 날 놀리는 거다. 조금 있으면 벌떡 일어나서 날 벌줄 것이다. 그렇지만, 총이 발사되었다. 발포의 여파가 아직도 느껴진다. 떨리는 손과 손목. 격발음에 귀가 들리지 않는다. 귓속에서 내가 들을 수 없는 포효가 계속 울린다. 그래서 나는 생각을 할 수가 없다.

오직 한 가지 생각뿐이다. 이건 사고였어. 총이 저절로 발사됐어.

12

그건 사고였어요. 난 그렇게 생각해요. 트래비스가 총을 가졌고 그의 친구가 그것을 뺏으려다…… 총이 발사된 거라고요.

그의 얼굴은 보지 못했어요. 목소리도 모르는 목소리였어요. 그와 트래비스가 부엌으로 침입했을 때 나는 목숨이 위태로울 테니 그를 봐서는 안 된다는 걸 알고 있었어요.

바닥에 쓰러져서 한참 동안 움직일 수 없었어요.

내 머리 안에서 풍선이 부풀어 올라서 막 터질 것 같은, 그런 압력이 느껴졌어요. '뇌일혈'에 대해서는 알고 있었어요. 나중에 그 단어를 사전에서 찾아봤고 혼자서 굉장히 무서웠어요.

얼마나 오래되었는지, 트래비스의 친구가 집에서 달아난 후로 시간이 얼마나 흘렀는지 모르겠어요. 그러다가 초인종

울리는 소리가 났지만 저 멀리서 들려와서 거의 듣지도 못했고요.

그러다 이웃 사람이 뒷문으로 왔어요. 창문이 깨져 있고 부엌에 불은 환하게 켜져 있는데 아무도 없는 것을 보고 "이봐요? 이봐요? 안에 누구 있어요?"라고 불렀어요. 그는 복도를 거쳐 트래비스가 쓰러져 있고 내가 쓰러져 있는 방으로 들어왔어요. 그는 트래비스가 총에 맞은 것을 보고는 나도 같이 총에 맞았나 보다고 생각했어요. 나는 의식 없이 카펫 바로 옆 단단한 나무 바닥에 머리를 세게 부딪친 상태로 쓰러져 있었는데, 숨을 쉬는 것처럼 보여서 내가 살아 있다는 걸 알았다고 해요.

13

드럼린 애비뉴 주택가에서 총기 사고.

강도 공범끼리 다툼으로 총기 발사, 지역 10대 사망.

마치 총이 저 혼자 발사되고, 우연히 총알이 17세인 트래비스 리들의 가슴을 뚫고 심장을 조각내놓은 것처럼. 트래비스는 대동맥이 파열되었고, 몇 분 만에 피를 흘리며 죽었다. 어린 시절부터 트래비스 리들을 알던 사람들은 그를 골칫거리, 까탈스러운 놈, 중퇴자, 비첨 카운티 가택침입 사건 용의자로 불렀다. 사람들 사이에는 트래비스의 어머니가 법원에서 접근 금지 명령을 받아 트래비스가 집에 오지 못하도록 했다는 말이 퍼졌다. **뼛속까지 나쁜 애는 아닌데 어쩌다 약에 빠져서 마약쟁이들하고 어울려가지고, 그 개자식들 중 하나가 그 애를 죽인 게 딱히 놀랄 일은 아니야.**

《스파타 저널》에는 스파타 경찰이 총을 발포한 트래비스 리들의 '공범'을 아직 뒤쫓고 있다는 기사가 실렸다.

14

26년이 지났다. 나는 창밖으로 어둠이 깔리는 11월의 하늘을 내다보고 있었다. 아래층에는 엄마와 아이들이 부엌에 있다. 갓 구운 바나나 빵 냄새가 계단을 타고 위층까지 퍼진다. 나도 곧 내려가기로 했고, 얼른 내려가서 아이들과 함께하고 싶다. 그런데…… 아직 다리에 힘이 없고, 머릿속에서 맥박이 여전히 둥둥 울린다.

바깥 하늘에 뭔가 긴박함이 있다. 초겨울 하늘의 소용돌이. 인생이 소용돌이 안으로 빨려 들어가고, 빠르게 더 빠르게 돌다가, 마침내 한 점으로 사라져버리는 식으로. 바람이 고조되고, 창문 틈새로 바람이 새어 들어온다. 부모님 집을 감싸고 있는 키 큰 나무들 안에 검은 새들이 떼 지어 있다. 검은 새의 폭풍. 새가 놀랄 만큼 많다. 거의, 무서울 정도다. 엄청나게 많은 날개들이 창밖 하늘을 수놓고, 허공을 향해 울부짖고 있다. 수백 개—아니면 수천 개?—의 검은 깃털 달린 날개들이 남쪽으로 이주할 준비를 한다. 나는 설명할 수 없는 강한 갈망을 느낀다. 나도 너희랑 같이 가고 싶어. 너희는 어디로 가니? 우릴 두고 가지 마.

당시 동정심 많은 스파타 경찰관들 그리고 나를 염려하던 어른들은 내가 더 자극을 받지 않도록 조심스럽게 질문을 했었다. 그때 나는 멍한 상태였고, 입을 꼭 다물고 내가 무슨 일을 당했는지 말하지 못했고, 꽤 오랫동안 회복하지 못했기 때문이었다. 그리고 꽤 오랫동안 '정상'으로 돌아오지 못했다. 아무리 이야기를 하려 해도 내 이야기는 혼란스럽고 일관성이 없었다. 사촌 오빠인 트래비스 리들로부터 당한 일 때문에 심각한 정신적 외상을 입었기 때문이었다. 총구를 입 안에 강제로 밀어 넣어 깨진 이와 피가 흐르는 입술, 가슴과 배에 붉게 부어오른 자국, '생식기 부위'의 멍 자국……. 신문에서는 이런 수치스러운 내용들을 감추지 않고 상세히 언급했다.

사촌 오빠의 공범이 누구였니? 사람들은 그렇게 물었다.

그리고 내가 말할 수 있는 것이라곤 그의 얼굴을 보지 못했다는 것뿐이었다. 목소리도 모르는 목소리였고.

네가 말을 하면, 자기를 알아보면, 가만두지 않겠다고 위협했니?

다시 와서 널 죽이겠다고 말했니, 해나?

나는 말할 수 없었다. 나는 소리 내어 말할 수 없었다. 남자들은 듣고 노트에 기록을 하니까.

그러나 나한테 연민을 보이는 여자 경찰관들에게는 속삭여 말했다. 그가 바지 지퍼를 열고 매클러랜드 선생님의 크라슐라에 소변을 보았다고, 그가 술과 약에 취해 있었기 때문이라고, 나는 재빨리 눈을 감고 돌아섰다고.

그 사람 이름은 뭐니, 그 사람에 대해 설명해줄 수 있니, 그를 지목해줄 수 있겠니. 하지만 나는 그렇게 할 수 없다고 대답했다. 사촌 오빠의 죽음에 혹시라도 실수로 무고한 사람이 연루되면 끔찍한 일이 될 것이기 때문이라고 했다.

911에 신고한 드럼린 애비뉴 이웃도 경찰의 심문을 받았다. 차 문 닫히는 소리와 남자들의 목소리와 소녀의 비명 소리 그리고 7시 10분에 단발의 총성을 들었다고 증언한 다른 이웃도 조사를 받았다. 그러나 죽은 소년의 공범은 고사하고 차량도 목격한 사람이 없었다.

경찰은 22세의 스티비 위첼을 소환해 몇 차례 심문을 했다. 경찰은 위첼이 친구인 트래비스 리들과 함께 가택침입/강도 행각을 저지르다가 일이 틀어지자 우연히 총을 쏴 리들을 숨지게 했다고 확신했지만, 체포할 만한 충분한 증거가 없어서 번번이 위첼을 풀어주었다.

만일 위첼이 내 사촌 오빠의 공범이었다면, 그는 자기가 트래비스를 쏘지 않았다는 걸 잘 알 테고, 트래비스를 쏜 사람이 누구인지도 추측할 수 있었을 것이다. 그러나 다른 사람이 트래비스를 쐈다고 주장할 수는 없었을 것이다. 그렇게 주장하려면, 비록 무슨 일이 나기 전에 달아나긴 했지만 트래비스와 함께 남의 집에 침입했다는 사실을 인정하는 게 되기 때문이다.

대신에 위첼은 드럼린 애비뉴의 침입 사건에 대해서도 아무것도 모르고, 그날 밤 트래비스 리들도 만나지 않았다고 주장했다. 트래비스를 마지막으로 본 건 그보다 며칠 전이라고 했다.

그 당시는 소도시 경찰관들이 범죄 현장을 신중하게 통제해야 한다는 것을 알지 못했던 시절이었다. 트래비스 리들을 근거리에서 쏜 무기의 지문도 "번져서" 판독이 안 된다고 했다. 내 지문도 채취해 가지 않았다.

총은 곧 고든 매클러랜드에게 반환되었다. 매클러랜드 씨의 합법적인 재산이었으니까.

그러고 나서 남은 9학년의 몇 주, 몇 달 동안 나는 내가 언제고 산산조각 나 흩어질 수 있는 유리인 것처럼 지냈다. 친구들과 선생님들은 나를 요양 중인 환자처럼 다뤘다. 그들의 눈에서 동정심이, 그리고 일종의 혐오감이 읽혔다. 내가 무슨 일을 당했든 간에 그들은 알고 싶어 하지 않았다.

당시에는 성적 학대, 추행 같은 단어가 없었다. 강간은 감히 입 밖에 내어 말할 수 없는 말이었고, 《스파타 저널》 같은 가족

신문에도 강간이란 단어는 인쇄되지 않았다.

그래서 나한테 정확히 무슨 일이 있었는지는 아무도 몰랐다. 나를 진찰한 의사도 몰랐고, 그런 취지의 보고서를 써서 경찰에 제출했다. 내 설명을 기대한 사람도 없었다. 나에겐 그런 일을 설명할 어휘가 없었고, 너무 자세하게 질문을 받으면 빈맥과 공황이 와서 입을 다물어버렸기 때문이었다.

매클러랜드 씨 집을 둘러보러 들어온 대담한 이웃 사람은 사람이 쓰러져 있는 것을 발견했다고 말했다. 덥수룩한 머리의 "바이크족처럼 생긴" 소년이 가슴에 총을 맞았고, 기껏해야 열두어 살밖에 안 되어 보이는 소녀가 옆에 쓰러져서 간신히 숨을 쉬고 있어서 여자애도 총에 맞았나 보다고 생각했다고 했다.

그는 소녀 옆에 무릎을 꿇고 아이를 살리려고 노력했다. 그는 소녀의 옷이 찢어져 있는 것을 보았다. 여자아이의 피부는 죽은 듯 하얬다. 눈동자는 세게 흔들린 인형의 눈처럼 뒤로 넘어가 보이지 않았고 피가 흐르는 입술은 벌어져 있고 느슨하게 침이 흘러 있었지만…… 소녀는 살아 있었다.

그다음 주에, 고든 매클러랜드는 시러큐스 메디컬 센터에서 퇴원해 집으로 돌아왔지만, 매클러랜드 부부는 드럼린 애비뉴의 그 집에서 오래 살지 않았다. 그들의 집은 더럽혀졌다고 매클러랜드 선생님이 말했다. 아름답고 오래된 식민지 시대풍 저택은 시세보다 낮은 가격으로 스파타에 새로 이사

오는 부부에게 팔렸다. 그 부부는 '총기 사고'에 대해서는 거의 알지 못했고 더 알고 싶어 하지도 않았다.

매클러랜드 선생님은 학교로 돌아오셨고 남은 학기 동안 사회 과목을 가르치셨지만 예전처럼 자신감 넘치는 모습은 아니었다. 종종 선생님은 정신을 딴 데 팔고 있는 것 같았다. 질문을 던지고도 학생들의 답에는 귀를 기울이지 않아서 우리들은 어색하고 불편했다.

예전처럼 화장에 공을 들이지도 않으셨다. 화려한 헤어스타일도 사라졌고, 대개는 그냥 빗질해서 귀 뒤로 넘기거나 뒤로 질끈 묶었다. 이제는 누구도 선생님이 진 크레인을 닮았다고 말하지 않았다. 전과 똑같은 옷을 입었어도 그 옷들은 더 이상 그녀에게 어울리지 않았다.

매클러랜드 부부는 집이 팔리자마자 곧장 스파타를 떠났다.

경찰의 초기 수사가 끝난 뒤에는 누구도 나에게 그날 밤 있었던 일에 대해 말하지 않았다.

소문이 돌았다. 해나 고든이 다쳤다고. 자기 사촌 오빠한테…… 다쳤다고.

여자아이가 남자아이나 어른 남자에게 다칠 수 있는 그런 (말할 수 없는, 수치스러운) 식으로 다쳤다고.

그러나 그건 사실이 아니었다. 나는 그게 사실이 아니라는 걸 알았다. 그 끔찍한 일은 내 눈앞에서 일어난 거지 나에게 일어난 것은 아니었다.

1960년대 초는 '트라우마'로 고통받는 어린이나 청소년들을 심리 치료사들에게 데려가던 시절이 아니었다. 사실 스파타에는 심리 치료사가 거의 없었다. '트라우마'라는 용어 자체가 잘 사용되지도 않았다. 그 시절의 여느 어른들처럼 내 부모님도 그저 과거를 자꾸 떠올리지 않으면 저절로 낫게 될 일이라고 믿었다.

매클러랜드 선생님은 그 무엇에 대해서도 나를 책망하지 않으셨다. 선생님은 내가 사촌 오빠 트래비스를 집 안으로 불러들인 게 아니라는 것도, 그에게 계속 집에서 나가달라고 애걸했다는 것도 다 아셨다. 선생님은 엄마에게 말씀하셨다. "가엾은 해나! 그렇게 어린 아이한테 그런 중책을 맡기다니, 전부 다 제 잘못이에요." 엄마는 아부하듯이 말했다. "어머, 아니에요. 해나는 선생님을 도와드린다고 정말 행복해했어요. 그건 사고였어요. 그냥 끔찍한 일이 일어났던 거죠."

엄마는 선생님이 엄마를 비난하는 걸로 생각했을 것이다. 당연히 그런 것이 아니었는데도.

매클러랜드 선생님을 만났을 때 나는 무척이나 수줍음을 탔다. 나는 선생님이 더 이상은 나를 좋아하지 않는다고 이해했다. 선생님은 나를 편하게 느끼지 않으신다고. 내가 용기를 내서 선생님께 물어봤던 말은 단 한 마디, 사샤는 어때요?였다. 매클러랜드 선생님은 갑자기 환한 미소를 띠며 말씀하셨다. "사샤는 괜찮아. 사샤는 놀랄 만큼 잘 회복하고 있고,

거의 매일 밤 우리와 함께 잔단다."

매클러랜드 선생님은 만나는 사람마다 나에 대해 아주 훌륭한 아이라고, 자기가 만난 최고의 학생들 중 하나라고 빼놓지 않고 말씀하셨다. 그런 범죄자가 집에 침입을 하다니 그런 비극이 또 있겠느냐고. 매클러랜드 선생님은 트래비스 리들을 알았다. 그는 몇 년 전 선생님 반 학생이었다. 선생님은 트래비스가 비첨 카운티에 사는 소년치고는 놀랄 만큼 똑똑하고 전망도 밝은 학생이라고 생각했지만 트래비스를 신뢰하지는 않았다. 트래비스는 선생님이 판서를 하려고 등을 돌리면 등 뒤에서 외설적인 제스처로 친구들을 웃게 만드는 그런 학생이었고, 두려워서 감히 뒤에 두고 등을 돌릴 수 없는 학생이었다. 매클러랜드 선생님은 트래비스가 "곧 닥칠 재앙" 같은 아이였다고 말했다.

나중에 스파타의 엄마 집에서 며칠 지내게 되었을 때, 루이스 이모가 엄마에게 털어놓았던 얘기를 듣게 되었다. 이모는 트래비스가 나에게 한 짓 때문에 "구역질이 나고 죄책감이 든다"고 하셨다. 이모는 경찰이나 낯선 사람 아무나 붙잡고 자기 아들을 맹렬히 비난했지만, 엄마에게는 트래비스가 그런 짓을 한 게 안타깝고 부끄럽다고 했다. "그 애는 해나를 좋아했어. 그건 사실이야. 그 애는 사촌 형제들 중에 해나를 제일 좋아했어. 제정신이었다면 절대 해나를 해치려고 하지 않았을 거야. 그건 알아줬으면 좋겠어. 해나는 알 거야."

엄마는 이모에게 그렇다고, 우리도 잘 안다고 말씀하셨다. 그리고 그렇게 말해줘서 고맙다고 하셨다.

창가에 서 있던 나를 부르는 소리에 놀라 몽상에서 깼다. **해 – 나? 어디 있니?**

엄마와 아이들이 아래층에서 나를 기다리고 있다. 얼른 내려가야지.

물론 내 아이들은 트래비스 리들에 대해서는 전혀 모른다. 내 아이들은 자기들의 엄마가 누구인지, 누구였는지 아주 막연하게밖에 모른다. 누가 아이들에게 그런 얘기를 하겠는가? 아이들 곁에 있는 어른들은 아이들이 너무 많은 것을 알게 되어 다치지 않도록 지켜주어야 한다.

26년 동안 스파타에 들러서 스티브 위첼을 마주치거나 스쳐 지나간 걸 다 합쳐도 채 몇 번밖에 되지 않는다. 한 번은 시어스 뒤 쇼핑몰에서, 또 한 번은 세븐일레븐 편의점 안에서. 그를 마주칠 때마다 묘하고 불안한 기분이 들었다. 우리가 어렸을 때는 서로를 몰랐고, 스티브 위첼은 총격 이후 나를 알게 되었겠지만 그 전에는 아예 나를 몰랐을 것이다. 어른이 되어 마주쳤을 때, 스티브 위첼은 걸음을 멈추고 나를 지그시 바라보았다. 마치 검고 깊은 물속에서 해초에 얽혀 묵직하게 가라앉은 기억을 애써 끌어 올리려는 듯.

이번에 들렀을 때도 또다시 우연히, 스티브 위첼을 만났다. 내 딸 엘런과 은행 뒤 주차장을 가로질러 가는데 중년 남자가 나를 바라보고 있었다. 그는 더러운 바람막이 재킷과 더러운 작업복 바지를 입고 있다. 얼굴은 철 수세미로 대충 문질러 닦은 것 같다. 눈에는 작은 벌레처럼 파열되어 뻗어 나간 실핏줄이 보인다. 스티브 위첼은 건장한 몸집에 머리숱 적고 통통한 야수 같은 얼굴에 뚱한 눈을 한 남자가 되어 있었다. 건물에서 나오면서 들어오는 사람을 위해 옆으로 비켜 서주지 않는 남자, 자기보다 먼저 도착한 사람도 자기 앞에 줄을 서지 못하게 할 그런 남자였다. 그럼에도 스티브 위첼은 나를 보고, 내 옆에 있는 열한 살짜리 딸을 힐금 보고, 나에게 무슨 할 말이라도 있는 것처럼 주저한다.

그러나 나는 이 우락부락한 외모의 남자가 나를 알아보는 것을 원치 않는다. 그냥 어른이 되고 한동안 스파타를 떠나 있어서 이제는 누구인지 잘 모르겠다는 식으로 (예전 같은 반 친구인가? 아니면 이웃집 친구였나?) 예의 바른 미소를 가볍게 지으며, 딸의 손을 잡고 스티브 위첼 옆을 그대로 지나치며 걸어간다. 그때 그가, 아주 오랜만에 말을 해보는 것처럼 잠긴 목소리로 말한다. "해나, 안녕. 넌 줄 알았어."

적 도
Equatorial

1. 에콰도르, 키토

그는 그녀를 죽이려고 했다. 그녀는 그렇게 확신했다.

그냥 가볍게, 또는 무심코 떠오른 생각이 아니었다. 내 남편이 날 죽이고 싶어 해. 난 스스로를 지켜야 해.

"오드리! 조심해!"

남편이 놀라서 외쳤다. 그 목소리에는 짜증도 깃들어 있었다. 놀란 순간에도 아내는 그것을 알아챘다.

그녀는 미끄러졌고 거의 떨어질 뻔했다. 그러나 남편이 그녀의 팔을 잡고 지탱해주었다.

그들은 조심스럽게 좁은 돌계단을 내려가고 있었다. 세월에 닳은, 거의 200개에 가까운 바위 계단이 산의 경사면을 따라 깔려 있었다. 산꼭대기에 있는 버려진 예배당의 정원에 서면 악몽처럼 빽빽이 밀집한 에콰도르 키토의 수많은 산들이 연출하는 웅장한 광경이 내려다보였다.

사방에 알록달록한 장식용 돌과 다닥다닥한 치장 벽토가 눈을 어지럽게 하면서 강렬한 현기증을 일으켰다. **사람들이 진짜 많아! 다 우리를 모르는 사람들이야.**

그리고 이제 산을 내려가려니, 그녀의 발밑에는 비바람에 닳은 위태롭고 좁은 돌계단이 있었다. 계단은 끝없이 아래로 아래로 뻗어가는 것만 같았다. 계단 옆에는 난간이 있었는데, 그 난간을 아내는 겁에 질린 아이처럼 꼭 붙잡고 있었다.

남편이 그녀의 뒤에 바짝 붙어 있었고, 그녀는 등 뒤에서 그가 안달하는 것을 느꼈다. 물론 느릿느릿 기듯이 내려가고 있었기 때문에, 두려운 마음에 그의 태도를 과장해서 느낀 것이라고 이해했다. 그녀는 그가 자기 뒤에 바짝 다가서는 것을 느꼈다. 그녀를 앞으로, 아래쪽으로 밀려는 것처럼 그의 등산화 코가 그녀의 발뒤꿈치에 쿡 박혔다. 아내가 멈칫하자, 남편은 웃으며 미안! 하고 중얼거린다. 그러나 잠시 후, 그의 등산화가 또다시 그녀를 쿡 찔렀다.

남편은 아내보다 아홉 살이 많지만, 아내는 등산 경험이 부족했고, 체력적으로도 남편에게 훨씬 못 미쳤다.

"미안해요! 더 빨리는 못 가겠어요……."

"오드리, 지금 잘하고 있어. 그냥 아래만 내려다보지 말아요."

남편은 이런 식으로 겁에 질린 아내를 마치 유령을 무서워하는 아이 다루듯 웃어넘기곤 했다. 좁은 돌계단을 올라갈 때도 물론 힘들었지만 추락할까 봐 무섭지는 않았다. 어떤 면에선 내려가는 게 훨씬 더 힘들었다.

계단을 오를 때는 뒤따라오던 남편이 새로 산 복잡한 카메라로 사진을 찍기 위해 자주 멈춰 섰고, 그럴 때마다 비록 숨은 달렸어도 화사한 초록색 잎사귀들과 알록달록한 작은 집들이 자아내는 풍경에 경탄할 시간이 있었다. 그도 그녀를 전혀 재촉하지 않았다. 그러나 내려올 때 남편은 카메라를 치워버렸다. 내려오는 길은 올라갈 때보다 훨씬 더 위험하고 힘들었다. 아내는 남편이 사준 하이킹 슈즈를 신은 발로 신중하게 디디며 내려갔고, 신발은 양쪽 아킬레스건에 끊임없이 압박을 가했다. 찌르는 듯 날카로운 고통이 다리에 퍼졌고, 그녀는 생소한 고통에 당황했다. 그림 같은 돌계단은 아내가 평소에 인식하지 않고 늘 익숙하게 오르내리던 계단들보다 훨씬 더 가팔랐다. 남편이 아내의 마음을 알았다면 짜증을 냈을 것이다. 그는 그녀가 너무 오냐오냐 자란 버릇없는 미국인 관광객처럼 군다며 지금까지 몇 번이나 비난했었다. 웃으면서, 그러나 신랄하게.

남편은 제3세계 국가에서 부유한 선진국의 조건을 기대한

다며 나무랄 것이다. 그러는 건 전혀 당신답지 않은데! 그러면 아내는 남편에게 불평으로 들릴 말은 한 마디도 할 수 없었다.

아내는 숨을 고를 수도 없었다. 덫에 걸린 나방의 날개처럼 심장박동 수가 불쾌할 정도로 빠르게 치솟았다. 키토의 고도는 해발 2,800미터였다(남편은 그 정도 고도는 아무것도 아니니 별문제 없을 거라고 약속했었다. 그가 젊었을 적에는 해발 5,880미터쯤 되는 킬리만자로나 페루의 산들도 문제없이 올랐다는 것이다). 그녀는 어지러움을 느꼈고, 귀 안쪽에서 이상하고 빠른 맥박이 느껴졌다. 남편은 고산병을 두려워하는 그녀를 놀렸지만, 그러면서도 여행을 떠나기 전 의사에게 약 처방을 받아 왔다. 그는 그녀에게 세심한 주의 사항과 함께 알약을 건넸다. 에콰도르에 도착하기 24시간 전에 첫 번째 약을 먹고, 두 번째는 도착한 첫날에 먹는 식이었다. 헨리는 다이아목스가 고산병을 확실히 예방해준다며 안심시켰다. "당신이 반드시 병이 날 거라고 혼자 최면만 걸지 않는다면 말이지, 여보."

이것은 그들의 결혼 생활이 시작된 이후로 계속되는 남편의 비난 내지는 우스개였다. 아내가 질병이나 불운, 항상 친절하지만은 않은 다른 사람들의 의도에 대해 상상력이 풍부하다는 것이다.

남편은 아내도 자기처럼 생수를 마시고 이부프로펜을 먹

으면 고산병을 예방할 수 있다고 주장해왔다. 그리고 안데스의 대도시 키토에 도착해 흥미진진한 시간을 보내면서, 그녀도 처음엔 괜찮을 것 같다고 생각했다. 남편의 지시 사항을 조심스럽게 따랐고, 컨디션도 잘 조절되고 있는 것 같았다. 유쾌한 기분이 번졌다. 예전처럼 여행 동반자로서 남편을 실망시키지 않으리라는 희망이 생겼다.

그래서 아내는 간절하게 말했다. 그럼요, 산에 아름답게 깔린 200개의 돌계단을 당연히 올라보고 싶죠. 그 산꼭대기의 유명한 예배당에 가보고 싶죠. 남편은 사진을 찍고 싶었고, 그 계단을 혼자 오르고 싶어 하지 않았다.

아내가 남편의 소망을 충족시키는 경우는 드물었다. 남편은 늘 열정적이고, 의지가 강하고, 대단히 활동적이었다! 헨리 휠링이 쉰아홉이라는 걸 알면 사람들은 모두 놀랐다. 헨리는 그보다 족히 열 살은 젊어 보였다. 그는 다른 사람들이 정신적으로나 육체적으로 그를 따라잡지 못하면 자주 안달을 냈고, 그 안달은 특히 아내에게로 향했다. 그는 그녀에게 가파른 산을 함께 오르자고 부탁하고, 미안해하며 그녀가 거절하면 다시 부탁을 하고, 또다시 부탁을 하고, 그러면서 점점 성질을 냈고, 결국 그녀는 굴복했다. 그녀는 큰일은 고사하고 사소한 일로도 그를 만족시키지 못했다. 그녀는 순진하게 생각했다. **이렇게 하면 그이가 기뻐하겠지! 나에게 미소를 짓고, 날 다시 사랑하게 되겠지.**

내려가는 길은 정말이지 길구나! 아내의 종아리 힘줄이 불이라도 붙은 듯 욱신거리며 아파왔다.

그래도 끝이 보였다. 아내는 감히 쳐다보지도 못했다. 아래를 내려다보는 것만으로도 어지러워졌다.

그러다, 그 일이 일어났다. 내내 두려워했던 그대로, 그녀는 갑자기 균형을 잃고 발을 헛디뎠다. 절박하게 난간을 붙잡았지만, 난간이 견고하지 않았다. 난간은 그녀의 손아귀에서 금방이라도 부러질 것 같았다. 그녀는 공포에 사로잡혔다.

"아! 살려줘요."

그녀는 비명을 질렀다. 다시는 균형을 잡지 못하고 추락할 것이라는 확신이 들었다.

그러나 물론, 남편이 한 계단 위 그녀의 바로 뒤에 바짝 붙어 서 있었다. 그는 그녀의 팔을 잡았다.

"여보, 위험하지 않아! 그냥 침착하게만 있으면. 난간을 잘 잡고……."

"난간이 튼튼하지 않아서……."

"그럼 날 잡아. 차분하게 호흡하고. 당신 이보다 더 경사가 가파른 곳도 잘 올라갔었어. 기억나? 카프리에서, 해변으로 이어지는 돌계단도 잘 내려갔었잖아."

아내는 너무 흥분해서 일관된 대답을 할 수가 없었다. 아내는 남편이 그녀를 재촉하느라 뒤에서 밀었다고 굳게 믿고 있었다. 그녀의 등산화 뒤쪽을 쿡 찔렀다고.

아내는 더듬거렸다. "미안해요. 미안해요, 헨리."

그녀는 미끄러져 추락할 뻔했다. 확실했다. 이 돌계단에서 굴러떨어졌다면, 머리를 부딪쳐 두개골이 깨지거나, 목이 부러지거나, 아니면 척추가 부러졌겠지⋯⋯.

여행 계획을 세울 때 아내는 사고나 질병에 대한 안 좋은 상상을 품고 있었다. 낯선 외국 땅에서 뭔가 문제가 생길 거라는, 여행을 자주 다니지 않는 사람들 특유의 두려움을 가지고 있었다.

그녀도 자신이 헨리의 지적대로 지나치게 상상을 많이 한다는 걸 알고 있었다. 그냥 긴장을 풀고 좀 더 즐길 수만 있다면.

그녀는 남편을 좋아했다. 그가 보여주는 자신감을, 확신에 찬 태도를 좋아했다. 헨리는 사람들을 자연스럽게 자기편으로 만들었고, 사람들은 그를 신뢰했다.

물론 남편은 그녀의 조심성에 당황하고 실망했을 것이다. 그러나 한때는 그도 그녀가 자신에게 의존하는 것을 좋아한 적이 있었다. 경제 문제에 관해서는 특히 더. 그리고 그는 그녀의 보호자였다. 그도 분명히 그녀에게 무슨 일이 일어나기를 바라지는 않을 것 아닌가?

이제 그녀는 패닉 상태에 빠지려 하고 있었다. 아내는 온 힘을 다해 느린 걸음으로 계속해서 계단을 내려갔다. 과호흡으로 넘어가지 않게 호흡을 진정시키려 애썼다.

키토에 온 지는 채 여섯 시간도 되지 않았다. 이미 아내는 이곳에 아주 오랫동안 있었던 것처럼 느끼고 있었다.

부부는 갈라파고스제도로 가는 길이었고, 비행기를 타고 섬으로 넘어가기 전에 키토에서 이틀 밤을 보낼 계획이었다. 이번 여행은 아내의 첫 남미 방문이었다. 적도 근처 안데스의 나지막한 산에는 찌뿌둣하게 구름이 끼어 있었고, 아내가 기대했던 것처럼 그렇게 따뜻하지도 않았다. 구름이 밝은 해를 가리자 그녀는 몸을 떨었고, 살을 에는 바람이 얇은 그녀의 옷을 파고들었다.

"몇 걸음만 더 가면 돼요, 여보. 조심해!"

남편은 아내를 소중한 어린아이인 양 달래면서 동시에 그녀에 대한 조바심을 드러내고 있었다. 그녀의 팔을 단단히 잡은 손가락이 그의 분노를 표현하고 있었다. 그 분노는 원하기만 한다면 그녀를 무력하게 만들고 비명을 지르며 계단을 굴러 내려가게 할 수도 있었다. 남편은 놀랄 만큼 힘이 세니까.

그가 그들의 개—그의 개—를 야단치는 것을 본 적이 있다. 래브라도레트리버가 진흙 묻은 발로 신이 나서 부엌에 들어왔을 때였다. 이런 제길! 누군가 널 죽여버려야 하는데 말이야.

물론, 이건 농담이었다. 진지하게 한 말은 아니었다. 그러나 헨리는 가끔씩 그런 식으로 말했다. 화난 웃음과 함께. 아내도 몇 번이고 들었던 말이었다.

마침내 평지에 도달했다. 단단한 바닥에, 견고한 땅에! 그녀는 어마어마한 안도감을 느꼈다. 구름 사이로 이글거리는 흰 태양이 나타났고, 아내는 고통을 느끼며 눈을 찡그렸다.

남편은 그렇게 위험한 일은 없었고, 아내가 매우 잘 해냈으며 조심스럽게 계단을 잘 내려왔다고 칭찬했다. 이제 위험은 지나갔고, 아내는 아찔한 희열을 느꼈다.

남편은 아내에게 좀 더 자신감을 가져야 한다고 말했다. "갈라파고스 투어 중에 꽤 '어려운' 코스도 있을 거야."

재빨리, 아내는 네, 네, 저도 알아요, 라고 대답했다.

남편을 안심시키고 싶었다. 나에 대한 믿음을 거두지 말아요! 내가 더 좋은 아내가 되도록 노력할게요.

호텔에 돌아오니 아내의 두통이 조금 더 심해졌다. 남편은 그녀에게 노란 캡슐을 주었고, 그녀는 그것을 허겁지겁 삼켰다.

고산병이 거대한 집게발처럼 그녀를 장악했다. 무언가에 두들겨 맞는 느낌이었다. 남편도 이제는 그녀가 정말로, 진짜로 아프다는 걸 인정하는 것 같았다. 그녀는 남편이 위로할 의도로 그녀의 몸을 만지는 것조차 견딜 수 없었다. 아내는 옷을 입은 채로, 내부 장식이 아름답지만 어둑한 호텔 방 안에 힘없이 눕는 것 말고는 아무것도 할 수 없었다. 심장이 이상한 리듬으로 뛰었고, 머리는 두통으로 쪼개질 것 같았다.

"저녁 식사 예약을 취소해야겠어." 누군가 반대해주기를 바라는 사람처럼 남편은 아쉬워하는 목소리로 말했다.

아내는 힘없이 반대했다. 아뇨, 취소하지 말아요. 아내는 남편이 구시가지의 평판 좋은 스페인 레스토랑에서의 저녁 식사를 고대하고 있었던 것을 잘 알았다. 남편은 먹는 것을 굉장히 진지하게 여겼다.

남편은 고집을 부렸다. 아냐, 취소해야겠어. 혼자 가고 싶지도 않고 당신이 이렇게 아픈데 혼자 남겨두고 싶지도 않아.

"헨리, 이건 그냥 고산병이잖아요. 진짜 병이 아니에요." 그녀는 간신히 속삭였다. 머리가 맹렬히 욱신거렸다.

그들이 묵는 호텔은 한때는 개인 소유의 맨션이었는데, 빛바랜 청회색 돌로 지은 건물로 마호가니로 내부 장식을 했고, 높은 아치형 천장과 환하게 빛나는 안뜰에 작은 새들이 지저귀며 날아드는 곳이었다. 이 호텔은 키토의 역사적인 구시가지 외곽에 있었다. 호텔에는 갈라파고스로 가는 미국인들이 몇 명 묵고 있었다. 그들은 헨리 휠링의 동료로서 뉴저지주 프린스턴의 한 저명한 연구소에서 함께 일하는 사이였다. 헨리 휠링은 이 연구소의 소장이었다.

아내는 이 사람들을 잘 알지는 못했다. 이름도 몰랐다. 갈라파고스 여행이 꽤 비싸니까 그들은 연구소의 책임 연구자급일 거라고 그녀는 막연히 추측했다. 키토에서 해안 도시인 과야킬까지 비행기로 이동하고, 다시 비행기를 갈아타서 섬의 서쪽으로 가는 이 복잡한 여행에 함께하는 사람들이 누구냐고 물었을 때, 남편은 대충 얼버무리며 대답했다. "말했잖아, 오드리. 나도 잘은 모른다고. 아무튼 당신은 모르는 사람들이야."

아내는 여행에 동행하는 동료들이 누구냐고 그렇게 많이 물었는데도 남편이 늘 잘 모르겠다고 대답하는 게 이상하게 느껴졌다. 그래서 생각했다. 젊은 새 애인이겠지. 그가 그 여자의 여행 비용을 대는 거야.

그러다 다시 생각을 고쳐먹었다. 아니, 그럴 리가 없어. 그이는 신사잖아. 자기 아내를 당황하게 만들 일은 하고 싶지 않을 거야.

극심한 두통에 시달리던 아내는 조리 있게 생각할 수가 없었다. 그녀는 침대 위에 힘없이, 반듯하게 누워 있었다. 조금이라도 움직이면 베개 위에 놓인 머리에 날카로운 통증이 일었기 때문에 움직이지 않도록 주의해야 했다.

남편은 아내와 함께 방에 있겠다고, 아내의 얼굴이 무척이나 창백해 보인다고 말하고 있었다. 그는 룸서비스 식사를 주문하겠다고 했다. "뭐든 좀 먹을 수 있겠어, 여보? 뭐든? 싫어?"

비참한 와중에도 아내는 요리와 와인을 그토록 중요하게 여기는 남편이 자기와 함께 방에 있겠다고 나선 데 감동을 받았다. 그로서는 굉장히 실망스러운 일일 텐데. 아내는 말했다. "혼자 가요, 헨리. 당신이 여기 있는 걸 원하지 않아요."

"그러면 안 될 것 같아서 그래, 오드리. 당신과 함께 있을게."

남편은 손을 내밀어 아내의 손을 잡았다. 냉기가 도는 그녀의 힘없는 작은 손가락들이 따뜻한 남편의 손아귀에 꼭 쥐어져 있었다.

그런 순간, 아내가 남편에게 아무런 저항도 하지 않고, 남편은 그녀를 보호하거나 위로해줄 수 있는 순간에는, 그들의 감정적 관계는 고조되었다. 아내는 남편에 대한 깊은 사랑을 느꼈고 남편도 그녀를 사랑한다고 믿었다. 아내가 남편에게 크든 작든 대항할 때는 남편이 그녀를 업신여기는 태도를 보이는 것이 명백했고, 그것이 그녀에게는 큰 상처가 되었다.

그들은 동등하지 않기 때문이다. 당연하다. 헨리 휠링은 훌륭한 경력을 가진 저명인사다. 오드리에게는 이력 같은 것은 아예 없었다.

남편은 그녀가 에콰도르에 따라오는 걸 원치 않았던 것 같고, 아내는 그 사실을 인정하고 싶지 않았다. 8년쯤 전 처음 만났을 때부터 그는 갈라파고스 여행에 대해 이야기했고, 분명히 그녀와 함께 가기를 원했었다. 그는 그녀와 막 새롭게 사랑에 빠져 있었고, 그녀에 대한 배려심이 강했다. 그러나 최근에, 남편은 이 복잡한 여행 계획을 세우면서 아내가 같이 가야 한다고 그다지 고집을 부리지 않았다. 아내와 정보를 많이 공유하지도 않았다. 갈라파고스에 관한 책을 사서 읽으면서도 그 책을 그녀에게 보여주지 않았다. 지도를 공부하면서, 그녀에게 갈라파고스 하이킹 경로가 꽤 "험하다"고 경고했다. 바위투성이 화산섬에 가파른 산들이 많다고 했다. 소형 보트로 이 섬에서 저 섬으로 이동할 텐데, 가끔은 기슭이 아닌 파도치는 바위 위에 내려야 할 때도 있을 거라고 했다. 소형 보트는 갑판에 모터가 달린 개방형 보트이고 가끔은 바닷물이 배 안으로 밀려들 수도 있다고 했다. **여보, 당신 뱃멀미가 잘 난다고 늘 말했었지. 음······ 갈라파고스제도는 전부 다 바다로 둘러싸여 있어!**

남편은 더 젊은 여자를 새롭게 자기 인생에 받아들인 것이리라. 그것이 그의 비밀이었다. 그는 다른 누군가와 사랑에 빠졌다.

이 문제를 깊이 곱씹을수록 더 자명해지는 것 같았다. 그녀가 남편의 세 번째 아내였기 때문이다. 그는 여자에게 쉽게 질리는 남자라고 당연히 생각할 법했다.

이것은 다소 모욕적인 사실이었고, 두 사람이 처음 만났을 때 아내는 이 사실을 인정하고 싶지 않았다. 그녀는 헨리 휠링과 사랑에 빠졌다. 순진하게도.

아내에게 있어 헨리 휠링과 결혼한다는 것은 반짝거리는 거대한 자동차에 올라타는 것과 비슷했다. 이 자동차는 남편의 소유다. 공동 소유가 아니라 **그의 것**이다. 그녀는 그를 믿고 낯선 사람의 삶 속에 발을 들여놓았지만 그는 그녀의 삶에 들어오지 않았다. 그녀는 끊임없이 혼란스러움을 느꼈다.

8년 전에는, 아내가 헨리 휠링의 인생에 등장한 새 젊은 여자였다. 당시의 그의 아내는 완전히 늙은 여자였다. 이제는 오래된 사진 속 인물처럼 희미하게만 기억나는 그의 전처와 지금의 아내 사이에는 별로 차이가 없었다. (아내는 지금 거의 51세였다.)

사실, 이혼 당시 전처는 지금의 오드리보다 젊었었다. 그녀는 헨리의 아내 자리를 빼앗는 것 같아 죄책감을 느꼈고, 전처와 친구가 될 수도 있겠다고 생각했다. 그러나 남편은 단호했다. 그 결혼은 오래전에 끝났어. 죽은 관계야. 그렇게 된 지 이미 몇 년이나 되었어. 내가 진심으로 사랑하는 사람은 당신이야.

헨리는 정말로 진심인 것 같았고, 그녀에 대한 그의 감정이 보답받기를 간절히 바랐다! 그의 사랑은 마치 어둑한 상태에 적응되었던 그녀에게 눈이 멀도록 눈부신 빛이 비친 것 같은 황홀하면서도 혼란스러운 효과를 일으켰다.

그녀도 예전에 결혼을 한 적이 있었다. 소심한 20대 젊은 여인이었던 그녀는 작곡가였던 남편을 깊이 사랑했고, 남편이 31세 때 급성 췌장암으로 사망하자 비탄에 빠졌다. 그녀는 오랫동안 재혼하지 않았고 재혼할 수 있을 거란 생각조차 하지 않았다. 시간이 꽤 흐르고 나니, (이제는 고인이 된, 그녀가 많이 애도했던) 남편이 그녀를 그토록 사랑했었다는 사실이 새삼 놀랍게 느껴졌다.

다행히도 그녀는 만족스러운 일에 몰두할 수 있었다. 그녀의 가족은 뉴욕시와 뉴욕 북부, 메인, 플로리다, 그리고 세인트바츠에 터를 잡은 부유한 가문이었는데, 그녀는 집안이 설립한 재단에서 운영하는 자선사업 경영을 돕는 일을 했다. 클래런던 재단 일을 통해 그녀는 헨리 휠링을 만났다. 아니면 헨리 휠링이 그녀를 만났거나.

그녀는 '상속녀'였다. (19세기에나 쓰던, 독신녀를 암시하는 어색한 표현이다.) 그녀의 조부모는 아이도 없이 일찍 남편을 여읜 그녀를 딱하게 여겨 세상을 뜨기 전인데도 그녀에게 넉넉한 재산을 물려주었다. 그녀는 헨리 휠링이 돈 때문에 자신에게 관심을 보이는 것이라는 의심은 전혀 하지 않았다. 적어도, 오로지 돈 때문만은 아니라고 생각했다. 왜냐하면 그는 처음부터 그녀를 사랑하는 것 같았고, 그녀를 만난 것을 굉장히 기뻐하는 것 같았기 때문이다.

그녀를 보면 오드리 헵번이 생각난다고, 그는 말했다. '오드리'라는 이름 자체가 행운의 이름이었다.

남편의 세 번째 아내가 된 후 그녀는 뒤늦게 남편의 결혼에 명백한 패턴이 있다는 것을 알게 되었다. 결혼 생활의 악화, 여기에 더해지는 (더) 젊은 여인들과의 간통. 그 간통은 결혼으로 발전하고, 이 결혼 생활이 악화되면서 또 새로운 간통이 더해진다. 오드리가 확인한 바로 남편은 첫 번째 아내와 18년간, 두 번째 아내와는 11년간 결혼 생활을 유지했다. 그리고 부부간의 나이 차도 두 번째 결혼 때가 첫 번째보다 더 컸다. 그러나, 40대 중반에 결혼한 세 번째 아내는 전처들이 자신보다 젊었다는 사실을 인정해야 했다. 물론 그때는 헨리도 더 젊었기 때문이겠지만. 50대 중반이던 헨리 휠링은 동년배 여자들에게 흥미를 잃었고, 성적 매력을 풍기는 대상으로 여기지 않았다. 오드리는 그에게는 '젊은' 여자였고, 그녀의 섬세한 몸매와 밝은색 머리카락이 풍기는 아름다움은, 아니면 세월의 침식을 거치고 남은 아름다움은, 어느 정도는 그의 관심을 사로잡았다.

두통에 시달리면서 아내는 어둑한 침실에 아주 얌전히 누워 있었다. 바로 옆 거실에서 전화벨이 울렸다. 아내는 남편이 수화기에 대고 조용히 말하는 소리를 들었고, 얼마 후 남편은 아내에게 다가와 내려다보며, 연구소 동료 중 하나가 같이 저녁을 먹자고 전화했다고 설명했다. "하지만 난 안 갈 거야. 당신이 가지 않는 게 좋겠다고 하면. 이 방에서 당신과 룸서비스 식사를 해도 좋겠지."

아내는 솟구치는 욕지기를 느꼈다. 좁은 공간에 진동하는 음식 냄새는 견딜 수 없을 것 같았다. 그랬다간 화장실까지 갈 힘도 없어 침대 가장자리에 몸을 걸치고 무기력하게 바닥에 구토를 하고 말 것이었다.

아내는 주장했다. 아네요, 여기 있지 말고 나가서 저녁 먹고 와요.

"진심이야, 오드리?" 남편은 우울하게 그녀를 내려다보았다.

그녀는 이제 눈을 뜰 힘도 없어서 그를 관찰하지 못했다. 겨우 남편의 말에 대꾸만 할 뿐이었다. 그리고 잠시 후, 간신히 눈을 떠보니 그는 나가고 없었다. 침실에는 아무도 없었다.

그녀는 생각하고 싶지 않았다. 그는 지금 그 여자와 같이 있어. 이건 모두 계획된 거야. 내가 왜 그걸 몰랐을까? 난 장님인가?

그녀는 카프리의 가파른 언덕을 오른 기억이 없었다. 카프리에 갔던 기억 자체가 없었다. 그것은 다른 여자, 전처 중 하나였을 것이다.

이마에 스파이크가 박힌다. 눈 사이에.

그가 그녀의 두개골에 망치로 스파이크를 박고 있다.

말도 안 되는 소리 하지 마, 여보. 물론 당신을 사랑하지.

내 인생에 당신 말고 또 누가 있겠어?

그는 그녀를 보며 웃는다. 노골적인 웃음은 아니고 일종의 동정심을 담은 미소다.

그를 밀쳐내려고 해보았다. 욱신거림을 조금이라도 가라앉혀보려고 머리를 움켜잡았다.

그 어느 때보다도 심한 구역질이 올라왔다. 그녀는 순진한 생각이 들었다. 그냥 토해버리면 이 악몽이 끝날 거야. 독이 제거될 거야.

사과의 말을 남기고, 남편은 호텔을 나섰다. 헨리 휠링은 아내를 배려할 줄 아는 신사였다. 그녀는 그가 동료들과 함께 구시가지의 스페인 레스토랑에 있을 거라고 생각했다. 거기에 젊은 여성 직원도 그들과 함께 있을지 궁금했다. 연구원의 한 사람으로.

18년. 첫 번째 결혼. 11년. 두 번째 결혼.

얼마나 굴욕적일까. 세 번째 결혼이 그보다 몇 년 더 짧게, 불쑥 끝나버리면…….

아까 돌계단에서의 두려움이 떠올랐다. 남편의 조급함, 그녀의 신발 뒤축을 툭툭 차던 태도. 그녀의 (어리석고, 근거 없는) 공포에 대한 그의 비웃음. 결국에는 그가 그녀의 팔을 잡았다. 마치 아래로 곧장 던져버리고 싶은 걸 꾹 참고 있다는 듯…….

다른 경우도 있었다. 지난 몇 년간 평균 이상의 지성을 가진 아내가 볼 때, 남편이 더 이상 자신을 사랑하지 않는다고 자연스럽게 의심이 들 때가 자주 있었다. 6주 전에도 사건이 하나 있었는데…… 지금은 그 사건에 대해서는 생각하고 싶지 않았다.

그녀의 가족, 친척들, 친구들은 모두 헨리 휠링을 좋아하는 것 같았다. 헨리 휠링은 누구나 좋아하는 사람이었기 때문이다. 그럼에도 지인들은 오드리에게 혼전 합의서를 작성해놓는 게 좋을 거라고 제안했다.

그리고 사촌 하나도 조심스럽게 충고했다. 그 사람 배경을 확인해보는 게 좋을 거 같아, 오드리. 그냥 확실히 해두려면.

그녀는 그런 조언에 분개했다. 혼전 합의서 작성 같은 문제는 입에 올릴 엄두조차 나지 않았다. 헨리가 이를 모욕으로 받아들여 그녀와의 결혼을 원치 않을 거라는 두려움 때문이었다. 어차피 헨리 휠링도 고액 연봉을 받는 우수한 과학자이지 않은가. 그녀는 충동적으로 가족들 몇몇 그리고 오래전부터 전남편과 함께 알고 지내던 친구들 일부와도 등을 돌렸다. 헨리 휠링에 대해 잘 알지도 못하면서! 그는 교수였고 (신경생물학 전공), 연구자이자 컨설턴트였고, 지금은 나라 안에서도 명망 있는 연구 기관으로 꼽히는 연구소의 소장이었다. 그들은 그냥 질투가 나고 부러운 것이다. 그녀가 행복해지는 걸 원치 않는 것이다. 그녀는 그렇게 오랜 시간이 흐른 지금 재혼을 하고 다시 사랑을 받을 수 있다는 데 전율을 느꼈다. 마치 평생을 하반신 마비라고 오진을 받았다가 이제 다시 걸을 수 있단 말을 듣는 것 같은 기분이었다.

당신을 정말로 사랑해, 오드리.

정말 진심으로 사랑해.

이제 그녀는 궁금했다. 남편은 그녀를 죽이고 싶었던 걸까, 아니면…… 단순히 그녀가 죽기를 바라는 걸까?

둘 사이에는 심오한 차이가 있다고, 그녀는 생각했다. 생각하려 노력했다.

만일 후자라면, 지금 당장 위험한 것은 아니었다. 그러나 전자라면 그녀는 지금 위험하다.

그녀의 유언장에는 재산 대부분을 남편에게 상속한다고 되어 있었다. 남편의 유언장은 그보다는 약간 복잡했다. 헨리와 전처들 사이에 자녀가 있었고, 다른 가족들과 더불어 자녀에게도 재산을 분배했기 때문이었다. 오드리가 아는 한 그녀는 헨리의 유언장에 오르지도 못했다.

오드리는 언제나 부유한 편이어서 돈은 그녀에게 전혀 문제가 되지 않았다. 그러나 헨리 휠링은 학계에 처음 뛰어들었을 때도, 과학자로서 연구/협업 세계에서 자리를 잡을 때도 오로지 혼자 힘으로 일어서야 했던 만큼 돈 문제가 그렇게 간단한 것이 아니었고, 그녀는 그런 그를 잘 이해했다.

오드리는 자신이 보유한 재산이 총 얼마인지 막연히도 몰랐다. 대충 추측조차 할 수가 없었다. 수백만 달러 정도? 아니면 그 이상?

그녀는 헨리가 이 문제를 고민했었을지 궁금했다. 만일 헨리가 그녀의 재산이 어느 정도인지 안다면. 그녀보다 더 잘 안다면.

이런 먼 곳까지 헨리를 따라오다니, 얼마나 바보 같은 실수란 말인가! 그가 진심으로 그녀가 옆에 있는 걸 원하지 않았을 때, 그리고 자신의 감정을 은연중에 암시할 만큼 솔직하게 굴었을 때, 그녀는 그저 무시하려고만 했었다.

아직도 모르겠어, 여보? 내가 다른 사람과 사랑에 빠졌다는

걸? 그렇게 오랫동안 당신과 잠자리도 하지 않고, 쳐다보지도 않았다는 걸, 당신은 눈치조차 못 챘던 거야?

그녀는 다른 건 생각할 수 없었다. 온몸으로 번지는 통증을 느끼며, 조금이라도 움직이면 안 되는 액체 폭발물을 다루듯 베개에 머리를 가만히 누이고, 그녀는 이 적도 아래 낯선 나라에서 자신의 처지를 가늠하며 완전히 넋이 빠지고 말았다.

연구소에는 젊은 여성 과학자들이 꽤 있었다. 일부는 아주 젊은 박사 후 연구원들이었다. 헨리 휠링은 '여성과 소수자들'을 기꺼이 채용하는 연구소의 노력을 자랑스러워했다. 그 자신도 가능성 있는 후보자들의 면접에 직접 참여하기도 했다고 자주 이야기했다.

그는, 남편은 대단히 카리스마 넘치는 남자였다. 그녀는 그를 만나자마자, 한 시간도 지나기 전에 사랑에 빠졌다. 그때는 그게 굉장히 로맨틱한 것 같았지만, 지금은 그렇지 않았다.

그녀는 두 사람의 우아한 침실에서, 더구나 둘만의 침대에서, 구토하는 위험을 감수할 수 없었다. 그래서 떨리는 걸음으로 욕실로 향했고, 때맞춰 변기에 도착해 힘없이 구토를 했다. 숨이 턱 막히고 흐느낌이 치밀었다. 거인이 손으로 잡고 흔드는 것처럼 격렬한 구토가 그녀의 마른 몸을 마구 뒤흔들었다. 몇 초 만에 시큼한 액체가 그녀의 입안을 자극했다. 그녀는 변기 물을 내리고 또 내렸다. 몸이 뜨거웠고, 두통은 여전히 기승을 부렸다. 속에 남은 게 거의 없을 텐데도 또 한 번 발작적인 구토가 치밀었다. 그녀는 자신의 허영심 때문에 벌을 받고 있는 것이었다. 그렇지 않은가? 헨리 휠링 정도의 위상을 가진 남자가 그녀와 결혼하고 싶어 할 거라 상상하다니?

구역질이 나! 이것이 그녀가 받는 벌이었다.

평범한 구토였다면 속이 좀 가라앉았겠지만, 이 구토는 별로 도움이 안 되는 것 같았다. 그녀는 남편의 방수 세면 가방을 찾아 열고 약을 더듬어 찾았다. 눈에 눈물이 고여 앞이 거의 보이지 않는 상태에서 다이아목스가 든 작은 플라스틱 병을 찾았다. 힘겹게 병뚜껑을 열자 그 안에는 놀랍게도 노란 캡슐이 아니라 단단한 하얀색 알약이 들어 있었다.

순간 그녀는 이해할 수가 없었다. 그러다 잠시 후에, 헨리가 고산병 예방약을 다른 약과 바꿔치기했다는 것을 깨달았다.

하지만 왜 헨리가 그런 짓을 한단 말인가? 그런 잔인하고, 이중적인 짓을…….

남편의 가방 속 다른 플라스틱 병에서 노란색 캡슐도 찾았다. 처방전 없이 살 수 있는 '루테인' 비타민이었다.

남편은 내가 아프기를 원해. 죽도록 아프기를…….

내가 죽는 걸 원해.

그녀는 몸이 굳었다. 믿을 수가 없었다. 약을 줄 때 실수했던 거겠지. 몸의 통증 때문에 또렷하게 생각할 수가 없었다.

물과 함께, 그녀는 진짜 다이아목스 알약 한 알을 삼켰다. 그러고 나서 한 알을 더 삼켰다.

절망적인 심정으로 그녀는 자신의 세면 가방에서 10밀리그램 앰비엔 수면제 두 알을 꺼내 먹었다. 잠을 자야 해! 의식이 깬 상태로는 더 이상 견딜 수 없었다.

그녀는 비틀비틀 침대로 돌아와 괴로운 악몽 같은 잠에 빠졌고, 다음 날 늦은 아침까지 잠에서 깨지 않았다. 그녀 위로, 마치 무덤이 열린 것처럼, 저 멀리 위쪽에서 밝은 빛을 등지고 선 형체로부터 염려에 잠긴 남자 목소리가 아련하게 들려왔다. 오드리? 여보? 제발 눈 좀 떠봐. 이거 진짜 걱정되는데.

2. 갈라파고스

"여기에서는 동물들을 돕지 않습니다."

무미건조하고 직설적인 성명이었다. 잔인하거나 도발적인 말이 아니라 사실이 그렇다는 것이었다. 도움이라는 단어는 아내가 사는 인간적/사회적 세상에서는 참으로 다정한 말이어서, 같은 단어가 경멸의 의미를 담아 사용될 수 있다는 데에 그녀는 놀랐다.

열여섯 명의 승객이 파도에 뒤흔들리는 소형 보트에 타고 있었다. 사람들은 밝은 오렌지색 구명조끼를 입었고, 대부분은 반바지에 하이킹용 샌들 차림이었다. 그들은 가이드를 바라보고 있었다. 국립공원 유니폼을 입은 에콰도르인 가이드 에두아르도는 등이 꼿꼿했고, 50대쯤 되어 보이는 짙은 피부색의 인도 혈통 남자였다. 그는 보트 바로 몇 미터 옆, 가시덤불 안에 갇힌 펠리컨의 뼈 무더기를 가리켰다. 이국적인 새의 날개는 끔찍하게 몸부림을 쳤는지 활짝 펼쳐져 있었고 특징적으로 휘어진 부리는 절박하게 비명을 지르는 것처럼 벌어져 있었다. **살려줘! 살려줘!**

불운한 펠리컨은 아마도 새끼였을 것이고, 비행에 익숙지 않아서 덤불 안으로 떨어져 벗어나지 못했을 것이라고 가이드는 설명했다. 펠리컨은 "허우적대고 또 허우적대다" 점점 힘이 빠지고 결국 포기했을 거라고.

승객 중 일부는 사진을 찍었다. 보트에 탄 아이들은 침울한 눈으로 바라보았다. 아직 살아 있는 펠리컨도 못 봤는데 펠리컨 시체부터 만나다니!

영국식 억양이 가볍게 섞인 말투로 가이드는 설명을 이어갔다. 이전에 항의성 질책을 자주 들었는지 대수롭지 않은 태도였다.

"이곳 갈라파고스에서 우리의 역할은 '도와주는 것'이 아닙니다. 동물들에게 간섭하지 않는 거죠. 우리는 절대 동물을 건드리지 않고, 먹이를 주거나 보호하지도 않습니다. 우리는 여기 동물들이 인간이 전혀 없었을 때 살았던 것처럼 자연스럽게 살아가도록 해줍니다. 그게 이 국립공원의 역할입니다."

소형 보트가 천천히 펠리컨의 잔해 옆을 지나쳤다. 남편은 카메라를 들여다보며 눈살을 찌푸렸다. 아내는 몸을 떨었고 미라가 된 새에게서 시선을 돌렸다.

그녀는 생각했다. 그렇지만 에두아르도가 도와달라고 할 때 누구든 그를 도와주었다면 그는 굉장히 고마워할 거야. 우리 모두 다, 간절하게 고마워할 거야.

갈라파고스에 도착한 이후 자연 그대로의 서식지에서 지내는 동물이나 식물 종들을 방해해서는 안 된다고 끊임없이 주의를 들었다. 훼방을 놓거나 돕는 행위 모두 다 금지였다. 여기 직원들은 어쩌면 그렇게 자비라는 개념에 적대적인지! 전날 저녁, 섬에서의 첫날을 준비하는 크루즈 관광객들을 위한 사전 교육에서, 그들은 갈라파고스의 역사에 대한 강의를 듣고 PBS 다큐멘터리를 시청했다. 다큐멘터리 내용 중에는 갈라파고스의 생물들이 평균적으로 4년에서 7년에 한 번 발생하는 대규모 기근을 겪는다는 얘기가 나왔다.

이때 많게는 동물의 60퍼센트가 죽는다고 한다. 그러나 살아남은 40퍼센트는 더 '강화'된다. 이것이 **자연선택에 의한 적자생존**이라는 다윈의 원리였다.

왜 이런 일이 일어나는지는 누구도 몰랐다. 일반적으로 태평양의 이 지역에는 영양분 많은 물이 풍부하게 샘솟지만, 정확히 가늠할 수 없는 주기에 따라 대규모 기근과 죽음이 일어난다.

떼죽음에, 그리고 썩어가는 바다사자, 물개, 거북, 바닷새, 이구아나, 온갖 종류의 도마뱀 사체가 흩어져 있는 바위 해안에 익숙한 사람들에게는 자연스러운 일이겠지. 아내는 생각했다. 물론 그녀도 그 정도 규모로 벌어지는 일을 막으려고 애쓰는 게 부질없다는 걸 잘 알고 있었다. 동물들이 살아남도록 돕고 싶어도 그럴 수가 없는 것이다. 그러나 인간은 아프리카를 포함해 황폐해지는 지역의 기근에 맞서고 대적한다. 설령 '자연선택'의 관점에서 따지더라도 우리는 동료 인간들을 포기하지 않는다.

"이렇게 많은 죽음을 보는 게 굉장히 괴로워요." 크루즈의 라운지에서 아내는 주저하며 말했다. 종종 그녀는 객관적 사실을 말한다고 생각하는데도, 남편은 투덜대거나 불평하는 것으로 받아들이곤 했다.

"흠, 글쎄, 죽음은 그야말로 어디에나 있어. 생명체는 모두 태어나면 죽어야 하잖아. 자명한 사실 아냐?"

그래요! 물론이죠.

키토에서 끔찍한 고산병을 겪은 후로 남편은 아내에게 친절하게 대했다. 그녀가 과야킬 공항에서 어지럼증을 느껴 느릿느릿 걸을 때도 성질을 부리지 않았다. 그들은 작은 비행기를 타고 에콰도르 해안에서 약 1,100킬로미터 떨어진 갈라파고스제도 내 발트라섬까지 날아갔다. 그는 그녀의 가방도 들어주었고, 재촉도 하지 않았다.

고산병은 키토를 떠나자마자 기적처럼 사라졌다. 해안 도시인 과야킬은 해발고도가 0이었다. 일단 과야킬에 도착하자

아내는 다시금 편히 호흡할 수 있게 되었고, 맹렬하던 두통도 잦아들었다.

키토에서 보냈던 비참한 시간들이 기억 속에서 희미해지기 시작했다. 남편은 키토에서 이틀간 머무는 일정을 짰었다. 그곳에서 그는 가보고 싶은 곳이 많았다. 시내에서 차를 타고 두 시간 정도 나가면 있는 열대우림이나 지역 사원과 시장도 여정에 포함되었다. 그런 곳들을 그는 동료들과 함께 다녔다(아내는 그렇게 추측했다). 아내는 너무 아파서 함께 갈 수 없었고, 통증과 메스꺼움 때문에 거의 탈진 상태가 되어 차양을 드리운 호텔 방에 누워 있어야 했다. 사실상 아무것도 먹을 수가 없어서 몸무게가 5킬로그램은 빠졌을 것 같았다. 그러나 고산병은 사라졌고, 이제는 잊어도 좋을 것이다.

오해야. 내 실수였어.

그는 내가 따라오는 걸 원치 않았는데, 내가 고집을 부려서…….

이제 그들은 갈라파고스 국립공원에 있었다. 바다 위 고급 호텔로 불리는 100인승 크루즈선 플로레아나호는 햇빛 아래 눈부신 흰색을 자랑하며 적도 아래 섬들 사이를 한가롭게 떠다니고 있었다. 이 거대한 배는 파도에도, 그 무엇에도 흔들리지 않을 만큼 거대했다. 아내는 뱃멀미 약을 미리 챙겨 먹었고, 지금까지는 아프지 않았다. 마음이 놓인다! 사실 아내는 키토를 벗어났다는 생각만으로도 이내 기분이 좋아졌다.

"다시는 안 가! 2,800미터 고도에는 다시는 안 갈 거야."

나쁜 건 2,800미터였던 거다. 그게 그녀를 아프게 했던 거다.

2,800미터 고도에서 있었던 일은 거의 대부분 자기 잘못이었다고 그녀는 생각했다. 고산병을 너무 쉽게 생각했고, 그저 숨이 좀 가쁘거나 현기증이 나거나 속이 조금 메슥거리는 정도이지 심각하지는 않을 거라 예상했었다. 헨리가 경고했지만—경고하려고 노력했지만—그녀는 이해하지 못했다. 그녀는 그저 남편과 함께 에콰도르로의 로맨틱한 여행을 간절히 오고 싶었을 뿐이다.

우리 둘만 있으면, 두 번째 신혼여행 같을 거야.

다른 여자 같은 건 없겠지…….

환하고 뜨거운 적도의 햇빛을 받으며, 아내는 새로운 열정을 느끼기 시작했다. 체력도 거의 돌아왔다. 결혼 생활에 대한 희망도. 뉴저지 집에 돌아가면 겨울이고 굉장히 추울 것이다. 그녀는 살아남기로 결심했다!

플로레아나호에서는 이틀에 한 번 소규모로 승객들을 보트에 태워 섬으로 나갔다. 여름 캠프에서처럼 승객들을 조별로 나눠 부비새, 돌고래, 가마우지, 펭귄, 군함새, 앨버트로스 같은 이름을 붙여주었다. 승객들 대부분은 미국인이었고, 백인이었다. 휠링이 속한 조(앨버트로스)에는 의사, 치과 의사, 대학교수(지질학, 심리학), 고등학교 교장인 아내와 사업가 남편, 눈썹이 진한 아이들이 포함되어 있었다. 모두들 섬에

서의 하이킹을 위해 하이킹용 신발, 챙 넓은 모자와 의복을
갖추고 있었다. 가끔은 보트에서 바위 많은 해안에 내리기도
하고, 어떨 땐 섬에 가까이 가지 못해 물에 내리기도 했는데,
이럴 땐 고무로 된 하이킹 샌들이 필요했다. 가이드와 배를
모는 젊은 현지인 조수가 승객들이 겁먹지 않고 배에서 안전
하게 내릴 수 있도록 능숙한 손길로 하선을 도왔다. 아내는
그런 도움이 고마웠지만 남편은 짜증을 내며 도움은 필요 없
다는 뜻을 분명히 했다. "그라시아스! 하지만 난 아무 문제
없이 혼자 잘 내릴 수 있어요."

아무튼, 크루즈의 금속 계단을 타고 내려가 바다에 빠지지
않고 물결을 따라 출렁이는 소형 보트에 올라타는 것은 일종
의 곡예였다.

탄탄하게 근육이 발달된 다리와 늘씬하고 유연한 몸을 가
진 남편은 스스로를 늙은이로 여기지 않는다는 걸 아내는 알
고 있었다. 그러나 그의 머리카락은 백발이었고, 잘생긴 얼굴
에는 고운 잔주름이 잡혀 있었다. 보트에 탄 다른 사람들의
눈에 그는 분명히 늙은 사람으로 보였으리라.

아내는 갈라파고스를 즐기기로 마음먹었다. 어차피 저만
치 앞서 걸으며 대부분의 시간을 가이드와 대화하는 남편과
보조를 맞출 수는 없을 것이었다.

그들이 방문한 첫 번째 섬은 1,000년쯤 전에 녹은 용암으로
형성된 섬이었다. 사실상 서식하는 식물은 없고, 원시적인 동

물 몇 종만 살고 있다. 화산섬 여기저기에 길게 갈라진 열극과 갖가지 모양의 지형이 마치 메두사의 거대한 머리 같은 놀라운 풍경을 자아냈다. 그리고 용암이 식어 굳으면서 만들어진 많은 머리 가닥처럼 생긴 지형 사이로 수백—아니, 수천?—마리의 바다이구아나들이 보일락 말락 하게 붙어 있었다.

이구아나는 색깔과 질감이 화산암과 매우 비슷해서, 사실상 바위와 구분이 되지 않았다. 바실리스크*가 환생한 것 같은, 원시적이고 추한 생명체. 그럼에도 그들은 감각에 의존해 겨우겨우 살아가고 있다. 아내는 이구아나를 관찰하며 몸서리를 쳤다. 저렇게나 많아! 저렇게 추해! 이구아나들은 바위 위에서 서로의 몸을 덥혀주고 있는 것 같았고, 그 위로 작은 도마뱀과 게들이 종종걸음 치며 무심히 밟고 다녔다.

짝짓기 철이 시작되고 있다고 에두아르도가 설명했다. 그래서 (수컷) 이구아나 몇 마리가 용처럼 생긴 머리를 흔들며 구애를 위한 소리를 내는 것이라고 했다. (그보다 작은 암컷) 이구아나들은 이를 잘 알아채지 못하는 것 같았다. (에두아르도의 청중들은 재미있어하며 웃었다.) "암컷들은 짝을 선택하는 권리를 행사할 수 있습니다. 하지만 아예 선택하지 않을 수는 없어요."

선택. 하지만 피할 수 없는 선택.

---

* 쳐다보는 것만으로 사람을 죽일 수 있다는 전설상의 괴물.

아내도 다른 사람들처럼 의무적으로 아이폰을 들어 사진을 찍었다. 어차피 대부분은 나중에 지울 것들이었다. 이구아나들이 다 비슷비슷하게 생겼기 때문이다. 그리고 이구아나들의 언덕에는 이구아나가 너무 많다.

돌로 된 거대한 내장을 닮은, 코일처럼 구불구불 꼬인 화산암 위를 걸으려면 발목을 접질리지 않도록 조심해야 했다. 그리고 이구아나를 밟지 않기 위해 주의를 기울여야 했다.

이상할 정도로 밝은 태양이 드러나자 아내의 눈이 욱신거렸다. 태양이 구름 사이로 숨었을 때는 공기가 축축하고 서늘했는데. 여긴 어디일까? 아무도 오라는 사람이 없었는데, 그녀는 왜 여기에 있는 걸까?

큰 거미 모양의 삶은 게 색깔을 띤 게들이, 용암 지형 위로 무시무시하게 종종걸음을 치며, 무덤덤한 이구아나의 등을 밟고 꾸준히 이동하고 있었다. 어딘가 역겨운 장면이었다.

이때쯤에 남편은 젊은 하이커들과 함께 섬의 정상에 올랐다. 이들은 앨버트로스 멤버들 가운데에서도 '모험가'들로 꼽혔고, 체력과 민첩함에 있어서 다른 사람들과 확연히 구분되었다.

아내는 눈을 가늘게 뜨고 멀리 떨어져 있는 남편을 지켜보았다. 그와 다른 하이커들은 가이드가 소리쳐 불러도 닿지 않을 곳에 있었다.

만일 그가 넘어지면? 만일…… 무슨 일이 생기면?

"여기요. 잘 보세요."

방문자들은 당연히 동물에게 접근해서는 안 되었다. 그러나 인간에 대한 이구아나의 무관심을 보여주기 위해, 에두아르도는 거대한 수컷 하나의 뒤에 쭈그리고 앉아 아주 부드럽게 꼬리를 땅에서 들어 올렸다. 이구아나는 그를 보거나 냄새를 맡지 못하는 것 같았고, 꼬리를 원래 위치로 돌려놓지도 않았다. 냉혹한 눈은 앞을 보지 못하는 것처럼 조금도 깜박이지 않았고, 아무것도 알아보지 못했다.

"이 동물들은 우리에게 '길이 든 것'처럼 보이지만, 그건 오해입니다. 얘들은 '길이 든 게' 아니에요. 인간을 포식자로 인식하는 유전적 기억이 없을 뿐이에요."

누군가가, 그래도 인간이 이 섬에 정착한다면 이구아나들은 본능적으로 인간을 두려워하기 시작하지 않겠느냐고 물었다. 에두아르도가 대답했다. "궁극적으로는 그렇죠. 하지만 아주 오래는 아니에요. 그때쯤엔 이구아나들이 호모사피엔스 침입자들보다 더 오래 살아남아 있을 테니까요."

아내에겐 참으로 흥미로운 이야기였다! 포식자에 대한 '유전적 기억'이 치명적으로 결핍된 상태로 태어나는 인간도 있을까. 그런 인간은 후손을 남기는 데 실패한 채로 세상을 떠나지 않을까.

에두아르도는 갈라파고스의 동물들이 본능적으로 두려워하는 유일한 포식자는 매라고 덧붙였다. 매는 매섭게 하강해

동물들의 새끼를 잡아먹는다.

아내는 무시무시한 PBS 다큐멘터리를 떠올렸다. 아기 거북이들이 갈라파고스와 비슷한 어느 곳에서 알을 깨고 나와, 그 짧고 뻣뻣한 다리로 바다로 가려고 기를 쓰며 노력하는 모습과, 포식자 새들이 그들을 향해 달려드는 장면이었다. 얼마나 잔인했던지 사디즘 성향을 지닌 어린 소년들이 고안해 낸 잔혹한 게임 같았다. 그녀는 도저히 더 볼 수가 없었다.

적자생존이란 것은, 뭔가 어처구니없는 개념이었다. 아마 그것은 개별적 개체가 아닌 어마어마하게 많은 수의 생물에 대한 경험 법칙일 것이다. 생존력 강한 사람이라도 불타는 건물에서 탈출할 때는 허둥대는 수많은 사람들 뒤에 갇혀버릴 수도 있다. 생존에 적합한 사람이라도 치명적인 병에 걸렸을 때 돈이 없고 의료보험에도 들지 않아서 치료를 받을 수 없게 될 수도 있다. 그리고 물론, 다른 사람의 부주의 때문에 순전히 사고로 죽을 수도 있다.

그러나 비명횡사를 한다면 그건 결국 생존에 적합하지 않다는 얘기다. 역사는 그런 사람을 눈곱만큼도 신경 쓰지 않는다. 역사에 기록하지도 않는다.

그들은 그들끼리 탐험을 하러 떠났다. 정해진 길에서 벗어나지 말라고 주의를 주었는데도 귓등으로도 듣지 않았다. 그들 중에서도 남편은 가장 에너지 넘치는 이들과 함께 앞장서서 성큼성큼 걸으며, 자기 나이의 절반인 사람처럼 바위를 오르고 있었다.

참 원기 왕성한 사람이다! 그는 치명적인 고산병에도 덜미를 잡히지 않았다. 그 고산병에 아내는 빈혈증 환자처럼 무너져버렸는데.

아내는 외로움을 느끼지 않으려고 했다. 그녀는 혼자 남아 생각에 잠기는 걸 싫어했다. 그런 생각들은 탐욕스러운 피라냐 떼처럼 그녀를 공격했다. 그녀는 남편의 새 여자를 생각하지 않으려고 노력했다. 새 여자이든 얼마간 만나왔던 여자이든, 분명히 젊고 아름답겠지만, 아내는 모르는 여자일 것이다. 아마 지적인 여자겠지. 아름답고, 젊고, 똑똑하겠지.

만일 헨리의 젊은 새 여자가 지금 그들과 함께 갈라파고스를 여행 중이라면, 아내와 절대 마주치지 않도록 헨리가 신중하게 손을 써놓았을 것이다. 그 여자가 플로레아나에서 그들의 테이블에 가까이 오지 않도록, 함께 소형 보트에 타지 않도록 했을 것이다.

이 원시적이고 황량한 섬! 작은 생명체들이 무성하게 번식하고 있어도, 이 섬은 굉장히 우울한 곳이었다. 절로 자살 생각이 드는 곳······. 하긴 이런 곳에서는 자살도 필요 없지 않나?

아내는 웃었다. 아내는 선글라스의 검은 렌즈 뒤로 눈물을 닦아냈다.

시간이 꽤 흐른 것 같았지만 실은 한 시간도 되지 않았을 즈음에, 에두아르도가 보트로 돌아오라고 사람들을 불렀다.

아내는 마음이 놓였다! 아내는 꼬마 아이들과 함께 제일 먼저 배에 올랐다. 남편은 가장 마지막에 배에 오른 사람들 중 하나였다.

그는 내가 보트에 있는지도 몰라. 그는 눈치채지도 못했어.

이것은 물론 불공평한 생각이다. 헨리는 그녀를 보았다. 심지어 그녀에게 미소도 지어 보였다. 낯선 사람에게 짓는 정중한 미소를. 그러나 그는 보트 안 좌석을 채워 앉을 때에도 굳이 그녀 옆에 와서 앉지는 않았다.

에두아르도가 화산섬에 대해 한 이야기 중 한 마디가 아내에게 강렬한 인상을 남겼다. 이곳에서 살아남기가 무척이나 고된 일이라서 평균적으로 볼 때 2만 6,000년에 겨우 한 종 정도가 종으로서 수립되고 생존할 수 있다는 것이다.

"그럼 희망이 없네요!" 그룹의 한 명이 재치 있게 대꾸했다. "그 정도면 포기하는 게 낫겠는데요."

앨버트로스 멤버들이 모두 웃었다. 하얀 피부를 가진 부유한 미국인들. 그들은 자기들이 지금까지 엄청난 역경을 딛고 훌륭하게 잘 살아남았다는 데 안심하고 있었다.

크루즈로 돌아가는 길에 두 번째 섬에 들렀다. 첫 번째 화산섬보다는 좀 더 크고 서식 종도 더 많았다. 이곳에는 인간의 영혼을 전율하게 하는 야만적이고 멍청한 파충류는 별로 없고, 좀 더 익숙한 동물들이 많았다. 펭귄, 펠리컨, 발이 파란 부비새, 군함새와 가마우지……. 더 이상은 날개로 자기 몸을 들어 올려 하늘을 날지 못하는 새들.

바닷새들이 이렇게나 많다니! 갑자기, 이렇게 아름다운 것들이.

모두들 펭귄의 사진을 찍으려고 열심이었다. 사람의 눈에 비치는 펭귄은 묘하게 사람을 닮아 있었고, 사람들은 그것에 끌리는 것이었다.

그렇게 기이하게 '길이 든' 새들과 함께 몇 분을 보낸 후, 에두아르도는 앨버트로스 팀을 이끌고 바위투성이 길을 따라 바다사자들이 사는 만으로 향했다. 이곳에는 매끄럽게 반짝거리는 수많은 생명체들이 긴 수염을 달고 커다랗고 축축한 검은 눈을 끔벅거리며 기이한 동작을 하고 있었다. 바다사자들은 시끄럽게 울며 신음하고 있었다. 거친 모래 위에서 탈진한 듯 완전히 퍼져 누워 있는 놈들이 몇몇 있었지만, 대다수의 바다사자들은 이상야릇한 동작들을 꾸준히 하고 있었다. 관광객들을 위해 연기를 하는 것 같다. 아니면 새끼들에게 접근하는 인간 방문객들에게 경고를 하는 것일까.

종들 사이에는 일종의 미묘한 관계가 있었다. 바다사자, 인간. 아내는 그렇게 생각했다. 다른 곳에서처럼 바다사자에게 먹을 것을 주는 인간은 없지만, 그럼에도 이곳의 바다사자들은 아주 '친근해' 보였다. 누구라도 그런 인상을 받게 될 것이다.

"포유류는 성격이 있죠. 파충류는 성격이 없고요. 맞나요?" 아내는 지적인 질문을 던져 자신의 생각을 시험해보았다. 여기에 가이드는 정중히 대답했다.

"모든 동물은 '성격'이 있습니다. 그들은 서로 구분하고, 서로를 인식할 수 있어요. 그 방식을 우리가 항상 이해하는 건 아니고요."

조금 전에 남편은 젊은 시절의 찰스 다윈이 비글호를 타고 1835년 처음으로 이곳에 방문했던 이야기를 가이드에게 들려주며 대화를 나누었다. 가이드는 남편을 다윈과 갈라파고스, 진화론에 대해 해박한 지식을 가진 사람으로 보는 것 같았고, 그래서 헨리에게는 특별히 존경심을 보였다. 그러나 지금 남편은 카메라를 들고 길을 벗어나 있었다.

에두아르도는 체격이 탄탄하고 잘생긴 남자였고, 키는 아내와 비슷하게 170센티미터 정도 되어 보였다. 민머리에 성긴 콧수염을 달고 있었고, 태도는 단호하고 차분했다. 인도 혈통뿐 아니라 히스패닉, 독일, 그리고 노르웨이 핏줄도 섞여 있었다. 플로레아나호에 배정된 갈라파고스 공원의 가이드 여섯 명 가운데 에두아르도가 팀장인 것 같았다.

아내는 남편이 너무 힘든 경로를 타고 올라가는 것이 걱정스러웠다. 그는 젊은 남자 두 명과 함께 걷고 있었다. 아마도 과시욕이겠지. 가이드 근처에서 맴돌고 있는 사람들은 몸이 부실하거나 모험심이 부족한 남자들, 그리고 대부분은 여자와 아이들이었다.

남편의 새 여자가 여기에 그와 함께 와 있다면, 그 여자는 어떻게 행동할까? 그 여자가 남편을 따라 바윗길을 누비고 다닐 건강한 하이커라는 건 분명했다.

그 여자가 육체적으로도 기술이 좋을 거라는 것도 의심이 들지 않았다. 아내는 그렇지가 못했다. 성적으로 대범하지도, 모험심이 강하지도…….

"너무 가까워요! 뒤로 물러나세요."

아이 하나가 새끼를 데리고 있는 바다사자에게 너무 가까이 다가가자 가이드가 냉큼 제지했다. 혼이 난 소년은 재빨리 엄마 옆으로 돌아갔다.

아내는 다정한 눈빛으로 엄마와 아들을 바라보았다. 가이드에게 야단을 맞았다는 생각이 들지 않도록 아들을 달래는 엄마의 모습을. 섬세하고 좋은 엄마였다.

아이가 있었다면 자신은 어떤 엄마였을지 아내는 궁금했다. 그것은 뭔가 잘못되고 '부자연스러운' 생각 같았다. 그녀는 아이를 가질 시간도 없이 남편을 잃었었다.

그리고 재혼은 너무 늦었다. 그녀는 성인이 된 후의 인생 대부분을 애도로 보냈다. 때 이른 죽음은 자연에서 흔한 일이 아니라고 항변하듯이! 아무튼 이는 갈라파고스의 교훈이 아니던가.

그녀는 젊어서 세상을 뜬 남편이 그녀의 재혼을 바랐을 것이라고 항상 믿고 있었다. 그 사람만큼 다른 사람을 사랑할 수는 없겠지만. 그럼에도 그녀는 삶의 여러 감정들로부터 거리를 유지했다. 일에 파묻혀, 가족의 책임이라는 울타리 안에 숨었다. 포식자의 부재 속에 점점 방어 본능을 잃어가는 동물처럼, 그녀는 노련한 포식자가 쉽게 접근할 수 있는 상태가 되었다.

그녀의 가족은 헨리 휠링을 그렇게 생각했다. 포식자. 그리고 그녀는, 의심도 할 줄 모르는 상속녀이자 먹잇감이라고.

하지만 난 그이를 사랑해. 이건 나도 바꿀 수 없는 사실이야.

아내는 곁눈질로 남편을 찾았다. 어디 있을까? 그는 저 멀리 바위 언덕 꼭대기까지 올라가서 이제는 거의 보이지도 않았다.

바람이 많이 불고 햇빛이 눈부신 날이었다. 기쁨이 가득한 날……. 아내는 키토에서처럼 지끈거리는 그녀의 머릿속에 갇혀 있지 않아도 되어서 무척이나 행복했다.

키토에서 남편은 아내에게 무척 따뜻하게 대했다. 과야킬로 일찍 출발할 수 있도록 비행기 티켓을 바꾸지는 못했지만 (그가 그렇게 설명했다), 아픈 아내를 보살피고, 숙면을 돕는 약을 챙겨주고, 탈수를 막기 위해 생수를 가져다주었다.

근처에서 바다사자들이 영화에 나오는 동물들처럼 잠을 자고 노래를 하고 장난을 치고 잠수를 하고 신이 나서 돌아다니는 동안, 가이드는 원형으로 둘러앉아 자신에게 집중하는 청중을 상대로 강연을 계속하고 있었다. 강연 주제는 갈라파고스 국립공원이 왜 통제를 해야 하는가였다. 통제란 결국 '제거'였다. 섬에 '유입된' 종들이 새끼를 너무 많이 낳고 먹이사슬 체계를 흐트러뜨려서 기존 서식 종들이 멸종 위기에 처하게 되었다고 했다. 그래서 이 유입된 종들을 제거해야 한다는 것이었다. 17세기 초에 선원들이 염소, 고양이, 쥐들을 갈라파고스에 데려왔고, 이들은 천적이 없는 섬에서 왕성하게 번식했다. 그 결과 바다거북, 코끼리거북, 그리고 수많은 조류 종들이 거의 멸종 상태에 이르렀다.

10년이 조금 넘는 기간 동안 갈라파고스 공원 관리인들은 '불필요한' 종들을 거의 전부 도살했다. 사냥꾼을 대거 투입하고, 신중하게 독극물을 살포해 어마어마한 수의 염소, 고양이, 쥐를 완전히 죽여버렸다. 일례로 이때 사라진 염소들이 약 50만 마리 정도였고, 들인 비용은…… 5,000만 달러였던가?

에두아르도는 이 제거 팀이 프로젝트를 위해 고안한 '유다 염소' 방식을 특히 열정적으로 설명했다. 염소를 한 마리 선택해 노란 십자가 표시를 하고 야생에 '방목'한다. 이 '유다 염소'는 동족과 함께하고픈 마음에 자기도 모르게 사냥꾼들을 이끌고 언덕을 헤매다가 학살을 피해 달아나 숨은 염소들을 찾아낸다는 것이다. "유다 염소가 소기의 목적을 달성하면, 이 염소들도 죽입니다."

잠시 침묵이 흘렀다. 평소에는 관심과 흥미를 가지고 가이드의 설명을 듣던 아이들도 이쯤부터는 딴 데 정신을 팔고 있었다. 염소나 다른 동물들을 학살하는 얘기가 듣고 싶지 않은 것이다.

아내는 동물들을 '돕지' 않는 것이 그들의 정책 아니었냐고 지적했다. "동물들에게 먹이를 줘서도 안 되고 보호해서도 안 된다면서요. 그렇게 말씀하지 않으셨나요?"

"네. 하지만 이 경우는 동물들을 직접 '돕는' 게 아닙니다. 환경을 원래 상태로 복원하는 것이죠. 인간이 그런 종들을 유입시켜 환경에 간섭을 하기 전의 상태로요."

"그럼 예를 들어서 염소들에게 불임수술을 할 수도 있지 않았나요? 아니면 어디 다른 곳으로 옮기든가요."

"이 프로젝트는 아주 신중하게 기획되어 몇 년 동안 진행된 겁니다. 불임수술은 현실적인 방안이 아니었어요. 그리고 염소를 다른 서식지로 옮기려면 6,000만 달러 이상의 비용이 듭니다."

이 답은 미리 연습한 티가 났다. 아내는 에두아르도가 그런 질문을 받는 데 익숙하고, 어떻게 대답할지도 정확히 알고 있다고 생각했다.

그러나 가이드는 아무리 자연 그대로의 환경을 유지하기 위한 것이라 해도, 동물 학살 이야기를 듣는 관광객들의 마음이 썩 편치는 않다는 것을 감지했다.

"아시겠지만, 이곳의 기존 서식 종들은 경쟁을 할 수가 없어요. 유입 종들은 천연의 천적이 없었고, 그래서 섬에서 과다 번식을 했던 겁니다."

"하지만 이해가 안 가요. '유입된' 종들은 '원래 있던' 종들보다 가치가 없는 건가요? 어차피 모든 종들이 다 처음에는 '유입된' 종 아닌가요?"

가이드는 미리 준비해 온 대사를 읊듯이 뻣뻣하게 말했다. "갈라파고스 공원은 인간이 도착하기 전 상태로 이 지역의 종들을 자연스럽게 보존할 의무가 있습니다."

"하지만 인간도 동물이잖아요! 인간이 섬에 새로운 종을 유입시켰으면 그것도 진화 과정의 일부 아닌가요? 새가 밖에서 씨앗을 물어 오는 것도 그렇고, 동물들이……."

가이드는 정중하게 말했다. "물론입니다, 세뇨라. 그 말씀이 옳습니다. 하지만 인간은 이 섬에 자연스러운 존재가 아닙니다."

세뇨라. 아내는 이 말에 모욕감을 느꼈다. 미묘하면서도 대단히 강력한 모욕이다.

다른 이들 중에도 분명히 아내의 주장에 공감하는 사람이 있었지만, 나서서 그녀를 지원하지는 않았다. 아무튼 그런 감상적인 주장에는 희망이 없었다는 걸 아내도 잘 알고 있었다. 남편 같은 과학자들은 누구라도 갈라파고스 공원 편에 설 것이다. 이곳의 환경이 얼마나 취약한지, 바깥세상으로부터의 침입에 맞서 어떻게 환경을 유지시켜야 하는지, 그런 본질을 이해하지 못하겠으면 갈라파고스에 오면 안 되는 것이다.

"흠…… 고마워요! 이제는 조금 더 잘 이해가 가요. 시간이 멈추지 않으면 갈라파고스는 아예 존재조차 못 하는 거군요."

잠시 후 떠날 시간이 되었다. 다른 보트가 도착할 때가 된 것이었다. 갈라파고스는 시계태엽 장치처럼 정렬되어 있었다. 직원들은 일사불란했고, 정확한 일정을 지키는 것을 대단히 중요하게 여겼다.

배 안에서 아내가 막 자리를 잡고 앉으려는데 멀지 않은 곳에서 고함 소리가 들렸다. 용감하게 험한 길을 따라 꼭대기까지 하이킹을 갔던 사람들이 돌아오고 있었는데, 그중 하나가 낙상을 한 것 같았다. 아내는 경악했다. 낙상을 한 사람이 남편이었기 때문이다.

순간 아내는 생각했다. **안 돼요! 오, 하느님 제발……. 그이를 다치게 하지 마세요.**

절망적인 심정으로 그녀는 헨리를 도우러 달려갔다. 그녀의 남편이 부상을 당했을 수도 있는데, 그 곁에 그녀가 없다는 게 공포로 다가왔다. 다른 사람들이 그를 부축해 일으키는 그 순간에, 아내가 그에게 다가갔다. "헨리! 오, 헨리……."

소년처럼 발이 빠른 에두아르도가 그녀보다 먼저 부상자에게 다가갔다. "일어설 수 있습니까, 세뇨르? 발목을 삔 건가요? 저한테 기대세요." 가이드는 우아하고 침착했다. 자신이 이끄는 앨버트로스 팀원 중 하나가 낙상을 해서 많이 놀랐겠지만, 그렇다 해도 그런 놀라움을 감추는 법을 잘 아는 사람이었다.

남편은 머쓱한 미소를 짓고 있었다. 부자연스럽고, 극도로 놀라고 당황해서 일그러진 미소였다.

아내와 에두아르도가 함께 헨리를 일으켜 세웠다. 그는 오른쪽 발목을 삐었거나 어디에 다리를 심하게 부딪친 것 같았다. 그는 균형을 잡지 못하고 숨을 헐떡였고, 순간적으로 체중이 오른쪽 다리에 실리면 매우 불편해했다. 그때 젊은 조수가 지팡이를 들고 달려왔다. 남편은 별수 없이 고마움을 표하며 지팡이를 받아 들 수밖에 없었다.

아내는 재빨리 팔을 남편의 허리에 감았다. 그녀가 이런 행동을 한 건 두 사람이 함께한 이래 처음이었다. 갑작스러운, 다소 공공연한, 친밀함의 제스처. 그러나 헨리는 그녀의 도움을 원치 않았다. 적어도 다른 사람들 앞에서는. 여전히 미소를 띠고 여전히 움찔거리며, 그는 그녀를 쿡 찔러 밀어냈다.

"말했잖아요, 괜찮다고. 그라시아스."

에두아르도는 자기가 보살펴야 하는 부유한 미국인의 자기기만에 익숙했다. 그는 신중하게 옆으로 물러섰지만 그러면서도 다리를 저는 남자에게서 매서운 시선을 떼지 않았다. 50대 이상으로 보이는 남자. 멋진 은발에 기품 있는 표정, 자신의 생각을 잘 표현하고 자신감 넘치는—교수이거나 과학자일—남자. 에두아르도는 이런 유형의 남자를 잘 알았다. 이런 남자는 존중하는 태도를 보이지 않으면 갈라파고스 국립공원에 불평불만을 쏟아내 자신을 곤란하게 만들 것이다.

"여기 바위가 엄청 미끄러워요." 아내는 다리를 저는 남편을 달랬다. 그런 식으로, 사람들이 보는 앞에서 넘어진 것이 남편에게는 얼마나 수치스러울지 아내는 잘 알고 있었다.

느릿느릿, 지팡이를 짚어가며 남편은 위험한 길을 걸어 내려왔다. 근처 바위에서는 바다사자들이 신나서 돌아다니고 굉음을 내며 서툰 인간을 비웃는 것 같았다.

아내는 남편 뒤에 바짝 붙어서, 그가 또 미끄러지면 잡아주려고 대비하고 있었다. 남편은 곁눈질로 그녀에게 눈짓을 했다. 분노일까? 아니면 증오? 낯선 사람들 앞에서 그녀가 그의 변변찮은 모습을 목격해서?

그는 낯선 사람들을 미워하지 않았다. 그가 모르는 사람들이니까. 그리고 영리한 에두아르도는 남편을 잘 알고 존중했고, 그를 세뇨르라고 불렀다.

오직 아내만이 그의 반감과 증오에 취약했다. 그를 너무 친밀하게 들여다보는 아내, 언제나 그곳에 있는 아내.

그건 전처들의 치명적 결함이었을 거라고, 그녀는 추측했다. 아내로서의 친밀함. 그에게 그것은 견딜 수 없는 것이었다.

"헨리, 당신을 사랑해요. 제발 나에게 화내지 말아요."

그토록 부드럽게, 아내는 남편의 붉어진 귀에다 대고 애원했다. 그가 그녀의 말을 못 들을 수는 없었다. 그러나 그는 잠시 주저하다가, 그녀의 손을 꼭 쥐었다. "여보! 당연히 당신에겐 화내지 않아."

보트 안에서 남편은 더 차분했다. 분명히 충격도 받았고 통증도 느꼈지만, 스스로 꾹 참고 불평도 하지 않았다. 자기들도 여행에서 이런저런 사고를 당한 적이 있다며 그를 위로하는 동료 승객들과 웃고 이야기하며 농담도 주고받을 정도였다. 아내는 놀랐고, 막연히 마음을 놓았다. 반짝이며 출렁거리는 파도와 적도의 태양과 다닥다닥 붙어 앉은 낯선 사람들, 그리고 바로 옆에 있는 남편인 남자의 성가신 접촉에 의해 감각이 멍해지는 것을 느꼈다.

그녀가 그를 믿어도 되는지는 모르겠지만, 그는 그녀를 믿어도 된다. 그가 그녀를 사랑하는지는 모르겠지만, 그녀는 그를 사랑했다. 그거면 충분했다.

섬에서 그녀는 일종의 깨달음을 얻었던 것일까? 극도의 근심, 피로와 함께 확신 같은 것이 찾아왔다. 그리고 갑작스러운 해방감과 동시에 부담감도 밀려왔다. 그녀에게 온전히 의지하는 사람을 돌보는 데 필요한 힘에 도취된 듯한 기분이었다.

그녀는 생각했다. 분명히 어떤 의미가 있을 거야. 내가 지금까지 살아온 의미가. 그 의미를 발견해야 해.

아내는 가만히 주위를 둘러보았다. 흔들리는 작은 보트 안에서 사람들은 모두 한곳을 바라보고 있었다. 100미터쯤 떨어진 곳에 눈부신 흰색의 플로레아나호가 여러 개의 갑판과 선창, 높은 굴뚝을 당당히 과시하며 바다 위의 거대한 사원처럼 그들을 기다리고 있었다.

3. 달빛 갑판

"여보, 갑판으로 나와요! 완벽한 밤이야."

그는 평소와는 달리 열정적으로 그녀의 손을 꼭 잡고 있었다. 그는 그녀를 재촉해 갑판으로 나왔다. 불빛을 환하게 밝힌 2층 갑판은 사람들로 북적이고 있었다. 뱃머리에는 열대 지방 카페 장식을 한 야외 바가 열렸고, 에콰도르인 뮤지션 트리오와 젊은 여자 가수의 연주에 맞춰 몇몇 커플이 춤을 추고 있었다.

축제 분위기였다! 머리 위로 뜬 초승달은 배의 환한 불빛에 가려 거의 보이지 않았지만, 아내는 가까스로 그것을 볼 수 있었다.

배의 이쪽 구역은 낮에는 훨씬 더 조용했다. 여기엔 '수영장'이 있었고—(사실 아동용 풀보다 크지도 않고, 맑은 물에서는 소독약 냄새가 강하게 풍겼다)—수영장을 빙 둘러 놓은 라운지 의자에는 승객들이 앉아서 책을 읽거나 햇빛을 받으며 나른하게 졸거나 했다. 적도의 햇빛은 흐린 날에도 자외선이 매우 강하니 주의하라고 끊임없이 경고가 들리는데도 그들은 별로 신경 쓰지 않았다.

뱃머리에 가까워질수록 음악 소리는 점점 커지고 사람들은 점점 더 북적거렸다. 남편은 마음을 바꾸고 아내의 등을 떠밀었다. "아니, 잠깐만. 더 높은 갑판으로 갑시다. 거기가 더 조용하겠어."

"하지만……."

"거기가 더 로맨틱할 거야."

3층 갑판에는 2층만큼 승객들을 위한 시설이 많지 않다는 걸 알았지만, 아내는 순종할 수밖에 없었다. 3층 갑판은 훨씬 더 좁고, 의자와 라탄 테이블 몇 개가 흩어져 있을 뿐이었다.

그러나 아내는 남편에게 순종해야 했다. 남편이 하겠다고 마음먹은 일에 대해서는 크든 작든 복종해야 했다. 그들은 선실로 다시 들어갔고, 남편이 아내를 좁은 계단으로 이끌고 올라갔다. 그러나 '달빛 갑판'이라고 쓰인 문을 밀어 열고 3층 갑판으로 나가보니, 그곳은 뜻밖에도 황량했고 매우 어두웠다.

배의 다른 곳은 환하게 불을 밝히고 술과 음악, 사람들 사이의 즐거운 사교가 넘쳤지만, 달빛 갑판은 그런 곳이 아니었다. 여기에도 뱃머리 쪽에는 불을 켜놓았지만, 2층보다 공간이 훨씬 더 좁았다. 바도 없었고, 라운지 의자만 몇 개 흩어져 있을 뿐이었다. 뮤지션도 없었다. 아래에서 음악 소리가 들렸지만, 이곳에서 들으니 약간 왜곡되어 훨씬 더 산만하게 들렸다.

"여기는 들어오면 안 되는 곳인 거 같아요. 세팅도 되어 있지 않고…….”

"물론 세팅이 되어 있지. 우리 둘을 위해."

헨리는 환한 뱃머리에서 벗어나 난간을 더듬으며 어두운 왼쪽으로 가고 싶어 했다. 그는 사람들이 잘 찾지 않는, 이를테면 출입 금지 구역 같은 황량한 장소를 더 좋아하는 것 같았다. 아내는 저항하고 싶었지만 거세게 뿌리치지는 않았다. 남편은 다리를 절지 않고 평소처럼 걸으려고 애쓰고 있었고, 아내는 그런 남편에게 좌절과 분노를 느끼게 하고 싶지 않았다. (저녁 식사 자리에서 아내는 동석한 승객들과 대화를 나누던 헨리가 금세 대화에 흥미를 잃고 자꾸만 북적이는 식당 안을 두리번거리는 것을 알아챘다. 낙상해서 발목을 다친 것은 그의 자랑거리였다. 그녀는 그가 딱했고, 일말의 희망도 느꼈다. 어쩌면 이제 나를 덜 재촉할지도 몰라. 나에게 그렇게 많은 걸 기대하지 않겠지.)

그러나 남편은 식사 시간에 보였던 권태감을 꽤 떨쳐버린 것 같았다. 그는 열정적인 젊은 연인처럼 아내의 손을 꼭 잡고 있었다.

잠깐 사이에 창백한 초승달이 사라졌다. 두꺼운 구름이 달을 완전히 가려버린 모양이었다. 배의 이편에서 보는 바다는 칠흑같이 어두웠고, 하늘도 어둡고, 파도 소리는 요란했지만 보이지 않았고, 파도가 배를 이리저리 떠미는 힘이 느껴졌다. 아내는 반항했다. 갑판을 따라 걷고 싶지 않다고, 아무것도 보이지도 않고 위험하기만 하다고, 여기엔 아무도 없지 않느냐고……. 남편은 경멸조로 웃으며 말했다. "도대체 뭐가 무서운 건데? 파도에 휩쓸려 배 밖으로 빠질 일도 없잖아."

그녀는 생각했다. 아뇨, 당신이 날 배 밖으로 밀어버릴 수 있죠. 순식간에, 그런 일이 일어날 수도 있어요.

아무도 못 볼 것이다. 아무도 못 들을 것이다. 아래층 갑판에서 사람들이 흥청대는 소리가 너무 컸다. 사람들의 말소리와 웃음소리. 이곳 3층 갑판에는 짙은 어둠과 기름 냄새뿐이었다. 헨리는 웃으며 오드리의 허리에 팔을 감고 세게 잡아당겨 난간 앞에 세웠다. 그러나 그녀는 겁먹은 아이처럼 움츠러들었다.

"여보, 도대체 왜 그래! 난 당신이 '로맨스'를 좋아한다고 생각했는데."

로맨스라는 말을 그렇게 비웃듯이, 조롱하는 투로 말하다니.

"안 돼요! 제발, 헨리…… 난 아래층으로 내려가서……."

"말도 안 되는 소리. 당신은 나랑 같이 있는 거야. 조금 있으면 달도 다시 보일 거고……."

기이하고 어색한 순간이었다. 남편은 아내를 잡아당겨, 억지로 난간 앞에 세우려고 힘을 쓰고 있었다. 남편은 아내보다 몸무게가 18킬로그램 정도 더 나갔지만, 그녀는 절박한 심정으로 힘껏 버텼다. 헨리는 날카롭게 웃었다. 그는 장난을 치고 있거나, 아니면…… 장난이 아니었다. 그는 그녀의 팔을 잡았다가, 다시 팔꿈치를 고쳐 잡았다. 돌계단에서 붙잡았던 그 팔이었고, 멍이 들어 부어 있었다. 아내는 그의 인내심이 점점 희미해지고 있음을 느꼈다. 그녀는 깨달았다. 그녀는 바보 같고 고집 센 여자였다. 버릇없이 자란 부르주아였고, 공부를 대충 한 순진한 여자였다. 누가 꼬치꼬치 캐물으면 다윈의 진화론에 대해서 설명할 수도 없을 것이었다. 아마 TV 퀴즈 프로그램 참가자처럼 더듬거리며 상투적인 말만 늘어놓는 수준이었을 것이다. 바로 그날, 갈라파고스섬에서 에콰도르인 가이드가 했던 이야기도 대부분 잊어버렸을 것이다.

"헨리, 안 돼요. 제발 나한테 겁주지 말고…….."

그녀는 비명을 지르려 했지만, 그 소리를 들을 사람이 있을까? 배의 거대한 환풍기 소리가 이곳에서는 더 크게 울렸다. 그리고 아래층 갑판에서는 광란의 음악 소리가 사람들의 환호 소리와 섞여서…….

아내는 몸을 비틀어 남편에게서 벗어난 다음, 그녀의 팔을 잡은 그의 손가락을 억지로 떼어냈다. 공포에 사로잡힌 고양이가 포획자로부터 벗어나려는 것처럼.

숨을 헐떡이며, 겁에 질려, 그럼에도 남편에게서 벗어났다는 사실에 기뻐하며, 아내는 선실로 달려 들어가 구르듯 좁은 계단을 내려갔고, 2층 라운지에서 무질서하게 파티를 즐기는 인파에 뛰어들었다. 얼마나 마음이 놓이던지! 그녀는 아무리 헨리가 꼬드기더라도 다시는 달빛 갑판에는 발도 들이지 않겠다고 마음먹었다.

그날 밤 무자비하게 에어컨이 돌아가는 어두운 선실에서, 중간에 갈빗대가 튀어나온 매트리스 위에 누워 아내가 속삭였다. "미안해요, 헨리……. 밖이 너무 캄캄해서, 계속 거기 있을 수가 없었어요."

잠시 정적이 흘렀다. 남편은 잠이 든 것은 아니었지만, 말을 하지 않는 쪽을 택했다. 그는 아내보다 한 시간쯤 뒤에 선실로 돌아왔다. 숨에서 술 냄새가 났고, 별말은 하지 않았지만 그의 태도는 아무렇지도 않게 상냥했다. 그는 아내에게 관광 안내 책자를 큰 소리로 읽어주면서 다음 날 만나게 될 코끼리거북에 대해 설명해주었고, 옷을 갈아입으면서 거울에 비친 그녀의 걱정스러운 눈빛에 윙크로 답했다. 이것은…… 용서의 신호일까, 아니면 관용의 신호일까?

"나는…… 난 당신이 예전만큼 날 사랑하지 않아서 걱정했어요, 헨리. 마치…… 내가 여기 와서 길을 잃은 것 같은, 이렇게 집에서 먼 곳까지 와서 길을 잃은 것 같은 기분이 들어서……." 아내의 목소리가 희미하게 잦아들었다.

배가 흔들리고, 삐걱거리는 소리가 났다. 환풍기가 아픈 폐처럼 웅웅거렸다.

남편은 더듬거리는 아내의 말에 마음이 움직인 것 같았다. 그는 손을 뻗어 그녀의 손을 찾았고, 재빨리 위로의 감정을 담아 그 손을 잡았다. 그는 단지 뜻밖의 이벤트를 해주고 싶었을 뿐이지만, 그것이 그녀를 불쾌하게 한 것에 무안하고 당황했다고 말하는 듯했다.

"여보, 우리는 예전이나 지금이나 서로를 사랑하고 있어. 자, 제발, 많이 늦었어. 이 얘기는 이제 그만합시다."

곧, 남편은 잠이 들었다.

아내는 한동안 잠들지 않았다. 다시 잠들 수 있을 것 같지가 않았다. 눈을 감을 때마다 눈부시게 빛나는 파도가 덮쳐와 눈을 멀게 하고, 질식할 것 같은 공포가 밀려들었다.

4. 침입자

그녀는 몇 달 전 사건을 떠올렸다. 그 사건은 여전히 그녀에게는 미스터리였다. 그녀는 더 이상 그 일을 생각하지 않았고, 다 끝난 일이라고 여기는 남편에게 다시 얘기를 꺼낼 수도 없었다.

부부에게는 모차르트의 오페라 〈돈 조반니〉 티켓이 있었다. 그러나 친구들과 저녁 식사를 하고 극장에 도착했을 때, 실망스럽게도 그날 저녁 공연이 취소되었다는 얘기를 듣게되었다.

두 사람의 집은 한적한 교외 주택가에 있었다. 집에 돌아오자마자, 아내는 뭔가 잘못되었다는 걸 알았다. 휠링 부부는 부엌으로 통하는 뒷문을 애용했는데, 이 문이 열리지 않았던 것이다. 문은 안에서 이중으로 빗장이 걸려 있는 것 같았다.

"이해가 안 가요. 어떻게 문에 빗장이 걸릴 수 있죠? 우리가 이 문으로 나왔는데요."

"열쇠 좀 줘봐." 남편은 아내에게서 열쇠를 건네받았지만, 역시 문을 열지 못했다.

놀라기보다는 성가시다고 여기며, 둘은 집 앞 정문으로 갔다. 그러나 정문도 안에서 빗장이 걸린 것 같았다. 무슨 이런 이상한 일이 다 있을까? 이런 예상치 못한……. 아내는 문 옆에 난 창문으로 현관을 들여다보았다. 현관에는 그림자가 져 있었다. 희미한 불빛이 거실에서 흘러나오고 있었지만, 그녀는 분명히 집을 나올 때 불을 껐었다.

이때쯤엔 부부도 누군가 그들의 집에 무단으로 침입했고, 그들이 들어오지 못하게 하기 위해 빗장을 걸었다고 합리적인 생각을 떠올렸을 수도 있었다. 그럼에도 여전히, 두 사람은 그저 집에 들어가는 데 뭔가 물리적인 문제가 생겼고, 노력을 하거나 영리한 잔꾀를 발휘해 이를 해결해야 한다고 조금은 비이성적으로 받아들이는 것 같았다. 그래서 남편은 혼잣말로 욕설을 중얼거리며, 집에 들어가는 것이 힘이나 기술의 문제인 것처럼 헛되이 문손잡이만 열심히 돌리고 있었다. 그러는 동안 아내는 웃자란 관목을 헤치고 집 옆쪽으로 접근해서 스크린을 쳐놓은 뒤쪽 포치로 갔다. 포치로 이어지는 문은 잠겨 있지 않았다. 아내는 포치를 통해 거실 벽난로 뒤쪽으로 통하는 문으로 갔다. 이 문은 몇 년 동안이나 사용하지 않은 문이었는데, 아내가 가진 열쇠로 문을 열 수 있었다.

아내는 남편을 향해서 의기양양하게 외쳤다. "헨리! 거기 그대로 있어요. 내가 문 열어줄게요."

아내는 자신이 차분하게 비상 상황을 처리하고 있다고 생각했다. 집안일은 남편이 아닌 그녀의 소관이었다. 심지어 그때까지도 아내는 문에 빗장을 건 사람이 아직도 안에 있는지, 행여 위험하진 않을지 하는 생각은 아예 하지 않았다.

그러나 정문으로 가는 도중에, 위층에서 목소리가 들렸다. 낯선 목소리였다. 고개를 들어보니, 놀랍게도, 젊은 중국인 여자가 있었다. 호리호리한 체형에 머리카락은 검고 매끄러웠고, 피부가 아주 창백하고 입술이 붉은 여자였다.

"사모님! 안녕하세요! 저는…… 정말 죄송해요. 제발 경찰은 부르지 말아주세요, 사모님. 저는 지금 바로 갈 거예요."

불안해하는 기색이 역력했는데도 매끄러운 검은 머리의 여자에게서는 침착하고 당당한 분위기가 감돌았다. 분명히 노숙자는 아니었고, 거지나 여느 도둑 같지도 않았다. 나이는 20대 중후반으로 보였다. 그녀는 살짝 떨리는 목소리에 완벽한 미국식 억양으로 중얼거렸다. "부탁드려요! 제 실수에 대해서는 정말 죄송해요. 지금 당장 나갈게요……. 전 아무것도 훔치지 않았어요. 제발 용서해주세요!"

아주 침착하지만은 않은 걸음걸이로, 그 여자는 난간에 기대어 아래층으로 내려왔다. 아내에게도 뚜렷이 들릴 만큼 심하게 헐떡이고 있었다. 그 여자는 신발을 신고 있지 않았다. (검은색) 스타킹만 신고 있어서, 걸어도 발소리는 나지 않았다. 아내는 여자의 젊고 아름다운 얼굴을 보고 찔린 것 같은 충격을 받았다. 나쁜 짓을 하다 들킨 어린아이가 절망적으로, 또는 영악하게, 당황한 부모를 돌아보며 짓는 것 같은 환한 가짜 미소를 짓고 있긴 했지만.

아내는 힘없이 더듬거렸다. "그냥…… 가세요. 경찰은 부르지 않을 테니까…… 얼른 가세요."

아내가 길을 비켜주자 중국인 여자는 계단을 내려왔다. 아내는 미친 듯 달아나는 여자를 붙잡을 마음이 없었다. 그 여자는 멋스럽게 꼭 맞는 진과 모조 다이아몬드 장식이 붙은 데님 재킷과 검은색 터틀넥을 입고 있었다. 세련된 귓불에는 고리 모양의 작은 금 귀걸이가 걸려 있었다. 자다가 불시에 깬 것처럼 조금 부스스해져 있었지만, 그래도 매끄럽고 아름답게 반짝거리는 반듯한 머리카락이었다. 여자의 눈은 아주 까맸고, 동공은 팽창되어 있었다. 옆구리에는 비싸 보이는 가죽 가방을 끼고 있었다. 정문 앞에서 여자는 더듬거리며 빗장을 풀었다. 분명히 방금 전에 자신이 잠갔던 빗장일 것이다. 여자는 허둥지둥 밖으로 나가 뒤도 돌아보지 않고 어둠 속으로 사라졌다.

그동안 내내 아내는 경이롭게 여자를 바라보았다. 도대체 누구지? 무슨 일이 있었던 거야?

한편, 남편은 아내의 뒤를 따라 집 옆 스크린을 친 포치와 벽난로 뒤쪽 문을 거쳐 집 안으로 들어왔다. 놀란 목소리로 그가 외쳤다. "오드리? 도대체 어디 있는 거야? 무슨 일이야?" 그는 침입자를 보지 못했고, 여자의 목소리도 듣지 못했다. 정문 앞 현관에서 그는 큰 충격을 받은 것처럼 몸이 굳은 채로 꼼짝 않고 서 있는 아내를 발견했다.

남편은 문밖을 내다보았지만, 아무것도…… 아무도 없었다.

"오드리? 왜 그래? 집 안에 누가 있었어?"

아내는 설명하려고 했다. 다급하게 무슨 일이 있었는지를. 사실 같지 않은 이야기를 설명하려고 했다. 더듬거리며 자신을 믿어주지 않는 남편에게 그녀 자신도 도무지 믿기지 않는 일을 설명하려고 노력했다. 낯선 사람이 계단 위에 나타났고, 죄 지은 사람처럼 자신의 잘못을 인정하고, 아내에게 경찰을 부르지 말아달라고 애걸하고, 자기가 아무것도 훔치지 않았다고 주장하고……. "그래서 지금 바로 나가면 경찰을 부르지 않겠다고 했어요."

여자는 중국인 같았다고 아내는 말했다. 키가 크고, 호리호리하고, 머리카락이 매끄럽고 길었다고. "어리지는 않았어요. 10대는 아니었고. 20대였어요. 가죽 가방을 가지고 있었고, 구두는 신지 않았어요." 잠시 후 아내는 덧붙였다. "어쩌면 약에 취해 있었을지도 모르겠어요. 걸음걸이가 불안정해 보였거든요."

남편은 희미하게 불신의 미소를 띠며 듣고 있었다. 그 자신은 집 안에 다른 누가 있는 것을 보지 못했다. 아내의 흥분한 목소리 말고는 아무 소리도 듣지 못했다.

"당신이 부르는 소리는 들은 것 같은데, 오드리. '누구 있어요?'라고. 그렇지만 누가 대답하는 건 못 들었어."

"침입자가 있었어요! 그 여자가 나한테 말도 했다니까요! 목소리가 너무 부드러워서, 나도 간신히 들을 정도였는데……." 아내는 다급하게 말했다. 이제는 위험할 일이 더 이상 없을 텐데도 그녀의 심장이 부자연스럽게 거세게 뛰고 있었다. 남편은 계속해서 그녀에게 질문을 던졌지만, 그러면서도 믿는 것 같지 않았다.

그들은 위층 어두운 복도로 올라갔다. 아내는 희미한 헤어 로션 냄새를 맡았다. 그녀가 쓰는 로션은 분명 아니었다. 침실에 램프가 하나 켜져 있었고, 침대 위에는 서두르다 떨어뜨렸는지 남편의 아이패드가 화면이 켜진 채로 떨어져 있었다.

"봐요, 헨리. 그 여자가 당신 아이패드를 가져다 놨어요! 당신 아이패드를 사용하고 있었어요."

아내의 말투는 이제는 단호해졌다. 이젠 남편도 그녀를 믿어야 할 것이다.

"그 여자는 우리가 오늘 저녁에 외출할 걸 알고 있었던 것 같아요. 하지만 공연이 취소될 줄은 몰랐던 거죠. 여자는 뭘 훔칠 시간이 없었어요. 우리가 그 여자를 놀라게 한 거예요."

헨리는 찌푸린 얼굴로 아이패드를 낚아챘다. 그는 깜짝 이벤트도 좋아하지 않고, 사생활 침해도 좋아하지 않는 사람이었다. 아내는 말하고 있었지만 남편은 거의 듣고 있지 않은 듯했다. 마치 머릿속으로 뭔가를 급히 계산하고 있는 것 같았다.

아내는 그 여자가 가죽 가방을 들고 나가도록 허락한 것을 후회하고 있었다. 아무것도 훔치지 않았다는 여자의 말을 믿은 것을 후회하고 있었다. "저는 너무 놀라서, 뭘 해야 할지 몰랐어요. 하지만 그 여자를 벌주고 싶진 않았어요. 좋은 사람인 것 같아서……."

침실 카펫 위에서 무릎까지 오는 가죽 부츠 한 켤레도 찾았다. 부드러운 가죽으로 만든 아름다운 짙은 색 부츠였는데, 한 짝은 똑바로 서 있고 나머지 한 짝은 쓰러져 있었다. 여자는 달아나면서 그 비싼 고급 부츠를 버리고 간 것이었다.

침대 위 실크 이불이 흐트러져 있었다. 여자가 거기 누워서 아이패드를 만지작거리며 따뜻하게 몸에 두르고 있었던 것 같았다. 침대 시트 안에는 그녀의 몸이 더 뚜렷이 새겨져 있었고, 향긋한 헤어로션 냄새가 더 진하게 풍겼다.

아내는 신경질적으로 웃으며 말했다. "이젠 내 말 믿어요, 헨리? 누군가 여기 있었다는 걸?" 그러나 남편은 그저 찡그린 얼굴로 고개를 저을 뿐이었다. "흠, 무슨 일이 있긴 했네,

여보. 그건 확실해 보여."

그들은 나머지 침실을 조사하고 옷장과 서랍을 확인했지
만, 아내는 너무 당황해서 또렷하게 생각할 수가 없었다. 그
녀의 옷장 안, 옷걸이에 걸린 옷들은 한옆으로 밀어놓은 것
같았고, 속옷과 스타킹을 넣어두는 서랍장은 뒤진 흔적이 있
었다. "하지만 그 여자가 뭘 가져갔는지는 모르겠어요."

아내의 보석은 작은 서랍이 여섯 개 있고 작은 자물쇠로
잠글 수 있는 빨간 상자에 보관되어 있었다. 평소에는 굳이
서랍을 잠가두지 않고 지내서 누구든 쉽게 훔쳐 갈 수 있었
다. 그러나 지금, 다급한 마음으로 작은 서랍들을 하나하나
열고 눈물 고인 눈으로 살펴봤지만, 여자가 뭘 가져갔는지는
알아낼 수가 없었다.

그녀는 약간의 경악과 당혹스러움을 느꼈다. 중국인 여자가
들어와서 침실을 봤을 텐데……. 침실은 전혀 깨끗하지 않았다.
적어도 그녀의 기준으로는 깨끗하지 않았다. 세면대 위 거울도
깨끗하지 않았고, 세면대 받침도 깨끗하지 않았고, 세면대 크롬
장식들도 문질러 닦지 않아 반짝거리지 않았고…….

침실 저쪽에 있는 남편의 욕실에 대해 남편이 어떻게 생각
하는지는, 아내는 알 수 없었다. 매주 월요일에 청소하는 아
주머니가 와서 하루 종일 집 안의 방들을 진공청소기로 청소
하고 어느 정도는 깨끗하게 치우지만, 아주머니가 다녀간 지
나흘이 지났다. 남편은 자기 물건은 아무것도 없어지지 않았

다고, 아침에 더 자세히 살펴보겠다고 신중하게 말했다.

남편의 말투는 짜증스럽고 무심했다. 마치 자기가 신경 쓰기엔 이 문제가 너무 사소하다고 여기는 것 같았다. 그러나 그는 아이패드를 냉큼 집어 들어 화면을 껐다.

아이패드는 어디에 있었을까? 아내는 궁금했다. 그녀는 아래층 남편의 서재에, 다른 전자 기기와 함께 보관되어 있었을 거라고 추측했다. 하지만 남편에게 묻자 그는 어깨를 으쓱하며 모르겠다고 대답했다.

모르겠다고? 어떻게 그럴 수가?

"말했잖아, 오드리. 모르겠다고. 몇 주 동안이나 이 아이패드는 쳐다보지도 않았어. 출장 갈 때 빼고는 이 빌어먹을 물건은 쓰지도 않아. 당신도 알 텐데."

"하지만…… 그 여자는 그걸로 뭘 하고 있었죠? 당신 이메일을 보고 있었을까요? 아니면 자기 자신한테 메시지를 보내고 있었을까요?"

"모르겠어. 아무튼 내가 볼 땐, 아무것도 없어."

"하지만…… 그 여자는 뭔가 하고 있었을 거 아녜요."

"그래? 당신이 어떻게 알아? 그 여자가 막 아이패드 스위치를 켰는데 당신이 그 여자를 놀라게 했을 수도 있지."

남편은 걸어 나갔다. 아내는 남편의 등을 보고 얘기하는 꼴이 되었다.

이 중요한 순간에, 두 사람이 힘을 합쳐야 할 때, 남편이 그녀에게 거리를 두고 있다는 사실에 아내는 실망했다. 그는 무관심하고 짜증을 내면서도 한편으로는 흥미로워하고 있었다. 아내는 자신의 불편한 감정에 남편이 큰 의미를 두지 않는 것도 실망스러웠다. 남편은 "약하고", "감정에 잘 휩싸이고", "자신감 없는" 사람들을 좋아하지 않는다고 종종 말해왔다.

남편은 아래층으로 내려갔다. 아내는 위층에 남아 다른 방들을 더 둘러보았다. 방들은 어두웠다. 그 여자가 여기까지 들어온 것 같지는 않았다. (그러나 아침에 옷장을 조사해보니, 옷들이 옆으로 밀쳐져 있었고 바닥의 실내화들도 흩어져 있었다. 옷장 안에 보관해둔 사진 액자들에도 누가 건드린 흔적이 있었다. 그러나 뭔가 없어졌다고 해도 아내는 뭐가 없어졌는지 알 길이 없었다.)

"오드리, 여기 좀 봐! 당신 친구 침입자께서 목이 말랐나 본데."

전등이 환하게 켜진 아래층 부엌에서, 남편이 조리대 위에 오렌지 주스 팩이 열린 채 놓여 있는 것을 발견했다.

정말이지 이상한 일이었다! 중국 여자는 냉장고에서 주스 팩을 꺼내서, 아마도 열린 냉장고 문 앞에 서서 주스를 마셨을 것이다.

"아니면 우리 중 하나가 주스 팩을 조리대 위에 올려놨을 수도 있지." 남편의 말에 아내는 반박했다. "그럴 리 없어요!

물론 아침에 오렌지 주스를 마시긴 했지만 그건 몇 시간 전인데……." 그래도 고집스럽게 남편이 말했다. "그렇다고는 해도 여전히 가능한 일이야, 오드리. 당신은 물건들을 아무 데나 잘 놔두잖아. 그러고서 나중에 발견하고는 놀라고. 그리고 도대체 왜 이 '중국 여자 도둑'이 굳이 시간을 들여 오렌지 주스를 마셨겠어?"

아내는 알 수 없었다. 아내는 그저 더듬거리며 아무도 조리대 위에 오렌지 주스를 남겨두지 않았을 거라고 중얼거릴 뿐이었다.

뜻밖에 오페라가 취소되어 공연장에서 돌아오게 된 이후로 남편은 계속해서 부루퉁한 동시에 장난스러운 분위기였다. 그는 늘 그렇듯 저녁 식사를 함께 한 친구 부부 앞에서는 아내에게 자애롭게 대했다. 그러나 지금의 그는 아내에게 무관심했고 아내를 받아들이지 못했다.

"헨리, 봐요!" 전자레인지 앞에 반쯤 남은 된장국과 라면 그릇이 있었다. 그리고 개수대에는 조금 먹은 250그램짜리 무지방 플레인 요거트 병에 숟가락이 꽂힌 채로 놓여 있었다.

"우리의 침입자께서 배가 고프셨나 보네. 이걸로 미스터리는 풀렸어. 그 여자는 먹을 걸 찾아서 우리 집에 침입한 거야."

남편은 웃었다. 정말이지 터무니없는 얘기였다. 그러나 남편은 이 터무니없는 얘기를 사실로 받아들이고 있었다.

"그 여자는 배가 고파 보이지 않았어요, 헨리. 가난해 보이지 않았는걸요."

"만일 그 여자가 이런 상황에서 굳이 시간을 들여 뭘 먹었다면, 여보, 그 여잔 어떤 식으로 정의하든 배가 고팠던 거야."

이런 기분의 남편에게는 아무런 논리도 기대할 수 없었다.

아내는 이상한 생각이 들었다. 헨리는 마치 누군가 엿듣고 있기라도 한 것처럼 아주 열심히 말하고 있었다. 머리카락은 손가락으로 헤집어놓은 듯 부스스했고, 멋들어진 실크 넥타이는 느슨하게 풀어놓았다. 그는 무심히 부엌 찬장 문을 열었다가 다시 소리를 내며 닫았다. "뭐 또 없어진 거 없어? 어쩌면 이 미스터리의 침입자는 난쟁이 공범을 남겨놓고 갔을지도 모르잖아. 우리가 잠자리에 든 후 그 난쟁이가 숨어 있던 곳에서 기어 나와 우리 목을 딸지도 모르지."

아내는 몸서리쳤다. 이게 뭐가 재밌다는 거지?

아내는 남편의 기분이 궁금했다. 남편도 그녀처럼 침입자에게 온통 마음이 쏠려 있는 것 같기도 했고, 이런 사소한 문제는 그냥 한옆으로 치워버리고 싶어서 안달이 난 것 같기도 했다.

"아침에 좀 더 꼼꼼히 살펴봐요." 아내는 현실적인 태도를 유지하려 애썼다. "오늘 밤에…… 끔찍한 일이 일어나지 않아 다행이에요."

"사실상 아무 일도 '안 일어났지'. 경찰에 신고라도 했다면, 도대체 무슨 얘길 할 수 있었겠어? 경찰관은 우리한테 한소리 하고 그냥 갔을 거야."

아내는 충격의 여파를 느끼고 있었다. 아직도 심장이 그녀를 비난하듯 이상하게 뛰었다.

"그 여자가…… 혹시…… 약에 취하진 않았을까요? 굉장히 이상하게 굴던데……."

"'이상하다'는 건 어떤 식으로?"

"날 쳐다보는 태도나 나한테 말하는 태도나……. 동공도 팽창돼 있었던 것 같고……."

"그 여자가 당신 말대로 중국인이었다면 눈동자가 검은색이었을 거야. 검은 눈동자를 몇 미터 떨어진 곳에서 보고 동공이 '팽창되어' 있었는지를 알기는 어렵지." 남편은 가볍게, 조롱하는 투로 말했다.

그건 그렇다고, 아내는 수긍했다. 그럼에도…… 여자의 행동을 달리 어떻게 설명할 수 있을까?

"알잖아요, 헨리. 그 여자가 여기서 뭘 가져갔는지 우린 정말로 몰라요. 그 여자는 날 지나쳐 갈 때 반쯤은 뛰고 있었고, 커다란 가죽 가방을 가지고 있었어요. 그 여자한테 가방 안을 보여달라고 할 생각도 못 했어요."

이 말은 전부 다 사실은 아니었다. 아내는 물어볼 생각을 했었지만, 감히 그러지 못했다. 그런 순간에도, 낯선 사람이 그녀의 집에 무단으로 침입했을 때조차도, 그녀는 여주인으로서 처신했다. 부자연스럽게 감정을 숨기고. 공손하게 말하고.

"바보같이 굴지 마, 오드리. 침입자는 당신 때문에 놀랐을 거야. 가방에 뭘 챙겨 넣을 시간도 없었어."

"시간이 있었을지도 모르죠. 내가 들어오기 전에. 그걸 어떻게 알아요."

"맞아. 난 몰라. 나는 실제로 그 '침입자'를 보지도 못했으니까. 난 그저 당신 말만 들었을 뿐이야."

"'내 말만 들었다'고요? 그게 무슨 의미예요?"

"말 그대로야. 나는 중국 여자는 전혀 못 봤어. 당신만 그 여자를 본 거지."

아내는 반박하고 싶었다. 침대 위의 아이패드는? 남겨진 부츠는?

오렌지 주스, 된장국은?

"그런데 왜 계속 '중국인'이라고 하는 거야? 당신 아시아 사람들을 구분할 수 있어? 한국인, 태국인, 일본인……."

연구소에서 남편은 수많은 아시아인들과 아시아계 미국인 과학자들과 함께 일한다. 아내는 자신이 다른 아시아 사람들과 중국인의 얼굴을 구분할 수 없다는 것을 인정해야 했다. 만일 경찰을 불렀다면, 아내는 침입자를 쉽게 지목하지 못했을 것이다.

남편의 태도에 아내는 혼란스러웠다. 남편이 위기의 순간에 상황을 그녀의 탓으로 돌리는 것은 아주 드문 일은 아니었다. 남편에게는 익살스러우면서도 가시 돋친 말로 그녀 자신과 그를 불쾌하게 만든 아내를 벌주는 나름의 방법이 있었다. 결혼 생활 동안 아내는 별일 아닌 문제는 혼자서 간직하고, '나쁜 소식'은 새어 나가지 못하게 막고, 안 할 수만 있다면 절대 남편에게 불평하지 않도록 길들여졌다.

징징대고. 투덜거리고. 꼭 그렇게 해야만 여자가 되는 건 아니야.

이 얘기는 이제 그만하면 안 될까.

그러나 지금 아내는 누군가 침입한 집에, 한 명인지 여러 명인지 모를 침입자가 아직도 안에 있을지 모르는데, 무작정 들어온 것이 실수였다고 생각하고 있었다. 남편은 그녀가 길을 찾아 집 안으로 들어가도록 부추긴 것 같았다.

만일 침입자가 남자였다면, 여러 명이었다면, 무장을 했다면! 아내는 살해당했을 것이다.

그녀는 그를 위해 위험을 무릅썼건만, 헨리는 너무 무심해 보였다. 그것이 그녀에게 상처가 되었다.

그녀는 생각했다. 왜 그는 화를 내지 않지? 왜 신경을 안 쓰지?

이제 막 생각난 것처럼, 남편이 서재를 확인하러 갔다. 남편은 집 뒤편의 크고 넓은 방을 서재로 꾸며놓았는데, 문은 가끔씩 잠가놓았다. (아내가 못 들어가게 하기 위해? 하지만 아내는 허락 없이는 절대 남편의 서재에 들어가지 않았다.) 오늘 밤, 문은 단단히 닫혀 있었지만 잠겨 있지는 않았다. 그리고 안은 어두웠다. 남편은 전등을 켜고 찌푸린 눈으로 방 안을 둘러보았다. "누가 여기 들어온 것 같지는 않군."

"확실해요, 헨리? 당신 책상이……."

컴퓨터 모니터는 꺼져 있었지만, 책상 서랍이 조금 열려 있었다. 남편은 항상 서랍들을 전부 단단히 닫아놓았고, 책상 위도 흐트러진 물건 하나 없이 깔끔하게 관리했다. 관리자로서 그가 거둔 성공은 매일매일 쏟아지는 이메일에 받는 속도만큼 신속히는 아니더라도 성실하게 답장을 보내는 데에서 비롯된 것이라고 그는 종종 농담하곤 했다.

침입자가 이 방에 들어왔을 수도 있었다. 아내는 남편이 입속으로 욕설을 중얼거리는 것을 들었다. 그러나 곧 그는 웃었다. 이 상황이 우스꽝스럽다는 듯…… 터무니없다는 듯. 그는 분통을 터뜨리지 않았다. 불쾌해하지도 않았다. 그는 아침에 좀 더 꼼꼼히 서재를 살펴보겠다고 말했다. "물론 지금은 서두를 필요가 없지. '침입자'는 떠났으니까."

아내가 주저하며 말했다. "정말 경찰을 부르지 않아도 괜찮을까요, 헨리? 어쩌면……."

"아냐. 경찰관이 오면 집 안을 어슬렁거리며 문도 안 잠그고 외출했다고 우리를 나무랄 거야. 난 그런 건 절대 원치 않아."

문단속은 아내의 책임이었고, 가끔씩 낮에, 아주 멀리 오래 나가 있는 게 아니면 문을 잘 잠그지 않았던 것도 사실이었다. 그러나 저녁 외출은 다른 문제였다. 아내는 문을 잘 잠갔다고 확신했다. 그녀에겐 차 문을 잠그는 것만큼이나 집의 문들이 잘 잠겼는지를 확인하는 것이 제2의 천성이 되었다.

반쯤은 비꼬는 투로 아내는 물었다. "부츠는 어떻게 할까요?"

"아침에 밖에 내놔. 문 앞 말고, 진입로 바깥쪽에. 어쩌면 그 신비로운 '중국 여자'가 부츠를 가지러 돌아올지도 모르잖아."

그런 지시를, 그런 미소를 지으며 내리는 것이 남편다웠다. 그리고 한 박자 쉬고는 막 생각이 난 것처럼 덧붙였다. "부탁할게."

아내는 이상하다고 생각했지만, 그럼에도 침입자를 그렇게 사려 깊게 배려한다는 것이 자연스럽게 느껴졌다. 중국 여자는 분명히 도둑이 아니었다. 범죄자가 아니었다. 노숙자도 아니었다. 경찰에 신고해 그 여자를 체포하는 것은 지나치게 가혹한 짓이었고, 아내는 여자를 다치게 하고 싶지 않았다. 그 여자는 절박했을 거야. 그런 식으로 굴었던 게.

아내는 또 남편이 그녀를 관찰하고 재단한다는 것도 알고 있었다. 채 8년이 되지 않은 그들의 결혼 생활 동안 그녀는 남편이 자신을 관찰하고 재단한다는 걸 잘 알고 있었고, 그것이 가혹하게 느껴질 때도 종종 있었다. 그녀는 자신의 영혼 안의 무언가가 굳어버려 보잘것없게 되었다는 걸 느꼈다.

그러나 이제 그녀는 남편이 바라는 대로 행동하고, 평정심을 보여주어 그를 놀래주리라 마음먹었다.

그래서 다음 날 이른 아침에, 아내는 남편의 지시대로 멋진 가죽 부츠를 조심스럽게 밖에 내놓았다. 휠링 부부가 사는 에드워드 양식의 붉은 벽돌집은 나무가 우거진 교외 지역에 넓게 자리 잡고 있었다. 정문에서 보면 진입로 끝과 이어지는 도로가 겨우 보일 정도였다. 길 옆 풀밭에 부츠를 놔두면 누구도 볼 수 없었다. 그 여자가 마당 안의 정확히 그 지점을 노리고 들어와서 찾지 않는 이상 그냥 눈에 띄는 자리가 아니었다. 아내는 중국 여자가 부츠를 가지러 돌아올 리가 없다고 생각했지만, 아무튼 남편의 제안을 따르기로 결심했다.

전날 저녁, 여자는 우연히 휠링 부부의 저택에 왔을 것이다. 뚜렷이 어디를 가야겠다는 생각 없이, 나무들이 무성히 우거진 골목과 키 큰 나무들이 서 있는 근처 주택가를 그저 산책하고 있었을 것이다. 그 여자는 여러 집들을 지나치다가, 유난히 밝게 불을 밝힌 집들 사이로 어두운 휠링 씨 저택을 주목했을 것이다. 여자가 그들의 집에 의도를 가지고 침입했다는 생각은 들지 않지만, 아무튼 집에 다가왔다. 그 여자는 대담하게 문을 열고, 안에 들어섰다. 아내는 음악 소리처럼 맑고 부드러운 그 여자의 목소리를 상상했다. "여보세요? 여보세요? 안에 누구 있나요?"

그다음부터는, 아내는 상상할 수가 없었다.

순전히 우연이었어. 그 여자가 여기 온 건.

아무 의미도 없어!

아침 내내, 부츠는 아무도 건드리는 사람 없이 길가에 그대로 있었다. 아내가 밖을 내다보았을 때 그녀는 부츠를 보고 놀랐다. 마치 살아 있는 것처럼, 부츠는 풀밭에 옆으로 쓰러져 있었다.

낮에는 몇 시간 정도 외출할 일이 생겼다. 집에 돌아왔을 때, 부츠는 여전히 앞 잔디밭에, 움직이지 않고 그대로 있었다. 그러고 나서 아내는 부츠를 잊어버렸다. 초저녁에 집에 온 남편은 밖에 나가 확인을 하고 돌아와서는 만족스럽게 부츠가 사라졌다고 알려주었다.

아내는 놀랐다. 그 여자가 감히 부츠를 가지러 다시 오리라고는 생각도 못 했기 때문이다. 여자는 어떻게 휠링 부부가 그녀를 위해 부츠를 밖에 내놓을 거라는 걸 알았을까…….

"헨리, 확실해요? 부츠가…… 없어요?"

"없어, 여보. 없다고."

남편은 웃었다. 마치 이 작은 모험이 그에 걸맞은 결말을 맞이한 것처럼. 아내는 마음의 상처를 입었지만 애써 웃었다. 그 여자는 아내의 친절에도 고맙다는 말을 남길 생각조차 하지 않았다.

그 여잔 부끄러운 걸 거야. 그 여자는 그저 우리를 다시는 안 보고 싶을 뿐이야.

남편은 이 결말에 기뻐하는 것 같았다. 남편은 아내의 입술에 가볍게 키스를 했다. 그는 기분이 잔뜩 고조되어 있었고, 피부는 불그레했고, 눈빛에는 긴장감이 깃들어 있었다. 그의 숨에서 희미하게 알코올 냄새가 났다. 그날 늦은 오후에 연구소에서 아주 호화로운 회식이 있었기 때문이다.

"아주 너그러운 행동이었어, 오드리. 당신은 훌륭한 사람이야. 난 언제나 그걸 알고 있었지. 사랑해, 여보."

아내는 갑작스러운 행복감에 따뜻해졌다. 그 키스는 영원히 그녀의 마음에 새겨졌다. 터무니없이 그녀는 생각했다. 이 남자는 날 사랑해! 다시는 이이를 의심하지 않겠어.

5. 포식자의 그림자

그 여자.

갈라파고스 여행 사흘째 되던 날, 아내는 뜻밖에도 라운지 저쪽 끝에서 매끄러운 검은 머리의 중국인 여자가 남자들과 함께 어울려 있는 것을 보았다.

아내는 믿을 수 없다는 듯 바라보았다. 알람 소리처럼 심장이 아우성을 쳤다. 아냐. 여기는 아냐. 헨리가 그럴 리가…….

남편은 저녁 식사 전에 연구소 동료들과 한잔하겠다며 먼저 나갔다. 아내는 선실에 남아 두통과 싸우고 있었다. 그날의 여행은 몹시 힘들었다. 아침에는 산크리스토발섬 피트포인트의 바위투성이 해안에 '바다 상륙'을 했고, 두 시간 동안 화산의 산등성이 정상으로 하이킹을 했다. 오후에는 가드너만에서 또 한 번 바다 상륙을 하고 바다사자, 갈라파고스매, 바다거북 무리 사이로 모래사장을 따라 하이킹을 했다. 남편은 여전히 다리를 절었지만 지팡이를 짚으며 두 코스를 모두 완주해냈다. 아내도 이제는 지팡이를 사용하기 시작했다. 그리고 곧 지팡이에 의존하게 되었다.

남편은 자주 아내에게 괜찮냐고, 여행이 너무 고되지는 않냐고 물었다. 헨리로서는 친절하고 세심한 배려일 수 있었다. 가끔 아내는 남편이 그녀를 사려 깊은 눈빛으로 바라본다고 느꼈다. 그것이 죄책감일 수 있을까? 아니면 회한일까? 그리고 그녀가 갈라파고스 여행에 잘 적응하는 것을 보고 남편이 깊은 인상을 받았다고 생각했다. 그녀는 플로레아나호에서 뱃멀미를 가볍게 딱 한 번 했고, 하이킹에 지쳐 비틀거릴 때에도 절대 불평을 하지 않았다. 강한 바람에 휩싸인 황량한 갈라파고스의 아름다움에 그녀는 진심으로 감탄하는 것 같았다. 심지어 헨리와 동료 승객들과 함께 지적인 대화를 나누기 위해 선상 도서관에서 갈라파고스의 역사에 관한 책을 찾아 읽기도 했다.

나랑 여기 온 걸 후회하진 않아, 오드리?

전혀요! 난 여기가 좋아요. 이건 내 인생의 모험인걸요.

아내는 긍정적이 되기로 결심했다. 아내는 살아남기로 결심했다!

전날 밤 달빛 갑판에서의 어색하고 무서운 경험은 떠올리지 않기로 했다. 키토의 돌계단에서 있었던 어색하고 무서운 사건을 잊으려 했던 것처럼.

두 경우 다 그녀가 과민 반응을 했던 것이다. 그녀는 알았다. 이제 그녀는 자신이 그런 어린아이 같은 행동을 했다는 게 너무나도 부끄러웠다.

다행히 헨리도 키토의 돌계단에서 있었던 일과 마찬가지로 달빛 갑판에서의 일을 용서한 것 같았다. 대수롭지 않다는 듯 그는 그녀의 쑥스러운 사과를 물리쳤다. "여보, 바보같이 굴지 마! 그 갑판은 굉장히 어두웠고 누구라도 무서웠을 거야. 내일 밤 보름달이 뜨면 우리 다시 가봅시다."

아내는 그 끔찍한 달빛 갑판으로 돌아간다는 생각에 몸서리가 쳐졌다. 그러나 남편이 진심으로 한 말은 아니었을 것이다.

이날 오후, 남편은 가드너만의 깊은 바다로 스노클링을 하러 나갔다. 아내는 나머지 앨버트로스 팀원들과 함께 해안가에 남아 있었다. 그녀는 젊은 사람들과 어울려 수영을 하는 남편이 약간 염려스러웠다. 물론 헨리는 숙련된 수영 실력의 소유자였고, 자주 스쿠버다이빙을 나가곤 했다. 아내는 수영을 썩 잘하지는 못했고, 바다나 근처 바위 해안, 바다 생물이 많은 곳에서는(독이 있는 노랑가오리와 상어도 포함해서) 아예 수영할 생각조차 하지 않았다. 아내는 얼마 전 스노클링을 하는 젊은 여자를 보고 충격을 받았던 기억을 떠올렸다. 호리호리한 몸매의 젊은 여자……. 앨버트로스 팀은 아니고 다른 그룹 멤버였다. 스노클링을 하던 그 여자가 검은 머리의 중국 여자였을까, 헨리와 그 여자가 은밀히 만나 같이 수영을 하자고 미리 얘기해두었던 것은 아니었을까…….

말도 안 돼! 헨리는 그렇게 노골적으로 날 기만하지 않아.

침입자를 닮은 여자야. 그 여자가 아니야.

그러나 남편이, 반짝이는 은발의 키 큰 남편이 중국 여자가 포함된 일행과 함께 어울리고 있었다. 그 사람들은 분명히 연구소 동료들이었다. 아내는 멍하니 서서 그들을 바라보았다.

라운지 입구에 있는 말굽 모양의 바 주위에 사람들이 북적이고 있었다. 아내는 그들 틈에 파묻혀 주위를 잘 볼 수 없었다. 남편이 그녀를 찾아 두리번거리더라도 사람들 속의 그녀를 발견하기 어려웠을 것이다.

축제의 시간이다! 고된 하루 끝에 한 잔의 술을. 강한 바람을 맞으며 원시 세계에서 하루를 보낸 후 화려한 크루즈에서 안락한 휴식을. 뮤지션들이 큰 금속성 소리를 내며 악기를 연주하고 있었다. 아내는 생각에 집중하기 위해 머리를 움켜잡았다.

그냥 가버려. 넌 못 본 거야. 그도 널 못 봤어. 돌이킬 수 없

는 일은 일어나지 않았어.

헨리는 그녀가 저녁 식사 시간이 되면 그들이 늘 앉는 아래층 식당 테이블에 올 거라고 기대했을 것이다. 검은 머리 여자가 식당 어딘가에서 저녁을 먹는다면, 꽤 멀찍이 떨어진 곳에 앉았을 것이다. 전에는 그 여자를 못 봤기 때문이다.

아내는 좀 더 합리적으로 생각을 돌렸다. 하지만 저 여자는 헨리의 연구소 동료겠지. 다른 사람이 아니고…….

지금 헨리와 대화를 나누는 저 호리호리한 검은 머리 여자가 그들의 집에 침입했던 호리호리한 검은 머리 여자일 수는 없었다. 아내는 그럴 수도 있다고 생각했던 스스로를 질책했다.

달빛 갑판에서도 그랬다. 그때 아내는 남편이 당연히 그녀를 죽이고 싶어 한다고 생각했었다. 그러면서도 동시에 그건 불가능하다고, 남편은 그녀를 사랑한다고 생각하고 있었다.

"한잔하시겠습니까, 부인?" 에콰도르인 웨이터가 반짝이는 흰 이를 드러내며 그녀에게 친밀한 미소를 지었다. 직원들의 눈에 비친 그녀는 부인이었고, 몇 안 되는 호호백발의 할머니 승객들만큼이나 흥미롭지 않은 여자였다.

남모르게 아내는 앞으로 나섰다. 끔찍한 위험을 목전에 둔 것처럼 심장이 거칠게 뛰었다. 비참함과 수치심의 눈물이 고여 흘러넘쳤다. 사람들 사이에서 헨리가 키 크고 호리호리한 검은 머리 여자와 대화를 나누는 모습이 보였다. 그들은 모두 긴장을 풀고 함께 웃고 있었다. 오드리가 전에 본 적 없거나 봤어도 기억하지 못하는 헨리의 연구소 동료들이었다. 헨리에겐 동료가 많았고 아내가 연구소의 모든 행사에 참석한 것은 아니기 때문이다. 살며시 안도감이 들었다. 헨리가 저 여자와 연애 중이라면, 둘이 저렇게 공개적으로 같이 있겠어? 저렇게 노골적으로?

아내는 배 안에 저 여자의 동반자가 있을지 궁금했다. 저 남자들 중 하나일까? 만일 그렇다면, 여자와 헨리가 바람을 피우고 있을 가능성은 거의 없었다. 가능하기는 하지만, 그럴 가능성은 거의 없다.

만일 그렇다면, 천박하다.

호리호리한 검은 머리 여자는 분명히 아시아계였고 무척이나 매력적이었다. 20대 중후반으로 보였지만, 허둥지둥 계단을 내려가던 그 여자는 저렇게 키가 크지 않았다. (하지만 이 여자는 굽 높은 구두를 신고 있지 않을까?) 여자는 몸에 꼭 맞는 중국풍 꽃무늬 실크 원피스를 입었고 강렬한 초록색 실크 숄을 둘렀다. 가냘픈 목에는 푸른빛이 감도는 회색 진주 목걸이를 걸었다. 침입자는 피부가 더 희고 입술도 새빨갰는데, 이 여자는 립스틱을 아예 바르지 않은 깃 같았다. 그리고 머리카락도 빛나는 폭포처럼 어깨 너머로 떨어지지 않고 겨우 귀 끝에 닿는 정도의 길이였다. 머리카락을 자른 걸까? 이 여자가 그 침입자와 동일 인물일까?

남편이 웃었고, 여자가 그와 함께 웃었다. 남편은 여자의 어깨를 가볍게 건드렸다. 실크 숄을 고쳐 둘러준 것이다. 아무 의미 없는 제스처라고, 아내는 믿었다.

그들은 동료다. 헨리와 저 호리호리한 검은 머리의 아시아 여자. 그뿐이다.

아내는 헨리와 동료들에게 다가갔다. 구두 굽이 카펫에 파묻히면서 발을 헛디딜 뻔했다. 헨리가 돌아서서 아내를 보고, 재빨리 미소를 지었다. "여보! 마침 잘 왔어. 스테피 파크를 소개해주고 싶은데. 우리 연구소에 새로 온 신경생물학자인데 아주 영민한 친구야."

아내는 다른 사람들과도 인사를 나누었다. 그들은 (그녀가 추측하기로) 전에 만나본 적은 있었지만 이름은 기억나지 않는 사람들이었다. 아시아 여자까지 포함해서 모두들 그녀를 "휠링 부인"이라고 부르며 대단히 예의 바르게 대했다.

스테피 파크의 악수는 솔직 담백했다. 스테피 파크는 전혀 수줍어하지 않았다. 그리고 그렇게 젊지도 않아서, 적어도 30대는 되어 보였다. 피부는 아름다웠지만 살짝 누르스름했고, 눈가에는 잔주름이 잡혀 있었다. 그래도 그녀의 검은 눈은 지적인 즐거움으로 빛났다. 한눈에 봐도 그녀와 헨리 휠링은 아주 좋은 친구 사이였다. 그리고 그녀의 빛나는 검은 머리카락이 풍기는 향기는 너무 황홀해서 기절하지 않을까 싶을 정도였다.

헨리가 미소를 짓고 있고, 스테피 파크가 미소를 짓고 있었다. 놀라운 합동 공연이었다. 남편은 아내에게, 몇 달 전 그들의 집에 침입했던 사람을, 아내가 직접 얼굴을 마주했던 사람을 소개하고 있었다. 그리고 그들은 내가 그녀를 알아보게 부추기고 있어. 그래서 그들을 비난하도록.

아내는 어쩌면 연민일지도 모를 곤혹스러운 감정을 느끼며 그녀 앞의 오만한 커플을 바라보았다. 그들의 입술이 움직이는 것이 보였다. 그러나 아무 말도 들리지는 않았다. 그녀는 어지러웠다. 싸늘한 냉기가 그녀를 훑었다. 그날 섬에서 가이드는 갈라파고스에 사는 코끼리거북 같은 생물들 위로 매의 그늘이 드리울 때, 어떤 식으로 공포 반응이 촉발되는지를 설명해주었다. 지금 그녀가 그것을 느끼고 있었다. 그녀의 머리 위로 나는 포식자 매의 그림자를.

그녀는 걷잡을 수 없는 생각에 잠겼다. 그들이 날 죽일 거야. 난 그들을 막을 수 없어. 난 힘이 없어.

6. '죽음의 작은 사과'

"나는 인도 사람이라서 잎사귀를 만질 수 있는 거예요. 여러분은 만지시면 안 됩니다. 살갗이 탈 거예요."

에두아르도는 잠시 멈춰 서서 관광객들에게 산타크루즈섬의 가파른 등산로 옆에 자라난 독 사과나무에 대해 설명했다. 야생 사과나무를 닮은 '죽음의 작은 사과' 나무는 키가 작았고 노르스름한 초록색 열매가 달렸다. 에두아르도는 조심스럽게 검지로 잎사귀 하나를 건드렸다. 잎사귀를 따지도, 제대로 잡지도 않고 그저 건드릴 뿐이었다. "이 잎은 나도 조금 따가워요. 여러분이 이걸 만지시면 물집이 잡혀 굉장히 고통스러울 거예요. 이게 눈에 닿으면……. 흠, 아무도 그런 걸 원하시진 않을 겁니다!"

만일 이 잎을 찢으면, 절대 그런 짓은 하지 않겠지만, "하얀 우윳빛 수액"이 나올 거라고 에두르도는 설명했다. "피부에 닿으면 불이 붙은 것처럼 아프죠." '죽음의 작은 사과'는 치명적인 맹독성을 띠고 있어 한 입만 먹어도 소화관을 전부 파괴시키기 시작하고, 결국에는 엄청나게 고통스러운 죽음을 맞이하게 된다고 했다.

"일단 그 과정이 시작되면 무엇도 그걸 멈출 수 없어요. 사인死因은 단순한 위장 장애로 나올 겁니다. 어린이들, 그 나무와 거리를 유지하세요. 그리고 부모님들은 제발 아이들에게서 눈을 떼지 마세요!"

쪼글쪼글해진 작은 사과들이 땅 위에, 심지어는 등산로 위에도 몇 개 흩어져 있었다. 아내는 이 해롭지 않게 생긴 과일이 사과보다는 못생긴 배를 더 닮은 것 같다고 생각하며 몸서리를 쳤다.

그녀는 독 사과를 밟지 않으려고 조심했다. 만일 사과의 섬유질이 하이킹 신발 밑창에 묻으면 그것이 여행 가방에 든 옷에도 묻을 것이고, 그러면 손에도…….

늘 그렇듯, 헨리는 하이킹 그룹의 선두에 섰고 오드리는 뒤편에 있었다. 그녀는 다른 몇몇 여자들처럼 걸음이 빠른 하이커들과 보조를 맞추려 하지 않았다. 그녀는 헨리가 멀찍이 앞서서 떨어진 과일을 피해가며 에두아르도 뒤를 바짝 쫓아가는 것을 보고 마음을 놓았다. 그는 무뚝뚝하고 패기만만했다. 발목은 한결 나아졌지만, 그는 여전히 지팡이를 짚고 있었다. 그날 아침 그는 면도를 하며 말했다. "흠…… 갈라파고스에서의 마지막 날이군! 우리는 무사히 살아남았고 말이야." 그는 거울 속 오드리에게 윙크를 했고, 그녀도 애써 밝은 미소를 지어 보였다.

하지만 속으로는. 다시 집으로 돌아갈 수만 있다면! 그럼 다시는 이런 위험을 무릅쓰지 않겠어.

맑고 화창한 적도의 아침을 맞이하니, 전날 밤의 두려움이 대단찮게 느껴졌다. 그리고 그 호리호리한 검은 머리의 스테피 파크가 몇 달 전 그들의 집에 침입했던 뻔뻔한 침입자가 과연 맞는지 확신이 가지 않았다.

그렇다 해도, 남편과 호리호리한 검은 머리 '신경생물학자'가 불륜 관계일 가능성은 여전히 있었다. 둘 사이에는 놓칠 수 없는, 성적으로 편안한 분위기가 감돌았다. 연애 초 가장 로맨틱한 시절에도 헨리 휠링에게서 그런 편안함을 느껴본 적 없었던 아내는 크게 낙심했다.

그리고 자신을 바라보던 헨리 동료들의 연민 어린 눈길도.

가엾은 여자야! 너무 순진하고, 바보 같고…… 완전히 눈이 멀었어.

그러나 그들은 그녀의 목숨이 위험에 처해 있다는 건 전혀 몰랐다. 그들은 헨리 휠링이 얼마나 무자비하고 계산적인지, 어디까지 잔인해질 수 있는지 전혀 몰랐다.

선상 도서관에서 친해진 승객으로부터 아내는 크루즈선이 공해 또는 외국 영해에 있을 때는 미국 법을 따르지 않아도 된다는 오싹한 사실을 전해 들었다. 실제로 미국 영토를 벗어나면 '미국 법'이란 것은 없었다. 플로레아나호는 에콰도르에 등록된 선박이었다. 미국인 승객이 압도적으로 많은 다른 크루즈들도 라이베리아 같은 먼 나라에 등록되어 있었다! 배 안에서 벌어지는 범죄는 해당 국가의 관리에 의해 수사, 기소될 수 있는데, 그들은 공공연하게 뇌물을 받는 것으로 악명이 높았다. 게다가 불행한 일이나 고통스러운 일을 당한 승객이 소송을 건다 해도 승소할 가능성은 거의 없었다. 아내는 극심한 공포를 느끼며 또래 미국인 여성으로부터 '공해'상에서 발생한 도난, 괴롭힘, 공공 기물 파손, 강탈, 성추행 및 강간, 폭행, 살인 사건 이야기를 들었다. 그리고 범인이 체포되는 경우가 얼마나 드문지도 들었다.

다시 한번 아내는 몸서리를 쳤다. 그녀는 참으로 여러 면에서 순진했던 것이다!

아내는 두려움에 현기증마저 느꼈다. 그런 사건은 그녀에게도, 쉽게, 일어날 수 있었다. 칠흑 같은 어둠 속 달도 뜨지 않은 밤에 갑판 너머로 추락할 수도 있었고―누군가에게 떠밀려서―그녀의 시신은 절대로 발견되지 않을 것이다. 그녀가 선실에서 사라지면, 남편이 실종 신고를 하겠지. '슬픔을 가누지 못하는' 남편으로서.

남편이 그녀를 죽였다고, 아니면 그녀를 어디 끔찍한 먼 곳에 데려가 죽게 두었다고 그녀의 가족이 의심할 수도 있다. 가족들은 그를 전혀 신뢰하지 않았고, 그녀는 가족들의 말을 듣지 않았다. 사랑이 전염병인 것처럼, 그녀는 고립되었다. 그녀는 남편을 너무나도 사랑했고 속내를 털어놓을 사람은 주위에 아무도 없었다.

그녀는 헨리 휠링과 결혼하면서 관계가 소원해진 언니 이모진에게 상상 속에서 편지를 쓰기 시작했다.

이모진 언니에게,

내가 어디 있는지 절대 상상도 못 할걸! 여긴 적도의 바다 위, 에콰도르 해안에 있는 그 유명한 갈라파고스제도야.

여긴 아주 아름답고 황량하면서도 '원시적인' 곳이야. 헨리는 처음엔 내가 여기 오는 걸 원치 않았었어. 내가 이곳의 바위투성이 길을 잘 다닐 수도 없고 체력도 강하지 않다고 걱정을 했었지만, 난 잘 해내고 있는 것 같아. 사실 여기는 내가 그동안 가봤던 어느 곳보다도 매력적인 곳이야.

그러나 이것은 가짜였다. '아내다운' 가짜 목소리였다.

이모진 언니에게,

사실은, 난 무척 창피해. 목숨을 잃을까 봐 두려워. 헨리가 무서
워. 그이는 다른 여자를 만나는 것 같아. 헨리가 고용한 중국인
신경생물학자인데, 예쁘게 생겼고 헨리보다 서른 살은 어려 보
이는 여자야. 그 여자가 우리 집에 들어왔었어. 우리 침실에도!
헨리는 자기 아내 ― 지금의 아내 ― 가 자기 인생에서 사라져주
기를 바라는 것 같아.

사고가 날 뻔했었어. 치명적일 수도 있었을 '사고' 말이야.

언니랑 가족들이 헨리 휠링에 대해서 나에게 경고했던 게 생각
나. 왜 언니 말을 안 들었는지 부끄러워 죽을 지경이야. 언니 말
이 옳았고 다시는 언니를 못 만날까 봐 두려워. 언니를 사랑해.

남편이 내 재산을 물려받지 못하도록 해줘! 부탁이야.

하지만 진실은 그보다 훨씬 더 복잡해. 나는 헨리를 사랑해. 나의
의심은 마치 마비나 독 같아. 내가 실수하는 건 아닌가 싶어 불안
해. 내가 잘못 의심하고 있는 건 아닌지, 아무 잘못도 없는 사람
을 잘못 판단한 건 아닐지. 나는 그토록 나를 사랑했던 남편이 언
제고 다시 돌아와 우리가 다시 함께 행복해질 수 있으리라 믿고
있어.

언니의 사랑하는 동생

오드리

이 편지는, 혼자만의 시간이 생기면 곧바로 써야지. 그런 다음 여행 책임자에게 맡겨야겠다. 나에게 무슨 일이 생길 경우에 대비하여.

사람들이 독 사과나무를 조심스럽게 지나가고 있을 때, 아내는 신발 끈을 묶기 위해 몸을 숙였다. 누구도 몸을 숙여 신발 끈을 묶는 그녀를 눈여겨보지 않았다. 아내는 카르고 팬츠 주머니에서 휴지 뭉치를 꺼냈다. 이 휴지로 그녀는 쪼글쪼글한 사과를 조심스럽게 싸서 주머니 안에 넣었다.

한 입의 독. 이 사과를 한 입 베어 물면, 그걸로 바로 끝이야.

아내는 플로베르의 『마담 보바리』의 끔찍한 결말을 떠올렸다. 그녀가 좋아하는 소설이었지만, 여주인공으로서 엠마 보바리를 인정할 수 없었고 오히려 바보처럼 대책 없이 낭만에 빠진 희생자로 생각했다. 사랑에서도 불행했고, 큰 빚을 져 희망마저 없었던 가엾은 엠마는 나른한 잠에 빠져들기를 바랐지만, 실제로는 비소를 삼키고 끔찍하게 구토하고 경련을 하다 죽었다.

아내는 절대로 그런 절망적인 행동은 하지 않을 것이었다. 절대로 독을 삼키지 않을 거라고, 그녀는 단단히 마음먹었다. 그럼에도…… 그런 강력한 독을 손에 쥐고 있다는 것이 애수 어린 위안이 되었다.

그녀는 서둘러 다른 사람들을 따라잡았다. 그들은 코끼리거북이 사는 섬에서 초록빛이 짙은 늪지대 쪽으로 내려가는 중이었다. 지금이 갈라파고스 모험의 최고 절정이었다. 그 유명한 코끼리거북은 거북 종 중에서도 가장 큰 종에 속했다. 조금 거리를 두고 보면 이 선사시대 동물처럼 생긴 거북은 특별히 커 보이지 않았다. 인간의 눈 또는 뇌가 거북의 크기를 '보정'하기 때문이다. 그러나 가까이 다가가보면, 거북이 정말로 어마어마하게 크고, 빙하처럼 느리게, 그리고 두꺼운 거북 등껍질로 치장한 폴크스바겐처럼 기품 있게 움직인다는 것을 알게 된다. 거북의 거대한 다리는 비늘로 덮여 있고 고무처럼 불룩하다. 튀어나온 머리는 털이 없이 민둥하고 차분하다. 거북의 눈은 구슬처럼 반짝거리면서도 깜박임 없이 냉랭하게 바라보고 있다.

나도 너희처럼 살아 있어. 하지만 난 너희들보다 더 오래 살 거야.

"거북이에게 다가가지 마세요. 졸려 보일 수도 있지만 우리를 빈틈없이 인지하고 있습니다. 거북의 감각은 아주 예민해요."

진창이 된 들판에 거대한 거북 몇 마리가 있었다. 에두아르도는 각각의 무게가 360킬로그램이 넘을 거라고 추정했다. 나이는 최소로 잡아도 100살 정도 될 것이었다. 거북의 심장은 매우 느리게 뛴다. 물속에서는 여덟 시간까지 숨을 참을 수 있다. 그들은 느리지만 정교하게 움직인다. 코끼리거북이 바다에 닿으려면 두 달가량 걸리지만, 정확히 그곳에 도달하고 다시 돌아온다. 자연적인 천적은 없고, 다만 알에서 막 깬 새끼들의 천적으로 갈라파고스매가 있다.

거북에게 너무 가까이 다가가면 쿵쿵거리는 거친 소리를 내고, 목, 머리, 다리, 꼬리를 등껍질 안으로 집어넣어 자신의 불쾌함을 드러낸다고 에두아르도가 경고했다. "그렇게 되면 여러분이 구경할 거리는 오로지 등껍질밖에 없게 되는 거죠."

기이하게 아름다운 껍질이라고, 아내는 생각했다. 사람들이 열심히 사진을 찍는 동안 아내는 무아지경으로 거북을 바라보았다.

너희보다 오래 살 거야. 너희들 모두보다 더.

작고 바보 같은 생명체들. 똑바로 서서 돌아다니며 원하고, 원하고, 또 원하기만 할 뿐.

선원들은 16세기부터 고기, 기름, 등껍질을 얻으려고 코끼리거북을 학살했다. 인간은 가장 게걸스럽고 무자비한 포식자다. 20세기 중반부터 생물들은 멸종되어가고 있다. 1970년대에 갈라파고스의 서식 종수는 3,000종 이하로 떨어졌다. 다행히 에콰도르 정부는 갈라파고스 국립공원을 설립했다.

여기에서 나시 학살자의 이야기가 등장한다. 거북에게 안정적인 환경을 제공하기 위해 토착종이 아닌 외래종들은 대량으로 제거되었다. 아내는 물론 그 논리를 이해했다. 그러나 생태학이라는 명목하에 벌어진 그 엄청난 유혈 사태는!

아내에게 그것은 생명이란 얼마나 불안정한 존재인가 하는 계시였다. 이 코끼리거북들은 자연의 해악으로부터 안전한 것 같아 보이지만, 사실은 대단히 연약한 존재들이었다. 염소는 거북의 섬에서 과다 번식하며 거북의 먹이 공급 체계를 파괴한다. 그러면 몇 년 안에 거북은 지구상에서 영원히 사라질 수도 있다. 이미 거북의 아종 전체가 사라졌고, 그들의 잔해는 빅토리아 시대의 머리빗과 거울 틀의 형태로 남아 있다. 생명이 생명을 파괴하는 것은 끔찍한 일이다. 그러나 소멸은, 멸종은, 훨씬 더 끔찍하다.

아내는 스스로의 생명의 불안정성을 고민하고 있었다. 살아남기 위해, 그녀는 경계해야 했다. 경계하는 법을 배우지 못하고 40년 이상 보호를 받는 삶을 살아왔지만, 이제는 결정을 내려야만 했다.

필사적으로. 교활하게.

변화하는 환경에 적응하여.

인간은 스스로를 자급자족할 수 있는 강한 존재라고 믿고 있지만, 인간의 (육체적) 생존은 기온, 강수량, 식량 조건이 운 좋게 딱 맞아떨어져야 가능하다. 비가 너무 많이 오거나 너무 적게 오면 인간은 소멸된다. 기후가 너무 따뜻하거나 너무 추우면 인간은 소멸된다. 그리고 아무리 뇌가 발달했다고 해도, 아무리 착한 사람이라고 해도, 공급되는 식량을 초월해서 생존할 수는 없다. 절대로.

갈라파고스의 생명체 대부분이, 거대 파충류들이, 표면적으로만 의식 상태에서 무기력하게 살고 있었다. 척추동물 중에서도 가장 원시적인 삶을. 그들은 자신들이 얼마나 큰 '위험에 처했는지' 알지 못했다.

"자, 여기 거북 등껍질의 내부가 보이죠. 보이세요? 흔히 사람들은 이걸 '떼었다 붙였다 할 수 있는' 껍질로 생각하는데, 그런 게 아니고 거북이의 척추뼈의 일부입니다." 에두아르도는 그들을 차양 아래 풀밭으로 안내했다. 여기에는 코끼리거북의 등껍질이 전시되어 있었다. 충격적인 장면이었다. 거대하고 아름다운 등껍질 안에, 생명이 없었다. 에두아르도가 조금 힘을 들여 들어 올리자, 거북의 등뼈 중 연골 잔여물이 보였다. 에두아르도는 아이들 몇 명을 불러내 등껍질 아래로 기어 들어가게 하고, 부모에게 사진을 찍도록 했다.

아내는 마음의 상처와 모욕감을 느꼈다. 코끼리거북이, 그토록 귀족적인 생명체가, 이런 식으로 사진을 찍히다니!

"그렇게 하시면 안 될 것 같은데요." 오드리가 말했다. "내가 보기엔…… 이건 동물에 대한 모욕인 것 같아요."

다른 몇몇이 동의의 말을 중얼거렸다. 그러나 에두아르도는 듣지 못했거나 들은 척하지 않았다. 아이들은 하나씩 거대한 껍질 아래로 기어 들어갔고, 부모들은 사진을 찍었다.

아내의 눈에 눈물이 차올랐다. 아, 정말 웃기는 일이야! 그녀는 그저 거북이의 등껍질에…… 그 공허함에 왜 이런 비탄을 느끼는 것인지 이성적으로 납득할 수가 없었다.

남편은 위로하려는 듯 아내 옆으로 다가왔다. 에두아르도가 아이들을 불러내기 전까지 사진을 찍고 있던 그도 등껍질을 그런 식으로 부적절하게 대하는 데 화가 나 있었다.

"여보, 당신 괜찮아? 오늘 아침 트레킹은 좀 고되지. 태양도 뜨겁고."

남편이 그녀의 손목을 건드렸다. 아내는 그를 향해 미소를 지었다. 햇빛이 눈부셔 눈을 뜰 수 없었다.

안도감이 밀려왔다. 물론 이 남자는 날 죽이려 하지 않아. 이 사람은 날 사랑하는 내 남편이고, 내가 죽기를 바라지 않아.

7. 다시, 달빛 갑판에

"여보? 드디어 달이 떴어. 보름달이야."

플로레아나호에서 보내는 마지막 밤이었다. 뮤지션들이 이곳저곳에서 저녁 식사를 하는 승객들을 즐겁게 해주었고, 선원들과 갈라파고스 공원 가이드들 모두 에콰도르 전통 축제 의상을 입고 돌아다녔다. 기품 있는 에두아르도마저 종이 반죽으로 만든 모자와 알록달록한 셔츠를 입고 승객들을 위해 카메라 앞에서 포즈를 취해주었다.

"고마워요, 에두아르도!" 이제는 에두아르도에게 실망을 했지만, 그래도 아내는 사진을 찍었다.

저녁 식사를 들면서 아내는 평소에 잘 마시지 않던 와인을 두 잔 마셨다. 남편은 같이 과학 얘기를 할 수 있는 연구소 동료들을 불러 한 테이블에 앉혔다. 늘 함께 저녁을 먹던 친절한 낯선 사람들은 사라졌다. 아내는 그들이 어디로 갔는지 알 수 없었다.

남편은 종종 이런 식으로 행동했다. 막후에서 그는 쫓아내고, 해고하고, '종결지었다'. 가끔은 고용인을, 조수를, 친구와 지인들을. 아내들도.

만일 아내가 함께 저녁을 먹던 사람들은 어디로 갔느냐고 남편에게 물었다면, 남편은 미소를 지으며 이렇게 되물었을 것이다. "누구?"

적어도 남편은 스테피 파크를 데려오지는 않았다. 어쩌면 스테피 파크가 반대했을지도 모르겠다. 아내를 배려해서.

아내도 결혼 전에 헨리 휠링과 함께하는 자리를 몇 번 거절한 적이 있었다. 당시의 휠링 부인을 배려해서.

식사 시간은 대부분 아내에게는 흐릿하게 흘러갔다. 그녀는 술에 익숙하지 않았고 정신없는 파티 분위기는 신경에 거슬렸다. 아내는 북적이는 식당 안에서 아름다운 검은 머리의 아시아인 여자를 찾기 위해 끊임없이 두리번거리고 있었다. 저쪽 구석에 그 여자가 보였다. 아니면 보인 것 같았다.

남편과 동료들은 불필요한 종들을 '제거'하여 생존에 위협을 받는 종들을 유지하는 갈라파고스 프로젝트에 대해 얘기를 나누고 있었다. 처음에는 동물 권리 단체들이 프로젝트를 비난했지만, 프로젝트가 성공을 거두면서 전 세계 생태학 기관들의 모델이 되었다.

물론 헨리와 동료 과학자들도 우선권이 있는 종들을 유지하기 위한 학살 프로젝트에 전적으로 동의했다. 그것은 과학적 원칙이고 논란의 대상이 될 일이 아니라는 것이었다. 아내는 묵묵히 듣기만 하다가, 와인의 힘을 빌려 마침내 반박에 나섰다. "하지만 '유입된' 종들도 진화를 한 거잖아요. 안 그래요? 그런 종들은 생물학적인 관심 대상이 아닌 건가요?"

남자들은 마치 훈련받은 동물이, 이를테면 앵무새가, 유창한 사람 말로 일관성 있게 말하는 데 놀라듯 그녀를 쳐다보았다.

"오드리, 여보. 염소는 생태학적 관심의 대상이 아니야. 염소는 멸종 위기에 처해 있지 않으니까! 갈라파고스의 일부 종들은 멸종될 뻔했고, 이젠 안정화되었어. 만일 '유입된' 종들이 제거되지 않았다면 갈라파고스 종들은 사라졌을 거야. 지금쯤 '갈라파고스' 자체가 없었을 거라고. 그냥 염소들의 섬이 되었겠지." 헨리는 호의적으로 말했다. 이해력 떨어지는 사람에게 감정 상하지 않게 설명해주는 것처럼. 다른 남자들은 웃었다. "염소들은 이 섬에 와서 과다 번식했고 식물 종 대부분을 파괴했어. 그 식물 종은 거북이들이 생존하는 데 꼭 필요한 것이었거든. 그리고 고양이들은 새들의 생존을 위협하고 있고……."

"하지만 가이드는 동물들을 '돕지 않는다'고 말했어요. 동물들에게 '간섭하지' 않는다고요. 그런데 간섭하고 있잖아요."

"그들의 목표는 이곳 섬들을 인간이 개입하기 이전 상태로 복원하는 거야. 그게 목표였고 지금까지는 잘 진행되고 있는 것 같아."

"난 다만 살아 있는 것들을 학살하는 게 잘못된 것 같다는 거예요. 그냥 죽이다니……. 이런 끔찍한 대학살을, 아무도 신경 쓰지 않다니요."

아내는 흥분해서 걷잡을 수 없었다. 와인이 그녀의 과묵한 천성을 무너뜨린 것 같았다. 남자들은 정중한 태도로 듣기만 했고, 대답은 남편이 했다. "개별 개체는 중요하지 않아, 여보. 종이 중요하지. 우린 종 전체를 학살한 게 아니야. 섬에 있는 아종들만 죽인 거야. 어쩐지 대화 주제를 좀 바꿔야 할 것 같은데. 당신이 감정적이 된 거 같아서 말이야."

그러나 아내는 고집스러웠다. "하지만 염소들도 20세기가 될 때까지 나름대로 하나의 종으로 수립되었죠. 여기 종들도 새나 바람이나 다른 동물에 의해 이 섬에 '유입된' 거잖아요. 염소도 똑같은 방식으로 인간에 의해 '유입된' 거죠. 그게 진화가 의미하는 바가 아닌가요?"

"아니야! 염소는 원래 토착종에 포함되어 있지 않았어."

"하지만…… 그건 나치가 유대인과 집시에 대해 말한 것과 같은 내용 아닌가요? 아리안족이 아니면, 토착종이 아니니까 제거되어야 한다고요."

이제 헨리는 그녀에게 화를 내고 있었다. 동료들은 당혹스러워하며 고개를 돌렸다.

"대화 주제를 좀 바꿉시다, 오드리. 당신은 지금 감당도 못할 얘기를 하면서 스스로를 바보로 만들고 있어."

"나는 그저 염소들을 변호하고 있을 뿐이에요. 갈라파고스 염소들은 염소의 흥미로운 아종이 아니었나요? 염소도 이곳에 300년이나 살았어요. 왜 생물학자들이 염소에게는 관심을 갖지 않았던 거죠?"

그러나 희망은 없었다. (학살된, 제거된) 염소들에게도 희망이 없었다. 나치의 이론에 홀로 맞섰던 이의 가냘픈 목소리에도. 유대인, 집시, '멸시받는' 소수자들, 비토착종 취급을 받는 이들, 당연하게 여겨지는 '다른 인종 간의 출산'과 '혼혈화'에 대한 혐오……. 누구도 이런 아종들을 변호하지 않는 것인가요? 관심을 갖는 생물학자는 없나요? 아무도?

아무도.

디저트가 나왔다. 디저트와 함께 달콤한 와인도.

라즈베리 무스와 초록빛 도는 노란 크림 파이가 나왔다. 망고를 얹은 바나나 커스터드 같은 것도 있었다. 플로레아나 호의 디저트는 이국적이고 맛있었다. 남편은 무스나 크렘브 뤼레 같은 아름답고 정교한 디저트들을 높이 평가했다. 아내는 그를 위해, 그리고 디너파티를 위해 디저트 만드는 법을 배웠다. 그리고 흔치 않은 남편의 찬사에 고마움을 느꼈다.

조심스럽게 그녀는 '죽음의 작은 사과'를 감쌌던 휴지를 떼어낼 것이다. 부엌에서 혼자, 그 작은 사과를 으깨야지. 사과를 큰 여행 가방에 넣어 수하물로 부치면 걸리지 않을 것이다. 사과는 옷 속에, 속옷으로 잘 감싸서 넣어야지. 맨손가락으로는 만지지 말고.

믹서기를 사용해 초록빛 도는 노란 사과 페이스트를 액체가 되도록 간다. 거기에 크림을 얹고, 술 한 티스푼을 끼얹는다. 이 디저트는 특별한 디저트 잔에 담아야지. 결혼 선물로 그녀가 받은, 가보로 내려오는 크리스털 식기에. 이 디저트 잔은 남편이 특별히 아끼는 것이다.

그녀도 먹을 수 있도록 남편의 것을 본뜬 디저트를 만들 것이다. 바다이구아나가 화산암 서식지 지형과 아주 비슷하게 생겨서 거의 구분이 가지 않는 것처럼, 아내의 디저트(요거트, 바나나)도 남편의 (치명적인) 디저트와 비슷하게 생겼을 것이다.

남편은 아내를 전적으로 신뢰했다. 남편에게 그녀를 못 믿을 빌미를 한 번도 준 적이 없었으니까. 남편은 아무 거리낌 없이 디저트를 먹을 것이고, 절대 의심하지 않을 것이다. 점점 몸이 아파와도, 그리고 견딜 수 없도록 아파져도, 남편은 절대 의심하지 않을 것이다.

"여보? 달이 드디어 떴어. 갑시다!"

아내는 적도의 태양 아래에서 하루 종일 보내고 와인까지 몇 잔 마셔서 약간 어지럽다고 힘없이 변명하며 거부하려 했지만, 남편은 단호했다. "플로레아나호에서의 마지막 밤이야. 이 '마법에 걸린 섬'에서 보내는 마지막 밤이기도 하고. 내일이면 집이야."

집home. 파멸doom과 운이 맞는 발음.

남편은 파닥거리는 작은 새를 잡아 진정시키듯 아내의 손을 잡았다. 사로잡힌 손. 아내는 생각했다. 아직 이모진에게 편지를 쓰지 않았는데. 언니는 절대 모르겠지.

자정이 다 된 늦은 밤이었다. 환하게 불을 밝힌 뱃머리의 2층 갑판에서는 사람들이 웃고 춤을 추고 있었다. 에콰도르 뮤지션들이 연주하는 음악이 시끄러웠다.

"아니야, 여보. 달빛 갑판으로. 한 층 더 올라가."

아내에게는 복종하는 것 말고는 선택지가 없었다. 비명을 지를 수도 없었다. 아무도 그녀의 비명 소리를 듣지 않을 것이다. 그리고 왜 비명을 지르겠는가? 위험할 일은 없었다. 헨리가 그녀의 손을 잡고 보호해주고 있는데.

그들은 달빛 갑판으로 나왔다. 이곳에선 바람이 세게 불고 기름 냄새가 났다. 그리고 아주 캄캄했다. 좀 전에 희미하게 보름달이 보였는데 지금은, 기이하게도 달이 아예 사라져버린 것 같았다.

타르 빛깔의 구름이 바닥에 고정시킨 텐트 꼭대기처럼 사방의 하늘을 덮고 있었다. 세찬 돌풍의 한가운데에서 아내는 숨도 쉴 수 없었다.

아내는 별빛이 빛나는 황량한 뱃머리 오른쪽으로 돌아서려 했지만, 남편이 그녀의 팔꿈치를 부드럽게 잡아당기며 말했다. "이쪽이야, 오드리." 그들은 배의 왼쪽, 어둠 가운데에서도 가장 짙은 어둠 속으로 향했다.

빅마마

Big Momma

"빌어먹을, 바이올렛, 넌 부끄러움도 모르는 거짓말쟁이야."

엄마가 또 그녀에게 넌더리를 냈다. 하지만 엄마는 어떻게 바이올렛이 사실대로 말하지 않았다고 단정 지을 수 있을까? 그녀의 마음을 읽기라도 한단 말인가?

그러니까 엄마 지갑에서 몇 달러를 꺼내긴 했다. 그래도 액수 큰 지폐는 안 건드리고(20달러, 50달러) 소액 지폐(1달러, 5달러)만 꺼낸 데다 남겨둔 돈이 훨씬 더 많았다. 게다가 엄마는 신용카드를 주로 쓰지 현금은 거의 쓰지 않았다. 그런데 엄마는 마치 그녀가 1,000달러 정도는 훔쳐 간 것처럼 식식대며 야단법석을 떨고 있었다.

"쇼핑몰에 갔었지? 누구랑? 거긴 어떻게 갔어? 버스를 탄 거야? 누가 널 태워줬니? 누구야? 올 땐 어떻게 왔어? 어디가 있었던 거야? 6시가 넘었잖아."

6시가 넘었는데. 그래서 뭐. 바이올렛은 슬쩍 얼굴을 찡그려 보였는데, 다행히 엄마는 보지 못한 것 같았다. 아니었으면 한 대 세게 얻어맞았을 것이다.

화를 내며 부르르 떠는 엄마 앞에서 바이올렛은 뚱한 표정을 얼굴에 씌웠다. 새틴이나 실크로 만든 밀착형 가면처럼, 핼러윈 마스크를 쓰듯이 얼굴에 착 달라붙게 덮어씌우는 것이다. 그날 아침 학교에서 친구 리타 메이에게 새 립스틱을 빌렸다. 거의 검정에 가까운 짙은 갈색인데, 입술에 바르면 고혹적이고 섹시한 룩을 연출할 수 있다(그녀는 그렇게 생각했다). 그래서 학교가 끝나고 남자 선배들의 시선이 그녀에게 향하는 것을 느낄 수 있었다.

문제는, 집에 올 때 립스틱 지우는 걸 깜박했다는 것이다. 맨 처음 엄마가 그녀를 보고 한 말은 이랬다. "너! 네 나이에! 그 꼴이 그게, 그게⋯⋯." 엄마의 목소리가 잦아들었다. 엄마는 바이올렛이 들었다면 움찔했을 그 말을 차마 입 밖에 내지 못했다.

두 번째는. "너 어떻게 감히 돈을 훔쳐 갈 수가 있어? 도대체 얼마를 가져간 거야?"

뚱한 가면 속에서 바이올렛은 "몰라요"처럼 들리는 말을 웅얼거렸다. 아니면 "안 가져갔어요"이거나.

"쇼핑몰이 위험한 곳인 거 몰라? 그런 데서 어슬렁거리는 게 위험하다는 거 몰라?"

뚱한 가면 속에서 바이올렛은 이해할 수 없는 말을 중얼거렸다. 아마도 "아, 네"이거나 "그래요"이거나, 또는 "아뇨"일 수도 있다.

"학교에서 경고를 안 하는 거니, 아님 네가 안 들은 거니? 이곳에서 아이들이 '유괴되고' 있잖아. 아이 엄마가 망사문 안쪽에서 통화하는 사이에 바로 뒷마당에서 두 살 난 아기가 납치됐어.

지금도 다섯 살 난 여자애가 일주일째 실종 상태야. 그 애 엄마가 JC페니에서 뭘 사느라 잠깐 한눈판 사이에 여자애가 사라졌다고. 그리고 우리가 여기로 이사 오기 전에도 세 살 난 남자아이가 자기 집 안에서 사라졌잖아. 우리 집에서 몇 블록 떨어지지 않은 곳이야. 그 애들 모두 흔적도 없이 사라졌어."

"아이, 진짜, 엄마! 걔네들은 다 꼬마들이었잖아."

"꼬마들'이었다'니, 그게 무슨 의미야? 왜 과거형으로 말하는 거야?"

"내 말은…… 걔네들은 진짜 조그마한 꼬마들이라고. 누가 날름 들쳐 업고 달아날 수 있는. 쉽잖아. 난 걔네들하고는……."

"그러니까 너는 '다 컸다' 이거냐? 네가? 너도 열세 살이야. 너 몸무게가…… 도대체 얼마냐? 40킬로그램인가?"

엄마가 때리기라도 한 것처럼 바이올렛의 얼굴이 달아올랐다. 그녀는 또래보다 키가 작았고 키에 비해 뚱뚱했다. 바이올렛은 43킬로그램이었다. 그리고 키는 겨우 150센티미터였다. 8학년 중에서 가장 작은 축에 속했다.

더 최악인 것은 그럼에도 가슴과 엉덩이가 자라고 있다는 것이다. 부드럽고 스펀지처럼 말랑말랑한 살을 그녀는 혐오했다. 비쩍 마른 여자애들이 부러웠다. 그 애들은 동정이라기보다는 경멸의 눈빛으로 그녀를 바라보았다. 현실적으로 유일한 친구인 리타 메이조차도 그녀를 가엾게 여겼다.

부끄럽고 화가 나서, 바이올렛은 계단을 뛰어 올라갔다. 계단에 무거운 발소리가 울리게 해서 자신이 엄마를 어떻게 생각하는지 알게 해주고 싶었다. 바이올렛에게 몸무게만큼 민감한 문제가 없다는 걸, 잔인한 엄마는 몰랐단 말인가?

계단 밑에서 엄마가 위를 쳐다보며 소리를 질렀다. "바이올렛! 너 돈 훔쳐 간 거 다시 돌려놔. 동전 한 푼까지, 전부 다 가져와."

바이올렛은 방문을 쾅 닫았다. 심장이 미친 듯이 세게 뛰었다. 엄마한테 실제로 얻어맞은 것처럼 입술이 부은 느낌이 들었다.

'미워 미워 미워 진짜 미워. 그냥 죽어버렸으면 좋겠어.' 그러다, 생각을 고쳤다. '엄마가 죽어버렸으면 좋겠어.'

울음을 멈출 수가 없었다. 뜨거운 눈물이 그치질 않았다. 애초에 학교 끝나고 리타 메이 클로비스와 칼리스 라모트와 같이 쇼핑몰에 간 게 바보 같은 짓이었다. 다른 아이들은 바이올렛보다도 가진 돈이 더 없어서 애들한테 돈을 '빌려줘야' 했기 때문이다. 사실 바이올렛이 돈을 훔친 것도—빌어먹을, 겨우 17달러밖에 안 되는데!—리타 메이가 꼬드겼기 때문이었다. "너희 엄마는 돈이 없어진 것도 모를걸. 우리 집에서는 지갑에 현금을 갖고 다니는 건 아빠뿐인데 아빠 지갑은 아빠한테서 절대 못 빼내." 바이올렛은 리타 메이를 기쁘게 해주고 싶었고 리타 메이의 친구들도 기쁘게 하고 싶어서, 리타 메이가 시키는 건 뭐든지 다 했다. 이제 엄마는 그녀를 절대, 다시는 믿지 않을 것이다.

학교 끝나고 쇼핑몰에 갈 때 아이들은 버스를 타지 않고 뉴리버티몰에서 일하는 칼리스의 고등학교 선배 차를 얻어 탔다. 쇼핑몰에서 돌아올 때는 리타 메이가 아는 더 나이 많은 남자애의 차를 얻어 탔다. 여자애들 중 둘(바이올렛, 칼리스)은 맥주 냄새와 퀴퀴한 담배 냄새, 더러운 운동복 냄새가 밴 스테이션왜건 뒷좌석에 끼어 앉았다. 좌석이 비좁아서 칼리스는 (바보처럼 키들키들 웃으며) 어느 남자애 무릎에 앉았다. 바이올렛은 완전히 무시당한 채 문 쪽에 딱 붙어 앉아야 했다. 모두들 큰 소리로 웃고 바보처럼 행동하는 가운데 바이올렛만 창밖을 바라보며 여기만 말고 어디라도 있었으면 좋겠다고, 심지어 죽는 것도 괜찮겠다고 생각하고 있었다. 남자애들이 그녀에게 눈곱만큼도 관심이 없는 게 너무나도 뻔했기 때문이었다.

사우스밸리 중학교에서 바이올렛 프렌티스는 '신참' 전학생이었다.

빌어먹을, 그녀는 사우스밸리 중학교가 싫었다! 이 학교는 전에 다니던 학교의 두 배쯤 되는 큰 학교였다. 예전 학교에는 좋은 친구가 적어도 세 명은 있었다. 유치원 때부터 알고 지낸 여자아이들이었다. 새 학교에서는, 미드나이트 키스 립스틱을 바르고 손톱을 짙은 갈색으로 칠하고 검은 장미 가짜 문신을 팔 안쪽에 새기고 귓불에는 리타 메이 클로비스가 한 것 같은 사악해 보이는 은 피어싱 귀걸이 정도는 해주지 않으면 철저히 투명인간 취급을 받았다.

새로 이사 온 도시는 이전에 살던 곳에서 남쪽으로 겨우 29킬로미터밖에 떨어져 있지 않았다. 굳이 이곳으로 이사를 온 이유는 웰스 파고 은행에서 바이올렛의 엄마를 전근시켰기 때문이었고, 엄마는 이사를 하는 것 외에는 달리 방법이 없었다. 그래도 엄마는 인원 감축으로 해고당하지 않고 교외 지역의 지점으로 재배치된 게 행운이었다고 했다. 이 지역은 바이올렛이 기억하는 이전 동네보다 훨씬 더 빠르게 성장하고 있다면서.

(바이올렛의 기억 속에 그보다 더 이전의 시간은 비 오는 날 밤에 내놓은 수채화처럼 모든 게 흐릿하게 번져 있었다. 까끌까끌한 수염 돋은 턱에 맥주 냄새를 풍기며 웃기는 표정을 짓는, 한때 아빠였던 남자가 울려서 숨이 껵껵 넘어가도록 운 기억만 남아 있을 뿐.)

엄마 말대로 실제로 동네에서 아이들이 계속 사라지고 있었다. 어린 소녀 둘, 이제 겨우 생후 6주 된 남자 아기 하나. 그 아이들에게 무슨 일이 일어났는지는 아무도 알지 못했다. 지역 경찰과 주 경찰은 '모든 가능성을 조사'하고 있었지만 '아직 체포된 용의자는 없었다'. 희한하게도 고양이, 개, 토끼 같은 애완동물들도 사라지고 있었다. 애완동물들이 사라진 지는 최소한 1년은 되었고, 아이들보다 훨씬 더 많은 수가 실종됐다. 새 아파트로 이사를 온 후부터 상점과 거리 곳곳에 붙어 있는 이런 슬픈 포스터들이 계속 눈에 띄었다. 사라진 어린아이들, 사라진 고양이, 사라진 개, 사라진 토끼들의 사진이 '찾습니다' 또는 '이 아이를 보신 적 있나요?' 같은 헤드라인을 달고 벽에 붙어 있었다.

이렇게 귀여운 개, 고양이, 토끼들이 사라졌다고 생각하면 바이올렛은 울고 싶어졌다. 아이들 사진은 가까이에서 쳐다보지도 못했다.

엄마를 포함한 어른들은 이제 미국에서 유괴는 더 이상 없고 그냥 납치만 있다는 게 참 이상하다는 말을 하곤 했다. 엄마에게 '유괴'와 '납치'의 차이가 뭐냐고 물었더니, 엄마는 이렇게 대답했다. "만일 아이가 유괴되면 유괴범은 부모에게 연락해서 '몸값'을 요구하지. 그러면 아이가 안전하게 돌아올 수도 있어. 옛날에는 그런 식이었다고! 요즘은 아이가 그냥…… 없어져버리는 거야……."

그리고 영영 못 찾게 되지. 바이올렛은 살짝 소름이 돋았다.

사우스밸리 중학교 아이들도 실종된 어린아이들 얘기를 하며 비슷하게 소름끼쳐했다. 사라진 아이들이나 아이들의 가족을 직접적으로 아는 학생은 사실상 아무도 없었고―실제로 '어린아이'들이나 위험했지 나이 많은 아이들은 위험할 일이 없었다―그래서 상스러운 소년들은 납치 얘기로 농담을 하기도 했다. (이런 농담을 들을 때면 바이올렛은 움찔했다. 하지만 부끄럽게도, 바이올렛도 몇 번 정도는 다른 아이들과 함께 웃은 적이 있었다.)

학교 조회 시간에 교장 선생님은(땅딸막하고 호들갑스러운 여자로 이름은 플래너건 부인이었다) 위엄 있는 목소리로 낯선 사람이 차를 태워준다고 해도 절대 얻어 타지 말고, 가능한 한 학교에서 집으로 혼자 걸어가지 말라고 학생들에게 경고했다. "상식적으로 행동하세요, 학생 여러분! 여러분은 주위를 경계할 수 있을 만큼 충분히 나이를 먹었습니다. 스쿨버스를 놓쳤으면 교무실에 즉시 알리세요. 트럭이 많이 다니는 도로는 절대로 혼자 걸어가지 마세요. 어두워진 후에는 절대 혼자 돌아다니면 안 됩니다. 친구와 함께도 안 돼요."

경찰은 에이잭스 블러바드를 따라 거대한 트레일러트럭을 몰고 다니는 다른 주의 트럭 운전자들이 이 납치 사건의 주범이 아닐까 추정하고 있었다. 에이잭스 블러바드는 시 경계 외곽에서 주 고속도로인 103번 도로와 만난다. 경찰의 추정대로라면 아이들이 흔적도 없이 사라지는 게 설명이 된다. 납치한 아이들을 트럭에 싣고 가면 그만이니까. (특히 꽁꽁 얼린 상태라면 더 간단하지! 소년들은 농담을 했다.) 경찰은 에이잭스 블러바드를 다니던 트럭 운전사의 '납치 시도'를 목격한 증인을 확보했다고 주장했지만, 불행하게도 트럭 번호판을 읽지는 못하고 트럭의 색깔과 다른 주 번호판인 것만 확인했을 뿐이었다.

(바이올렛은 리타 메이의 오빠인 에밀 클로비스가 경찰에게 신고했던 증인들 중 하나라는 사실을 알게 되었다. 다른 주 번호판을 단 트레일러트럭이 빨간 신호등을 보고 멈추더니, 운전사가 문을 열고 재빨리 내려 신호가 바뀌기 전에 "소년을 트럭으로 잡아끌려고" 했다는 것이다. 그러나 소년을 운전석에 태우기 전에 신호가 초록불로 바뀌었고, 운전사는 다시 트럭을 몰고 가버렸다고 했다. "키는 195센티미터는 되어 보였고, 몸무게는 110킬로그램은 넘을 거예요. 멕시코 사람들처럼 콧수염을 축 늘어지게 길렀고 피부색은 어두운 편이었어요." 에밀이 신고한 내용이었다.)

사람들은 실종된 애완동물들과 실종된 아이들이 관련 있을지를 놓고 갑론을박했다. 트럭 운전사들이 (만일 트럭 운전사들이 정말로 아이들을 납치한 게 맞는다면) 굳이 아이들을 놔두고 개나 고양이, 토끼를 가지고 씨름했을 것 같지는 않았다. 하지만 그렇다면, 아이들, 고양이, 개, 애완용 토끼가 우연히 같은 시기에, 서로 다른 범인들에 의해 납치되었다는 게 말이 될까?

지금까지 사라진 고양이가 여덟 마리, 개는 다섯 마리, 애완용 토끼는 열두어 마리쯤 되었다. 그 뒤로는 상실감에 빠진 가족들과 충격을 받은 아이들이 남았다.

실종에 대해 얘기하다가, 리타 메이가 어깨를 으쓱하며 말했다. "걔들은 지금 다 어디에 있을까. 그 가엾은 아이들은 모두 같은 장소에 있을 거 같아."

"이를테면, 천국?" 바이올렛이 물었다.

리타 메이는 킥킥 웃었다. "아니면 지옥."

바이올렛과 엄마가 사는 아파트 단지 앞에는 '밸리가든 아파트'라고 간판이 세워져 있었다. 아파트 건물은 탁한 오렌지색 치장 벽토를 바른 2층짜리 모텔처럼 생겼다. '가든'이라는 말은 일종의 농담일 것이다. 집 1층 창문에서 보면 정원 같은 것은 아예 없었고 주차장만 보였다. 주차장에서 쏘아대는 레이저 불빛이 방에 걸린 베네치안 블라인드를 뚫고 들어와 바이올렛은 밤에도 잠을 푹 잘 수가 없었다. 엄마는 여기가 "꽤 괜찮은" 아파트이고 아무튼 "임시로 살 곳"일 뿐이라고 주장했다. 바이올렛은 깊은 절망에 빠져 있어서 굳이 엄마 말에 토를 달지도 않았다.

임시로 살 곳? 뭐, 죽을 때까지 임시로?

아침에 학교에 갈 때는 엄마가 출근길에 태워줄 수 있지만 (학교까지 거리는 5킬로미터 정도 된다) 수업을 마치고 집에 올 때가 문제였다. 3시 30분 스쿨버스를 놓치면 시내버스를 타야 했다. (바이올렛이 스쿨버스를 '놓치는' 건 다소 고의적이었다. 이미 전학한 첫 주부터 바이올렛은 스쿨버스에 대한 공포와 증오를 품게 되었다. 고학년 남학생들이 어린 학생과 여자아이들을 괴롭히는데 운전기사가 무관심했기 때문이다. 바이올렛이 새로 온 전학생인 데다 겁을 잘 먹는 여자아이라 9학년 남학생들한테 찍혀서 괴롭힘을 당해도 운전기사는 아예 알아채지도 못한 것 같았다. 걔들은 그냥 놀리는 거야. 농담도 못 받아줘? 넌 도대체 이 험한 세상을 어떻게 살아나가려고 그러냐? 더 최악이었던 것은, 그 기사가 여자였다는 것이다.)

어차피 엄마에게 불평해봤자 소용없었다. 엄마는 히스테리를 부리며 교장이든 누구에게든 전화를 걸어 협박을 해댈 것이었다. 그 빌어먹을 괴롭힘은 멈춘다고 해봤자 고작 며칠뿐이었다. 그러고 나면 괴롭힘은 또 시작되었고, 더 고약스러워졌다.

그러니까 스쿨버스를 '놓치면' 시내버스를 타야 했는데, 그러려면 머리디언 애비뉴까지 걸어가서 20분에 한 대씩 오는 버스를 타야 한다는 뜻이었다. 아니면 커티스 블러바드까지 걸어가서 30분마다 오는 버스를 타야 했다. 그러나 가끔은 헷갈릴 때도 있었고, 아니면 잔뜩 긴장을 해서, 한번은 집에서 2킬로미터나 떨어진 엉뚱한 번화가 정류장에 내린 적도 있었다. 정말이지 피곤했다!

엄마는 바이올렛이 시내버스를 타는 것을 좋아하지 않았고, 특히 커티스 블러바드에서 버스를 기다리는 것을 탐탁지 않게 여겼다. 커티스 블러바드는 에이잭스 블러바드만큼이나 대형 트럭이 많이 다니는 길이었다. 그래서 바이올렛은 평소에는 아무 문제 없이 스쿨버스를 타고 집에 오는 것처럼 엄마가 생각하도록 놔두었다. (이런 걸 거짓말이라고 할 수는 없겠지?)

이러다 추운 겨울이 오면 엄청 비참해지겠다고 생각했는데, 어쩌다 보니 9월의 마지막 주에 굉장한 일이 일어났고, 바이올렛은 더 이상 빌어먹을 고물 버스 문제로 고민할 필요가 없게 되었다.

머리디언 애비뉴로 걸어가고 있는데 누가 부르는 소리가 들렸다. "바이올렛! 어이! 태워다 줄까?" 돌아보니 진흙이 점점이 묻은 펜더와 옆면이 긁힌, 꽤 오래되어 보이는 SUV 창문을 내리고 같은 반 여자아이가 그녀를 향해 손을 흔들고 있었다.

이런 기분 좋은 서프라이즈가 있나! 바이올렛은 자신의 행운을 믿을 수가 없었다. 리타 메이 클로비스를 학교에서 본 적이 있었지만, 심하게 수줍음을 타는 바람에 키 크고 날씬한 소녀에게 미소 한 번 제대로 지어 보이지 못했다. 리타 메이는 귀와 눈썹, 코에 반짝이는 은 피어싱을 달고, 짙은 갈색 립스틱을 발랐다. 8학년짜리가.

당연히, 바이올렛은 그래, 하고 대답하고 SUV로 달려가 뒷좌석에 올라탔다. 맛있는 냄새가 났다. 이스트를 넣어 구운 설탕 도넛, 케첩을 뿌린 기름기 많은 햄버거 냄새. (바닥에 구겨진 음식 봉지가 놓여 있었다.)

"안녕, '리타 메이의 친구'. 나는 리타 메이의 아빠야. 해럴드 클로비스라고 한단다."

클로비스 씨는 룸미러로 바이올렛을 바라보며 미소를 지었다. 친절한 인상의 아저씨였다. 구불구불한 옅은 황갈색 머리카락이 어깨까지 닿았고, 눈썹은 아주 짙어서 아이들 그림책에 나오는 애벌레가 떠올랐다. 혐오스러워 움츠리고 피하는 것이 아니라 절로 미소가 머금어지는 그런 애벌레.

왜 바이올렛이 클로비스 가족에게는 부끄러움을 타지 않았는지 신기하고 경이로운 일이었다. 바이올렛은 바람 부는 머리디언 애비뉴에서 빌어먹을 버스를 기다리지 않고 지금 여기 안락한 차에 타고 있다는 게 그저 고마워서 미소를 띠고 즐겁게 웃고 있었다.

리타 메이는 학교에서보다 훨씬 더 상냥했다. 바이올렛이 8학년 중에서 "가장 똑똑한 애"라고 아빠에게 말하는 리타 메이를 보고 바이올렛은 웃었다. 그 말은 사실은 아니었지만, 그래도 그 안에 담긴 너그러움과 어쩌면 바보스러움에 마음이 따뜻해졌다. 바이올렛은 리타 메이가 좌석 뒤로 몸을 기대어 자기를 간질이기라도 한 듯 웃으며 얼굴을 붉혔다. 그리고 클로비스 씨는 룸미러로 바이올렛을 바라보며 활짝 미소를 지었다.

"흠, 바이올렛이 좋은 친구가 되어주면 좋겠구나, 리타 메이. 같이 하향 평준화되지 말고 상향 평준화가 되면 좋겠다."

바이올렛은 클로비스 가족이 전부 다 이런 식으로 TV 드라마 대사처럼 짧고 간결하게, 그러면서도 별 불편 없이 계속 대화를 이어간다는 것을 알아챘다. 이런 식이라면 방청객의 웃음소리도 어디선가 들려올 것 같았다.

클로비스 씨가 가족에 대해 물었고, 바이올렛은 살짝 당황하며 몇 가지 사실들을 조심스럽게 대답했다. 그러나 밸리가든 아파트에서 그녀를 기다려주는 사람은 아무도 없고 엄마는 저녁 7시 이후에야 집에 돌아온다는 얘기는 하지 않았다. 어느 날 저녁엔 10시까지 안 들어오기도 했고, 그런 날 엄마의 숨에서는 마늘, 맥주, 담배가 뒤섞인 고약한 냄새가 난다는 말도 하지 않았다. 윽, 역겨워!

클로비스 씨는 바이올렛에게서 그녀의 엄마가 '한 부모'이고 바이올렛이 '외동딸'이라는 정보를 얻어냈다. 클로비스 씨는 이 정보가 꽤 중요하다고 여기는 것 같았다. 룸미러로 바이올렛을 보며 환한 미소와 함께 윙크를 했기 때문이다. 마치 그녀가 다소 까다로운 질문에 정확한 답을 내놓았다는 듯.

"리타 메이, 거기 도넛 좀 남았니? 봉지를 친구한테 건네주렴."

바이올렛은 살찌는 음식은 절대 먹지 않겠다고, 특히 맛은 있지만 열량 덩어리인 시나몬 글레이즈드 도넛 같은 건 간식으로 절대 먹지 않겠다고 맹세했었다. 그러나 클로비스 씨의 너그러운 제안은 거절할 수 없었다.

"아, 고맙습니다, 클로비스 씨!"

"별말씀을요. 리타 메이의 친구 씨."

처음엔 바이올렛이 그 거리를 걷고 있을 때 클로비스 씨의 SUV가 지나간 게 행복한 우연인 것 같았다. 클로비스 씨는 '운명'이라고 했다. 클로비스 씨는 그 길을 일주일에 두 번 정도밖에 다니지 않기 때문이었다. 학교에서 리타 메이는 바이올렛에게 언제든 필요하면 집까지 태워다 주겠다고 했다. "아빠가 널 정말로 좋아해서, 바이올렛. 아빠는 네가 **특별하대.**" 정말이지 놀라운 일이었다. 바이올렛은 살짝 눈물을 훔쳤고, 리타 메이는 당황한 기색을 보였지만 기뻐하는 것 같았다. SUV에서 만난 클로비스 씨는 예의 그 환한 미소를 지으며 말했다. "이런 건 아무것도 아니야, 바이올렛. 아무튼 우리도 거의 같은 방향으로 가는걸."

가끔 클로비스가의 아이들 한두 명이 리타 메이와 함께 차를 타기도 했다. 그래서 바이올렛은 리타 메이의 동생인 트리시와 캘빈도 알게 되었다. 나중에는 고등학생인 언니 이브도 만났다. 맏이인 에밀은 1, 2년 전에 사우스밸리 고등학교를 자퇴했다고 했다.

클로비스가의 아이들은 모두 친절했고, 그녀에게 관심을 보였다.

학교에서도 갑자기 친구들이 생기기 시작했다. 리타 메이 클로비스의 여자 친구들이었다. 이제 바이올렛은 누구든 같이 앉아주지 않을까 바라며/두려워하며 식당 구석에 혼자 앉지 않고 친구들과 어울려 앉아 점심을 먹었다.

그야말로 자고 일어나보니 학교는 더 이상 끔찍하지 않았다. 오히려 바이올렛은 아침마다 학교 가는 걸 기다리게 되었다.

"친구들을 사귀었구나. 그렇지? 내가 말했잖아, 그럴 거라고."

엄마가 열라 우쭐거렸다. 그러나 바이올렛은 너무나도 행복해서 그런 것에는 신경도 쓰지 않았다.

한번은 SUV에 다른 아이들 없이 바이올렛과 리타 메이만 함께 앞좌석에 타고 있었는데, 클로비스 씨가 소녀들을 데리고 에지워터 공원으로 가서 아이스크림콘 세 개를 샀다. 바이올렛은 아주 잠깐 망설였다. 학교에서 동경하는 소녀들과 비교할 때 자신이 '얼마나 뚱뚱한지' 항상 절망하곤 했기 때문이었다. 그러나 곧 그녀는 포기했다. "클로비스 씨, 고맙습니다!"

리타 메이가 잠깐 화장실에 간 사이 클로비스 씨는 부드러운 목소리로 바이올렛에게 말했다. "딸의 친구는 곧 내 친구이기도 해. 질문은 받지 않겠어!"

이 말에 바이올렛은 심장이 부서지는 것 같았다. 클로비스 씨의 말이 노래 가사처럼 들렸다. 클로비스 씨는 그녀의 목덜미에 가볍게 손을 올려 신경질적인 고양이를 쓰다듬는 것처럼 부드럽게 어루만졌다. 그녀는 움찔하며 움츠렸지만 정말로 행복했다.

엄마는 아무튼 집에 늘 없었으므로, 10월부터 바이올렛은 리타 메이의 집에 자주 초대받아 놀러 가기 시작했고, 아예 거기에서 저녁을 먹는 일도 잦았다.

엄마에게도 새 친구들이 생기고 있었다. 그렇게 믿을 만한 근거가 있었다. 엄마는 욕실에서 노래를 흥얼거리기도 했고, 특별한 향수도 뿌렸고, 이전보다 훨씬 더 화려하게 화장을 하는 것 같았다.

내가 신경이나 쓸 거 같아? 난 신경 안 써.

난 당신이 미워.

클로비스 가족은 저녁 식사를 일찍 시작해서 5시에서 5시 반 사이면 저녁을 먹었다. 대부분의 날에는 음식이 식탁에 오를 때까지 부엌이 항상 부산했다. 가족들은 정신없는 부엌을 초저녁까지 제멋대로 드나들었다. 누구도 식탁을 치우거나 설거지를 하거나 그릇을 개수통에 담그느라 허둥대지 않았다. 엄마는 바이올렛에게 식사가 끝날 때마다 곧장 부엌 치우는 걸 도우라고 시키는데. ("엄마는 더러운 부엌은 '박테리아 배양지'라고 만날 그래." 바이올렛은 리타 메이가 함께 경멸하며 웃어주기를 기대하고 말했다. 그러나 리타 메이는 눈살을 찌푸리며 말했다. "아, 역겨워. 전에 TV에서 봤는데 부엌 수세미를 현미경 같은 걸로 들여다보는 거야. 완전 토하고 싶어지더라." 그러나 클로비스 가족의 부엌에서는, 아니 집 안 어디에서도 위생 상태를 두고 법석을 떠는 사람은 아무도 없었다.)

클로비스 가족의 집에는 뭔가 하나가 빠져 있었다. 처음에 바이올렛은 그게 무엇인지, 누구인지 잘 떠오르지 않았다.

'영양가', '유기농 식재료', '오메가 지방산' 같은 말을 항상 중얼거리는 엄마와는 달리, 클로비스 씨는 아이들이 원하는 것은 무엇이든 원하는 만큼 먹게 해주었다. 특별히 호들갑을 떨지도 않았다. 클로비스 씨가 말하는 '고급 음식'이란 전자레인지로 해동한 냉동 피자가 아니라 집에 오는 길에 매장에서 픽업해 온 갓 구운 피자였다. '진짜 고급' 음식은 통리 중국 식당에서 테이크아웃으로 가져온 설탕과 기름이 잔뜩 들어간 포장 음식과 흰 쌀밥, 바스락거리는 비닐 포장에 싸인 포춘 쿠키였다. 클로비스 씨는 맥도날드, 켄터키프라이드치킨, 타코벨, 웬디스, 던킨도넛에서 큼직한 봉투를 사 들고 와 부엌 테이블에 올려놓으면서 활짝 웃으며 인사를 했다. "어이, 꼬마들! 식사 시간이다." 그러고는 리타 메이 옆에 있는 바이올렛을 보고, 윙크를 하며 덧붙였다. "그리고 바이올렛. 이제 너도 우리 집에 입양되기로 한 건가?"

입양이라는 말은 클로비스 집안에서는 감동적인 단어였다. 바이올렛은 아이들 중 일부가 입양되었을 거라 생각하고 있었다. 리타 메이와 몇몇은 그 집에서 태어났고.

그런데 아이들의 엄마는 어디 있을까? 바이올렛은 엄마가 없다는 사실 뒤에 슬프고 비극적인 사연이 있을까 봐 두려워서 묻고 싶지 않았다. 언젠가 때가 되면 자연히 알게 되겠지.

바이올렛은 입양이라는 가능성에 매료되었다. 그렇다면 많은 것을 설명할 수 있었다. 이를테면 왜 바이올렛과 엄마가 서로 그렇게 잘 어울리지 못하는지도. "엄마랑 난 DNA 구조가 완전히 다른 것 같아. 하지만 아빠 쪽은 진짜 아빠일 거라고 생각해."

"그걸 어떻게 알아?" 리타 메이는 회의적인 미소를 지으며 바이올렛을 바라보았다.

"그냥 그런 생각이 들어. 직감이랄까."

"바이올렛, 넌 참 이상한 애야. 하지만 굉장해."

이상하지만 굉장해. 자신이 조금 포동포동하고 많이 예쁘지는 않아도 그저 평범한 아이라고 생각해왔던 바이올렛은 기쁨에 얼굴이 붉어졌다.

그러던 어느 날, 미스터리가 풀렸다. 아니면 아무튼 미스터리가 있다는 것은 알게 되었다.

바이올렛의 아빠가 바이올렛이 어릴 때 바이올렛의 삶에서 홀연히 사라졌던 것처럼, 리타 메이의 엄마도 리타 메이가 어릴 때 리타 메이의 삶에서 홀연히 사라졌다. 바이올렛은 그걸 알게 된 순간 리타 메이가 자매만큼이나 가깝게 느껴졌다. 바이올렛이 물었다. "넌 엄마가 그리워?" 리타 메이는 코웃음을 치며 대답했다. "아니, 전혀. 그건 그러니까, 그 여자가 우리를 두고 나간 거라고 보면 돼. 아빠가 그랬어."

바이올렛은 감명을 받았다. "근사하다! 우리 아빠도 우리를 두고 나간 거야. 아무튼 엄마가 그렇게 말했으니까."

"엄마를 안 믿어?"

"넌 아빠를 믿니?"

"그럼! 우리 아빠는 절대 거짓말 안 하셔." 리타 메이는 열정적으로 대답했고 그만큼 열띤 눈빛으로 바이올렛을 바라봐서, 바이올렛은 어쩐지 야단을 맞은 기분이 들어 당황스러웠다. 그 바보 같은 질문에 특별한 의미가 있었던 것은 아니었다. 그러나 아빠는 절대 거짓말을 하지 않는다고 당당히 말하는 리타 메이의 태도에 감명을 받았다. 리타 메이에게 있어 아빠는 이 세상 최고의 아빠이고 가족을 위해서라면 무슨 일이든 하는 사람이었다.

바이올렛은 자신이 엄마를 항상 믿는지, 아니면 가끔, 아니 단 한 번이라도 믿었던 적이 있는지 모르겠다고 생각했다. 정말 모르겠다고.

그러나 바이올렛은 리타 메이나 클로비스가의 다른 아이들이 그들의 아빠를 사랑하는 식으로 엄마를 사랑하지는 않는 것 같았다. 해럴드 클로비스를 바라보는 아이들의 눈빛에는 이를테면 간절함이나 갈망 같은 것이 있었다. 그들 사이에 뭔가 말로 설명할 수 없는 것이 있는데 누구도 그것을 감히 입에 올리지 않는 것 같았다.

"네 엄마가 어디 갔는지는 궁금하지 않아?" 바이올렛은 참지 못하고 리타 메이에게 물었다.

"말했잖아. 안 궁금해. 아빠는 엄마가 우리를 '배신해서' 떠났다고 했고, 그게 내가 아는 전부야. 이젠 다들 엄마 생각은 아예 안 해."

"엄마가 나가신 지는 얼마나 됐어?"

리타 메이는 어깨를 으쓱했다. 그런 걸 왜 물어? 누가 상관이나 한대? 라고 말하는 것처럼.

바이올렛이 사는 지루한 주택가와는 달리, 클로비스 가족은 클로비스 씨의 표현대로 '조용한 시골집'에서 살았다. 마을 외곽에 있는 오래되고 넓은 농장 주택이었고, 주위에는 탁 트인 벌판이 펼쳐져 있었다. 리타 메이는 그곳이 한때 '목초지'였다고 자랑스럽게 말하곤 했다.

농장 주택 뒤편에는 무너져가는 별채들이 있었다. 건초 창고, 저장 창고, 닭장, 곡식 저장소. 버려진 사과 과수원의 잔해가 있었고 집 뒤쪽으로는 제멋대로 퍼져나간 활엽수림이 있었다. 가장 가까운 이웃집도 보이지 않을 정도로 멀리 있었다. "내 새끼들을 안전하게 지킬 공간은 충분하지." 클로비스 씨는 윙크를 하며 말했다.

(내 새끼들. 바이올렛은 그게 무슨 의미인지 궁금했다. 병아리들을 지키느라 야단법석을 부리는 어미 닭을 연상시키는 말이었다.)

리타 메이 말로는 클로비스 씨가 어떤 식으로든 땅을 '상속받은' 것 같고 그 규모가 한때는 굉장히 컸다고 했다. "몇 에이커나 됐어. 이제는 겨우 2에이커만 남았지."

리타 메이의 엄마가 이 집에서 산 적이 있는지 아니면 클로비스 씨 가족이 이곳으로 이사 오기 전에 '사라졌는지' 리타 메이는 기억하지 못하는 것 같았다. 여기 이사 올 때 리타 메이는 겨우 걸음마를 할 나이였다.

바이올렛은 혼자 있고 싶을 때면 방에 혼자 있을 수 있는 이런 크고 넓고 오래된 집에서 사는 게 근사하다고 생각했다. 위층 방들은 거의 다 가구만 채워놓은 채 비워두었다. 바닥에 먼지가 굴러다니고 군데군데 거미줄이 걸려 있어 굉장히 더러웠고, 탈피한 곤충의 껍질이 바닥에 널려 있고 사방에서 먼지 냄새가 잔뜩 풍겨도, 비좁은 방 두 개짜리 밸리가 든 아파트보다 클로비스 가족의 집이 훨씬 더 좋았다. 아파트에서 바이올렛은 늘 혼자였고…… 외로웠다. 엄마가 집에 있어도 바이올렛은 외로웠다.

원래 이 농장 주택은 직사각형 상자를 2단으로 쌓은 것처럼 평범하고 실용적인 모양이었다. 여기에 양쪽으로 날개처럼 구조물을 추가했는데, 그 아래 기반이 단단하지 않았는지 약간 기울어져 있었다.

집 바로 뒤에는 철망으로 지은 작은 우리들이 고약한 냄새를 풍기며 나란히 늘어서 있었다. 리타 메이는 그것이 '토끼 우리'라고 말했다. 이런 우리들은 전부 다 합쳐서 열두 개 이상 있을 것이다. 이 우리 안에 토끼가 있는지 없는지는 확실히 알 수 없었다. 아니, 어쩌면 혹시, 안에 토끼의 잔해가 있고 오랫동안 청소를 안 한 것은 아닐지.

"괜찮아, 바이올렛." 리타 메이는 바이올렛이 냄새 때문에 코를 찡그리는 것을 보고 말했다. "저건 네가 청소하지 않아도 돼. 넌 우리 가족이 아니잖아, 아직은."

클로비스 가족의 집 아래층에는 흘린 음식과 태운 음식 냄새가 났고, 썩 불쾌하지는 않은 지나치게 익은 과일 향 비슷한 냄새가 배어 있었다. 부엌은 기분 좋게 더웠고 조금은 후텁지근했다. 어느 날 오후 리타 메이의 언니 이브가 저녁을 준비하면서 스토브 위에 큰 냄비를 얹고 스파게티 소스를 만들고 있었다. 클로비스 씨는 계속 부엌에 들어와 소스 맛을 보면서 양념을 '한 꼬집'씩 추가했다. "나는 내가 먹을 이탈리안 소스가 매웠으면 좋겠어. 넌 안 그러니, 바이올렛?" 이브는 토마토소스 캔을 냄비에 붓고, 토마토, 양파, 빨간 고추, 굵게 간 햄버거용 다진 고기를 추가했다. (이건 무슨 고기지? 바이올렛은 채식주의자가 되고 싶었기 때문에 고기를 먹고 싶지 않았다. 그러나 거부하기가 너무 힘들었다! 고기 냄새에 입 안에는 이미 침이 잔뜩 고여 있었다.)

물론, 바이올렛은 저녁을 먹고 가라고 초대를 받았다. 클로비스 씨는 엄마에게 휴대전화로 연락해 허락을 받으라고 바이올렛에게 말했다. "그렇게 하는 게 예의야, 바이올렛." 그러나 의심 많은 엄마에게 전화해봤자 "안 돼"라는 비열한 답만 듣게 될 것이 뻔했다.

조심스럽게, 바이올렛은 클로비스 가족이 그녀의 밝은 목소리를 들을 수 있도록 휴대전화를 들고 옆방으로 갔다. "아, 엄마! 있잖아요, 리타 메이의 아빠가 여기서 같이 저녁을 먹고 가도 된다고 하는데요. 그런 다음 차로 데려다주시겠대요. 괜찮죠? 여긴 정말 좋아요, 엄마. '교외의 시골집'이에요." 바이올렛은 잠시 멈추고, 재빨리 숨을 쉬었다. 그러고는, "고마워요, 엄마!"라고 말하고 전화를 끊었다.

바이올렛이 식당으로 돌아오자 클로비스 씨는 만족스러운 듯 말했다. "어른들에게는 항상 공손해야 해, 바이올렛."

또, 클로비스 씨가 바이올렛에게 윙크를 했다. 그 윙크! 바이올렛은 꼼지락거리고 조용히 킥킥 웃고 살짝 몸서리를 치다가, 재빨리 딴 데를 쳐다보았다. 클로비스 씨를 속인 것에…… 거짓말한 것에 약간 죄책감이 들었다. 하지만 아저씨는 절대 모를 거라고, 그녀는 확신했다.

바이올렛은 클로비스 씨가 가끔씩 그러는 것처럼 목덜미에 손을 올리고 고양이를 쓰다듬듯 쓰다듬어주었으면 좋겠다고 생각했다. 그러나 클로비스 씨는 바이올렛과 단둘이 있을 때가 아니면 절대 그러지 않았고, 단둘이 있을 기회는 자주 없었다. 클로비스 집안에는 아이들이 너무 많았다!

클로비스 가족에게 무슨 일이 있는 걸까? 동생들이 잔뜩 들떠 있고 계속 킥킥거리고 있었다. 그리고 에밀도 비슷하게 들뜬 상태로 집에 돌아왔다. 바이올렛이 창밖을 보고 있었는데 캔버스 천으로 된 꾸러미를 안고 SUV에서 내리는 에밀의 모습이 보였다. 크기가 제법 큰 꾸러미였는데 어쩐지 움직이는 것 같았다. 그러나 나중에 에밀이 부엌으로 들어왔을 때에는 그 꾸러미는 들고 있지 않았다.

에밀은 클로비스 아이들 중 맏이였고 바이올렛과는 만난 적이 있었다. 아마 열여덟 살이 좀 넘었을 거라고 리타 메이가 그랬다. 어쩌면 스물두 살쯤 되었을지도 모르겠다. (열세 살짜리 바이올렛과 리타 메이에게 이 정도면 엄청 어른이었다.) 에밀은 고등학교를 자퇴하고 카운티에서 클로비스 씨와 함께 공공 근로 일을 하고 있었다. 도로 보수, 건축, 제설 작업, 폭풍이나 홍수의 잔해 처리 같은 일이었다. 그는 알록달록한 티셔츠와 찢어진 청바지를 입고, 말발굽처럼 크고 투박해 보이는 안전화를 신고 다녔다. 머리는 섹시하게 바싹 깎았고, 어깨가 떡 벌어져 상대적으로 머리가 작아 보였다. 양쪽 귀에는 금색 피어싱을 하고, 근육이 발달된 팔 양쪽에는 문신을 잔뜩 새겨놓았다. 허리부터 위쪽만 보면 완전히 평범했지만, 일어서면 다리가 기이하게 짧았다. 에밀의 키는 바이올렛이나 리타 메이와 비교해도 별로 크지 않았다. 에밀이 빠른 걸음으로 걸을 때면 한쪽 다리가 다른 쪽보다 약간 짧아서 그런지 옆걸음질 치는 게처럼 보였다. 에밀은 피자 많이 먹기 '가족 기록' 보유자였다. 한번은 미디엄-라지 사이즈 피자 세 판을 쉬지 않고 먹어치우면서 여기에 500밀리리터짜리 콜라도 몇 병 들이켠 적이 있다고 했다. 에밀이 바이올렛에게 윙크를 할 때면 바이올렛은 얼굴을 붉혔다. 리타 메이와 바이올렛을 놀릴 때 보면 에밀이 그녀에게 특별한 감정을 가지고 있는 게 분명했기 때문이었다.

그날, 바이올렛은 리타 메이와 이브와 에밀이 속삭이는 것을 보았다. 그리고 클로비스 씨가 바이올렛을 보며 미소를 짓고 있었다. 리타 메이는, 바이올렛에게도 들릴 만큼 큰 목소리로 언니 오빠에게 말했다. "이야, 진짜 근사해. 바이올렛은 멋져."

뭐지? 바이올렛은 그들이 무슨 말을 하는지 궁금해서 안달이 났다. 쟤들이 지금 내 얘기를 하는 건가?

"바이올렛, 빅마마를 만나러 가볼래? 저녁 먹기 전에?"

바이올렛은 애매한 미소를 지었다. 그녀는 신이 난 듯한 리타 메이를 힐긋 바라보았다. "당연히 바이올렛은 보러 갈 거예요, 아빠!"

클로비스 씨는 굳은살 박인 따뜻한 손으로 바이올렛의 손을 잡고, 복도를 따라 집 뒤쪽으로 이끌었다. 클로비스 집의 이쪽 영역에는 지금까지 한 번도 와본 적이 없었다. 이곳의 새롭고 기묘한 냄새에 코가 저절로 찡그려졌다.

클로비스 씨가 말했다. "조금 놀라울 거야. 우리에겐 특별한 애완동물이 있단다. 아무에게나 보여주지 않아. 빅마마는 이름이고."

"어떤 종류인데요?" 바이올렛의 심장이 빠르게 뛰었다.

"일반적인 애완동물은 아니지."

클로비스 씨는 주머니에서 열쇠를 꺼내서 쇠를 덧댄 무거워 보이는 문을 열었다. 그는 문 너머로 바이올렛을 이끌었고, 리타 메이와 아이들이 그 뒤를 바짝 쫓아 들어왔다. 문은 그들 뒤로 닫혔다.

"빅마마, 누가 왔나 보렴! 바이올렛이라고, 우리의 새 친구야."

처음에는 유리 벽 반대쪽에 있는 그것이—그 생명체가—뭔지 잘 알아볼 수 없었다. **뱀인가? 거대한 뱀?** 그녀가 지금껏 본 것 중에, 사진으로 본 것까지 다 쳐도 가장 큰 뱀이 바닥 위에 나른하게 꼼짝도 않고 누워 있었다. 거대한 아쿠아리움처럼 생긴 우리 안에, 더께가 낀 유리 벽 저쪽으로 고작 3미터 정도 떨어진 곳에 있었다. 이상한 단어들이 머릿속에서 어수선하게 흩어졌다. **보아 릭터? 보아 스트릭터?** 아무튼 이 어마어마한 뱀은 굵기가 어른 남자의 몸통만 했고, 비늘이 반짝이는 살갗에는 다이아몬드 무늬가 새겨져 있고, 썩은 바나나처럼 황갈색과 갈색을 띠고 있었다. 방 안에는 창문이 없어서 정글처럼 가혹할 정도로 습했다. 이 안에는 썩은 과일 냄새와 그보다 더 쨍한, 짭짤한 냄새가 났다.

심장이 걷잡을 수 없이 뛰어서 거의 실신할 뻔했다.

"이……이게 뭐야? 배……뱀이야?"

"비단뱀."

"그물무늬비단뱀이지."

클로비스 가족은 자랑스럽게 빅마마에 대해 설명했다. 나이는 거의 열 살이 넘었고, 무게는 135킬로그램이 넘는다고 했다. "우리가 추정한 거야. 몸무게를 직접 측정해본 사람은 아무도 없어." 빅마마는 몸을 반듯하게 쭉 늘이면 길이가 6미터 가까이 된다고 하는데, 그런 자세를 취하는 경우는 드물고 대부분은 똬리를 틀고 있다고 했다.

리타 메이가 신이 나서 말했다. "네가 빅마마를 좋아할 줄 알았어, 바이올렛! 우리는 빅마마가 굉장히 근사하다고 생각해. 우리가 플로리다에서 살 때 아빠가 어느 카니발에서 빅마마를 샀어. 카니발이 해체하는 바람에 싸게 살 수 있었대. 그때는 그렇게 크지 않았을 거야. 비단뱀은 보아뱀보다도 훨씬, 훨씬 더 커. 얘는 여기 와서 자라면서 '빅마마'라고 불리게 되었어."

아이들 중 하나가, 좀 더 가까이에서 잘 보라는 듯, 바이올렛의 등을 쿡 찔러 밀었다.

뱀의 눈이 나른하게 움직였다. 앞으로 한 걸음 나선 바이올렛이 뱀의 시야에 들어온 것일까. 머리도 엄청나게 컸다! 바이올렛은 흉측하게 큰 뱀을 바라보았고, 뱀도 차분하게 그녀를 마주 보았다.

뱀의 눈이 저렇게 크다는 게 어쩐지 불안했다. 뱀의 눈은 똑똑해 보였고 긴장한 것 같았다. 크기는 오렌지 정도로 색깔은 황갈색이었고, 짙은 실틈처럼 눈동자가 세로로 길게 나 있었다.

뱀한테 속눈썹이 있던가? 바이올렛은 몸을 떨며 뱀의 속눈썹을 확인했다.

뱀의 몸통이, 머리에서 1.5미터쯤 되는 곳이 불룩하게 부풀어 있었다. 뭔가 굉장히 큰 것을 통째로 삼킨 것이었다.

클로비스 가족은 모두 빅마마를 자랑스럽게 여기고 있었다. 아이들은 바이올렛에게 빅마마에 대해 설명해주려고 안달이 나 있었다.

"빅마마는 며칠 전에 먹이를 먹었어. 자주 먹진 않아. 그냥 통째로 다 삼켜버리지. 그런 다음 쉬는 거야."

"빅마마가 잠을 아주 많이 잘 것 같지. 하지만 봐, 사실 쟤는 지금 자는 게 아니야. 우릴 관찰하고 있어."

"빅마마는 우리처럼 음식을 씹을 수 있는 이빨이 없어. 먹이는 통째로 삼켜."

"쟤는 먹이를 똬리 안에 가두고 마비가 되도록 꽉 조여. 하지만 죽은 먹이는 좋아하지 않아. 쟤는 살아 있는 걸 좋아해."

"쟤 입이 활짝 열리면, 꼭 문의 경첩이 열리는 것 같아. 입이 얼마나 크게 벌어지는지 아마 보고도 못 믿을걸. 그래서 먹이를 통째로 삼킬 수 있는 거야. 진짜 근사해."

"자는 것 같지. 하지만 저 안으로 들어가봐. 벌떡 일어날걸."

클로비스 가족은 웃었다. 유리 우리 안으로 들어간다는 상상만으로도 바이올렛은 공포를 느꼈다.

머릿속에서 시끄럽게 윙윙대는 소리가 울려서 클로비스 가족의 말소리가 잘 들리지 않았다. 클로비스 씨는 친절한 미소를 머금고 따뜻한 갈색 눈으로 그녀를 바라보고 있었고, 리타 메이와 에밀도 빅마마를 본 그녀의 반응을 보고 있었다. 이건 테스트인가? 바이올렛도 그들 중 하나인지, 아니면 겁쟁이인지를 확인하는 건가?

바이올렛이 물었다. "얘……얘한테는 뭘 먹여요?"

"토끼. 토끼를 아주 많이 줘."

"가끔은 쥐도."

"쥐를 아주아주 많이!"

"토끼도 많이."

의심이 든 바이올렛이 물었다. "저게 토끼 크기로는 보이지 않는데……."

"아, 저건 야생 토끼일 거야. 야생 토끼는 굉장히 크거든."

클로비스 가족은 신이 나서 웃었다. 에밀이 주먹을 쥐었다 폈다 하는 것이 보였다. 그의 표정에서 자부심이 빛났다.

방의 벽을 따라 우리들이 나란히 놓여 있는 것이 보였다. 마당에 있는 토끼우리 정도의 크기였는데, 다행히도 모두 비어 있었다. 구석에는 도끼가 있었고, 바닥에는 검은 얼룩이 묻은 신문지가 흩어져 있었다.

"그 토……토……토끼들은 어디에서 가져와요?" 바이올렛은 더듬지 않으려고 애를 썼다.

"우리가 토끼를 어디서 구해 오죠, 아빠?" 에밀이 기억나지 않는다는 듯 물었다.

"애완동물 용품점에서 사 오잖니, 에밀. 에이잭스 블러바드에 있는."

"빅마마가 아름답다고 생각해, 바이올렛?" 리타 메이의 숨이 바이올렛의 뺨에 따뜻하게 와 닿았다.

"어…… 응. 빅마마는 아름다워……."

바이올렛의 멈칫거리는 대답에 클로비스 가족들은 모두 웃었다. 그들은 바이올렛을 놀리고 있었다.

이렇게 놀린다는 건 그들이 바이올렛을 좋아한다는 뜻일까? 그녀는 그렇다고 생각했다!

클로비스 씨가 바이올렛의 목덜미를 가볍게 어루만졌다. 바이올렛은 몸서리를 쳤지만, 이번에는 움찔하며 피하지 않았다.

"다음에 빅마마에게 먹이를 줄 땐 너도 도와줄 수 있어, 바이올렛. 해보고 싶니?"

주저하며 바이올렛은 고개를 끄덕였다. 네.

그 이후로 클로비스 가족의 집에서 보낸 시간은 희미하게 흘러갔다.

금방 삶은 면 위에 매콤한 이탈리안 토마토소스를 넉넉히 부은 스파게티는 바이올렛이 지금껏 맛본 중 가장 맛있는 음식이었다. 유리 우리 안에 있는 빅마마를 보고 온 후로, 바이올렛은 배가 고팠다.

바이올렛은 흥분되고, 신경이 곤두서고, 안절부절못하고, 배가 고팠다. 평소 마늘을 싫어해서 엄마가 차려주는 마늘빵은 입에도 대지 않았지만, 저녁 식탁에 오른 마늘빵까지 몇 조각을 먹었다.

식사 중에 클로비스 씨는 장난기 어린 얼굴로 독심술이라도 부리는 것처럼 식탁에 둘러앉은 아이들을 꼼꼼히 바라보았다. 클로비스 씨는—스스로 강조하듯 '집안의 가장'으로서—바이올렛이 함께하는 식사 시간에는 항상 이런 식으로 아이들을 쳐다보곤 했다.

클로비스 씨의 시선이 자기 쪽으로 향할 때면 바이올렛은 무섭기도 하고 동시에 그 눈빛을 갈망하기도 했다. 그의 시선을 받으면 바이올렛은 스스로를 의식하게 되었다. 그러나 물론 달아날 곳은 없었다. "바이올렛! 너도 알겠지만, 빅마마는 우리 가족의 비밀이야. 다른 사람에겐 절대 말해선 안 된다. 약속할 수 있겠니?"

"아, 네, 클로비스 씨. 약속할게요."

"하지만 이런 얘기는 굳이 할 필요가 없었지, 안 그래? 이미 잘 알고 있으니까."

"아, 네, 클로비스 씨. 잘 알아요."

"그리고 너도 알겠지만, 바이올렛, 너는 미소를 지을 때가 훨씬 예뻐. 찡그릴 때가 아니고."

클로비스 씨는 손을 뻗어, 리타 메이의 옆에 앉아 있던 바이올렛의 이마를 엄지손가락으로 펴줬다. 너무 갑작스러운 제스처라서 바이올렛은 움츠릴 수가 없었다. 그녀는 자기가

엄마와 똑같은 식으로 얼굴을 찡그리고 있었다는 걸 깨닫고
얼굴을 붉혔다.

"꼭 기억해라, 바이올렛. 너의 양아버지 클로비스는 네가
미소 짓는 걸 더 좋아해. 얼굴이 찡그려질 때마다 생각하렴.
양아버지 클로비스는 내가 미소 짓는 걸 더 좋아한다."

바이올렛은 발작처럼 웃음이 터졌고 그 웃음에 모두들 함
께 킥킥거리며 웃었다. 웃음은 계속, 계속 이어졌다.

클로비스 씨와 리타 메이가 바이올렛을 집으로 데려다주
었을 때는 깜짝 놀랄 만큼 늦어 있었다. 이미 8시가 지난 시
각이었다. 다행히 엄마는 아직 집에 돌아오지 않았다.

냉장고에는 전자레인지에 데워 먹을 수 있게 마카로니 앤
드 치즈 캐서롤이 들어 있었다. 그녀가 좋아하는 음식이다!

아무튼, 좋아하는 음식이었다.

바이올렛은 음식을 더 먹는다는 생각만으로도 속이 뒤집
힐 것 같았지만 의무적으로 캐서롤을 데웠다. 그래야 엄마가
집에 왔을 때 음식 냄새가 집 안에 배어 있을 테니까. 캐서롤
은 대부분 쓰레기통에 버렸다. 갈색 반점처럼 누르스름한 녹
은 치즈가…… 뭔가를 연상시켰다. 그녀는 신경질적으로 웃
으며 차가운 손등으로 이마를 눌렀다. 속이 살짝 메슥거렸다.

이상한 일이었다. 그날 리타 메이의 집에서 봤던 아주 특
별한 것을 기억하려면 강제로 기억을 떠올려야 했다. 그물무

늬비단뱀.

그물무늬비단뱀은 희미해지는 TV 화면처럼 그녀의 의식에서 계속 미끄러져 흘러나갔다. 바이올렛은 계속 침을 삼켰다. 입안이 무척 건조했다. 그리고 굉장히 졸렸다.

소파에 앉아서, TV는 음소거 상태로 켜놓고, 수학 숙제 출력물은 무릎에 올려둔 채로, 바이올렛은 잠이 들었다. 누가 어깨를 흔드는 통에 깼을 때는 10시 55분이었다.

"바이올렛? 아가? 자니?"

엄마가 화가 난 건지 짜증이 난 건지, 아니면 무안해하는 건지 알 수 없었다. 엄마는 어둑해진 방 안에서 하이힐을 신고 휘청거리고 있었고, 바이올렛이 숨 냄새를 맡는 걸 원치 않았는지 손으로 입을 막고 있었다.

엄마의 머리카락은 물 빠진 금발이었고 눈썹은 진한 연필로 날카롭게 그려져 있었다. 엄마는 바이올렛에게 이렇게 늦게 올 생각은 아니었는데 사무실에서 무슨 일이 "생겼고", 그래서 계획보다 더 늦게까지 남아서 일을 해야 했다고 사과하는 투로 말했다.

"은행이 밤에도 문을 여는지는 몰랐네, 엄마." 그러나 바이올렛은 대수롭지 않다는 듯 하품을 했다.

"바보 같은 소리 마. 은행은 밤에는 안 열지. 일반인에게는 안 열어. 하지만 금융 세계는 밤에도 절대 잠드는 법이 없단다. 네가 나중에 금융계에서 일을 하게 되면 너도 절대 잠들 수 없을 거야. 캐서롤은 먹었나 보구나, 아가. 다 먹었니?"

바이올렛은 꼼꼼하게 마지막 남은 마카로니 앤드 치즈의 한 조각까지 쓰레기통에 긁어 넣었었다. 게다가 철 수세미로 캐서롤 그릇을 박박 닦아서 식기세척기에 넣기까지 했다.

"오늘 수업 마치고 학교에 남아 있었어, 바이올렛?"

"아니."

"전화했더니 안 받던데. 왜 안 받았어?"

"요금이 다 떨어졌나 보지." 바이올렛이 하품을 했다.

"엄마한테 거짓말하는 거 아니지, 아가?"

"엄마는?"

"바이올렛! 지금 너한테 묻고 있잖아."

그러나 바이올렛은 계속 하품을 했다. 턱이 아플 정도로 입이 활짝 벌어져서, 엄마 말에 주의를 기울일 수가 없었다.

"아가, 널 사랑해. 너도 알지? 응?" 엄마는 바이올렛 위로 몸을 숙여 바이올렛이 일어서도록 잡아주고, 방 침대에 눕는 걸 도와주었다. 시간은 거의 흐르지 않아서, 이제 막 11시가 되었다.

바이올렛이 침대 안으로 기어 들어가자, 엄마가 그녀의 이마에 립스틱 묻은 입술로 키스를 했다. 립스틱이 번져 있었지만 그 순간에는 바이올렛도 엄마도 눈치채지 못했다.

"아직도 마카로니 앤드 치즈가 제일 좋아하는 음식이야, 바이올렛?"

바이올렛은 고개를 끄덕였다. 응.

"엄마가 널 아주아주 많이 사랑하는 거 알지? 그렇지, 바이올렛?"

바이올렛은 고개를 끄덕였다. 응.

"바이올렛에게 들어봅시다. '사우스밸리 중학교에서 가장 똑똑한 소녀.'"

바이올렛의 얼굴이 붉게 달아올랐다. 클로비스 씨가 놀리는 거라는 걸 알았지만, 달콤하고 부드러운 추파 같은 놀림이어서 마치 크리스마스트리의 전구에 불이 들어오듯 그녀의 마음을 따스하게 밝혀주었다.

태워다 주겠다는 클로비스 씨와 리타 메이의 제안을 더 이상 받아들이지 않기로 했지만…… 마지막으로 클로비스 집에 다녀온 며칠 후, 가볍게 내리는 비를 맞으며 느리고 어수선한 걸음으로 머리디언 애비뉴를 걷고 있는데, 반가운 외침이 들려왔다. "바이올렛! 어이! 왜 학교 끝나고 안 기다렸어? 집까지 태워다 줄까?"

그래서, 바이올렛은 별수 없이 교차로까지 뛰어가서 반짝이는 검은색 SUV에 올라탈 수밖에 없었다. 엄마를 생각하자 뾰족한 만족감이 들었다. 엄마는 필요 없어. 난 당신이 싫어.

클로비스 집에 있는 동안, 바이올렛은 복도 끝 잠긴 방 안에 무엇이 갇혀 있는지 거의 잊고 있었다. 누구도 B* M*에 대해 말하지 않았고, 바이올렛이 B* M*이 무엇인지 또는 누구인지 생각해내려고 할 때마다 그녀의 뇌는 인터넷이 끊긴 컴퓨터 모니터처럼 텅 비어버렸다.

바이올렛이 클로비스 가족을 좋아하는 데에는 여러 이유가 있었지만, 가족들 모두 그녀를 좋아하는 것 같다는 점 다음으로 좋아하는 이유는 서로 이야기를 나누고 귀를 기울여준다는 점이었다.

가족들은 온갖 종류의 진지한 문제를 놓고 토론을 했다. 이를테면 신은 있는지, 동물도 영혼이 있는지, 삶에는 '뭔가 특별한 의미'가 있는지, '천국에 가면 사랑하던 사람들을 다시 만날 수 있는지' 같은 문제였다. 처음에는 목소리 큰 사람들이 주도하지만 곧 클로비스 씨가 물이 든 유리잔을 톡톡 치면서 조용! 하고 외쳐서 상황을 정리했고, 그러면 바이올렛이 말할 수 있었다.

코에 잔주름을 잡아가며 바이올렛이 열심히 말했다. "하지만 만일 '사랑했던 사람'이 없으면 어떻게 해요? 또는 '사랑했던 사람들'이 서로를 많이 좋아하지 않았으면요?" 그러자 식탁에 둘러앉은 사람들이 모두 웃었다. 특히 클로비스 씨는 바이올렛의 위트에 찬사를 보냈다. 바이올렛은 기뻐하며 얼굴을 붉혔다.

"어딘가에는 너를 좋아하는 사람이 분명히 있어, 바이올렛." 부드러운 중저음으로 한 에밀의 말에 바이올렛은 기절할 뻔했다.

저녁 식사를 마치고 리타 메이가 지역신문을 식탁 위에 펼쳤고, 아이들 중 몇몇이 2페이지에 실린 '사라진 애완동물들'이란 기사를 힐끔거렸다. 날짜는 바이올렛과 엄마가 밸리가 든 아파트로 이사를 오기 전인 작년 가을로 거슬러 올라갔다. "정말 슬프다." 리타 메이는 엄지손톱을 깨물며 말했다. "여기 보니까 지난 월요일까지 열아홉 마리의 애완동물이 사라졌다고 하네."

고양이, 개, 외로워 보이는 토끼의 사진들……. 이 동물들은 사진이 찍힐 때 자신의 운명이 이렇게 주간신문에 '실종 애완동물'로 실리는 걸로 끝나리라는 사실을 알았던 듯 하나같이 우울해 보였다.

"어린아이가 없어지면 부모에게 그 책임을 물을 수 있지. 적어도 엄마한테는. 하지만 애완동물이 사라지는 건 얘기가 달라. 똑같은 문제라고 할 수는 없을 것 같아."

리타 메이는 생각에 잠겨 말했다. 바이올렛은 만일 자신에게 기회가 있다면 이 고양이, 개, 토끼 중에 무엇을 선택할지 고민하며 사진들을 바라보았다.

플러피. 이보르. 빅미츠. 스노볼. 스코티. 피지. 미스터 러프. 오토.

"그 가족들이 안됐어. 아직도 얘들을 찾아다니고 있을 거 아냐. 아니면 아이들을."

"난 안됐다는 마음은 별로 안 들어! 그 사람들도 현실적으로 생각해야지."

"그런 식으로 말하면 너무 냉정한데. 너는 현실적이야?"

"응. 난 그러려고 해. 난 부활절 토끼도 안 믿으려고 하거든!"

"그럼 만약에 좀 더 나이를 먹은 아이가 사라지면, 사리분별을 할 만큼 나이 먹은 아이가 사라졌으면, 그 아이를 비난하겠구나."

만일 네가 '사라지면' 네 엄마는 어떻게 생각할까, 바이올렛?

"엄마는 아무 느낌도 없을걸. 아마 기뻐하겠지."

바이올렛은 진심으로 그렇게 믿는 걸까? 모르겠다.

그날 밤, 클로비스 씨는 밤늦게 바이올렛을 집에 데려다주었다. 거의 10시가 다 된 시각이었다. 리타 메이는 안 따라오겠다고 하다가 마지막 순간에 마음을 바꿨다. 집으로 오는 길에, 리타 메이는 바이올렛의 손을 꼭 잡았다. 그녀는 바이올렛이 안됐다고 느끼는 걸까? 바이올렛이 엄마에 대해 했던 말 때문에? 기뻐한다는 건 그냥 해본 말이었는데…… 바이올렛은 그 말을 내뱉던 순간에 자신이 진심이었는지 확신이 서지 않았다.

밸리가든 아파트에 도착해서도, 바이올렛은 차 안에서 거의 움직일 수가 없었다. 다리가 납처럼 무거웠다. 아파트 1층

창문이 어두웠는데, 그 말은 엄마가 그날 밤에 '야근을 한다'
는 뜻이었다.

"아, 클로비스 아저씨…… 아저씨랑 같이 살 수 있었으면
좋겠어요."

리타 메이가 말했다. "나도 네가 우리랑 같이 살면 좋겠어,
바이올렛. 엄마한테 물어보면 어때?"

클로비스 씨가 재빨리, 부드러운 목소리로 말했다. "그건
현명한 생각은 아닌 것 같구나, 리타 메이. 너의 소중한 친구
가 그런 일을 하도록 몰아붙이는 건 친구를 곤경에 빠뜨리는
거야. 바이올렛의 엄마는 바이올렛을 사랑하서. 마치 내가 너
와 네 언니 오빠 동생들을 사랑하는 것처럼 말이다. 엄마에
게서 딸을 빼앗을 수는 없는 거야."

"난 바이올렛을 빼앗아 오고 싶어요!" 리타 메이가 말했다.

바이올렛은 눈물을 훔쳤다. 그녀는 깊이 감동받았다.

아무튼 그것만은 확실했다. 바이올렛 프렌티스의 평생 동안
그 누구도 그녀에 대해 이런 식으로 말해준 사람은 없었다.

"최근에 네가 이 동네에서 하고 다니는 짓거리를 보면 누
가 널 잡아가도 싸다."

엄마가 날카로운 경고성 목소리로 말했다. 아침 식사 시간
이었고, 바이올렛은 질척거리고 달기만 한 시리얼을 앞에 두
고도 전혀 배가 고프지 않았다. 그녀는 고개를 들어 자신을

노려보고 있는 엄마를 쏘아보지 않으려고 애써 참고 있었다. 데님 재킷 주머니에는 리타 메이에게 빌려 온 미드나이트 키스 립스틱이 들어 있었고, 깨끗한 휴지에 싼 은 귀찌와 코나 눈썹에 끼울 수 있는 '피어싱'이 들어 있었다.

"엄마, 뭔가 헷갈리는 모양인데, 엄마가 날 미워하는 것만큼 다른 사람들도 날 원치 않아."

엄마가 웃다가, 깜짝 놀랐다. 엄마는 막 담배에 불을 붙이려던 참이었다. (엄마는 여기 이사 오기 전에 담배를 끊지 않았던가? 이사를 온 목적 중 하나가 '새사람이 되어서 인생을 처음부터 다시 시작하는 것' 아니었나?) 이제 엄마는 잠시 하던 말을 멈추고 바이올렛을 물끄러미 바라보고 있었다. 바이올렛에게 얻어맞기라도 한 것처럼 상처 입은 표정이었다.

"얘야, 아니야. 난 널 미워하지 않아. 그건…… 그건 사실이 아냐."

"아니라고!"

"당연히 아니지. 가끔 널 혼내야 할 때가 있어서 그런 거야. 널 위해서……. 이건 뭐랄까, 네가 집에 가져오는 수학 숙제 같은 거야. 삼각형에 관한 법칙이 있잖아. 그건 절대로 변하지 않아. 그 '이등불변' 삼각형처럼……."

"이등변."

"그러니까 그게 적삼각형이랑 다르듯이……."

"정삼각형, 엄마! 아, 진짜."

"음, 아무튼. 중요한 건, 부모라면 가끔씩 아이를 위해 야단을 쳐야 할 때가 있어. 그렇다고 해서 그게 널 미워한다는 뜻은 아니라고!"

"엄마, 나 미워해도 괜찮아. 왜냐하면 난 확실히 엄마를 미워하니까."

바이올렛은 그냥 농담이라는 듯 웃었다. 엄마는 이 말을 어떻게 생각해야 할지 모르겠다는 얼굴로 그녀를 바라보았다.

"바이올렛, 하나도 안 재밌어. 왜 그런 말을 하는 거야?"

"난 '그런 말을 하는'게 아니야. 난 그냥…… 그러니까…… 내가 할 말을 하는 거야. '그런 말'이 아니라."

바이올렛은 눈물을 훔쳤고, 엄마가 어루만져주려고 손을 뻗자 움츠리며 몸을 피했다. 특히 엄마가 입술을 그녀의 이마에 문질러서 립스틱 얼룩이 묻게 하고 싶지 않았다. 그런 것은 바라지 않았다.

학교가 끝나고 바이올렛은 비 내리는 에이잭스 블러바드를 잰걸음으로 걷고 있었다. 집까지 걸어갈 마음은 없었다. 버스가 여기 서나요? 누군가 그렇다고 대답해주었다. 그러나 버스는 40분 동안이나 오지 않았다.

지난 사흘간 바이올렛은 학교에서 리타 메이를 피해 다녔다. 왜인지는 알 수 없는 어떤 이유 때문에…….

그러나 중형 트럭들이 지나다니는 도로 저쪽에서, 이제는 낯익은, 점점이 진흙이 튄 SUV가 서서히 다가오고 있었다. 바이올렛은 고개를 들지 않고, 비에 젖어 반짝거리는 인도를 고집스럽게 내려다보았다. 그녀를 부르는 소리가 들렸다. "바이올렛! 어이! 얼른 타. 집까지 데려다줄게."

이유가 있었다. 더 이상은 차를 얻어 타지 않으려는 이유가. (아마) 꿈속에서 맹세도 했었을 것이다. 아무튼 그녀는 맹세를 했었다.

그러나 바이올렛은 외로웠고, 힘이 없었다. 그래서 어쩌다 보니 이미 교차로로 달려가고 있었고, 리타 메이는 웃으며 그녀가 차에 올라타도록 도와주었다.

"바이올렛, 완전 젖었네. 집에 가서 옷을 좀 말려야겠다."

빅마마가 먹이를 먹는 날이었다. 바이올렛도 알고 있었지만 잊어버리고 있었다. 클로비스 가족들 모두가 흥분되고 다소 산만해 보였다. 에밀은 미소를 지으며 바이올렛에게 윙크했다. "안녕, 바이올렛! 어떻게 지냈어?"

그 길로 클로비스 씨는 바이올렛을 이끌고 복도를 따라 비밀스러운 뒷방으로 데려갔다. 두 번째였지만 그곳에 몇 번이나 갔던 것 같은 기분이었다.

예의 그 정글 냄새와 습한 공기가 훅 끼쳤다. 바이올렛은 무릎이 후들거렸다. 클로비스 씨는 따뜻하고 강인한 팔로 그녀의 허리를 감싸 부축해주었다.

그물무늬비단뱀은 얼마나 자주 먹이를 먹을까? 아름답고

매끄러운 피부에 반짝이는 다이아몬드 무늬가 새겨진 빅마마는, 물 흘러가듯 바닥 위를 느리게 미끄러져 다녔지만 모든 근육 하나하나가 경계심으로 바짝 곤두서 있다. 길이는 6미터 정도여서 단단하고 커다란 머리 쪽에서 바라보면 꼬리 끝은 거의 보이지 않는다. 짙은 속눈썹 달린 눈에는 잔뜩 경계심이 도사려 있고, 생생하게 살아 있고 굶주려 있다. 바이올렛은 궁금했다. 저 뇌 안에는, 그 안의 작은 분자들 속에는, 아래위가 뒤집혀 맺히는 그녀의 상像 말고는 아무것도 없는 걸까? 그 전부터 빅마마는 그녀를 알아봤을까?

바이올렛은 빅마마가 그저 아름다운 피부 속에 감춰진 거대한 소화기관일 뿐이라고 생각하고 싶지 않았다. 빅마마가 그저 입을 크게 벌리는 것 말고는 별것 아니라고 생각하고 싶지 않았다. 빅마마가 턱을 벌리면, 얼마나 벌릴까? 한 1미터 정도? 그렇게 힘센 턱뼈가 열렸다가 닫히면, 꿈틀대던 먹잇감은 조금씩 조금씩 삼켜지겠지.

"이제 쥐들이 등장할 시간이야. 토끼들도. 엄청 많은 쥐랑 엄청 많은 토끼들." 에밀은 어색하게 농담을 했다.

"하나도 안 재밌어, 에밀. 전혀 재밌지 않아."

"쥐랑 토끼가 최고지. 도끼로 먹잇감 토막 내는 거 싫어하거든."

"에밀, 입 닥쳐." '집안의 가장' 클로비스 씨가 지금까지 했던 말 중에 가장 날카롭고 매서운 말이었다.

"중요한 건 빅마마는 살아 있지 않은 건 먹지 않는다는 거야. 어떻게 생각하니? 빅마마가 그런 역겨운 죽은 동물을 먹는 것 같아?"

"빅마마는 그렇게 까탈스럽지 않아요."

"빅마마는 그래."

클로비스 씨는 바이올렛에게 믹서기로 직접 만든 특별 음료를 주었다. 석류 주스와 살구 주스를 섞고, 여기에 요거트를 약간 넣고 거품이 나도록 혼합한 것이었다. 아마 여기에 뭔가 다른 것도 넣었을 것이다. 흰색의 알갱이 가루. 바이올렛의 조마조마한 마음을 '진정시켜주기 위해서'. 그녀는 그랬기를 바랐다!

빅마마의 우리는 아주 영리하게 설계되어 있었다. 처음엔 너무 신경이 곤두서서 몰랐지만, 지금 보니 우리 안에 울타리가 하나 더 있었다. 그 안쪽 아주 넓은 공간에 거대한 뱀이 있었다. 그리고 바깥쪽에 훨씬 더 좁은 공간이 있었는데, 레버로 작동되는 슬라이딩 유리 벽으로 분리되어 있었다. 그래서 빅마마가 안쪽에 안전하게 갇혀 있는 동안 바깥쪽 공간에 빅마마가 먹을 신선한 음식과 물을 두고 나올 수 있었다. 그런 다음 밖으로 나와 레버로 분리 벽을 열면 빅마마가 기어나와 먹이를 먹는다.

클로비스 씨가 지금 그것을 하고 있었다. 바깥쪽 유리문을 밀어 여는 것이다. 안쪽 유리가 닫혀 있기만 하다면 완벽하게 안전하다. 아무리 그물무늬비단뱀이 극심한 굶주림에 절박하다 해도, 뱀의 침과 기름기 도는 체액으로 더럽혀진 두꺼운 유리판을 깨부술 수는 없었다.

그렇게 거대한 짐승인데도, 빅마마는 **포로**였다.

클로비스 씨는 부드러운 목소리로 말했다. "너에 대해서는 리타 메이의 말이 옳았어, 친애하는 바이올렛. 넌 **특별해**. 우린 아마 널 금방 잊지는 못할 거야."

그녀는 짜릿한 자부심을 느꼈다. 그러나 눈꺼풀이 너무 무거웠다. 음소거한 채로 TV를 켜놓고 소파에 널브러져 있는 것 같았다. 그냥. 깨어. 있기가. 너무. 너무. 힘들다.

"네가 빅마마에게 먹이를 줄 차례야, 바이올렛. 하고 싶니?"

"난…… 난 모르겠어요."

"네가 먹이를 주면 빅마마는 아주 고마워할 거야. 아직 못 봤겠지만 아주 볼만한 광경이지."

바이올렛은 졸렸다. 귀에서 윙윙거리는 소리가 났다. 눈을 감고 머리를 바닥에 내려놓고 싶었다. 클로비스 씨가 준 그 거품 나는 음료가 뭐였지? 크림처럼 부드럽고 달콤하고 맛있었는데. 하지만 분필 맛 같은 깔끄러운 뒷맛이 입안에 남았다.

리타 메이는 거기에 없었다. 바이올렛은 리타 메이가 보고 싶었다. 클로비스 씨와 다른 아이들이 리타 메이에게 날카롭게 말하는 소리가 들렸다. 그럼 나가 있어. 넌 여기 있을 필요 없어.

"바이올렛, 너한테는 한 번뿐인 기회일 거야. 빅마마에게 먹이를 주는 것. 네가 싫다고 하면 집으로 데려다줄게. 그럼 돼."

바이올렛은 힘없이 저항했다. 그 외로운 아파트로 가는 것만큼은!

"아뇨! 난…… 난 빅마마에게 먹이를 줄 수 있어요."

이곳의 공기는 뜨겁고 습하다. 마치 내장 안에 들어와 있는 것처럼. 얼룩진 유리판 바로 몇 미터 밖 저쪽에 빅마마가 팽팽하게 긴장해서 부들부들 몸을 떨며 누워 있었다. 처음 봤을 때의 나른한 모습과는 딴판이었다. 바이올렛은 조금 휘청거렸고, 클로비스 씨는 그녀를 바깥쪽 공간으로 데려가 편하게 바닥에 눕혀주었다. 그곳에 누워 그녀는 눈을 감을 수 있었다. 클로비스 씨는 머리카락이 약간 헝클어져 있는 그녀의 목덜미에 가볍게 입을 맞췄다.

"빅마마한테 인사하렴."

"아…… 안녕……."

이렇게 가까이에, 유리 저쪽 불과 몇 센티미터 바깥에, 빅마마가 기다리고 있었다. 빅마마의 눈은 이제 날카로웠고, 결국에는 그녀를 알아본 것처럼 바이올렛을 똑바로 노려보고 있었다. 바이올렛의 눈꺼풀은 너무나도 무거웠다. 서서히 황혼이 내리듯 시야가 희미해졌다. 그녀는 평화로웠다. 그게 뭐였더라. 주차장에서 1층 방 안을 쏘아보던 그것, 그것도 이제는 잊었다.

"좋았어, 아가! 좀 자렴. 여긴 안락하고 따뜻하지. 밤새도록 잘 수도 있을 거야." 클로비스 씨는 바이올렛을 내버려두었다. 너무 살며시 놓아두어서 그녀는 그가 밖으로 나간 것도 몰랐다. 바이올렛은 바닥에 모로 누워 있었다. 흐느적거리는 한쪽 팔을 뻗은 채로. 그녀의 손가락이 무언가를 잡으려는 듯 가볍게 움직였다. 뭘 잡으려고? 모르겠다.

그녀는, 그것을 뭐라 불러야 하는지 뭐라고 생각해야 하는지도 알지 못한 채, 그녀를 누르고 있는 유리판이 윙윙거리며 진동하는 것을 느꼈다. 이것은 숨을 쉬는, 아니면 몸을 떠는, 아니면 똬리를 조이는 빅마마일 것이다.

너무나도 편안했다. 바이올렛의 눈에 눈물이 차올랐다. 그러나 그 눈물이 채 흘러내리기도 전에, 그녀는 몸을 둥글게 말아 작은 공 모양으로 웅크리고, 가슴으로 무릎을 끌어안았다. 몇 초 만에 그녀는 가장 달콤한 항복을 선언하고 황홀함 속에 잠이 들었다.

미스터리 주식회사

Mystery, Inc.

기분이 마구 들뜬다! 드디어, 몇 차례의 헛발질 끝에, 나의 책 미스터리를 위한 완벽한 플롯을 선택했기 때문이다.

그 대상은 바로 뉴햄프셔 시브룩에 있는 고색창연하고 아름다운 서점 '미스터리 주식회사'다. 시브룩은 뉴캐슬 남쪽 대서양을 굽어보고 있는 마을로, 1년 내내 주민이 2,000명이 채 되지 않는 소박한 마을이다.

여러분 중에는 뉴잉글랜드의 보석과도 같은 이 전설적인 서점을 한 번도 가보지 않은 사람도 있을 것이다. 이 서점은 시브룩의 항구 위쪽 유서 깊은 하이 스트리트 구역 내, 1888년에 지어진 이후 우아하게 개조된 브라운스톤 주택들로 이루어진 블록 안에 자리 잡고 있다. 이곳에는 건축가와 변호사들의 사무실과 치과가 있고, 가죽 제품, 수공예 은 액세서리, 타탄

체크 직물을 취급하는 가게와 부티크들, 그리고 랄프 로렌이나 에스콰이어 제화점 같은 고급 상점들이 있었다. 하이 스트리트 19번지에는 검은색과 금색으로 그린 빛바랜 낡은 간판이 거리에 부는 바람에 삐걱거리고 있다.

미스터리 주식회사. 서점
신간 & 고서적, 지도, 지구의, 예술품
1912년 개업

짙은 빨간색 래커로 칠한 정문 앞에는 검은 철제 난간이 달린 넓은 돌계단이 있다. 그래서 인도에 서서 서점의 진열창을 바라보려면 고개를 들어야 한다.

미스터리 주식회사는 4층짜리 서점이다. 각 층마다 퇴창*이나 있어 오후가 되면 숨 막히게 아름다운 빛을 발한다. 1층 퇴창에는 표지가 아름다운 책들이 진열되어 있는데, (분명히) 표지의 매력을 제대로 볼 줄 아는 사람의 솜씨다. 19세기 고전인 윌키 콜린스의 『문스톤』과 『흰옷을 입은 여인』의 가죽 장정 에디션, 찰스 디킨스의 『황폐한 집』과 『에드윈 드루드의 비밀』, 아서 코넌 도일의 『셜록 홈스의 모험』, 그리고 20세기의 고전으로 꼽히는 미스터리 소설도 있었으니, 레이먼드 챈들

---

* 바깥쪽으로 돌출된 창.

러, 대실 해밋, 코넬 울리치, 로스 맥도널드, 퍼트리샤 하이스미스와 미국, 영국, 스칸디나비아의 좀 더 대중적인 현대물들이 진열되어 있다. 심지어 내가 들어보지 못한 작품도 있다. 『이름 없는 여인 사건: 19세기 가장 흥미진진한 살인 사건 이야기』*는 세상에 나온 지 몇십 년은 되어 보이는 책이다.

미스터리 주식회사 안으로 발을 들이자마자, 부러움 때문에 가슴이 아파올 정도였다. 그러나 이 부러움은 곧 감탄과 존경으로 바뀐다. 부러움이란 속 좁은 인간들의 전유물이니까.

미스터리 주식회사의 내부 장식은 상상했던 것보다 훨씬 더 아름답다. 벽에는 마호가니 패널을 댔고 바닥부터 천장까지 빌트인 책꽂이가 나란히 놓여 있다. 높은 선반에 올라갈 때는 잘 다듬은 목재로 제작한 황동 바퀴 달린 사다리를 사용한다. 천장은 망치로 두들겨 만든 우아한 주석 패널을 이어 댔다. 쪽모이 세공을 한 마루 위에는 작은 카펫들을 덮어놓았다. 나 자신도 책 수집가로서—그리고 서적상으로서—손님들을 압도하지 않으면서도 매력적으로 보이도록 책들을 잘 진열해놓았다는 걸 간파할 수 있었다. 반듯하게 꽂힌 책들은 영리하게 배치되어 있어 호기심을 자극했다. 손님들은 가죽 의자와 소파가 편안하게 배치된 옛날식 도서관에

---

* 『The Case of the Unknown Woman: The Story of One of the Most Interesting Murder Mysteries of the 19th Century』, 알렉산더 시플리의 작품이다.

온 것처럼 환영받는 느낌을 받게 된다. 벽 이곳저곳에는 희귀 서적과 초판본을 보관하는 유리 장식장이 있었는데, 당연히 자물쇠로 잠겨 있었다. 나는 미친 듯이 질투를 느꼈다. 뉴잉글랜드에 있는 내 소유의 미스터리 서점들, 내가 일군 미스터리 서점의 제국 가운데 어느 곳 하나 여기 이 미스터리 주식회사와 엇비슷한 수준에도 이르지 못하기 때문이다.

그뿐만 아니라 온라인 판매 부문에 있어서도, 온라인 판매에 매출의 상당 부분을 의존하는 나 같은 책 장수들에게 미스터리 주식회사는 가장 무서운 경쟁자였다.

미스터리 주식회사가 문을 닫기 30분 전, 즉 목요일 저녁 7시에 도착하도록 빈틈없이 계획을 세웠었다. 그래서 내부는 그렇게 북적이지 않는다. (손님들은 겨우 몇 명 정도 있는 것 같다. 적어도 1층에는 그렇다.) 겨울에는 일찌감치 5시 반이면 해가 지기 시작한다. 차가운 공기가 습기를 머금고 있어서 서점 안으로 들어오니 안경 렌즈가 뿌옇게 흐려졌다. 힘차게 렌즈를 닦고 있는데 황갈색 도는 금발이 어깨까지 내려오는 젊은 여직원이 나에게 다가와 특별히 찾는 것이 있느냐고 묻는다. 그래서, 고맙지만 그냥 둘러보는 중이라고 말한다. "아, 그건 그렇고 이 아름다운 서점의 주인을 한번 뵙고 싶은데요. 지금 안에 계시는지 모르겠지만요."

젊은 여자는 공손하게 고용주인 노이하우스 씨는 지금 서점에 있지만 위층 사무실에 있다고 말한다. 만일 내가 특별한 컬렉션이나 서점이 보유한 고서적에 관심이 있다면 불러 줄 수 있다고 한다.

"고마워요! 사실 관심은 있지만, 일단은 좀 더 둘러볼게요."

이 서점의 개방성은 참으로 기이하다. 미스터리 주식회사 는 대충 잡아도 수십만 달러의 가치를 지닌 상품들을 보유하 고 있지만, 문은 언제나 활짝 열려 있다. 사실상 길 가던 사 람 아무나 손에는 가죽 서류 가방을 들고 함박 미소를 지으 며 손님도 별로 없는 서점에 불쑥 들어올 수 있는 것이다.

물론 누가 보더라도 내가 신사라는 점은 도움이 된다. 그 리고 쉽게 추측할 수 있겠지만 나는 책 수집가이자 책 애호 가이다.

나를 믿는 젊은 여자가 계산대 컴퓨터로 돌아가고, 나는 자유롭게 내부를 어슬렁거린다. 물론, 다른 고객들과 마주치 는 일은 피할 것이다.

위층과 아래층이 실용적으로 생긴 일반 계단이 아니라 나 선계단으로 연결되어 있는 것을 보고 감명을 받았다. 뒤쪽에 작은 엘리베이터가 있었지만 그걸 사용하고픈 마음은 들지 않았다. 경미한 폐소공포증이 있기 때문이다. (어릴 적 사디 즘 성향이 있는 형에 의해 먼지가 풀풀 날리는 옷장에 갇힌 후 로 폐소공포증을 얻었는데, 내 지인들 대부분과 나를 숭배하는 서점 직원들은 이런 사실을 잘 모른다. 그들은 내가 솔직 담백하 고 일반 상식이 잘 통하며 신경질적인 변덕을 부리는 일은 절대 없는 그런 사람이라고 생각하고 있을 것이다!) 미스터리 주식 회사의 1층에는 미국 책들, 2층에는 영국과 외국 책들이 전시되어 있고, 뒷벽 전체를 셜록 홈스 전시관으로 꾸며놓았다. 3층에는 초판본, 희귀 서적, 가죽 장정 세트가 있고, 4층에는 지도, 지구본, 그리고 대혼란, 살인, 죽음과 관련된 골동품 미술품이 전시되어 있었다.

에런 노이하우스의 사무실은 분명히 이곳 4층에 있을 것이다. 사무실 창문으로 광활한 대서양이 내려다보이고, 내부는 아름다운 벽면 장식과 가구들로 꾸며져 있을 모습이 머릿속에 그려졌다.

나는 지금 옛날 버릇인 책 절도에 대해 향수를 느끼고 있다. 수십 년 전 땡전 한 푼 없는 가난한 학생이었을 때, 책에 대한 동경이 강하던 시절의 버릇이었다. 도둑질의 스릴…… 그리고 책이라는 그 특별한 보상! 사실 지난 수년간 내가 가장 소중하게 여겼던 책들은 맨해튼 4번 애비뉴에 있는 서점들에서 훔친 것이었는데, 뭐 금전적 가치랄 것은 없었고…… 그냥 훔치는 행위가 주는 만족감 때문이었다. 아, 보안 카메라가 없던 그 시절이여!

물론 미스터리 주식회사에는 층마다 보안 카메라가 있다. 내 계획이 성공적으로 실행된다면, 녹화 테이프를 꺼내 파괴할 것이다. 만일 성공하지 못한다면, 몇 주 정도 분량의 테이프에 나와 비슷한 사람이 기록되어 있을 것이고, 이후 기한이 되어 파괴될 것이다. 사실 나는 살짝 변장을 하고 왔다. 이 수염은 내 것이 아니고, 검은 플라스틱 테와 옅은 색 렌즈의 선글라스는 내가 평소 쓰는 안경과 완전히 다르다.

폐점 시간 직전이라 안에는 손님들이 몇 명 없었다. 나는 그들보다 이곳에 더 오래 머무를 생각이다. 1층에 손님이 하나 또는 둘. 2층에는 애거사 크리스티 서가에서 정독 중인 사람 하나. 3층에는 중년 부부가 친척에게 줄 생일 선물을 찾고 있었다. 4층에는 노인 하나가 벽에 걸린 미술 작품을 꼼꼼히 들여다보고 있다. 15세기 독일의 목각 작품 복제품은 〈죽음과 처녀〉〈죽음의 무도〉, 그리고 〈죽음의 승리〉라는 제목을 달고 있었다. 그리고 피카소, 뭉크, 실레, 프랜시스 베이컨의 으스스한 석판 인쇄…… 고야의 〈아들을 잡아먹는 사투르누스〉〈마녀의 집회〉 그리고 〈개〉가 걸려 있었다. (이 신사와 대화를 나눠보고 싶지만, 그런 경솔한 짓을 할 수 없다는 게 참으로 안타깝다. 고야의 검은 그림 연작에 몰두하는 걸 보면 이 노인도 나만큼이나 섬뜩한 작품을 좋아하는 것 같은데 말이다!) 나는 사실 존경하고 있다. 뉴햄프셔 시브룩의 외딴곳에서, 그것도 이런 비수기에, 값비싼 예술 작품을 이렇게 팔고 있는 에런 노이하우스는 여러모로 대단한 사람이다.

1층으로 다시 내려왔을 무렵엔 손님들 대부분이 나갔고, 마지막 손님이 계산대에서 계산을 하고 있다. 내 차례를 기다리기 위해, 내 엉덩이에 딱 들어맞을 것 같은 오래되고 해진 가죽 의자 하나에 앉는다. 무척이나 편안하게 잘 맞아서 이건 에런 노이하우스가 아닌 내 소유라고 주장할 수도 있겠다 싶었다. 의자 옆에는 유리문 달린 장식장이 있고 그 안에는 레이먼드 챈들러 소설의 초판본이 들어 있다. 정말이지 보물이나 다름없는 수집품이다! 그런 귀중한 책에 이렇게 가까이 앉아 있으려니 손가락에 근질근질한 느낌이 든다.

애써 원통함을 억누르고 있다. 그냥 경쟁심만 느끼면 충분하다. 이런 게 바로 미국식이지!

하지만 진실은 고통스럽다. 내 소유의 미스터리 서점 여섯 군데 중 미스터리 주식회사나 다른 서점들처럼 풍부한 재고를 갖추고 손님들을 맞이하는 곳은 없다. 적어도 가장 최근에 인수한 서점 두 곳은 흉측하고 실용적인 형광등을 달아놔서 그 안에 있기만 해도 머리가 지끈거리고 절망적인 기분이 든다. 내 고객들은 이곳 미스터리 주식회사의 손님들처럼 부유하지도 않고, 미스터리에 대한 취향도 대부분 내용 뻔하고 정형화된 베스트셀러에만 맞춰져 있다. 내 서점에서는 엘러리 퀸에게 헌정된 서가나 레이먼드 챈들러의 초판본만 보관하는 유리 장식장이나 홈스를 기념하는 공간 같은 것은 찾아볼 수 없다. 그나마 좀 나은 곳은 몇 안 되는 초판본과 고서적만 취급하고 있기는 한데, 예술 작품은 없다! 그리고 여기이 젊은 여성처럼 매력적이고 품위 있고 지적인 직원을 고용할 수 있을 것 같지도 않다. 아마도 그건 최저임금보다 더 많은 돈을 지급할 여력이 내게 없기 때문일 것이다. 그래서 직원들은 아무 죄책감 없이 불쑥불쑥 일을 관둔다.

나의 편안한 의자에 앉아서 손님과 로라라는 이름의 젊은 여성 직원이 나누는 친밀한 대화를 엿듣고 있자니 흐뭇한 기분이 든다. 만일 내가 이 미스터리 주식회사를 인수한다면, 저 매력적인 로라를 직원으로 고용해야지. 필요하다면 그녀가 지금 받고 있는 급여보다 조금 더 지불할 마음도 있다. 그녀가 그만두지 않겠다고 보장만 해주면.

로라가 한가해져서, 레이먼드 챈들러의 『안녕, 내 사랑』 초판본을 살펴봐도 되느냐고 물었다. 그녀는 조심스럽게 장식장을 열고, 책을 꺼내준다. 발행 시기는 1940년인데, 책 커버는 완벽하지는 않아도 꽤 상태가 좋다. 그리고 가격은 1,200달러다. 심장이 가볍게 뛴다. 나도 이 챈들러 책을 한 부 가지고 있는데, 몇 년 전에 이것보다 훨씬 더 싼값에 샀었다. 그렇다면 내 서점 중 제일 괜찮은 데에서, 아니면 온라인으로, 1,500달러에 되팔 수도 있겠는데…….

"아주 매력적이군요! 고맙습니다! 하지만 몇 가지 궁금한 게 있어서요. 내가 여기 사장님과…….."

"노이하우스 씨를 모셔 오겠습니다. 손님을 뵙고 싶어 하세요."

독립 서점의 소유주들은 나 같은 손님을 늘 만나고 싶어 하는 경향이 있다.

재빨리 머릿속으로 계산해본다. 에런 노이하우스가 고인이 되면 그 아내는 이 자산의 가격을 얼마로 부를까? 실제로 이 자산은 시브룩에서 얼마의 가치가 있을까? 지금 뉴잉글랜드 전역은 장기 불황을 겪고 있고 뉴햄프셔도 예외는 아니지만, 시브룩은 해안가 부자 마을이고 여름철 인구는 네 배 이상 늘어나니까, 서점은 아마도 80만 달러가량의 가치가 있을 것이고……. 사전 조사를 하는 과정에서, 에런 노이하우스가 이 자산을 담보대출 없이 온전히 소유하고 있다는 사실을 알게 되었다. 결혼을 한 지는 30년이 넘었고 아이는 없었다. 분명히 그의 아내가 그의 재산을 모두 물려받을 것이다. 지난 경험을 통해 배운 바에 따르면 아내들은 급매로 자산을 처분하는 데 매우 취약하기로 악명이 높다. 남편의 죽음에 뒤따르는 법적 경제적 책임에 허우적대다가, 이 짐으로부터 하루라도 빨리 자유로워지고픈 마음이 간절한 것이다. 특히 금융이나 사업에 대해 거의 아는 게 없는 여자들은 더 그렇다. 옆에서 충고를 해줄 자녀나 친구가 있지 않은 한, 제정신이 아닌 아내들은 대단히 현명하지 못한 결정을 내리기 십상이다.

마치 꿈을 꾸는 것처럼, 레이먼드 챈들러 초판본을 잘 보지도 않고 손에 쥐고 있었다. 불현듯 그런 생각이 들었다. 이 미스터리 주식회사를 가져야겠어. 이건 내 제국의 보석이 될 거야.

"안녕하십니까?" 에런 노이하우스가 내 앞에 서 있다.

나는 재빨리 일어서서 악수하기 위해 손을 내밀었다. "안녕하십니까! 만나서 정말 기쁘군요. 내 이름은⋯⋯."

노이하우스에게 내가 지어낸 이름을 말하려니 얼굴이 화끈 달아오른다. 잠깐 동안, 내가 모르는 사이에 노이하우스가 내 앞에 서서 나를 관찰하며, 내 가장 은밀한 생각을 읽지는 않았을까 겁이 났다.

그는 나를 알아. 하지만⋯⋯ 그는 나를 알 수 없어.

에런 노이하우스가 나에게 따뜻하게 인사하는 걸 보면, 이 미스터리 주식회사의 사장은 자신을 '찰스 브록던'이라고 소개하는 낯선 사람에 대해 아무런 의심도 없다는 게 분명해 보였다. 하긴 왜 의심을 품겠는가? 내 최근 사진이 알려진 적도 없고, 내가 지어낸 이름과 관련해서 의심스러운 평판이 있는 것도 아니다. 사실 '의심스러운 평판'은 뉴잉글랜드의 소규모 미스터리 서점 여러 개의 소유주로서 내 진짜 이름에 쌓여 있었다.

물론 나는 에런 노이하우스의 사진을 공부해두었다. 나는 노이하우스가 그렇게 젊어 보이는 것에 놀랐고, 예순셋의 나이에 얼굴에 주름이 그렇게 없는 것에도 놀랐다.

열정적인 서점 주인들이 으레 그렇듯, 노이하우스는 챈들러 초판본과 서점에서 보유하고 있는 챈들러 작품들에 관한 나의 질문을 반가워하며 기꺼이 대답해주었다. 그렇게 해서 자연스럽게 이런저런 이야기를 나누다가, 서점에서 소장하고 있는 재고에 관한 이야기로 넘어가게 되었다. 그는 고전 미스터리 범죄소설의 초판본들, 그중에서도 해밋, 울리치, 제임스 M. 케인, 존 D. 맥도널드, 로스 맥도널드의 책들을 소장하고 있었다. 그리고 자랑하는 게 아니라 사실이 그렇다는 듯 담담한 말투로, '엘러리 퀸'의 출간작으로 구성된 가장 완벽한 컬렉션이 두어 세트 정도 알려져 있는데 그중 하나를 소유하고 있다고 말한다. 엘러리 퀸 외의 다른 필명으로 발표한 소설과 엘러리 퀸 소설이 처음 게재된 잡지까지 포함된 컬렉션이었다. 나는 순진한 척하면서 그런 컬렉션은 가치가 대략 어느 정도나 되느냐고 묻는다. 에런 노이하우스는 눈살을 살짝 찌푸리고는 컬렉션의 값어치는 시장에 따라 변동 폭이 크다고 얼버무리며 구체적인 가격을 말하지 않는다.

이것이 합리적인 대답이었다. 사실 수집가가 가지고 있는 아이템의 가치는 다른 수집가가 지불하는 액수에 따라 정해진다. 시장은 팽창할 수도, 수축할 수도 있다. 모든 재화의 가격은—적어도 희귀 서적처럼 쓸모없고 아름다운 것들은—본질적으로 터무니없이 매겨지며, 가격 산정의 원칙은 인간의 상상력, 그리고 다른 사람들이 귀하게 여기는 것을 간절히 원하고 하찮게 여기는 것을 경멸하는, 너무나도 인간적인 편애에 의해 좌지우지된다. 경제적으로 어려운 이 시대를 살고 있는 대부분의 책 장수들과는 달리, 에런 노이하우스는 사업에서 꽤 수익을 내고 있어 한껏 쪼그라든 시장에 굳이 값어치 있는 컬렉션들을 팔 필요가 없다. 어쩌면 무한정 들고 있어도 괜찮을 것이다!

이것 역시 아내가 물려받겠지. 나는 그렇게 생각한다.

내가 에런 노이하우스에게 던진 질문들은 그냥 해본 것이 아니라 진지한 것이었다. 어쩌면 다소 순진하게 들릴 수도 있겠지만…… 이는 내가 에런 노이하우스가 가진 보물에 대단히 관심이 많기 때문이고, 한편으로는 기회가 닿을 때마다 서지학적 지식을 확장시키고픈 마음이 있기 때문이다.

곧 노이하우스는 『범죄소설과 미스터리 소설 목록: 1749~1990』 『가정의 악의: 윌리엄 러헤드 선집, 1889~1949』 『범죄 안의 내 인생: 런던 고서적 판매상의 회고록』(1957), 『현대 범죄소설의 거대 백과사전』, 그리고 에런 노이하우스가 직접 편집한 앤솔러지 『20세기 최고의 미국 누아르 스토리 101편』 같은 책들을 나에게 보여준다. 이 책들은 다 아는 것들이지만, 그중 한 권은 끝까지 읽어보지 못했다. 노이하우스의 『20세기 최고의 미국 누아르 스토리 101편』은 내 서점들에서도 베스트셀러 목록에 포함된다. 나는 노이하우스에게 잘 보이기 위해 챈들러의 초판본과 함께 그의 앤솔러지도 사고 싶다고 말한다. "그리고 다른 것들도 몇 권 더요. 고백해야겠는데, 저는 사장님의 서점에 완전 반해버린 것 같습니다."

이 말에 노이하우스가 희미하게 얼굴을 붉혔다. 아이러니

한 것은, 사실 이 말은 이곳 주인을 내 맘대로 다루기 위해 냉정하게 계산된 말이었지만 그럼에도 그 속에 나의 진심이 담겨 있었다는 것이다.

노이하우스는 손목시계를 힐긋 보았다. 7시가 되어 서점 문을 닫고 싶어서가 아니라, 이 잠재력 있는 고객과 좀 더 시간을 보내고픈 마음이 들어서다.

서점 주인들이 으레 그렇듯, 에런 노이하우스는 대단히 잠재력 있는 고객에게 폐점 시간 이후에 조금 더 머물다 갈 수 있는지 물었다. 자신의 사무실로 가서 좀 더 편안히 대화를 나누며 함께 차도 마시면 어떻겠느냐고.

매번 이런 식으로 진행되었었다. 약간의 변주가 있기도 하고, 첫 번째 방문에서 항상 성공하는 것은 아니라서 두 번 들러야 할 때도 있지만, 보통은 이런 패턴으로 진행된다.

미끼, 미끼를 던졌다.

먹잇감이 물었다.

노이하우스는 매력적인 점원을 퇴근시킬 것이다. 로라는 그녀의 (사랑하는?) 고용주에게 밝고 유쾌한 마지막 눈길을 보낼 것이고, 그날의 마지막 손님에 대한 기억은―(노이하우스의 인생에서 마지막 손님)―생생하긴 해도 잘못된 것이리라. 생강 색깔의 콧수염을 기른 남자인데, 검은 플라스틱 테 안경을 썼고요. 아마도 마흔 정도는 되어 보였고…… 아니면 50대였나……. 키가 크지는 않지만 그렇다고 작지도 않고……. 아주 친절했어요.

누구도 날 의심하지 않을 것이다. 심지어 서류 가방에 'CB'라고 새긴 황동 이니셜도 사람들이 오해하도록 일부러 고른 것이었다.

이날 저녁 어느 때엔가 에런 노이하우스는 서점에서, 아마도 그의 사무실에서, 사망한 상태로 발견될 것이다. 사인은 아마도 심장마비나 뭐 그런 자연적인 원인으로 밝혀질 텐데…… 그것도 부검을 하는 경우에나 구체적인 사인이 나올 것이다. (그는 늦도록 집에 오지 않을 것이다. 그러면 그의 아내가 제정신이 아닌 채로 전화를 하겠지. 그리고 바로 미스터리 주식회사로 달려와 그에게 무슨 일이 생겼는지 확인하고, '응급' 상황은 이미 한참 전에 지났는데 응급 상황이라며 911에 신고를 할 것이다.) 몇 시간 전에 다녀간 평범하게 생긴 손님이 이런 죽음과 무슨 연관이 있을 거라고 생각할 만한 아무 이유가 없다.

비록 나는 철저히 이성적인 인간이지만, 어떤 사람들은 개인적으로 매우 불쾌하고 무례하고 이 세상을 즐겁지 못한 곳으로 만들고 있으며, 그런 사람들을 제거하는 것이 우리의 의무라고 생각하는 편이다. (그렇다고 해서 그런 충동에 따라 행동하지는 않았다. 아직은. 나의 제거 작업은 오로지 사업에 국한되어 진행되고 있다. 나는 실용적인 영혼을 지닌 사람이기 때문이다.)

그러나 나로서는 참으로 불행한 것이, 에런 노이하우스는 나와 마음이 무척 잘 통하고 어떤 의미로는 친구로 삼아도 좋을 만한 사람이라는 것이다. 나에게 '친구'라는 사치를 누릴 여유가 있다면 말이지만. 그의 말하는 태도는 부드럽지만 열정적이었다. 미스터리, 탐정소설에 관해서는 모르는 것이 없지만 거만하지 않았다. 그는 남의 말을 주의 깊게 듣고 절대 끼어들지 않는다. 그리고 자주 웃었다. 키는 중간 키로 175센티미터를 조금 넘어서 나보다 약간 큰 정도였고, 몸무게는 나만큼 많이 나갈 것 같지 않았다. 입고 있는 옷은 품질은 좋았지만 조금 해져 있었다. 조화롭게 차려입지는 못해서, 짙은 갈색 해리스 트위드 스포츠 재킷과 빨간색 캐시미어 조끼 안에 얇은 베이지색 셔츠를 받쳐 입었고, 적갈색 코듀로이 바지에 로퍼를 신었다. 왼손에는 금으로 만든 무늬 없는 결혼반지를 끼고 있었다. 그의 달콤한 미소는 보는 사람을 무장해제시키는 매력이 있어서, 대부분의 사람들이 알아채지 못하는 (그럴 것 같다) 다소 냉랭해 보이는 북유럽 인종 특유의 차가운 회녹색 눈빛을 벌충해주었다. 회색 머리카락은 뻣뻣해 보였는데, 정수리 쪽은 숱이 줄었고 옆으로는 곱슬거렸다. 그리고 그의 얼굴에는 기분 좋은 젊음이 있었다. 등이 반듯하고 조금은 뻣뻣해 보였는데, 등을 다쳐서 통증을 피하려고 조심스럽게 움직이는 사람 같았다. (아마도 이런 것은 나처럼 천성적으로 날카로운 눈을 가졌거나 직접 허리 통증을 한바탕 겪어보지 않은 사람이라면 눈치채지 못할 것이다.)

물론 뉴햄프셔 시브룩 해안에 오기 전, 내 (평범해 보이는, 수수한) 차 안에서 서류 가방을 옆에 두고 중요한 라이벌 제거 계획의 세부 사항을 자세히 기억해두기 전에, 내 작전 대상에 대한 최소한의 조사를 마친 상태였다. 책 판매상과 골동품상 커뮤니티 안에서는 명성이 자자하고, 친절하고 사교적이지만 그러면서도 자신의 사생활을 중히 여기는 사람. 노이하우스의 친구들 중 꽤 많은 이들이 그의 아내를 한 번도 만나본 적 없다는 점 때문에 좀 괴팍하다는 평판도 얻고 있는데, 그의 아내는 뉴햄프셔 글래스턴베리 지역에서 공립학교 교사로 오랫동안 재직했다고 한다. (시브룩 주민들이 노이하우스 부부를 저녁 식사에 초대하면, 언제나 '유감스러움과 함께' 거절한다고 한다.) 노이하우스와 아내는 고등학생 때인 1965년에 처음 만나 사귀었으며, 1977년에 노스캐롤라이나 클라크스버그에서 결혼했다고 알려져 있었다. 그렇게 오랜 세월을 한 여인에게만 충실하다니! 수많은 남자들에게 감탄할 만한 일일 테고, 어찌 보면 노이하우스가 상상력과 용기가 부족한 남자라는 것을 시사할 수도 있겠다. 아무튼 노이하우스를 생각하면, 그가 서점 경영에서 거둔 성공을 생각할 때만큼이나 짜증이 확 치밀어 오른다. 그가 마치 나머지 우리들을 일개 풋내기로 만들어버린 것 같은 기분이 들어서다.

내가 특히 분노하는 사실은 에런 노이하우스가 1951년 노스캐롤라이나의 부유한 집안에서 태어났다는 것이다. 그는 노스캐롤라이나 클라크스버그 카운티의 엄청난 부동산과 함께 21세가 되었을 때 자신의 명의로 된 신탁 기금까지 물려받아, 나머지 우리들처럼 파산의 두려움에 떨 필요 없이 서점들을 쉽게 매입할 수 있었다.

노이하우스는 나처럼 정부에서 무상으로 토지를 받아 설립된, 넓기만 할 뿐 따분하고 평범한 오하이오의 이름 없는 대학이 아니라 고급스러운 흰 기둥이 세워진 버지니아대학교에 진학했고, 그곳에서 예술 애호가가 배울 법한 과목인 고전과 철학을 전공했다. 졸업 후에는 대학원에 진학해 영문학 석사 학위를 땄는데, 논문 제목은 「기만의 미학: 에드거 앨런 포의 추론, 광기 그리고 천재성」이었다. 이 논문은 나중에 버지니아대학교 출판부에서 책으로 출간되었다. 젊은 노이하우스는 대학교수나 작가가 될 수도 있었지만, 그 대신 워싱턴에서 고서적상을 운영하는 (유명한, 많은 이들이 존경하는) 삼촌 밑의 수습 직원으로 들어갔다. 그러다가 1980년에, 삼촌으로부터 많은 것을 배운 노이하우스는 뉴욕시 블리커 스트리트의 한 서점을 인수해 다시 활성화시켰다. 1982년에는 이 서점을 매각하고 뉴햄프셔 시브룩에 있는 서점을 인수해서 세련되고 고급스럽게, 그러면서도 부유한 해변 마을에 걸맞은 '역사적인' 서점으로 거듭날 수 있도록 개조했다. 내가 알게 된 사업가로서의 노이하우스는 '실용적'이면서도

'선견지명'이 있는 사람이다. 이 대조는 정말이지 짜증스럽다. 나는 특히 다른 서점 주인들을 절망과 파산으로 몰아넣었던 금융 위기를 노이하우스가 무사히 헤쳐나갔다는 데 화가 난다. 그것은 기민한 사업 수완의 결과이거나 아니면—더 가능성 있는 것은—부유한 독립 서점의 사장으로서 적은 이윤과 미래에 대한 두려움을 가진 나 같은 서점 주인들보다 불공평하게 유리했기 때문일 것이다. 나는 에런 노이하우스를 미워하지 않지만, 이런 불공평만큼은 인정할 수 없다. 이것은 자연법칙에 반하는 것이다. 이를테면, 최근에 불어닥쳐 대서양 연안을 황폐화시키고 수많은 자영업자들을 망하게 한, 소규모 업종들을 망쳐놓은 허리케인의 여파로 노이하우스도 사업을 접고 험한 일로 생계를 꾸리는 처지에 놓였을 수도 있었다.

그러나 설령 미스터리 주식회사가 폭풍 피해를 겪든, 그래서 소유주가 돈을 잃든, 그런 건 아무 상관 없다. 부자들은 나머지 우리들에 비해 불공평하게 유리하니까.

나는 에런 노이하우스를 비난하고 싶다. "우리의 '운동장'이 평평하다면 당신은 어떻게 했을까요? 당신도 우리들처럼, 어려운 시기에 서점 경영에 투입할 자금이 없었다면요? 그랬다면 위층에서 피카소의 석판 인쇄를 걸어놓고 판매하고, 레이먼드 챈들러의 초판본을 팔 수 있었을까요? 바닥부터 천장까지 닿는 아름다운 책꽂이와 가죽 의자와 소파를 소유할 수 있었을까요? 생강색 콧수염을 단 포식자에게 서점 문을 열어 주는, 순진하고 품위 있는 서점 주인이 될 수 있었을까요?"

그러나 에런 노이하우스에게 분노를 느끼는 것은 어려운 일이다. 이 남자가, 아 빌어먹을, 정말로 마음에 들기 때문이다. 다른 라이벌 서점 주인들은 유쾌한 인간들도 아닐뿐더러, 설령 개인적으로 유쾌한 인간이라 해도 이 사업에 대해 잘 알지도 못하고 지적 수준도 떨어져서 내가 임무를 수행하는 게 그다지 어렵지 않았었다.

문득 그런 생각이 들었다. **어쩌면 우리는 친구가 될 수도 있지 않을까? 아니면 파트너가? 만일…….**

이제 7시다. 근처에서 교회 종소리가 울린다. 아니면 500미터 밖 대서양의 파도가 부서지는 둔탁한 소리이거나.

에런 노이하우스는 잠시 실례하겠다고 말하고는, 젊은 여자 직원에게 간다. 나는 듣는 척지 않으면서 노이하우스가 직원에게 이제 퇴근해도 좋다고, 오늘 밤엔 자신이 직접 가게 문을 닫겠다고 말하는 소리를 듣는다.

정확히 내 계획대로다. 하지만 이런 미끼는 전에도 달았던 적이 있었다.

포식자답게 나는 흥분을 느끼고 있다. 이제부터 십중팔구 한 시간 내에 일어날 일을 상상하며, 아드레날린이 즐겁게 솟구치고 있다.

타이밍이 핵심이다! 포식자라면 당연히 아는 사실이다.

그러나 일말의 유감도 함께 느낀다. 젊은 금발 여자가 에런 노이하우스에게 보이는 미소를 보면, 그녀가 고용주를 숭배한다는 것은 분명하다. 어쩌면 사랑일까? 로라는 20대 중반이고, 아마도 아르바이트를 하는 대학생일 것이다. 비록 그들 사이에는 확실히 (성적인, 로맨틱한) 친밀함은 없어 보여도, 그녀는 어른으로서, 아버지 같은 존재로서 노이하우스를 존경하는 것 같았다. 만일 그에게 무슨 일이 생긴다면 무척이나 마음 아파할 텐데……. 내가 미스터리 주식회사를 인수하면, 자주, 오래 이 매장에 와 있을 것이다. 이 젊은 여자의 인생에서 에런 노이하우스가 차지한 자리를 내가 차지할 수 있다고 상상해도 아주 터무니없는 얘기는 아니다.

미스터리 주식회사의 새 주인으로서, 이 뻣뻣한 생강색 콧수염을 달지 말아야지. 크고 묵직한 검은 플라스틱 테 안경도 쓰지 말고. 나는 더 젊고 더 매력적인 외모를 가꿀 것이다. 주위 사람들에게서 내가 위대한 영화배우 제임스 메이슨을 닮았다는 말을 많이 들어왔다. 출근할 때는 해리스 트위드에 빨간색 캐시미어 스웨터 조끼를 입어야지. 엄격하게 다이어트도 하고, 아침마다 바닷가에서 조깅도 하면서 7킬로그램 정도 살을 뺄 것이다. 그리고 로라에게 위로를 해주어야지. 고인이 된 사장님을 잘은 몰랐지만 '에런 노이하우스'는 참 평판이 좋은 서적상이었어요. 그리고 신사였고요. 당신의 상실감에 위로를 보냅니다, 로라!

시브룩의 주거지역에 방을 얻어야겠다. 아니면 아예 이 아름다운 마을에 집을 살 수도 있겠다. 지금 나는 여기저기 이사를 다니고 있다. 마치 자기 집 없이 바다 생물의 빈 껍질들을 차지해 들어가 사는 소라게처럼. 몇 년 전 로드아일랜드 프로비던스의 아주 오래된, 거의 전설이 된 미스터리 서점을 인수하고는 서점을 관리 감독할 믿을 만한 관리인을 찾을 때까지 그곳에서 살았었다. 그와 비슷하게 코네티컷 웨스트포트의 서점을 인수했을 때도 한동안 거기서 살았다. 가장 최근에는 보스턴에서 살면서 이전에 명성을 얻었던 비컨 스트리트의 미스터리 서점을 되살리려 무진 애를 썼다. 비컨 스트리트라고 하면 고급 미스터리 서점이 들어서기에 훌륭한 장소라고 생각할 것이고, 실제로 그렇긴 하다. 이론적으로는. 그러나 현실에서는 같은 구역 안에 있는 서점들 사이에 경쟁이 너무 치열하다. 그리고 물론 온라인 판매에서도 치열한 경쟁이 있었다. 이를테면 그 망할, 이름조차 입에 올리기 싫은 아마존과 경쟁을 해야 한다.

나는 도심에 있는 내 서점들의 최고 골칫거리인 책 도둑들을 에런 노이하우스가 어떻게 취급하는지 묻고 싶다. 그러나 그 절망적인 답은 물론 알고 있다. 노이하우스의 부유한 손님들은 도둑질을 할 필요가 없을 테지.

에런 노이하우스는 젊은 여자 직원을 집으로 보낸 후 나에게 돌아와 위층의 자기 사무실을 보고 싶지 않으시냐고 우아하게 물었다. 거기에서 카푸치노라도 같이 한잔하지 않겠느냐고.

"보시다시피, 여기에는 카페를 두지 않았습니다. 사람들은 카페가 있으면 책 판매에 도움이 될 거라고 제안했지만 나는 늘 반대했어요. 내가 너무 구식인 거겠죠. 하지만 특별한 손님들께는 커피와 카푸치노를 대접해드립니다. 맛도 아주 좋고요. 제가 보증하죠."

물론, 나는 기쁘다. 주인의 초대가 가식이 아니라는 것이 기쁘고 놀랍다.

인생에는 포식자가 있고 먹잇감이 있다. 포식자는 미끼를 던지고, 먹잇감은 이 미끼를 자양분으로 착각한다.

내 가죽 서류 가방 안에는 미묘한 무기가 담긴 무기고가 있다. 진부한 말이긴 하지만, 가장 솜씨 좋은 살인은 사람들이 단순한 자연사로 받아들이는 살인이다.

이런 결과를 얻기 위해, 나는 다루기 까다롭지 않고 눈에 잘 띄지도 않는 살인 무기인 독을 재배해왔다. 이것은 제대로만 사용한다면 가장 신뢰할 수 있는 도구다. 나는 유혈이 낭자한 거친 폭력에 대해서는 결벽증적으로 혐오한다. 폭력은 야만적이라고 늘 생각해왔기 때문이다. 시끄러운 소리도 싫어하고, 무고한 사람이 겪는 죽음의 고통을 목격하는 것은 견딜 수 없는 충격이다. 독을 사용하면, 내 먹잇감이 죽음을 맞이하는 순간에 옆에 있지 않아도 되고, 현장에서 몇 킬로미터 밖까지 벗어나 있을 수 있다. 그리고 죽음 자체도 몇 시간 후, 심지어 며칠 후에 일어날 수도 있다. 나의 대상물과 나 사이에는 어떠한 명백한 관계도 없다. 물론, 나는 매우 영리하기 때문에 뒤에 '단서'도 남기지 않는다. 서점 같은 준공공시설에서는 이런저런 지문들이 흔하게 찍히고 그런 지문들은 절대 확인되거나 추적될 수 없다. 그런데도 필요하다면 시간을 들여 알코올에 적신 천으로 내 지문을 꼼꼼히 닦아낸다. 강박관념이 있거나 한 것은 아니지만, 나는 철두철미하다. 9년 전 뉴잉글랜드 지역의 경쟁 서적상들을 제거하는 (은밀하고 비밀스러운) 작전을 시작한 이래로, 독이 묻은 피하주사 바늘, 독 양초, 독을 넣은 (쿠바산) 시가, 독을 넣은 셰리주, 양주, 위스키, 독 마카롱, 독 초콜릿 등을 활용해왔고, 이 수단들은 각각 다양한 방식으로 성공을 가져다주었다.

아무튼 내 작전은 늘 성공을 거두었다. 그러나 몇몇 경우는 한 번의 시도로 끝나질 않아서 안 그래도 경제적 문제로 고민이 많은데 큰 부담을 안겨줬었다. 한번은 서점 주인 하나를 잘 처리하고 난 후에, 상속자들에게 그렇게나 좋은 조건을 제안했음에도 불구하고 상속자들이 서점 매각을 거부한 불행한 사례도 있었다. 이런 소득 없는 프로젝트에 엄청난 에너지를 소비하고 무고한 사람 하나가 쓸데없이 죽었다고 생각하면 속이 뒤집힌다. 그렇다고 그 뉴저지 몽클레어의 빌어먹을 서점에 다시 가서 거만한 상속자들이 응당 받아야 할 것을 받게 해줄 용기도 없었다.

미스터리 주식회사의 소유주를 보내버리기 위해, 이전에도 아주 잘 먹혔던 방법을 선택했다. 초콜릿 트러플에 희귀한 독극물을 주입한 것이다. 이 독극물은 중앙아메리카 지역에서 자라는 식물에서 추출한 것이다. 이 식물은 크랜베리처럼 작고 빨간 열매를 맺는데, 열매의 즙은 독성이 매우 강해서 열매의 겉면도 절대로 만져서는 안 된다. 즙이 살갗에 묻으면 그 즉시 맹렬한 화상을 일으키고, 이게 눈으로 들어가면…… 동공 자체가 끔찍하게 타버려서 완전히 실명하게 된다. 준비한 초콜릿에 피하주사기로 조심스럽게 독을 주입할 때는 수술용 장갑을 하나도 아닌 두 겹으로 꼈다. 독 초콜릿은 지하실 안에 있는 속이 깊은 개수대에서 조제했다. 여기라면 작업이 끝난 후 소독약과 뜨거운 물로 남은 독을 흘려버릴 수 있기 때문이다. 호화로운 린트 초콜릿 상자에 든 초콜릿 중 4분의 3에는 독을 주입하고 나머지는 건드리지 않은 상태로 다시 포장했다. 혹시라도 고급 초콜릿을 선물로 받은 사람이 일부를 답례로 권할 경우에 대비해서다.

이 특별한 독극물은, 독성이 매우 강함에도 불구하고 사실상 아무 맛이 없다고 알려져 있고, 색이 없어 육안으로 봐서는 구분할 수 없다. 독이 혈류로 들어가 뇌에 닿는 순간, 중추신경계에서는 치명적이고 회복 불가능한 파괴가 시작된다. 먹은 지 몇 분 안에 몸이 떨리고 가벼운 마비가 찾아오기 시작한다. 의식은 혼수상태로 꺼져 들어간다. 정도에 따라서는 몇 시간 정도 지난 후 신체의 기관들이 작동을 멈춘다. 처음에는 느리게, 그런 다음에는 빠르게, 폐가 붕괴되고 심장은 박동을 멈춘다. 마침내 뇌는 백지상태가 되어 전멸한다. 그 자리에 관찰자가 있다면, 그에게―또는 그녀에게―이런 모습은 마치 심장마비나 발작으로 괴로워하는 것처럼 보일 것이다. 열은 없고 피부는 약간 축축해진다. 그리고 고통이나 불편함의 표정도 나타나지 않는다. 이 독약은 마비를 유발한다. 따라서 자비로운 독극물이다. 청산가리처럼 소화기관에 영향을 미치는 독극물과는 달리 이 독약은 고통스러운 복통도 없고 끔찍한 구토도 없다. 부검으로 위의 내용물을 확인해도 아무 정보도 얻을 수 없다. 자신의 먹잇감이 독을 먹는 것을 지켜보고 때맞춰 몸을 피하면, 포식자는 아주 가벼운 불편조차 목격하지 않을 수 있다. 이 독을 사용할 포식자들에게는 사용 후 독이 든 선물을 회수하라고 충고하고 싶다. 그래야 뒤탈이 없다. (물론 이 특별한 독극물이 검시의와 병리학자들에 의해 검출될 가능성은 거의 없다. 아마 본인이 지금 무엇을 찾고 있는지 정확히 아는 화학자만이 이 희귀한 독극물의 정체를 확인할 수 있을 것이다.) 예전에 유일한 여성 희생자를 위해 라벤더 아로마 향초에 독을 쓴 적이 있었다. 펜실베이니아 뉴호프 지역 서점 주인으로 신경 거슬리는 추파를 던지던 여자였는데, 내가 없는 자리에서 향초가 흑마술을 발휘하는 바람에 계획하지 않았던 환자들이 나왔고, 심지어 죽은 사람도 있었다. 독을 넣은 시가도 당연히 여분을 남겨둬서는 안 된다. 독을 넣은 술도 신중하게 다시 들고 나와야 한다. 독이 발견될 가능성은 없다지만, 부주의하게 일을 망칠 필요는 없다.

나의 우아한 에런 노이하우스는 나를 이끌고 매장 뒤편에 있는 느리고 고풍스럽게 움직이는 유럽식 엘리베이터로 미스터리 주식회사의 4층으로 올라간다. 깊이 심호흡을 하고, 오래전 잔인한 형이 나를 가두었던 옷장 속의 끔찍한 어둠은 생각하지 않으려 애쓰며, 폐소공포증의 가벼운 공습을 견뎌낸다. 에런 노이하우스가 눈치가 빠른 사람이라 해도 내 육체적 괴로움을 보여주는 근거는 이마에 얇게 맺힌 땀의 막 정도뿐이다. 그는 붙임성 있고 유쾌한 태도로, 나에게 미스터리 주식회사의 역사에 대해 이야기하고 있다. "사실 이곳의 역사는 아주 흥미롭습니다. 언젠가 한번쯤 『범죄 안의 내 인생』의 맥락에 따라 이곳을 회고하는 글을 써야 할 것 같아요."

4층에 올라와서 에런 노이하우스는 사무실 문이 무엇인지 맞힐 수 있겠느냐고 나에게 묻는다. 나는 처음에는 완전히 당황해서 벽들을 둘러보았다. 문에 아무런 명패도 없었기 때문이다. 오로지 건축학적인 측면에서 여분의 공간이 어디에 있을지를 계산해서 노이하우스의 사무실을 정확하게 추측할 수 있었다. 고야의 검은 그림 연작 복제품들 사이에, 전혀 티 나지 않게 하얀색 벽으로 완벽하게 위장한 패널을, 에런 노 이하우스가 소년 같은 미소를 지으며 안쪽으로 밀었다.

"나의 지성소에 오신 걸 환영합니다! 아래층에 실용적인 사무실도 있긴 해요. 직원들이 일하는 곳이죠. 이곳에 초대를 받는 손님은 아주 드물답니다."

고야의 〈지옥의 성화〉를 아주 가까이 지나치며, 나는 두 려움 같은 전율을 느꼈고, 두려움의 달콤함이 엄습하는 것을 느꼈다.

그러나 에런 노이하우스의 사무실은 따뜻한 조명에 아름 다운 가구를 멋지게 배치한 아늑한 공간이었다. 영국 시골 신시 집의 응접실 같았다. 심지어 벽난로엔 작은 불꽃이 타 오르고 있었다. 단단한 나무 마루에는 오랜 세월에 닳았지만 그럼에도 여전히 우아한 중국 카펫이 덮여 있었다. 한쪽 벽 은 아주 특별하고 보존이 잘된 고서적들로 온전히 채워져 있 었다. 다른 벽에는 그림 액자들이 걸려 있었는데, 그중에는 앨버트 핀컴 라이더의 유화도 있었다. 틀림없이 화가의 유명 한 작품 〈경마장, 또는 창백한 말을 탄 죽음의 신〉을 연구하 기 위한 것이었을 것이다. 19세기 화가들 중에서도 가장 괴 짜로 꼽히는 화가가 그린, 어두운 색조의 불길하지만 아름다 운 유화 작품. 하나뿐인 높은 창문으로 저기 대서양의 거친 바다가 내려다보인다. 바다가 마치 달빛을 받아 흔들리는 알루미늄 포일처럼 보인다. 에런 노이하우스가 바라보고 있을 거라 상상했던 바로 그대로의 바다 전망이었다.

짙은 색 마호가니로 튼튼하게 제작된 책상에는 서랍과 칸막이가 많이 달려 있었다. 그의 의자는 붉은색 쿠션이 많이 닳아 있는 구식의 회전의자였다. 책상 위에는 종이, 편지, 교정쇄, 책들이 무심히 흩어져 있었다. 그 위로 아주 아름다운 색유리가 끼워진 티파니 램프와 흑단을 조각해 만든 실물 크기의 까마귀 조각이 있다. 저건 당연히 에드거 앨런 포의 까마귀 모형이겠지. (책상 위 벽에는 다게레오타이프로 찍은 에드거 앨런 포의 사진이 걸려 있었다. 창백한 피부에 타락한 표정을 짓고, 우수에 찬 눈빛과 축 늘어진 수염을 달고 있는 포의 사진 밑에, 〈에드거 앨런 포, 1841년 C. 오귀스트 뒤팽의 창시자〉라고 표제가 적혀 있었다.)

노이하우스가 볼펜이 아닌 만년필을 쓰는 것은 전혀 놀랍지 않았다. 책상 위에는 색연필 세트와 구식 지우개가 있었다. 심지어 단검 모양의 황동 봉투칼도 있었다. 그런 책상 위에 최신식 데스크톱 컴퓨터가 놓여 있으니, 마치 유서 깊은 묘지 안에 세워진 날렵하고 세련된 묘비처럼 부적절해 보인다.

"앉으세요, 찰스! 카푸치노 머신을 돌려봐야겠습니다. 저 빌어먹을 것이 잘 돌아가기를 바라야겠군요. 저 기계는 철저히 이탈리아 스타일이랍니다. 진짜 변덕스럽거든요."

나는 노이하우스의 책상과 마주 보면서 벽난로를 볼 수 있는 오래된 가죽 의자에 편안히 앉았다. 황동 이니셜 CB가 새겨진 서류 가방은 무릎에 올려놓았다. 노이하우스는 책상 뒤 테이블에 놓인 카푸치노 머신을 가지고 법석을 떨고 있다. 그는 볼리비아 커피와 무지방 우유로 카푸치노를 만드는 걸 좋아한다고 말한다. "실은 살짝 중독이 되었답니다. 동네에 스타벅스가 있긴 하지만 거기 카푸치노는 내 것과 전혀 다르죠."

내가 긴장했나? 즐거운 긴장인가? 이 순간, 카푸치노보다는 한 잔의 셰리가 더 좋을 것 같은데!

나의 미소가 억지미소 같다. 그래도 에런 노이하우스는 내 미소를 상냥하고 순진무구한 미소로 볼 것이다. 작전 대상에게 질문을 퍼붓는 것은 나의 전략 가운데 하나인데, 나에게 쏠리는 의심을 원천적으로 차단하기 위해서다. 게다가 노이하우스도 내 질문에 대답하는 걸 즐기고 있다. 내 질문들은 지적이고 유식하지만, 그렇다고 지나치게 지적이고 유식하지는 않다. 나를 상대하는 서점 주인들은 자신이 야심만만한 경쟁자를 다루고 있다는 의심은 눈곱만치도 하지 못한다.

노이하우스는 그를 아는 모든 사람들이, 워싱턴에서 고서적을 취급하는 삼촌까지 포함해서, 뉴햄프셔의 서점에서 예술 작품을 팔겠다는 게 무척이나 순진한 생각이라고들 한다며 유감스럽게 말한다. "하지만 한 3, 4년 정도는 실험을 해봐도 좋겠다고 생각했어요. 그리고 놀랄 만큼 좋은 결과를 얻었고요. 특히 온라인 판매에서 말이죠."

온라인 판매. 특히나 내 매출을 갉아먹는 판매. 나는 정중하게 노이하우스에게 묻는다. 현재 그의 사업 중에 온라인으로 이루어지는 비율이 얼마나 되는지?

노이하우스는 내 질문에 놀란 것 같았다. 너무 개인적인 질문인가? 너무…… 전문적인가? 그가 내 질문을 순진한 찰스 브록던의 호기심으로 여기기를 바란다.

그리고 그의 답은 흥미로웠다. "쓸모없고 아름다운 예술품의 경우, 책도 그렇지만, 그 가치는 예측할 수 없는 어떤 미지의 알고리듬을 따라 높아지기도 하고 낮아지기도 하죠."

대충 얼버무리는 대답이지만 놀랍기도 하다. 어쩐지 익숙한데, 그럼에도…… 왜인지는 알 수가 없다. 여기에 뭐라고 대꾸해야 할지 모르겠다. 내가 지금 분명히 에런 노이하우스에게 얼빠진 미소를 지어 보이고 있는 것 같은데. **쓸모없고 아름다운 알고리듬**…….

카푸치노가 만들어지기를 기다리며, 노이하우스는 난롯불에 장작을 더 넣고 부지깽이로 쿡쿡 쑤신다. 저 부지깽이의 손잡이에 달린 괴물 형상은 정말이지 기괴하다! 변색된 황동으로 만들어진, 짜증을 내며 웃고 있는 악마. 노이하우스는 미소를 지으며 그것을 나에게 보여준다. "이건 메인주 블루힐의 이사 창고 세일에서 구했습니다. 몇 년 전 여름에요. 흥미롭죠? 안 그렇습니까?"

"정말 그렇군요."

에런 노이하우스는 왜 이 악마의 작은 얼굴을 나에게 보여 주었을까.

이 아늑하고 아름답게 꾸며진 지성소에 얼마나 질투가 나는지! 여기에 비하면 내 사무실은 떠올리기만 해도 괴롭다. 실용적이고 재미없는, 성스러운 느낌 같은 것은 전혀 없는 사무실들. 구식 컴퓨터, 흔해빠진 형광등, 예전 세입자들에게 물려받은 매력 없는 가구들. 서점 안에 있는 내 사무실들은 파일 캐비닛, 포장 상자, 심지어 빗자루와 쓰레받기, 플라스틱 양동이와 사다리를 보관하는 창고 구실이나 하고 있고, 구석에는 화장실도 있다. 어느 방향을 봐도 동굴의 석순처럼 책 더미가 바닥부터 쌓여 있다. 에런 노이하우스가 내 사무실을 본다면 정말이지 창피할 것 같다!

이 아름다운 곳은 하나도 바꾸지 않겠어. 책상 위 만년필 하나까지도 내 것이 될 거야. 난 그냥 몸만 들어오는 거야.

자신의 사무실을 찾은 손님이 감탄하며 호기심을 보이는 것에 기뻐하면서, 에런 노이하우스는 사무실 안의 물건들 하나하나에 대한 이야기를 한다. 책 장수로서 누릴 수 있는 환경에 대하여 그는 자부심을 가지고 있지만 자만하지는 않는다. 그러니까 마치 창밖의 바다 풍경처럼, 그냥 자연환경으로부터 얻는 기쁨이나 다를 바 없다는 식이다. 거대하고 삭막한 다게레오타이프의 포 사진 옆에는 초현실주의 사진작가 맨 레이의 사진들이 걸려 있다. 조금 더 작은 사이즈로, 기이하고 어색한 포즈의 여성 누드 사진들이고, 그중 일부는 머리 없는 상반신 누드다. 대리석을 조각해놓은 것처럼 아주 창백한 형체다. 보는 이들은 불편한 마음이 드는 동시에 궁금해진다. 저건 진짜 사람일까, 아니면 마네킹일까? 혹시 인간 여자의 시체일까? 노이하우스는 맨 레이의 사진들은 1930년대 사진작가들의 '금지된 보물' 시리즈에서 가져온 것이라고 설명한다. "대부분의 작품들은 접근 자체가 불가능해요. 다 개인 컬렉션에 포함되어 있고, 박물관으로 임대는 절대 안 하거든요." 우아하게 사악한 맨 레이의 사진들 옆으로는, 완전히 다른 분위기의, 1930년대와 1940년대에 활동했던 미국의 사진작가 위지가 찍은 노골적이고 선정적인 범죄 사진들이 걸려 있다. 목숨이 위태로워진 남자와 여자의 냉혹한 초상들. 얻어맞고, 피 흘리고, 체포되고 수갑을 차고, 거리에서 총에 맞아 길거리에 사지를 뻗고 쓰러진 사람들. 자신의 피에 얼굴을 처박고 쓰러진 잘 차려입은 조직폭력배 같은 사람도 있었다.

　"위지의 작품은 예술로 보기엔 대단히 조잡하지만, 그래도 예술입니다. 이런 '저널리즘' 예술 사진 안에서 특히 눈에 띄는 것은 사진사의 부재예요. 사진만 봐서는 이 저주받은 사람들에 대하여 사진작가가 무슨 생각을 하는지, 생각이란 걸 하기는 하는지, 전혀 알 수가 없어요."

맨 레이는, 네. 위지는, 아니요. 나는 삶에서도 예술에서
도 조잡한 것은 혐오한다. 그러나 물론 그런 속내를 에런 노
이하우스에게 내비치지는 않는다. 그의 기분을 상하게 하고
싶지 않으니까. 이 남자는 소년처럼 열정적으로 자기 보물을
잠재적인 고객에게 보여주고 있다.

유리문 달린 캐비닛들 중 하나에 영국의 유명한 범죄학자
윌리엄 러헤드의 부피 큰 전집이 들어 있는 것이 유독 눈에
띈다. "각 권마다 러헤드의 사인이 있습니다." 또 미국 추리
소설 잡지인 《다임 디텍티브》와 《블랙 마스크》《블랙 리저드
빅 북 오브 펄프》를 제본해둔 것도 보인다. 노이하우스는 내
가 모를 거라고 생각하는지, 이 잡지들은 대실 해밋과 레이
먼드 챈들러 같은 위대한 작가들이 소설을 발표한 잡지라고
찬찬히 설명한다.

사실 나는 '추리소설의 황금기'에 속하는 위대한 작품들의
컬렉션에, 그중에서도 특히 존 딕슨 카, 애거사 크리스티, S.
S. 밴다인의 서명이 있는 초판본에 더 관심이 간다. (이 중 어
떤 것은 한 권에 5,000달러 이상의 가치가 있을 것으로 생각한
다.) 노이하우스는 행여 1888년에 나온 『주홍색 연구』 오리
지널 커버 초판본(시가 10만 달러)이나 작가 서명이 있는 『셜
록 홈스의 귀환』 초판본(시가 3만 5,000달러)을 팔아야 하는
상황이 온다면 몹시 주저할 것 같다고 고백한다. 그보다 더
주저할 책은 『배스커빌가의 개』 초판본인데, 저자의 메시지

와 서명이 있고 홈스와 왓슨의 아주 멋진 삽화가 실려 있다고 한다(시가 6만 5,000달러). 그는 나에게 "값을 매길 수 없는" 소장품 하나를 보여준다. 1827년 2월에 나온 《블랙우드 매거진》 제본판으로, 토머스 드퀸시의 악명 높은 에세이 「예술로 간주되는 살인에 대하여」가 실려 있다. 좀 더 인상 깊은 소장품은 네 권으로 된 『우돌포의 미스터리』 초판본(1794) 전집이었다(시가 1만 달러). 그러나 그가 가장 소중하게 여기는 컬렉션의 보석은 1853년에 나온 찰스 디킨스의 『황폐한 집』 초판본이다. 오리지널 장정에 '저자의 세피아 캐비닛 사진'이 실려 있고, 디킨스가 힘차고 또렷한 필체로 남긴 서명은 잉크도 거의 희미해지지 않았다고 한다(시가 7만 5,000달러)! 그는 이 책만큼은 정말로 절망적인 처지가 아니면 절대로 팔지 않겠다고 말한다.

"하지만 당신이 특별히 관심을 가질 만한 건 여기에 있죠, '찰스 브록던' 씨." 노이하우스는 킥킥 웃으며, 책꽂이에서 플라스틱 케이스에 들어 있는 아주 오래된 책을 조심스럽게 꺼냈다. 표지는 헐겁고 너덜너덜해져 있고 내지는 완전히 누렇게 변색되어 있었다. 1798년에 출간된 찰스 브록던 브라운의 『윌랜드 혹은 탈바꿈: 미국 이야기』였다.

정말 놀랍다! 이런 희귀한 책은 하버드대학교 같은 명문 대학교의 도서관 특별 전시실에서 자물쇠 달린 케이스로 보관해둘 만한 것이었다.

순간 나는 대꾸할 말을 잊었다. 노이하우스가 나를 놀리는 것 같았다. 이런 이름을 선택한 게 경솔했다. '찰스 브록던'. 조금만 더 생각했다면, 책 장수로서 당연히 찰스 브록던 브라운을 떠올릴 거라고 예상했어야 했는데.

나의 혼란을 감추기 위해, 이런 희귀한 책들은 가격을 얼마로 요구하느냐고 물었다. 노이하우스는 대답한다. "요구하냐고요? 나는 어떤 가격도 '요구하지' 않습니다. 이 책은 판매용이 아니에요."

다시 한번, 나는 뭐라고 대답을 해야 할지 자신이 없었다. 노이하우스가 나를 비웃고 있나? 내 가명과 변장을 간파한 건가? 그럴 거라고는 생각지 않는다. 그의 태도가 온화하기 때문이다. 그러나 그가 나에게 보여주는 미소가, 마치 우리가 함께 농담을 공유하고 있다는 듯한 태도가, 나를 불편하게 만든다.

노이하우스가 책을 제자리에 돌려놓고 유리문 캐비닛을 잠그자 안도감이 들었다. 마침내, 카푸치노가 완성되었다!

그동안 내내, 난롯불 때문에 몸이 따뜻하게 덥혀졌다. 너무 따뜻하게.

턱을 덮고 있는 생강색 수염도 간질거린다.

묵직한 검은색 플라스틱 안경도, 내가 좋아하는 가는 금속테 안경보다 너무 무거워서, 콧잔등에 빨간 자국을 남기고 있다. 아, 한 시간만 있으면—아니면 90분?—수염이랑 안경을 모두 떼어버리고 안도와 승리의 탄성을 지를 수 있겠지. 그때쯤이면 시브룩을 떠나 해안 도로를 타고 남쪽으로 달리고 있을 것이다.

"찰스! 조심해요. 아주 뜨겁습니다."

에런 노이하우스는 작은 카푸치노 잔이 아니라 따뜻한 커피 머그에 폭신한 우유 거품을 올린 강한 향의 커피를 담아 대접했다. 커피는 양이 넉넉하고, 아주 검고, 그가 경고한 대로 입을 델 정도로 뜨거웠다. 나는 서류 가방에서 린트 초콜릿 상자를 꺼내서 이 방의 주인과 나누어야 하나 아니면 아직은 좀 이른가 고민 중이다. 그의 의심을 불러일으키고 싶지는 않다. 만일 에런 노이하우스가 이 효능 강한 초콜릿을 한 개 먹는다면, 나는 그 즉시 떠나야 한다. 그러면 지금까지 우리가 열정적으로 함께 나눠온 대화를 갑자기 어색하게 뚝 끊어야 한다. 좀 바보 같은 생각이긴 한데, 나는 지금 아주 현실적이지는 않은 그런 생각을 하고 있다. 우리가 파트너가 될 수는 없을까? 만일 나를 취향이 확고한 책 수집가라고 소개하면, (노이하우스처럼 무한정의 자금을 가졌다고 할 수는 없겠지만) 에런 노이하우스가 나에게 깊은 인상을 받지 않을까? 이미 그도 나를 좋아하고 있지 않을까? 날 신뢰하지 않을까?

그와 동시에, 내 머릿속에서는 좀 더 현실적이고 개연성 있는 전개도가 펼쳐진다. 만일 에런 노이하우스가 혼수상태에 빠질 때까지 기다린다면, 미스터리 주식회사를 매입할 때까지 기다릴 게 아니라 그의 보물 몇 가지를 골라 들고 갈 수도 있다. 비록 나는 흔한 도둑은 아니지만, 이곳에 진열된 희귀 아이템들을 보면서 무척이나 흥미진진했다. 어떤 의미에서는 나의 멍청한 먹잇감이 직접 내 눈앞에 보여준 것이었다. 좀 덜 희귀한 아이템 몇 가지는 노려볼 만했다. 너무 귀한 것은 위험할 수도 있으니까. 예를 들어 7만 9,000달러짜리 디킨스의 초판본 같은 것은, 괜히 욕심을 부리다가 도리어 함정에 빠질 수도 있었다.

"여기에 자주 오십니까, 찰스? 이전에 매장에서 당신을 뵌 것 같지가 않은데요."

"아뇨, 자주는 아닙니다. 여름에는, 가끔……." 내 목소리가 불확실하게 꺼져 들어간다. 서점 주인이 자기 매장에 들어오는 손님들을 모두 눈여겨보는 게 과연 가능한가? 아니면 내가 에런 노이하우스의 말을 너무 곧이곧대로 해석하고 있는 걸까?

"전처와 가끔 메인주 부스베이로 드라이브를 가곤 했습니다. 그때 아마 이 아름다운 마을을 지나쳤을 텐데, 멈추지는 않았습니다." 내 목소리가 다소 멈칫거렸지만, 그래도 진정성 있게 들렸다. 나는 무턱대고 계속 주절거렸다. "지금은 결혼한 상태가 아닙니다. 안타깝게도. 제 아내는 고등학교 때 만났던 연인이었지만, 귀중한 고서적에 대한 저의 애호를 공유하지는 못했던 것 같습니다."

이 말 중에 조금이라도 사실이 있나? 이런 말들이 그저 그럴듯하게 들리기만 바랄 뿐이다.

"나는 오랫동안 미스터리를 사랑해왔어요. 책에서도 인생에서도. 동료 애호가를 만나는 것은 언제나 기쁜 일입니다. 그것도 이런 아름다운 서점에서……."

"정말 그렇죠! 친구를 만나는 건 늘 놀라운 사건입니다. 저도 물론 미스터리 애호가이고요. 책에서처럼 인생에서도."

에런 노이하우스는 호쾌하게 웃었다. 그는 여전히 김이 나는 카푸치노 머그를 후후 불고 있었다. 나는 그의 말의 미묘한 차이에 강한 흥미를 느끼지만, 곱씹어볼 시간이 좀 필요할 것 같다. 그냥 단순한 농담이 아니라, 뭔가 중요한 의미를 가진 말인 걸까.

노이하우스는 생각에 잠겨 이야기를 이어갔다. "사실 '미스터리 책'들은 심오한 인생의 미스터리로부터 나오는 것입니다. 그리고 결과적으로는, '미스터리 책'을 통해 우리는 인생의 미스터리를 더 명료하게, 우리 자신의 관점이 아닌 다른 관점에서 바라볼 수 있는 것이죠."

사근사근한 서점 주인의 책상 뒤 선반에는 사진 액자들이 나란히 놓여 있었다. 나는 사진을 집중해서 보려 하고 있다. 앤티크 스타일의 타원형 액자에 매우 아름다운, 검은 머리카락의 젊은 여자 사진이 들어 있다. 이 여자가 노이하우스 부인일까? 그럴 것이다. 그 옆에 그녀와 젊은 에런 노이하우스가 화려한 결혼 예복 차림으로 함께 찍은 사진도 있으니까. 무척이나 매력적인 커플이었다.

커플 사진을 보다 보니 의기소침해진다. 저런 아름다운 여자가, 나하고 크게 다를 것도 없는 이런 남자와 결혼을 하다니! 물론 (나는 재빨리 객관적이고 새로운 관점으로 계산을 시작했다) 젊은 신부는 더 이상 젊지 않을 것이고, 남편처럼 60대 초반에 접어들었을 것이다. 노이하우스 부인은 분명히 지금도 아름다울 것이다. 남편을 잃고 깊은 상실감에 괴로워하는 부인이, 고인이 된 남편과 같은 관심사를 공유하고, 결국 미스터리 주식회사를 인수하게 된 남자와 재혼을 고려하는 것도 불가능하지는 않겠지. 가족사진처럼 보이는 다른 사진들은 특별히 흥미로울 것은 없었지만, 노이하우스가 어느 정도는 '가정적인 남자'라는 걸 알 수 있었다. (우리에게 시간이 좀 더 있었다면 가족사진에 대해 좀 더 물어볼 수 있었을 텐데. 하지만 노이하우스의 친척들은 곧 만나게 될 것이다.)

책상 뒤 선반에는 집에서 제작한 것 같은 예술 작품들도 있었다. 분재 크기의 나무가 있었고(옷걸이를 모방한 건가?), 나뭇가지에 남성용 인장 반지, 남성용 손목시계, 황동 벨트 버클, 금 체인이 달린 회중시계 같은 자질구레한 것들이 걸려 있었다. 노이하우스에게 아이가 없다는 사실을 몰랐다면, 예술적으로 가치가 전혀 없어 보이는 이 아마추어의 '예술품'이 남자의 보물들 가운데 자리 잡고 있는 이유를 미루어

짐작했을 것이다.

마침내, 카푸치노가 조금 식었다. 여전히 뜨겁지만 굉장히 맛있다. 이럴 줄 알았으면 초콜릿 트러플 말고 커피와 더 잘 어울리는 마카롱을 준비할 걸 그랬다.

지금 막 생각난 것처럼, 린트 초콜릿 상자를 서류 가방에서 꺼낸다. 상자는 뚜껑이 꼭 닫혀 있다. 에런 노이하우스에게 바로 얼마 전에 산 것이고 초콜릿이 빠짐없이 빼곡히 들어 있다는 인상을 주려는 것이다.

(솔직히 이 매혹적인 대화를 마치고 싶지 않은 마음도 드는게 사실이다. 그러나…… 나는 여기에서 할 일이 있다.)

노이하우스는 즐거운 두려움을 드러내며 손으로 눈을 가렸다. "초콜릿 트러플…… 제가 좋아하는 초콜릿에 제가 좋아하는 트러플이라니! 정말 고맙습니다, 찰스. 하지만…… 이건 받으면 안 돼요. 나의 사랑하는 아내는 저녁상 앞에서 제가 배고파하기를 기대하고 있을 겁니다." 서점 주인의 목소리가 불안하게 흔들린다. 누군가 부추겨주기를 바라고 있는 것 같다.

"초콜릿 한 개 정도는 괜찮아요, 에런. 그리고 당신의 사랑하는 부인도 일부러 말하지 않으면 절대 모를 거예요."

노이하우스는 소년처럼 탐욕스러우면서도 동시에 죄책감을 느끼는 표정으로 초콜릿 트러플 한 조각을 집는다(제일 첫번째, 독을 넣은 줄에서). 그리고는 황홀한 얼굴로 초콜릿 냄새를 맡고 막 한 입 깨물려 한다. 그러다가, 자제의 미덕을 보여주려는 듯 초콜릿을 다시 내려놓는다. "그 말이 옳습니다. 사랑하는 아내는 알 필요가 없지요. 결혼 생활을 하며 배우자에게 알리지 않아도 될 것들이 제법 많습니다. 누구보다도 아내 자신을 위해서 말이죠. 그래도 가능하다면, 아내에게 좀 가져다주면 좋겠군요. 당신도 조금 챙기시겠습니까, 찰스?"

"아니 그게…… 하지만…… 하나 이상 드셔도……. 마음껏 드십시오."

좀 불안하다. 하지만 나로서는 노이하우스에게 다시 한번 상자를 내밀 수밖에 없다. 이번에는 조금 어색하게, 독이 들어 있지 않은 트러플 중 하나를 고르도록 상자를 돌린다. 그리고 나도 하나를 아주 맛있게 먹을 것이다. 노이하우스도 먹고 싶어지도록.

정말이지 미치도록 덥구나! 그리고 이 빌어먹을 수염은 너무 간지럽고!

막 생각이 났다는 듯, 에런 노이하우스는 잠시 실례, 라고 하고 아내에게 전화를 건다. 구식의 검정 다이얼 전화기다. 다른 시대에서 넘어온 부적 같다. 그는 조심스럽게 목소리를 낮췄다. 내가 엿듣지 못하게 하려는 게 아니라 예의를 갖추기 위해서다. "여보? 미리 알려두려고. 나 오늘 밤에 조금 늦을 거야. 굉장히 매력적인 손님이 들르셔서……. 제대로 대접하고 싶은 손님이거든." **굉장히 매력적인.** 이 말에 우쭐한 기분이 들지만 동시에 슬프기도 하다.

노이하우스는 아내에게 아주 부드럽게 말을 한다. 나는 그에게, 또 그녀에게, 파도처럼 밀려드는 동정심을 느낀다. 그러나 질투와 분노의 파도가 좀 더 강하게 압도한다. 이 남자는 저렇게 아름다운 여자의 사랑을 차지했는데, 왜 나는 그 누구의 사랑도 얻지 못한단 말인가?

이건 공정하지 못하다. 불공평하다. 도저히 참을 수 없다.

노이하우스는 아내에게 늦어도 8시 30분까지는 갈 것 같다고 말한다. 노이하우스가 나를 그렇게 좋게 생각한다는 걸 확인하니 또 한 번 우쭐해진다. 그는 한 시간 내로 나를 보낼 마음이 없는 것이다. 다른 여자라면 남편의 그런 전화에 짜증을 낼 테지만, 이 아름다운 (그리고 신비로운) 노이하우스 부인은 짜증 내지 않는다. "그래요! 금방 갈게. 나도 사랑해, 여보." 노이하우스는 감정을 드러내는 게 부끄럽지도 않은지 이런 달콤한 말을 대놓고 속삭인다.

사실 초콜릿 트러플도 카푸치노만큼이나 맛있다. 내 입안에는 이미 그것을 먹은 것처럼 침이 고인다. 나는 노이하우스가 자기 초콜릿을 걸신들린 듯 먹기를 바라고 있다. 그는 분명히 그러고 싶어 한다. 그러나 그는 트러플은 건드리지도 않고, 다시 카푸치노만 홀짝인다. 이렇게 아이처럼 주저하는 모습에 살짝 마음이 움직인다. 간식을 멀리하려 밀어내지만, 잠깐일 뿐이다. 나는 노이하우스가 독 없는 트러플을 먹고 독이 든 트러플은 집에 가져가서 아내에게 준다는 끔찍한 가능성에 대해서는 생각하지 않으려고 한다.

그런 일을 방지하기 위해, 노이하우스에게 상자를 통째로 집에 가져가서 아내에게 주라고 제안해야겠다. 그렇게 하면, 미스터리 주식회사의 소유주와 유산을 물려받을 사람 모두 세상을 떠나게 되겠지. 상속자와 개인적으로 친분이 덜한 사람에게 이 서점을 인수하는 게 전략적으로는 더 쉬울 수도 있다.

나는 에런 노이하우스에게 이 외진 곳에 오는 손님이 누가 있는지를 물었고, 그는 나에게 날씨만 좋으면 "놀랄 만큼 신실하고, 고집스럽게 충실한" 손님들이 보스턴에서, 심지어 뉴욕에서도, 꽤 많이 찾아온다고 말한다. 동네 단골손님들도 있고, 여름철에만 오는 손님들도 있다. "미스터리 주식회사는 이 마을에서 꽤 인기 있는 상점 중 하나예요. 우리보다 잘나가는 데는 스타벅스뿐이죠." 그래도 지난 25년간 판매 대부분은 우편 주문과 온라인으로 이루어진다고 했다. 온라인 주문은 꾸준한 편이고, 밤새 "상당히 많은 해외 고객들"로부터 이메일도 들어온다고 한다.

잔인한 일격이다! 나에게는 해외 고객 같은 건 아예 없는데.

그렇다 해도 기분이 상하진 않았다. 에런 노이하우스는 자랑하는 게 아니라 담담하게 사실을 말하고 있기 때문이다. 안타까운 생각이 든다. 이 남자는 좋은 사람이야. 이런 사람이 자기 잘못도 아닌 일로 벌을 받아야 하다니, 아이러니야.

내 형처럼. 형도 자기 잘못이 아닌 무언가 때문에 벌을 받아야 했다. 사악한 영혼, 나에 대한 질투심과 악의를 품고 있던 영혼 때문에. 나는 에런 노이하우스의 운명에 대해서는 유감을 느끼겠지만, 내 형의 운명에 대해서는 하나도 아쉬울 것이 없다.

지금까지도 에런 노이하우스는 초콜릿 트러플을 먹지 않고 억지로 감탄하며 뭉그적거리고 있다! 나는 벌써 트러플을 두 개째 먹었고, 노이하우스는 두 잔째 카푸치노를 준비하고 있다. 카페인이 내 핏속에서 상쾌한 효과를 일으키고 있다. 존경하는 사람을 인터뷰하듯이, 나는 노이하우스에게 미스터리에 대한 관심은 어디에서 비롯된 것인지를 물었다. 노이하우스는 아주 아기 때는 아니어도 꽤 어렸을 적에 미스터리의 주문에 걸렸다고 한다. "그건 아마도 요람 밖을 내다볼 때, 그리고 날 들여다보는 얼굴들을 쳐다볼 때의 경이로움과 관계가 있을 것 같습니다. 저건 누구지? 어머니인 줄 몰랐던 저 사람이 나의 어머니였고⋯⋯ 아버지인 줄 몰랐던 저 사람이 나의 아버지였나? 이 사람들은 분명히 나에겐 거인처럼 보였을 겁니다. 신화 속 존재들인 거죠. 마치 『오디세이아』에 나오는 거인처럼." 그의 얼굴에 향수에 젖은 표정이 떠올랐다. "우리의 삶은 분명히 『오디세이아』예요. 전혀 기대하지 못했던 모험들이 연속적으로 이어지지요. 단지 오디세우스처럼 집을 향해 가는 게 아니고, 영영 집으로부터 멀어지는 여행을 하는 중인 겁니다. 마치 허블 우주처럼요."

이건 또 뭐야? 허블 우주? 내가 에런 노이하우스의 말을 완전히 다 이해하는 것 같지는 않지만, 그래도 나의 동료가 진심에서 우러나오는 말을 하고 있다는 것은 의심의 여지가 없었다.

그는 소년 시절에 미스터리 소설의 주문에 걸렸다. 소년들의 모험담, 셜록 홈스, 엘러리 퀸, 마크 트웨인의 『얼간이 윌슨』…… 그리고 열세 살이 될 무렵엔 어지간한 독자들은 어른이 되기 전까지 접하기도 힘든 실화 범죄 작가들의 책(예를 들면 윌리엄 러헤드)을 읽기 시작했다. 비록 그가 미국 하드보일드 소설에 대해 속 깊은 애정을 품고 있긴 해도, 그의 잊지 못할 첫사랑은 윌키 콜린스와 찰스 디킨스였다. "인생에서 우연의 역할을 두려워하지 않는 작가들, 그리고 과장된 멜로드라마를 두려워하지 않는 작가들이죠."

맞는 말이다. 인생에서 우연은 (자유의지를 믿는 사람으로서) 우리가 인정하고 싶어 하는 것보다 훨씬 더 큰 역할을 한다. 그리고 야단스럽고 과장된 멜로드라마는, 대부분의 인생에서는 드문 일이겠지만, 살면서 한 번쯤은 절대 피할 수 없는 것이기도 하다.

다음으로 나는 이 서점을 어떻게 인수하게 되었는지를 물었고, 노이하우스는 나에게 향수 어린 미소를 지으며 사실은 우연히 그렇게 되었다고 말한다. "기가 막힌 우연이었죠." 어느 날 메인주에 사는 친척을 방문하러 해안 도로를 달리고 있었는데, 어쩌다 보니 시브룩에 잠깐 들르게 되었다고 한다. "그리고 여기 이 보석과도 같은 서점이 있었던 겁니다. 하이 스트리트 바로 위에, 아름답고 오래된 브라운스톤 주택들과 나란히 서 있었어요. 그때는 지금처럼 아주 좋은 상태는 아니었고, 방치된 채 퇴색해 있었습니다. 그래도 전면에 걸린 간판은 눈길을 끌었죠. **미스터리 주식회사: M. 래컴 서점.** 저는 이 서점을 보자마자 목 좋은 곳에 위치한 이 서점의 잠재력을 간파했고, 뭐라 설명할 수는 없는 뉴햄프셔 시브룩 자체의 매력에 푹 빠져버렸습니다."

그때가 1982년이었는데, 당시 에런 노이하우스는 웨스트 빌리지 블리커 스트리트에 미스터리, 추리소설, 범죄소설을 전문으로 취급하는 작은 서점을 하나 가지고 있었다. 조수 두 명과 함께 일주일에 100시간가량을 일했지만, 제한된 공간, 높은 임대료와 세금, 수그러들지 않는 책 절도, 그리고 공공 화장실이나 잠잘 곳을 찾아다니다 서점에 들어오는 노숙자와 마약중독자들 때문에 힘들어하고 있었다. 노이하우스의 아내는 뉴욕시를 벗어나 시골로 가고 싶어 했다. 그녀는 교육학 학사 학위와 교사 자격증을 보유하고 있었지만 뉴욕시의 공립학교 체계 안에서 아이들을 가르치고 싶어 하지 않았고, 노이하우스도 아내가 뉴욕의 학교에 나가는 걸 원치 않았다. 그래서 순간적으로 시브룩의 서점을 인수하겠다는 결심을 하게 되었다. "그게 인간의 능력으로 가능한지는 모르겠지만 말이죠."

정말로 충동적인 결정이었다고 노이하우스는 말한다. 심지어 사랑하는 아내와도 상의하지 않았다. 그러나 틀림없는 선택이었다. "첫눈에 반한 것 같은, 그런 거였습니다."

하이 스트리트에 나란히 늘어선 브라운스톤 건물들은 인상적이었지만, 미스터리 주식회사: M. 래컴 서점은 썩 인상적이지 않았다. 1층의 퇴창에는 여느 서점에서 흔히 볼 수 있는 너무 뻔한 베스트셀러들이 진열되어 있었고, 사이사이에 죽은 파리들도 눈에 띄었다. 내부에 진열된 책들은 천박한 표지의 저가 페이퍼백이 대부분이었고 문학적으로 주목할 만한 작품은 거의 없었다. 바닥에서 천장까지 이어지는 아름다운 마호가니 책꽂이와—1982년에는 꽤나 값나가는 목공예품이었다—망치로 편 주석으로 마감한 천장, 단단한 나무 바닥은 훌륭했다. 그러나 젊은 서적상이 찾아볼 수 있는 범위에서는 초판본도, 희귀 서적이나 특이한 책도 없었고, 예술품도 없었다. 2층은 창고로 사용되고 있었고, 그 위의 두 층은 세를 주었다. 그래도 서점은 시브룩의 주 도로에서 항구를 바라보는 이상적인 위치에 있었고, 시브룩 주민들은 대체로 부유하고, 교육 수준도 높고 안목이 있는 사람들이었다.

웨스트빌리지 블리커 스트리트의 서점처럼 흥미진진하지는 않겠지만……. 하지만 제대로 된 서점 주인에게 흥미진진함이란 과대평가된 미덕일 수도 있다.

"그러나 이 서점에 들어와 몇 분 정도 보낸 후에, 나는……

뭔가를 느낄 수 있었습니다. 폭풍 전야의 대기에서 느껴지는, 그런 긴장된 분위기요. 그날은 포근한 봄날이었고 서점 안에 손님은 아무도 없었습니다. 뒤쪽에서 사람들 말소리가 크게 들렸고요. 그러다가—갑자기—서점 주인이 나에게 애타게 말을 걸어왔습니다. 외롭게 죽어가던 사람이 사람을 만난 것처럼 말이죠. 나도 서점을 운영하는 사람이고 뉴욕시에서 왔다고 소개를 했더니, 밀턴 래컴은 곧바로 내 손을 잡았습니다. 그는 물렁물렁한 몸에 몸집이 크고, 우수에 찬 눈빛을 한 노신사였어요. 서점은 성인이 된 아들과 함께 운영하고 있었죠. 래컴은 처음에는 책에 대해 열정적으로 얘기를 했습니다. 주로 좋아하는 책들 얘기였는데, 당연히 윌키 콜린스, 디킨스, 코넌 도일의 위대한 작품들이 포함되어 있었습니다. 그러고는 좀 더 감정이 담긴 목소리로, 자신이 하버드에서 고전을 가르치던 젊은 교수였다고 말하더군요. 아내와 함께 책과 서점에 대한 애정을 공유하다가, 자기만족에 빠져 배타적이고 아무 의미도 찾아볼 수 없는 학계를 떠나 작은 마을의 서점을 인수해 '아주 특별한 곳'으로 만들어보겠다는 인생의 꿈을 실현하기로 결심했답니다. 불행하게도 그의 사랑하는 아내는 서점을 인수하고 불과 몇 년 후 세상을 떠났고, 지금은 독신인 아들과 함께 서점을 꾸려나가고 있다고 했습니다. 최근에 그 아들이 '내성적이고, 계속 문제를 일으키고, 도무지 예측도 안 되고, 이상해져서…… 음흉한 성격'이 되었다고 했어요."

노이하우스는, 늙은 서점 주인이 낯선 사람에게 이렇게 개인적인 문제들을 거리낌 없이 털어놓는 게 놀라웠고 다소 당황스럽기도 했다. 가엾은 남자는 머리를 뒤로 질끈 묶은 덩치 큰 아들이 듣지 못하도록 목소리를 낮추고, 불행한 얼굴로 일관성 없는 얘기를 주절주절 늘어놓았다. (노이하우스는 매장 뒤편에서 맹렬한 기세로 책꽂이에 책을 꽂는 아들을 힐긋 보았나. 마치 물이 펄펄 끓어 김이 나는 들통 안에 가축들을 산 채로 마구 던져 넣는 것 같았다.) 래컴은 쉰 목소리로 노이하우스에게 '적절한 구매자'만 나타나면 곧 서점을 팔아버릴 거라고 속삭였다.

"저는 진심으로 충격을 받았습니다. 하지만 동시에 흥분되기도 했죠. 이 고풍스럽고 아름다운 석조 건물과 이미 사랑에 빠져 있었는데, 그 주인이 제 앞에서 이곳을 팔 거라고 선언하다니 말입니다."

노이하우스는 달콤 쓸쓸한 향수 어린 미소를 짓는다. 한 남자가 자신의 삶을 돌아보며 중요한 에피소드를, 고통이나 회한 없이…… 향수에 젖어 들려줄 수 있다는 건 참 부러운 일이다!

그래서 젊은 손님은 밀턴 래컴에게 그의 사무실에서 개인적으로 얘기를 해보자고 청했다. "여긴 아니었어요. 래컴의 사무실은 1층에 있었습니다. 거대하고 견고한 마호가니 책상 하나만 덩그러니 놓인 작은 방이었어요. 바로 이 책상이었죠.

이 책상이 책과 원고, 상자, 지불하지 않은 청구서와 송장, 먼지 덩어리, 절망과 혼란의 한가운데에 놓여 있었습니다." 그는 대출을 낄 때 또는 끼지 않을 때 서점의 가격이 얼마 정도나 되는지, 언제 매물로 내놓을 것인지, 그리고 소유권 이전은 언제쯤 가능할지를 얘기하고 싶었다. 래컴은 위스키 병을 꺼내 와 과시하듯 두 사람 앞에 놓인 '뿌연' 유리잔에 따랐다. 그리고 한참을 뒤적거리다가 마침내 오래된 시큼한 알사탕 봉지를 찾아내서는 손님에게 내밀었다. 심하게 떨리는 래컴의 손을 바라보는 것이 고통스러웠고, 노인의 기분이 원통함과 만족감, 근심과 생기 사이를 왔다 갔다 하는 것을 두려운 마음으로 지켜보았다. 래컴은 잔뜩 흥분해서 젊은 손님에게 말을 쏟아내고 있었고, 중간중간에 말을 끊고 웃기도 했다. 다른 사람과 오랫동안 대화를 나눠보지 못한 사람 같았다. 그는 노이하우스에게 아들을 믿지 않는다고 고백했다. "돈 문제로도 그렇고, 책 주문도 그렇고, 매장 운영도 그렇고, 내 목숨에 대해서도 녀석을 믿지 않아요." 한때는 아들 녀석과 아주 가깝게 지냈지만, 그들의 관계는 아들의 마흔 번째 생일 이후로 특별한 이유 없이 급격하게 악화되었다고 했다. 그러나 불행하게도 직원을 고용할 정도의 경제적 능력이 없었기 때문에 아들을 계속 데리고 있는 것 말고는 달리 의지할 데가 없었고, 윌리엄스칼리지를 1학년 때 '정신적' 이유로 자퇴한 아들은 일자리를 얻지 못했다. "아버지가 된다는 건

비극적인 덫이죠! 순진했던 옛날엔, 아내와 나는 아주 행복했답니다." 노이하우스는 래컴과의 대화를 떠올리며 몸서리를 쳤다.

"래컴이 낮은 목소리로 이야기하는 동안, 갑작스러운 환상이 보였습니다. 래컴의 아들이 손도끼를 휘두르며 사무실로 쳐들어오는 거였어요. 순간 온몸에 냉기가 퍼졌고…… 공포에 휩싸였습니다. 맹세해요. 정말로 도끼를 봤어요. 그건 마치, 이 서점이 무언가 아직 일어나지 않은 어떤 것에 홀려버린 것 같았습니다."

아직 일어나지 않은 어떤 것에 홀렸다. 벽난로가 훈훈하게 타오르고 있었지만, 나 역시도 냉기를 느끼고 있었다. 나는 어깨 너머로 사무실 문이, 또는 회전식 패널이 잘 닫혀 있는지 확인했다. 이곳 에런 노이하우스의 지성소 안으로 누가 도끼를 휘두르며 달려들 일은 없겠지…….

신경질적으로 카푸치노를 홀짝였다. 카푸치노는 이제 많이 식어 있었는데도 삼키기가 조금 힘들었다. 입속이 이상하게 건조했는데, 아마 신경이 곤두선 탓이리라. 카푸치노 맛은 정말이지 훌륭했다. 향이 풍부하고 진하고 맛있었다. 특히 우유 거품이 특별했다. 노이하우스는 일반 우유가 아니라 조금 더 예리한 맛을 가진 산양유로 거품을 만들었다고 했다.

노이하우스는 이야기를 계속한다. "윌리엄 러헤드 전집은 밀턴 래컴에게서 산 것이었어요. 그는 뭔가 특이한 이유로 이 전집을 서점 뒤편 캐비닛에 잠가두고 보관하고 있었습니다. 나는 이렇게 멋진 전집을 왜 숨겨두느냐고, 눈에 잘 띄게 진열해서 판매하지 않느냐고 물었습니다. 그러자 래컴은 냉랭하게, 비난하는 투로 말했습니다. '서점 주인이라고 해서 인생의 모든 걸 다 팔지는 않습니다, 손님.' 갑자기, 아무 조짐도 없이, 노신사는 나에게 적대적인 태도를 보였습니다. 나는 그의 말에 충격을 받았지요."

노이하우스는 잠시 말을 멈췄다. 지금도 조금은 충격을 받은 것 같았다.

"결국, 래컴은 가치 있는 초판본들을 수집하고 있다고 고백했습니다. 그중 일부가 제가 손님께 보여드렸던 것이지요. '황금기' 작품들인데, 매장 재고로 인수한 겁니다. 그리고 『우돌포의 미스터리』 초판본은…… 꼭 팔아야만 한다는 절박함으로 나에게 거의 떠맡기다시피 하더군요. 골동품 지도와 지구본 컬렉션은 분류도 되지 않은 채 2층에 뒤죽박죽 쌓여 있던 것인데, 이전 주인에게서 물려받았다고 했습니다. 도대체 누가 이런 가치 있는 아이템들을 수집했다는 건지, 나는 묻지 않을 수 없었습니다. 그리고 래컴은 다시 한번 적대적인 말투로 대답했죠. '우리 신사들은 노골적으로 모든 걸다 까발리지는 않잖습니까? 손님도 그렇지 않나요?'"

이상하다. 노이하우스가 전 주인 목소리를 흉내 내는데, 꼭 다른 사람의 목소리를 듣고 있는 것 같다.

"참 이상한 사람이죠! 그래도 어떤 의미로는—사실 지금까지 다른 누구에게도 정확히 표현한 적은 없었는데—밀턴 래컴은 내 인생에서 아버지 같은 모습을 보여주었던 것 같아요. 그는 나를 아들처럼, 아니면 구조의 손길을 내미는 사람처럼 바라보았습니다. 정작 그의 아들은 그에게 등을 돌렸지만요."

노이하우스는 깊은 생각에 잠긴 것처럼, 뭔가 불쾌한 일을 기억하는 것처럼 보였다. 그리고 나는 이 친구가 이 빌어먹을 초콜릿 트러플을 먹고 싶어 하는 게 뻔한데도 왜 얼른 안 처먹나 안달을 내고 있다.

"찰스, 솜씨 없는 이야기꾼들이 이야기를 하다가 앞으로 건너뛰곤 하죠. 하지만…… 이야기를 더 하기 전에 이 말은 해야겠습니다. '음흉한' 아들이 도끼로 아버지를 살해하는 환상은, 예언이었던 것으로 밝혀졌습니다. 그러니까, 현실이 되었다는 거죠. 내가 그 서점을 처음 찾았던 날로부터 정확히 3주 후에 그런 일이 일어났어요. 나는 다시 뉴욕 집으로 돌아왔고, 래컴과 전화로 서점 매각 문제를 협상하고 있었습니다. 그러던 중에, 그 충격적인 전화를 받게 되었던 거죠." 노이하우스는 고개를 저으며 손으로 눈을 가린다.

놀라운 얘기였다! 무슨 까닭인지 나도 상당히 충격을 받았다. 서점 주인이, 이 방은 아니어도 이 건물 안에서, 그것도 자기 아들 손에 살해당했다는 건…… 꽤나 충격적인 이야기였다.

"그래서—어떤 의미로 보면—미스터리 주식회사가 귀신 들린 건물이라는 건가요?" 나는 불분명하게 묻는다.

노이하우스는 경멸조로 웃는다. "귀신 들려요? 여기가? 물론 아니죠. 미스터리 주식회사는 큰 성공을 거둔, 어쩌면 전설적이라고도 할 수 있는 뉴잉글랜드의 서점입니다. 당신은 장사꾼이 아니니 그런 건 잘 모르실 겁니다, 찰스."

이 말은 내용처럼 그렇게 냉혹하게 들리지는 않는다. 노이하우스의 미소 때문이었다. 그 미소는 뭘 잘 모르거나 어리석은 사람에게 애정을 느끼고, 그의 무지를 용서하는 미소였다. 그리고 나는 그의 말에 기꺼이 동의하고 싶다. 나는 장사꾼이 아니니까.

"그 살인자의 결말은 훨씬 더 끔찍해요. 그 정상이 아닌 '녀석'은…… 자기 자신도 죽이고 말았습니다. 서점의 지하 창고에서요. 아주 어둡고, 눅눅하고, 지금 가봐도 지하 감옥 같은 곳인데, 나도 거긴 최대한 안 들어가려고 합니다. ('귀신 들린 집'의 관점에서 말하자면요! 가장 그럴 가능성이 있어 보이는 곳입니다. 서점 전체는 아니고요.) 손도끼는 너무 둔해서 그 일에 안 맞았던 것 같아요. 그래서 그 '녀석'은 자기 목을 커터 칼로 잘랐습니다. 서점에 없어서는 안 되는 그 면도날처럼 날카로운 칼 말이죠." 노이하우스는 책상 위 원고 뭉치 뒤로 무심히 손을 뻗어 커터 칼을 집었다. 그리고는 '장사꾼'이 아닌 사람은 잘 모를 거라 생각했는지 칼을 보여주었다.

(물론 나는 커터 칼에 아주 익숙하지만, 이런 우아한 사무실 안에, 그것도 에런 노이하우스의 책상 위에 커터 칼이 있다는 건! 좀 당황스럽긴 했다.) "이 이중의 비극이 일어난 후 서점은 대부업체 소유로 넘어갔어요. 대출이 꽤 많이 걸려 있었거든요. 그로부터 몇 주 내에 내가 인수했고요. 이 서점을 원하는 사람이 아무도 없었는지 꽤 합리적인 가격에 얻을 수 있었습니다." 노이하우스가 으스스하게 웃었다.

"말했다시피, 이야기를 좀 많이 건너뛰었습니다. 가엾은 밀턴 래컴에 대해서는 흥미로운 이야기가 좀 더 있어요. 나는 그에게 이곳 시브룩에 있는 서점을 어떻게 알게 되었느냐고 물었죠. 그는 1957년 가을에 이 서점을 '완전히 우연한 기회로' 발견하게 되었다고 하더군요. 메인주로 가기 위해 차를 몰고 해안 도로를 달리던 중 시브룩 하이 스트리트에서 잠시 멈췄고, 그때 이 서점을 보게 되었다고 합니다. 당시에는 '슬레이터의 미스터리 서적 & 문구'라고 불렸다죠. '정말 장관이었어요! 햇빛을 받은 퇴창이 빛나고, 브라운스톤 건물들의 풍경이 굉장히 매력적이었어요.' 슬레이터의 주력 상품은 문구류였어요. 아주 고급 문구였고 다른 상품들도 비슷하게 고급스러웠고요. 하드커버와 페이퍼백으로 구성된 책 컬렉션도 아주 훌륭했습니다. 일반적인 대중 서적뿐만 아니라 소수의 애호가들만 즐기는 책들도 포함되어 있었답니다. 이를테면 로버트 W. 체임버스, 브램 스토커, M. R. 제임스, 에드거 월리스, 오스카 와일드(『살로메』), H. P. 러브크래프트 같은 작가들이었죠. 슬레이터는 특히 얼 스탠리 가드너, 렉스 스타우트, 조지핀 테이, 도러시 L. 세이어스를 숭배했던 것 같았답니다. 이 작가들은 밀턴 래컴도 존경하는 작가들이었고요. 그때도 바닥에서 천장까지 닿는 마호가니 책꽂이가 있었고…… 당시에 꽤 값이 나갔을 수납장도 있었다고, 래컴은 말했습니다. 그리고 서점 안에는 골동품 지도와 지구본 같은 기이하고 흥미로운 것들도 보관되어 있었다고 합니다. '일종의 보물 같은 것이었죠. 비 오는 오후 할아버지 집 다락방에서 주문에 걸린 채 이것저것 뒤지며 시간을 보낼 수 있을 것 같은 그런.' 래컴은 '흥분이 고조되는 것'을 느끼며 매장 안을 돌아다녔다고 합니다. 그리고 어떤 면에서 그는 이미 알게 되었습니다. 창문 너머로 대서양을 바라보면서, '그 거대한 아름다움의 전율'을 느꼈습니다. 밀턴 래컴은 그것이 '첫눈에 반한 사랑'이었다고 말했습니다. 서점 안을 힐긋 들여다본 그 순간 사랑에 빠져버린 것이었죠.

나중에 알게 된 일이지만, 에이머스 슬레이터는 집안 대대로 물려 내려오는 서점을 팔 것을 고민 중이었습니다. 책을 좋아하고 책 파는 일을 좋아했지만, 젊은이다운 열정은 더 이상 없었고, 은퇴를 꿈꾸고 있었던 것입니다. 젊은 밀턴 래컴은 자신에게 찾아온 행운에 몸이 굳었습니다. 그로부터 3주 후, 아내의 열렬한 지원을 받으며, 래컴은 에이머스 슬레

이터에게 서점을 사겠다고 제안했습니다. 슬레이터는 그 즉
시 제안을 받아들였고요."

노이하우스는 스스로도 경이로워하며 이야기하고 있었다.
듣는 사람이 이 환상적인 이야기를 믿어줄 거라 바라면서.
이런 이야기는 하는 사람이나 듣는 사람이나, 믿음이 중요하
기 때문이다.

"밀턴 래컴은 이렇게 말했습니다. '아내는 희미하게 불길
한 예감이 들었다고 해요. 뭔가 잘못될 거란 예감이 들었지
만, 나는 신경 쓰지 않았습니다. 당시에 나는 경솔했고, 사랑
스럽고 젊은 아내와 사랑에 빠져 있었고, 쓸데없이 엄숙한
하버드를 벗어날 수 있다는 데 들떠 있었거든요. 어차피 종
신 교수직을 얻을 가능성도 전혀 없었고요. 그래서 오래전부
터 꿈꿔왔던 대로, 서점 주인으로 살면서 순수하고 소박한
삶을 누릴 기회에 들떠 있었습니다. 그래서, 밀드러드와 나는
30년 만기 대출을 얻고, 전미부동산협회에 첫 납입금을 넣
고, 새 주인이 되어 서점에 갔습니다. 그날 에이머스 슬레이
터가 우리에게 건물 열쇠를 넘겨주었어요. 그리고 그때 아내
가 에이머스 슬레이터에게 이 서점을 어떻게 소유하게 되었
느냐고 순진하게 물었는데, 그 자리에서 에이머스는 아내에
게 충격적인 이야기를 들려주었습니다. 속에서 뭔가를 끄집
어내고 싶어 안달이 나 있던 사람처럼……'

밀턴 래컴은 에이머스 슬레이터에게서 들은 이야기를 저

에게 전해주었습니다. '슬레이터 서점은 그의 할아버지인 바나바스가 1912년에 세운 서점이었습니다. 슬레이터의 할아버지는 사람보다 책을 더 좋아하는 사람이었죠.' 그래도 바나바스의 책 친구인 앰브로즈 비어스가 바나바스에게 소설을 써보도록 권했다더군요. 슬레이터는 열한 살 때 '강한 환상'을 봤다는 기이한 이야기를 해주었습니다. 어느 날 학교를 마치고 할아버지의 서점에 들렀는데, 서점이 비어 있었답니다. '손님도 없고 직원도, 할아버지도 없네, 그렇게 생각했죠. 하지만 할아버지를 찾아 돌아다니다가 지하 창고로 내려갔습니다. 불을 켰는데…… 거기서 할아버지가 들보에 매달려 있더란 말이죠. 할아버지의 몸은 이상하게 반듯했고, 전혀 움직임도 없었어요. 다행히 할아버지의 얼굴은 반대쪽을 보고 있어 보이지 않았는데, 그래도 그게 누군지는 분명히 알 수 있었습니다. 나는 오랫동안 그 자리에 마비된 채 서 있었어요. 내가 보고 있는 것을 믿을 수가 없었습니다. 비명도 못 지를 만큼, 그 정도로 무서웠습니다. 할아버지와 나는 가까운 사이는 아니었어요. 할아버지는 대개는 나를 눈여겨보지도 않으셨고, 가끔 냉랭하게 이렇게 말했습니다. "남자애냐, 아니면 여자애냐? 넌 도대체 뭐야?" 슬레이터 할아버지는 이상한 사람이었습니다. 사람들 말대로 성미는 불같았지만 그러면서도 냉정하고 무심한 사람이었죠. 어떤 것에는 대단히 열정적이었지만, 대부분의 것들에는 무관심했습니다. 책과 문구를 팔아 성공을 거두자고 마음먹었으면서도 고객들을 경멸했고, 인간의 본성에 대해서는 아주 냉소적이었어요. 할아버지는 지하 창고 들보 밑에 사다리를 끌어다 놓고, 헴프 밧줄로 올가미를 만들어 목에 걸고, 사다리를 타고 올라가 발로 사다리를 걷어찼던 것 같았습니다. 할아버지는 끔찍하게 목이 졸렸을 것이고, 숨을 헐떡이고 발버둥을 치며 몇 분 동안이나 온몸을 비틀었을 겁니다. 매달린 할아버지의 시체를 본 건 내 인생에서 끔찍한 충격 가운데 하나였어요. 그 이후 무슨 일이 있었는지는 잘 모르겠습니다. 아마도 기절했던 것 같아요. 깨어나서는 억지로 계단까지 기어가 위로 올라갔죠. 도움을 청하러 달려갔어요. 하이 스트리트에서 비명을 질렀던 건 기억합니다. 사람들이 도우러 달려왔고, 나는 어른들을 데리고 서점 지하 창고로 내려갔어요. 그런데 거기에는 아무것도 없었습니다. 들보에 매달린 밧줄도 없고, 뒤집힌 사다리도 없었어요. 또 한 번 나는 커다란 충격을 받았습니다. 그때 나는 겨우 열한 살이었고, 도무지 무슨 일이 일어나고 있는 건지 이해할 수가 없었어요. 결국 할아버지는 몇 집 건너에 있는 벨 북 앤드 캔들 맥줏집에서 발견되었습니다. 차분하게 포트와인을 마시며 늦은 점심으로 돼지 족발과 사우어크라우트를 먹고 있었죠. 할아버지는 그날 하루를 재고 목록을 만들며 보냈다고 말씀하셨어요. 서점 2층에서요. 그리고 시끄러운 소리는 전혀 듣지 못했다고요.'

가엾은 에이머스 슬레이터는 서점 지하 창고에서 할아버지의 목매단 시체를, 아니면 목매단 시체의 환영을 목격한 트라우마에서 영영 회복되지 못했습니다. 그래서 사람들은 모두 에이머스의 말을 믿었죠.

밀턴 래컴이 에이머스 슬레이터에게 듣고 내게 말해준 바로는, 에이머스의 할아버지 바나바스는 '정직하지 못한' 사람이었습니다. 사업 파트너들에게 사기를 치고, 순진하고 순결한 시브룩의 여자들을 유혹해서 배신하고, 여자들의 저축을 조금씩 빼돌려서 기소도 당했습니다. 그는 초판본과 희귀 서적 컬렉션을 수집했는데, 그중에는 찰스 브록던 브라운의 『윌랜드』도 포함되어 있었습니다. 이런 보물들을 그는 이사 세일이나 벼룩시장 같은 데에서 샀다고 주장했지만, 마을 사람들은 그가 슬픔에 빠져 제정신이 아닌 과부나 상속자들을 이용해먹었다고, 아니면 아예 노골적으로 훔쳤을 거라고 믿고 있었습니다. 바나바스는 마을의 부유한 연상 여인과 결혼했는데, 아내를 억압하고 대단히 잔인하게 대했다고 합니다. 그의 아내는 52세에 '의심스러운' 사인으로 세상을 떠났습니다. 입증된 건 아무것도 없어요. 아무튼 그렇다고 에이머스 슬레이터는 들었습니다. '커가면서 나는 내 아버지가 바나바스 할아버지에게 어떻게 위협을 당했는지 알게 되었습니다. 할아버지는 아버지가 남자 구실도 못 하는 놈이라 자신에게 당당히 맞서지도 못한다고 조롱했습니다. "내가 응당 가져야 할 나의 아들은, 나의 상속자는 도대체 어디에 있는 거야? 지금 내 옆에 있는 이 약골들은 다 뭐란 말인가?" 할아버지는 늘 화를 냈습니다. 그는 친구에게나 적에게나 똑같이 짓궂은 장난을 치는 사람이었습니다. 특히 디저트에 설사약을 섞는 고약한 장난을 잘 쳤어요. 한번은 시브룩 성공회 교회 신부님이 성찬례 도중에 끔찍한 설사가 난 적이 있는데, 바나바스가 신부님 가족에게 보낸 자두 타르트를 먹은 결과였죠. 또 한번은 할아버지의 며느리, 그러니까 내 어머니가, 할아버지가 준 사과주를 마시고는 죽도록 아팠던 적도 있습니다. 할아버지가 거기에 살충제를 섞었던 거예요. 아니면 그렇다고 의심을 받았죠(결국, 할아버지는 며느리가 마실 사과주에 DDT를 "겨우 몇 방울" 넣었다고 실토했습니다. 할아버지는 그게 DDT인 줄은 몰랐고, 단지 액상 설사약인 줄 알았다고 주장했습니다. "아무튼, 죽도록 아프게 할 생각은 아니었어." 그리고 박장대소를 했습니다. 할아버지의 말을 듣고 있자니 피가 차가워지는 기분이었어요).' 그렇지만, 바나바스 슬레이터는 책을 '집착적으로' 사랑했습니다. 미스터리 탐정소설, 범죄 실화…… 그리고 실제로 직접 소설을 써보려고 시도하기도 했고요. 에드거 앨런 포의 분위기로 쓰려 했다더군요.

　에이머스 슬레이터는 시브룩으로부터, 그리고 바나바스 슬레이터의 무시무시한 유산으로부터 달아나고 싶었지만, 어쩌다 보니 할아버지의 서점을 물려받는 것 외에는 달리 선택이 없었다고 했습니다. '할아버지가 돌아가시고 나서, 유언장을 확인해보니 내가 상속자로 지정되어 있었습니다. 당시에 아버지는 많이 편찮으셨고, 살날이 얼마 안 남았었거든요. 나는 체념하고 유산을 상속받았습니다. 그렇지만 당시에 그런 유산은 묘비 같은 것임을 알고 있었어요. 아직은 죽지 않은 상태로 무덤에 묻혀버렸는데, 그 위로 묘비가 넘어지면, 그곳에서 영영 기어 나올 수 없게 되죠. 그 포의 소설에 나오는 희생자처럼……. 할아버지가 자랑하곤 했던 잔인한 짓이 또 있었는데 (이 사악한 노인네가 진실을 말한 건지 아니면 그저 듣는 사람의 기분을 상하게 하고 싶었던 건지 누가 알겠습니까마는) 신종 독약을 가지고 실험을 했다는 겁니다. 독성을 지닌 개구리에서 추출한 독인데, 희부연 액체로 색도 맛도 냄새도 없어서 핫초콜릿이나 뜨거운 커피 같은 데 섞어도 전혀 검출이 안 된다고 합니다. 개구리의 정식 명칭은 독화살개구리이고, 미국에서는 플로리다 에버글레이즈 지역에서 발견된다고 합니다.

독화살개구리의 독은 아주 희귀해서, 검시의나 병리학자가 뭔가 부정한 행위가 있었던 것 같다고 의심을 하더라도 확인할 수는 없습니다. 애당초 부정한 행위처럼 보이는 상황도 아니죠. 희생자의 증상은 아무 의심도 일으키지 않습니다. (할아버지의 자랑에 따르면) 이 독은 섭취 후 몇 분 내에 중추신경계를 공격하기 시작합니다. 고통스러워하며 몸을 떨고,

몸서리를 치고, 입안이 아주 건조해져서 아무것도 삼키지 못하게 되죠. 곧, 환각이 시작됩니다. 그리고 마비와 혼수상태가 뒤따릅니다. 여덟 시간 내지 열 시간 안에 장기들은 망가지기 시작합니다. 처음에는 느리게, 그러다가 급격히. 그때쯤에는 희생자는 의식이 없어지고 자신에게 무슨 일이 일어나는지 인지하지 못하게 됩니다. 간, 신장, 폐, 심장, 뇌…… 모든 게 몸 안에서 붕괴됩니다. 만일 누군가가 관찰을 한다면, 희생자는 갑작스러운 증상을 겪는 것처럼 보일 겁니다. 심장발작, 뇌졸중─'기절'─소화기관에는 아무 문제가 없습니다. 끔찍한 구토 발작도 없고, 위의 내용물을 끄집어내도 아무것도 없습니다. '식중독'도 없습니다. 희생자는 그저 서서히 꺼져 들어가는 겁니다. 죽음이 취할 수 있는 가장 자비로운 형태의 죽음이죠.'" 에런 노이하우스는 오래된 기억으로부터 끄집어낸 단어들이, 내용을 음미하기에 너무 버거운 것처럼 잠시 말을 끊었다.

"밀턴 래컴은 이야기를 계속해나갔습니다. '슬레이터의 말에 따르면, 얄궂게도 바나바스 슬레이터는 고급 책을 취급하는 작은 마을의 서점 주인으로서 오랫동안 성공을 누리다가, 어느 날 스스로 목을 맸답니다. 그의 자살은 72세 노인으로서의 지루함과 자기혐오의 결과일 것으로 추정되었습니다. 슬레이터 서점 지하 창고에서, 그의 손자 에이머스가 환상으로 본 장면 그대로였어요. 밧줄에 매달린 시체 바로 밑에 타자기로 정서하고 편집한 원고 뭉치가 흩어져 있었는데, 미스터리, 탐정소설인 것 같았답니다. 하지만 누구도 그 원고를 순서대로 맞춰서 읽으려는 시도는 하지 않았습니다. 가족들은 그 미발표 원고를 할아버지와 함께 매장하기로 결정했습니다.'

　정말이지 놀라운 이야기 아닙니까? 이렇게 기괴한 얘기를 들어보신 적 있습니까, 찰스? 그러니까, 실제 인생에서요? 가엾은 밀턴 래컴은 엄숙하고 진지하게 에이머스 슬레이터에게서 들은 이 이야기를 나에게 들려주었습니다. 나는 래컴이 신경쇠약에 걸린 게 이해가 갔고 측은한 마음이 들었습니다. 아들이 폭력을 휘두르지 않을까 불안해하면서도, 전 주인이 스스로 목을 매단 서점을 인수해 온갖 문제와 씨름을 해야 했으니까요! 그는 슬레이터의 이야기를 계속했습니다. 슬레이터의 말로는, 바나바스가 실제로 치명적인 독을 누구한테 먹인 적이 있는지는 아무도 알 수 없다는 게 시브룩 주민들의 의견이었다고 합니다. 바나바스가 설사약과 살충제로 가벼운 장난을 치기는 했죠. 그러나 '독개구리의 독'은 증거가 부족합니다. 그런데 슬레이터 집안사람들이 이따금 알 수 없는 '자연적 원인'으로 사망한 적은 있었다고 합니다. 바나바스를 잘 아는 사람들 말로는 그 노인이 어떤 인간은 아주 나쁜 놈들이라 살 자격이 없다고 말하는 걸 자주 들었다고 했고요. 그뿐만 아니라 장난기 어린 윙크를 하며, 자신이 별 특별한 이유 없이 가끔 그런 놈들을 '제거했다'는 말도 했답니다. '좋은 놈, 그럭저럭인 놈, 나쁜 놈'…… 고전적인 살인자는 그런 구별을 하지 않습니다. 바나바스는 특별히 드퀸시의 에세이 「예술로 간주되는 살인에 대하여」에 탄복했다고 하더군요. 이 에세이에서 드퀸시는 살인은 이유가 필요하지 않으며, 오히려 이유를 따지는 것이 천박하다고 주장하고 있습니다. 바나바스도 그렇게 믿었고요. 실례지만, 찰스? 어디 불편하십니까?"

"아니, 난…… 난 그저 너무 혼란스러워서……."

"갈피를 못 잡으시겠습니까? 내 전임자가 밀턴 래컴이었고요. 내가 이 서점을 래컴에게서 인수한 것이죠. 래컴의 전임자는 에이머스 슬레이터였고, 래컴은 슬레이터에게서 이 서점을 넘겨받았습니다. 그리고 슬레이터의 전임자는 그의 할아버지인 노신사 바나바스 슬레이터였는데, 그 사람이 이곳 지하 창고에서 스스로 목을 매달았고요. 그런 이유로, 좀 전에 말씀드렸다시피, 저는 그 저주받은 방에는 최대한 가지 않으려고 피해 다닙니다. (대신 직원들을 보내죠! 그 친구들은 별로 신경 쓰지 않거든요.) 아마도 당신은 바나바스 슬레이터의 철학을 꺼리시는 것 같군요. 살인에는 아무 이유도 필요하지 않다, 특히 '예술적 형태'로서의 살인은."

"하지만…… 왜 아무 이유 없이 사람을 죽인단 말입니까?"

"왜 꼭 어떤 이유가 있어야만 사람을 죽인단 말입니까?"

노이하우스는 웅변조로 말하며 미소를 지었다. "나는 슬레이터의 할아버지인 바나바스가 인생으로부터 '미스터리'의 핵심을 잘 추출한 것 같다고 생각합니다. 독개구리로부터 독을 추출했던 것처럼 말이죠. 죽이는 행위는 그 자체로서 완성된 행위이며, 아무 이유도 요구하지 않습니다. 여느 예술 작품이나 마찬가지죠. 그럼에도 굳이 이유를 찾는다면, 자기 자신을, 자신의 영역을 보호하기 위해서라고 할 수 있을 겁니다. 우리 조상들은 적들을 두려워하고 낯선 사람들을 쉽게 믿지 않았습니다. 그들에게는 제노포비아가, 피해망상이 있었죠. 만일 낯선 사람이 내 영역에 들어온다면, 그리고 사악한 의도를 가지고 행동한다면, 아니 사악한 의도가 없다고 해도, 그를 이해해보려다 치명적인 실수를 저지르는 것보다는 그를 없애버리는 쪽이 더 나을 겁니다. 먼 옛날, 하느님이 사랑이던 시절보다 훨씬 더 전에는, 그런 실수가 종족 전체의 멸종으로 이어질 수도 있었습니다. 그러니까 선제공격에 능한 종족인 우리들 호모사피엔스는 방심하다 허를 찔리기보다는 지나치게 신중하다가 실수를 하는 쪽을 선호하는 것입니다."

상냥한 나의 친구가 무덤덤한 말투로 들려주는 이야기에 나는 완전히 어리둥절해진다. 그리고 그의 미소는! 소년처럼 순진하고 너그럽다. 말이, 잘 나오지 않지만, 기를 쓰고 힘없이 더듬거린다.

"그건, 아…… 아주 놀라운 이야기로군요, 에런. 좀 냉소적인 것 같기도 하고……."

에런 노이하우스는 또다시 잘 가르쳐야 하는 바보를 보는 눈빛으로 미소를 짓는다. "전혀 '냉소적'이지 않아요, 찰스. 왜 그렇게 생각하십니까? 당신도 미스터리, 탐정, 범죄소설의 마니아라면, 이 예술을 위해, 미스터리를 위해 수많은 '무고한' 이들이 죽어야 한다는 걸 잘 알겠죠. 그게 우리 사업의 기반이에요. 미스터리 주식회사 말입니다. 우리 중 누군가는 서점 주인이고, 누군가는 소비자고, 누군가는 소비되는 사람입니다. 이 고결한 거래 안에서 모두 각자의 자리가 있는 겁니다."

귀에서 소리가 울린다. 입안이 너무 건조해서, 뭘 삼키기가 불가능하다. 너무 추워서 이가 덜덜 떨리고 있다. 내 두 번째 카푸치노 잔은 조금 남은 우유 거품 말고는 비어 있다. 나는 잔을 노이하우스의 책상 위에 올려놓는다. 그러나 손이 너무 떨려서 떨어뜨릴 뻔했다.

노이하우스는 염려스러운 눈빛으로 나를 자세히 살펴본다. 책상 위에 놓인 흑단 까마귀 조각도 나를 그렇게 바라본다. 눈이 매우 예리하구나! 나는 몸을 떨고 있다. 난롯불의 열기에도 불구하고. 나는 매우 춥다. 턱에 붙인 턱수염만 아주 뜨겁게 느껴진다. 나는 스스로를 보호해야 한다고 생각하고 있다. 린트 초콜릿 트러플 상자가 나의 무기지만, 그걸 어떻게 써먹어야 할지 알 수가 없다. 초콜릿 트러플 몇 개는 없어졌지만, 상자는 여전히 가득 차 있다. 초콜릿은 아직도 많이 남아 있다.

내가 쫓겨났다는 건 알고 있다. 떠나야 한다. 때가 되었다.

자리에서 일어선다. 그러나 힘이 없고, 비현실적인 느낌이 든다. 서점 주인이 나를 사무실 밖까지 배웅하면서 상냥하게 중얼거린다. "가시는 겁니까, 찰스? 그래요. 많이 늦었죠. 언제라도 다시 오세요. 그러면 컬렉션 구매 문제를 같이 고민해볼 수 있겠지요. 그때는 꼭 수표를 가지고 오십시오. 계단 조심하시고요! 나선계단은 위험해서요." 나의 친구는 나를 쫓아낼 때에도 대단히 친절하다. 그는 서류 가방을 내 손에 꼭 쥐여주었다.

이 지옥 같은, 공기도 희박한 곳을 간절히 벗어나고 싶다! 나선계단의 난간을 잡고 있지만, 내려가기가 너무 힘들다. 머릿속에서 검은 장미처럼 현기증이 피어나고 있다. 입속은 아주 건조하고 동시에 아주 차갑고 감각이 없다. 혀가 부은 것 같고 아무 느낌이 없다. 호흡은 점점 더 빨라지지만, 산소가 뇌까지 전혀 가지 못한다. 어둑한 곳에서 다리가 휘청거리는 것 같다. 넘어진다. 나는 넘어지고 있다. 헝겊 인형처럼 무기력하게⋯⋯. 금속 계단에서 굴러떨어지면서, 고통 때문에 움찔한다.

내 위로 두 계단 위에 서서, 남자가 진심으로 염려하는 목소리로 날 부르고 있다. "찰스? 괜찮아요? 도와드릴까요?"

"아뇨! 아니, 고맙습니다. 도움은 필요하지······."

내 목소리가 거칠고, 내 말이 잘 들리지 않는다.

밖으로 나와 차갑고 신선한 바닷바람을 맞자 잠시 생기를 되찾는다. 바다의 냄새와 맛이 느껴진다. 고맙습니다, 하느님! 나는 이제 괜찮을 거다. 나는 이제 안전하다. 이제 달아나야지. 린트 초콜릿을 두고 왔는데. 그러니 어쩌면 (포식자의 생각은 이제 걷잡을 수 없이 날뛴다) 독이 효과를 발휘하면, 내가 그 혜택을 받거나 받지 못하거나 둘 중 하나겠지.

차에 올라타니 냉기에 몸이 얼어붙는다. 감각 없는 손가락으로 내가 이상한 모양의 열쇠를 열쇠보다 훨씬 작아 보이는 열쇠 구멍에 밀어 넣고 있다. 어떻게 이럴 수가 있지? 이해가 가지 않는다.

그래도, 결국엔, 꿈속의 끈질긴 고집 끝에, 열쇠는 구멍 안으로 들어가고, 엔진은 마지못해 살아나기 시작한다.

꿈결 같은 대서양을 따라 2차선 고속도로를 달리고 있다. 내가 운전을 하고 있다면, 나는 괜찮은 것이다. 내 손은 운전대를 잡고 있고, 운전대는 저 혼자 아주 기가 막히게 움직이고 있다. 이상하고, 강렬하고, 얼음처럼 차가운 마비가 내 뇌 속에서, 척수 속에서, 내 몸의 모든 신경 안에서 피어나고 있다. 그게 나한테는 무척이나 매혹적이다. 내 눈은 그걸 감상하기 위해 스르르 감기기 시작한다.

내가 잠이 들었나? 내가 운전을 하면서 자고 있나? 사실은 집에서 한 발짝도 벗어나지 않고 뉴햄프셔 시브룩의 미스터리 주식회사를 방문한 꿈을 꾼 건가? 나는 미스터리 주식회사의 전설적인 인물 에런 노이하우스를 해치울 계획을 세웠었다. 그 책들…… 초콜릿 트러플에 외과 의사처럼 신중하게 독을 주입했었는데…… 내가 실패를 한다는 게 과연 가능할까? 나는 실패할 수 없다.

그러나 지금 나는 깨달았고…… 공포를 느낀다. 내가 지금 어느 방향으로 가는 건지 전혀 알 수가 없다. 남쪽으로 가야 하는데…… 그러려면 바다가 내 왼쪽에 있어야 하는데. 그러나 차가운 달빛에 반짝이는 물이 고속도로 양쪽에, 위험한 높이까지 차올라 위태롭게 찰랑거리고 있다. 도로를 넘어 파도가 마구 휘감기며 몰아치기 시작하고, 내겐 그 속으로 계속 운전하는 것 말고는 달리 선택지가 없다.

옮긴이의 말

이 소설집의 원제는 『The Doll Master and Other Tales of Terror』이다. 처음 이 제목을 봤을 때 terror라는 단어가 좀 생소하게 느껴졌다. 호러 소설이란 말은 있어도 '테러 소설'이란 말은 없지 않나? 사전을 찾아봐도 terror와 horror는 그저 '공포'나 '두려움' 정도로 해석될 뿐 우리말에서는 뚜렷이 구분하지 않는다. 그래서 위키피디아를 찾아보니 여기서는 두 단어를 다음과 같이 설명하고 있었다.

'terror는 일반적으로 몸서리쳐지는 경험을 앞두고 느끼는 두려운 감정이나 조마조마한 마음을 의미한다. 이와는 달리 horror는 충격적인 장면이나 소리, 또는 경험에 뒤이어 드는 공포의 감정을 말한다.'

그 미묘한 차이를 알고 나니 그제야 제목이 이해가 갔다.

그리고 일반적인 공포 소설의 기준에 맞춰 이 책을 읽으면 다소 시시하게 느껴질 수도 있겠다는 생각이 들었다. 실제로 아마존 등에 올라온 영미권 독자들의 의견 중에도 '줄거리가 예측 가능'하고 '특별히 무서울 내용도 없어 공포소설로는 미달'이라는 의견이 간간이 보인다. 호러의 관점에서 본다면 아마 그 말이 맞을 것이다.

그러나 이 책에 실린 이야기들이 선사하는 공포는 호러와는 결이 다른 공포다. 특별히 자극적인 장면이나 설명할 수 없는 초자연적 존재가 나오지 않아도, 지극히 현실적인 이야기들이 내면 깊은 곳의 두려움을 건드린다. 개인적으로 나는 무서움을 별로 타지 않는 편인데도 이 소설들은 정말 무서웠다. 어찌 보면 영미권 독자들의 지적대로 참신한 반전도 없고 결말도 예측이 가능한 이야기들이지만, 특별한 반전 없이 예상된 결말로 마무리되더라도 찜찜한 느낌은 그대로다. 결국 예상할 수 있는 스토리 안에서 최고 수준의 서스펜스를 끌어내는 것은 작가의 내공이다. 말초신경을 자극하는 것이 아닌 인간의 심연에 닿는 공포라는 측면에서 이 소설들은 탁월한 '공포 소설'로 꼽힐 만하다.

이 책에 수록된 여섯 편의 단편은 서로 연결되지 않는 별개의 이야기를 담고 있지만, 읽다 보면 작품 전체를 관통하는 하나의 주제가 서서히 떠오른다. 바로 '약육강식'과 '적자

생존'이다. 오래전 자연을 떠나 문명을 이루고 산 인간은 이를 극복했다고 여기지만, 인간의 본성 안에 깊이 새겨진 잔인함은 은밀히 감춰져 있었을 뿐 결코 사라진 적이 없다. 이 숨겨진 인간의 적나라한 본성을 목격한 독자는 「적도」에서 생태계의 잔인함에 반감을 느끼는 오드리처럼 불편한 마음이 들게 된다. 내 옆에 있던 사람, 내가 사랑하고 믿었던 사람이 나의 적이자 포식자로 돌변할 때 인간이 얼마나 나약해지는지, 기댈 곳 없는 허허벌판에 먹잇감으로 던져진 인간이 어디까지 비참해질 수 있는지를 목격하면서 섬뜩함을 느끼게 된다.

그러나 이처럼 뚜렷이 구분되는 강자와 약자의 관계 안에서 강자마저도 절대적인 강자가 아닌 그저 '인간'일 뿐이다. 「인형의 주인」의 로비도, 「총기 사고」의 트래비스도 강자에게 짓밟힌 약자의 트라우마를 간직하고 있는 인물들이다. 「군인」의 브랜던 슈랭크는 삼촌의 총을 손에 들고 자신이 주님의 군인이라고 믿으며 힘없는 흑인 소년 위에 잠시 군림하지만, 사건 후 감당할 수 없는 힘에 떠밀려 스스로 통제할 수 없는 상황에 휘말리고 만다. 작가가 일종의 우화라고 말하는 「빅마마」에서, 먹잇감이 된 바이올렛이 빅마마를 마주하며 빅마마 역시 유리 감옥 안에 갇힌 포로라는 사실을 깨닫는 장면이 어쩌면 이 모든 관계들을 암시하는 한 장면일지도 모르겠다. 이는 가해자의 '서사'에 공감하도록 하려는 것이 아니라, 인간이라는 존재 자체가 그렇게 나약한 존재임을 극명하게 부각시키기 위한 것이다.

조이스 캐럴 오츠는 서로 물고 물리는 약육강식의 세계를 펼쳐 보이며 현실에 기반을 둔 공포를 선보인다. 그리고 그 현실이 우리에게서 멀지 않은 것이기에, 그녀가 제시하는 공포는 미지의 초자연적 존재나 현상으로부터 느끼는 공포보다 훨씬 더 으스스하게 다가온다. 조이스 캐럴 오츠의 시선으로 보는 우리의 세상은 그렇게나 잔인하고 무서운 곳이다.

배지은

인형의 주인

지은이 조이스 캐럴 오츠
옮긴이 배지은
펴낸이 김영정

초판 1쇄 펴낸날 2020년 8월 17일
개정판 1쇄 펴낸날 2024년 9월 25일

펴낸곳 (주)현대문학
등록번호 제1-452호
주소 06532 서울시 서초구 신반포로 321(잠원동, 미래엔)
전화 02-2017-0280
팩스 02-516-5433
홈페이지 www.hdmh.co.kr

ISBN 979-11-6790-267-2 03840

• 책값은 뒤표지에 있습니다.
• 파본은 구입처에서 교환해 드립니다.